CB067456

A SACERDOTISA DE AVALON

MARION ZIMMER BRADLEY
e DIANA L. PAXSON

A SACERDOTISA DE AVALON

Tradução
Marina Della Valle

Planeta   minotauro

Copyright © The Estate of Marion Zimmer Bradley, 2000
Copyright © Editora Planeta do Brasil, 2021
Copyright © Marina Della Valle
Todos os direitos reservados.
Título original: *Priestess of Avalon*

Preparação: Fernanda Cosenza
Revisão: Mariana Cardoso e Laura Folgueira
Diagramação: Márcia Matos
Capa: Departamento de criação da Editora Planeta do Brasil
Ilustração de capa: Marc Simonetti

Dados Internacionais de Catalogação na Publicação (CIP)
Angélica Ilacqua CRB-8/7057

Bradley, Marion Zimmer
    A sacerdotisa de Avalon / Marion Zimmer Bradley e Diana L. Paxson; tradução de Marina Della Valle. – São Paulo: Planeta, 2021.
    336 p.

ISBN 978-65-5535-369-3
Título original: Priestess of Avalon

1. Ficção norte-americana I. Título II. Paxson, Diana L. III. Valle, Marina Della

21-1198   CDD 813

Índices para catálogo sistemático:

1. Ficção norte-americana

2021
Todos os direitos desta edição reservados à
Editora Planeta do Brasil Ltda.
R. Bela Cintra, 986 – 4º andar – Consolação
01415-002 – São Paulo-SP
www.planetadelivros.com.br
faleconosco@editoraplaneta.com.br

Para nossos netos

AGRADECIMENTOS

Esta é a história de uma lenda.

Os fatos sobre Helena que se podem provar são poucos em comparação com as histórias que se ligaram a seu nome. Sabemos que ela foi consorte de Constâncio e a honrada mãe de Constantino, o Grande, e que tinha algum tipo de associação com a cidade de Drepanum. Sabemos que ela possuía propriedades em Roma e que fez uma visita à Palestina, e isso é tudo.

Mas, para onde quer que fosse, mitos surgiam em seu encalço. Na Alemanha, em Israel e em Roma, é aclamada como santa nas igrejas que levam seu nome. Hagiografias medievais a revelam como grande descobridora de relíquias, responsável por levar as cabeças dos três Reis Magos para Colônia, a túnica usada por Jesus para Tréveris e a Vera Cruz para Roma.

Helena ocupa um lugar especial nas lendas do Reino Unido, onde se diz que ela era uma princesa britânica que se casou com um imperador. Acredita-se que ela tenha vivido em York e Londres, e estabelecido estradas em Gales. Alguns até a identificam como a deusa teutônica Nealênia. Teriam essas histórias surgido devido à forte ligação que Constâncio e Constantino tinham com a Britânia ou será que ela poderia ter vindo originalmente daquela ilha?

Se for esse o caso, talvez não seja um salto tão grande ligá-la à mitologia de Avalon e adicionar mais uma lenda às demais.

Marion Zimmer Bradley e eu já havíamos trabalhado juntas antes e começamos este projeto conjuntamente, mas coube a mim finalizá-lo. No fim da vida, Marion frequentou uma igreja cristã, mas foi também minha primeira grã-sacerdotisa nos mistérios ancestrais. Ao contar a história de Helena, que também caminhava entre os mundos pagão e cristão, tentei permanecer fiel aos ensinamentos de Marion.

Na criação deste livro, a inspiração partiu de Marion. O trabalho histórico foi meu.

Entre as muitas fontes que foram úteis, devo listar: *Roman Britain*, de Plantagenet Somerset Fry; o clássico de Edward Gibbon, *Declínio e queda do Império Romano*, que inclui todo o mexerico; *The Later Roman Empire*, de A. H. M. Jones; o fascinante *Pagans and Christians*, de Robin Lane Fox; e *The Aquarian Guide to Legendary London*, editado por John Matthews e Chesca Potter, particularmente o capítulo de Caroline Wise, da Atlantis Bookstore, sobre as deusas de Londres. Mais especificamente, recorri a *Constantine the Great*, de Michael Grant, e ao clássico de Jan Willem Drijvers, *Helena Augusta*; e, para a jornada de Helena e a reinvenção da Terra Santa, a *Holy City, Holy Places?*, de P. W. L. Walker. O hino no capítulo treze foi escrito por santo Ambrósio no século IV.

Gostaria de expressar minha gratidão a Karen Anderson por descobrir as configurações astronômicas no céu do século III. Meus agradecimentos também a Jennifer Tifft, por possibilitar que eu fizesse uma viagem extra à Inglaterra e encontrasse a capela de Santa Helena em York; a Bernhard Hennen, por me levar a Tréveris; e a Jack e Kira Gillespie, por me mostrarem Cumae e Pozzuoli.

Diana L. Paxson
Festival de Brígida, 2000.

pessoas na história

* = figura histórica
( ) = morto antes do início da história

Aelia – jovem sacerdotisa treinada com Helena
*Aleto – ministro das Finanças de Caráusio, mais tarde, imperador da Britânia (293-6 d.C.)
Arganax – arquidruida durante a juventude de Helena
*Asclepiodoto – prefeito pretoriano de Constâncio
Atticus – tutor grego de Constantino
*Aureliano – imperador (270-5 d.C.)
"Avia" – avó em latim – Helena
*Caráusio – imperador da Britânia (287-93 d.C.)
*Carino – filho mais velho de Caro, imperador (283-4 d.C.)
*Caro – imperador (282-3 d.C.)
Ceridachos – arquidruida quando Dierna se torna grã-sacerdotisa
Cigfolla – uma sacerdotisa de Avalon
*Cláudio II – imperador (268-70 d.C.), tio-avô de Constâncio
Julius Coelius [rei Coel] – príncipe de Camulodunum, pai de Helena
*Constante – terceiro filho de Constantino e Fausta
*Constantina (I) – filha de Constâncio e Teodora, casada com Licínio
*Constantina (II) – filha de Constantino e Fausta
*Constantino [Flavius Valerius Constantinus] – filho de Helena, imperador (306-37 d.C.)
*Constantino (II) – filho mais velho de Constantino e Fausta
*Constâncio Cloro [Flavius Constantius] – consorte de Helena, césar e depois augusto (293-306 d.C.)
*Júlio Constâncio – segundo filho de Constâncio e Teodora
*Constâncio (II) – segundo filho de Constantino e Fausta
Corinthius, o Velho – professor de Helena
Corinthius, o Jovem – mestre de uma escola em Londinium
*Crispo – filho ilegítimo de Constantino com Minervina
Cunoarda – escrava de Helena, nascida em Alba
*Dalmácio – filho de Constâncio e Teodora
Dierna – prima de segundo grau de Helena, mais tarde, Senhora de Avalon
*Diocleciano – augusto sênior, imperador (284-305 d.C.)
Drusilla – cozinheira na casa de Constâncio e Helena

*Bispo Eusébio de Cesarea – bispo metropolitano da Palestina, grande escritor da história da igreja e biógrafo de Constantino

*Fausta – filha de Maximiano, mulher de Constantino e mãe de seus filhos legítimos

Flavius Pollio – um parente de Constâncio

*Galério – césar (293-305 d.C.), augusto (305-11 d.C.)

*Galiano – imperador (253-68 d.C.)

Ganeda – tia de Helena, Senhora de Avalon

Gwenna – donzela sendo treinada em Avalon

Haggaia – arquidruida quando Helena retorna a Avalon

*Julia Coelia Helena, depois Flávia Helena Augusta [Eilan] – filha do príncipe Coelius, consorte de Constâncio, mãe de Constantino e sacerdotisa de Avalon

*Helena, a Jovem ["Lena"] – uma nobre de Treveri, mulher de Crispo

Heron – uma donzela sendo treinada em Avalon

Hrodlind – aia germânica de Helena

(*José de Arimateia – fundador da comunidade cristã no Tor)

Katiya – uma sacerdotisa de Bast em Londinium

*Lactâncio – retórico e apologista cristão, tutor de Crispo

*Licínio – césar nomeado por Galério para substituir Severo, mais tarde, augusto no Oriente (313-24 d.C.)

*Lucius Viducius – um mercador de cerâmica com comércio entre a Gália e Eburacum

*Macário – bispo de Jerusalém

Marcia – parteira que fez o parto de Constantino

Martha – escrava síria curada por Helena

*Maxêncio – filho de Maximiano, augusto na Itália e no norte da África (306-12 d.C.)

*Maximiano – augusto do Ocidente (285-305 d.C.)

*Maximino Daia – césar indicado por Galério

*Minervina – concubina síria de Constantino, mãe de Crispo

*Numério – filho mais jovem de Caro, imperador (283-4 d.C.)

Philip – servo de Constâncio

*Póstumo – imperador rebelde do Ocidente (259-68 d.C.)

*Probo – imperador (276-82 d.C.)

*Quintilo – irmão do imperador Cláudio II, tio-avô de Constâncio

(Rian – grã-sacerdotisa de Avalon, mãe de Helena)

Roud – donzela sendo treinada em Avalon

*Severo – césar indicado por Galério, executado por Maximiano

Sian – filha de Ganeda, mãe de Dierna e Becca

Suona – jovem sacerdotisa de Avalon

Teleri – mulher de Caráusio e depois de Aleto, mais tarde, grã-sacerdotisa de Avalon
*Tétrico e Mário – coimperadores rebeldes do Ocidente (271 d.C.)
Tuli – donzela sendo treinada em Avalon
*Vitória Augusta – mãe de Vitorino e governante extraoficial
*Vitorino – imperador rebelde do Ocidente (268-70 d.C.)
Vitellia – matrona cristã vivendo em Londinium
Wren – donzela sendo treinada em Avalon

Cães de Helena: Eldri, Hylas, Favonius, Boreas e Leviyah

Lugares na história

BRITÂNIA
Aquae Sulis – Bath
Avalon – Glastonbury
Calleva – Silchester
Camulodunum – Colchester
Cantium – Kent
Corinium – Cirencester
Eburacum – York
Inis Witrin – Glastonbury
Isurium Brigantum – Aldborough, Yorkshire
Lindinis – Ilchester
Lindum – Lincoln
Londinium – Londres
Estuário do Sabrina – o Severn
O País do Verão – Somerset
Tamesis – o Tâmisa
Tanatus Insula – ilha de Thanet, Kent
Terras trinovantes – Essex

O IMPÉRIO OCIDENTAL
Alpes – os Alpes
Aquitanica – sul da França, Aquitânia
Arelate – Arles, França
Argentoratum – Estrasburgo, Alemanha
Augusta Treverorum (Treveri) – Tréveris, Alemanha

Baiae – Baia, Itália
Belgica Prima – leste da França
Belgica Secunda – os Países Baixos
Borbetomagus – Worms, Alemanha
Colonia Agrippensis – Colônia, Alemanha
Cumaea – Cuma, Itália
Gália – França
Ganuenta – anteriormente uma ilha, onde o rio Schelde se junta ao Reno na Holanda
Germania Prima – terras a oeste do Reno, de Koblenz a Basileia
Germania Secunda – terras a oeste do Reno, do mar do Norte a Koblenz
Gesoriacum – Bolonha-sobre-o-Mar, França
Lugdunum – Lyon
Mediolanum – Milão, Itália
Moenus fluvius – rio Meno, Alemanha
Mosella fluvius – rio Mosela, França, Alemanha
Nicer fluvius – o Necar, Alemanha
Noricum – Áustria, ao sul do Danúbio
Pola – Pula, na Croácia
Raetia – sul da Alemanha e Suíça
Rhenus fluvius – o Reno
Rhodanus fluvius – o Ródano
Rothomagus – Rouen, França
Treveri (Augusta Treverorum) – Tréveris, Alemanha
Ulpia Traiana – Xanten, Alemanha
Vindobona – Viena, Áustria

O IMPÉRIO ORIENTAL
Aegeum – o Egeu
Aelia Capitolina – Jerusalém
Aquincum – Peste (Budapeste), Hungria
Asia – oeste da Turquia
Belém – pequena cidade na Palestina
Bitínia e Ponto – norte da Turquia
Byzantium (mais tarde, Constantinopla) – Istambul
Caesarea – cidade portuária ao sul de Haifa, Israel
Montanhas Carpatus – os Cárpatos
Carras – Harã, Turquia
Chalcedon – Kadikoy, Turquia
Dácia – Romênia

Dalmácia – Albânia
Danu, Danuvius – o Danúbio
Mar Morto – lago salino entre Israel e a Jordânia
Drepanum (Helenopolis) – Hersek, no norte da Turquia
Galatia e Capadócia – leste da Turquia
Os Haemus – Bálcãs
Heracleia Pontica – Eregli, Turquia
Hierosolyma – Jerusalém
Ilíria – região nos Bálcãns
Jericó – cidade ancestral no vale do Jordão, Israel
Mésia – Bulgária
Naissus – Nis, na Sérvia
Nicaea – Iznik, Turquia
Nicomédia – Izmit, Turquia
Panônia – Hungria
Montanhas Rhipaean – cordilheira do Cáucaso
Cítia – terras acima do mar Negro
Singidunum – Belgrado, Sérvia
Sirmium – Mitrovica ou Sabac no Save, Sérvia
Trácia – sul da Bulgária

ÁRVORE GENEALÓGICA

(os nomes em *itálico* foram inventados para a história)

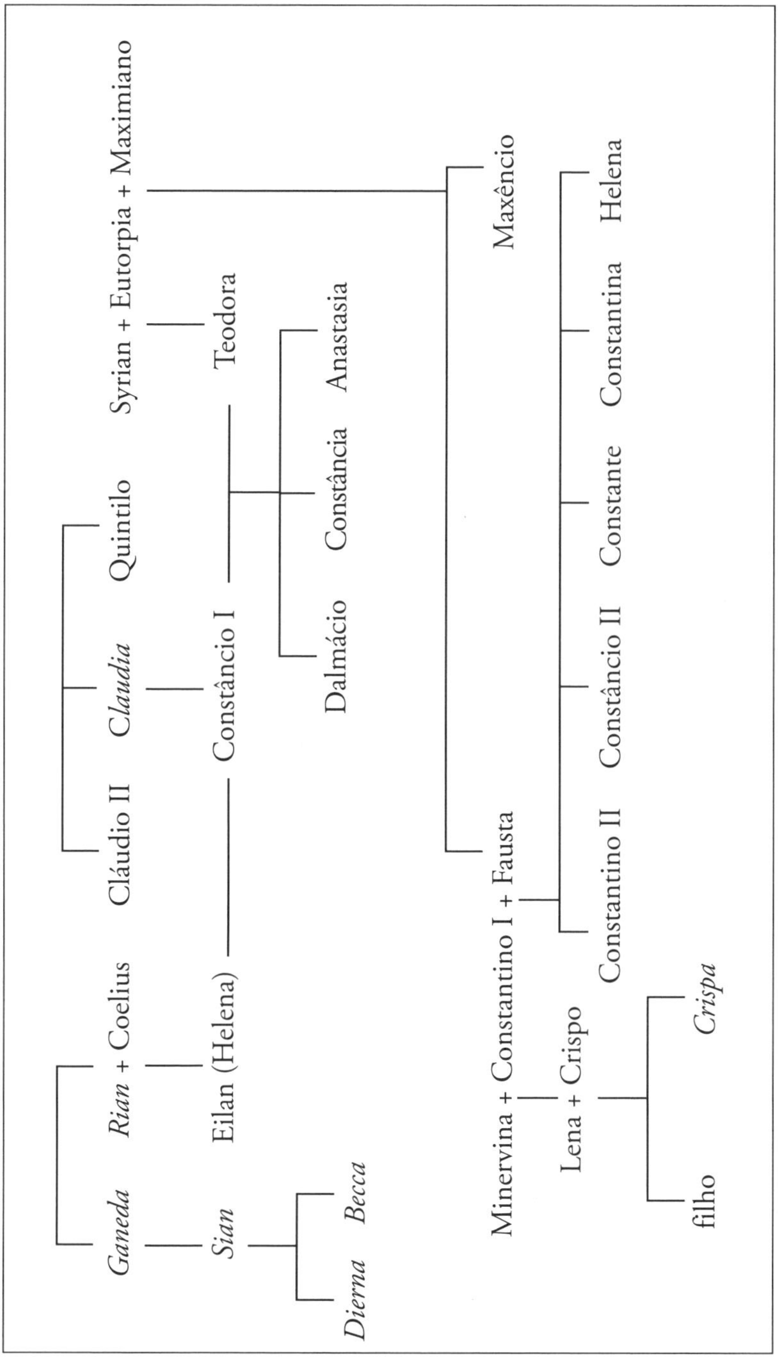
Ganeda
Rian + Coelius
Cláudio II
Claudia
Quintilo
Syrian + Eutorpia + Maximiano
Sian
Eilan (Helena)
Constâncio I
Teodora
Dierna
Becca
Dalmácio
Constância
Anastasia
Minervina + Constantino I + Fausta
Maxêncio
Lena + Crispo
Constantino II
Constâncio II
Constante
Constantina
Helena
filho
Crispa

PRÓLOGO

249 d.C.

Com o pôr do sol, um vento revigorante tinha soprado do mar. Era a estação em que os fazendeiros queimavam os restolhos nos campos, mas o vento soprara para longe a cerração que velava os céus, e a Via Láctea brilhava em um caminho branco através do firmamento. O Merlim da Britânia sentava-se na Pedra do Vigia no topo do Tor, os olhos fixos nas estrelas. Mas embora a glória dos céus comandasse a visão, não prendia totalmente a atenção dele. Os ouvidos se esforçavam para capturar qualquer som vindo da morada da grã-sacerdotisa na encosta abaixo.

Ela estava em trabalho de parto desde o amanhecer. Seria o quinto filho de Rian, e seus bebês anteriores tinham vindo com facilidade. O parto não deveria durar tanto. As parteiras guardavam seus mistérios, mas ao anoitecer, quando o Merlim se preparava para a vigília, tinha visto a preocupação nos olhos delas. O rei Coelius de Camulodunum, que havia chamado Rian para o Grande Ritual em prol de seus campos alagados, era um homem grande, de cabelos claros e constituição maciça, ao modo das tribos belgas que se estabeleceram nas terras do leste da Britânia, e Rian era uma mulher pequena e morena com a aparência do povo das fadas, o primeiro a se estabelecer naquelas colinas.

Não seria surpresa se o bebê que Coelius havia gerado fosse grande demais para sair com facilidade do útero. Quando Rian descobriu que ele a tinha engravidado, algumas das sacerdotisas mais velhas insistiram para que ela tirasse a criança. Mas isso teria negado a magia, e Rian disse a elas que havia servido à Deusa por tempo suficiente para não confiar nos propósitos Dela.

Que propósito havia no nascimento daquela criança? Os velhos olhos do Merlim examinavam os céus, buscando compreender os segredos escritos nas estrelas. O Sol estava agora no signo de Virgem, e a velha Lua, passando por ele, estivera visível no céu aquela manhã. Agora ela escondia o rosto, deixando a noite para a glória das estrelas.

O ancião se enrolou nas dobras grossas do manto cinza, sentindo nos ossos o frio da noite de outono. Enquanto observava a velha constelação da carroça seguir ainda mais longe através do céu, e sem nenhuma notícia chegar, soube que tremia não de frio, mas de medo.

***

Lentas como ovelhas pastando, as estrelas se moviam pelos céus. Saturno brilhava no sudoeste, no signo da Balança. Conforme as horas se arrastavam, a determinação da mulher em trabalho de parto se desgastava. Agora, em intervalos, vinha da cabana um gemido de dor. Mas foi só na hora silenciosa em que as estrelas esmaeciam que um novo som fez o Merlim se endireitar, o coração disparado – o lamento fraco e queixoso de uma criança recém-nascida.

No leste, o céu já empalidecia com a chegada do dia, mas as estrelas ainda brilhavam acima. O velho hábito levou o olhar do velho para cima. Marte, Júpiter e Vênus estavam em uma conjunção brilhante. Treinado nas disciplinas dos druidas desde menino, tinha a posição das estrelas guardada na memória. Então, fazendo caretas enquanto as juntas enrijecidas reclamavam, ficou de pé e, apoiando-se com força no cajado entalhado, desceu a colina.

O bebê havia parado de chorar, mas o Merlim sentiu um aperto no estômago conforme se aproximava da cabana do parto, pois ouvia um pranto vindo lá de dentro. As mulheres se colocaram de lado quando ele empurrou a cortina grossa que pendia do batente, pois era o único homem com o direito de entrar ali.

Uma das sacerdotisas mais jovens, Cigfolla, estava sentada no canto, cantarolando baixo sobre um montinho empacotado em seus braços. O olhar do Merlim se moveu dela para a mulher que jazia na cama, mas parou, pois Rian, cuja beleza sempre viera de sua graça em movimento, estava imóvel. O cabelo escuro escorria sobre o travesseiro; os traços angulares já adquiriam o vazio inconfundível que distingue a morte do sono.

— Como... — Ele fez um pequeno gesto desolado, lutando para conter as lágrimas. Não sabia se Rian era ou não sua filha de sangue, mas fora uma filha para ele.

— Foi o coração — respondeu Ganeda. Naquele momento, os traços dela estavam dolorosamente parecidos com os da mulher que jazia na cama, embora na maior parte do tempo a doçura da expressão de Rian tornasse fácil distinguir as irmãs. — Ela ficou muito tempo em trabalho de parto. O coração se partiu com o esforço final para empurrar a criança do útero.

O Merlim foi até o lado da cama e mirou o corpo de Rian; depois de um momento, curvou-se para traçar um sigilo de bênção na testa fria.

Vivi tempo demais, pensou, entorpecido. *Rian que deveria recitar os ritos para mim...*

Ouviu Ganeda tomar fôlego atrás dele.

— Diga então, druida, qual é o destino previsto pelas estrelas para a menina nascida nesta hora?

O velho se virou. Ganeda o encarou, os olhos brilhantes de raiva e lágrimas não derramadas. *Ela tem o direito de perguntar isso*, pensou soturnamente. Ganeda tinha sido preterida em favor da irmã mais nova quando a grã-sacerdotisa anterior morrera. Ele imaginou que talvez o cargo recaísse sobre ela agora.

Então o espírito dentro dele se levantou para responder ao desafio dela. O homem limpou a garganta.

— Assim dizem as estrelas... — A voz dele estremeceu só um pouco. — A criança que nasceu na Virada do Outono, assim que a noite abria espaço para a aurora, estará na virada da Era, o portal entre dois mundos. O tempo do Carneiro passou, e agora o Peixe rege. A lua esconde o rosto; esta moça vai esconder a lua que leva na testa, e só na velhice alcançará seu verdadeiro poder. Atrás dela está a estrada que leva para a escuridão e seus mistérios, diante dela brilha a luz bruta do dia.

— Marte está no signo de Leão, mas a guerra não a derrubará, pois é regida pela estrela da realeza. Para esta criança, o amor andará com a soberania, pois Júpiter é atraído em direção a Vênus. Com essa união, seu brilho iluminará o mundo. Nesta noite, todos vão em direção a Virgem, que será sua verdadeira rainha. Muitos se curvarão diante dela, mas sua verdadeira soberania estará escondida. Todos a louvarão, no entanto, poucos conhecerão seu verdadeiro nome. Saturno agora está em Libra; suas lições mais duras serão para manter um balanço entre a velha sabedoria e a nova. Mas Mercúrio está escondido. Para esta criança, prevejo muitas andanças e muitos mal-entendidos, e, ainda assim, no fim todos os caminhos levam ao júbilo e ao seu verdadeiro lar.

Em torno dele as sacerdotisas murmuravam:

— Ele profetiza grandeza. Ela será a Senhora do Lago como a mãe antes dela!

O Merlim franziu a testa. As estrelas haviam lhe mostrado uma vida de magia e poder, mas ele lera as estrelas para sacerdotisas muitas vezes antes, e os padrões que vaticinaram suas vidas não eram os que via agora. Parecia-lhe que aquela criança estava destinada a trilhar um caminho distinto dos que tinham sido trilhados por qualquer outra sacerdotisa de Avalon.

— O bebê é saudável e bem formado?

— Ela é perfeita, meu senhor. — Cigfolla se levantou, aninhando no peito a criança embrulhada.

— Onde vão encontrar uma ama para ela?

Ele sabia que nenhuma mulher em Avalon estava amamentando.

— Ela pode ir para a vila dos moradores do lago — respondeu Ganeda. — Ali sempre há uma mulher com um recém-nascido. Mas vou enviá-la ao pai dela assim que parar de mamar.

Cigfolla apertou sua carga de modo protetor, mas a aura de poder que envolvia a grã-sacerdotisa já descia sobre Ganeda, e, se a jovem tinha objeções, não as expressou em voz alta.

— Tem certeza de que isso é sensato? — Pela virtude de seu cargo, o Merlim *podia* questionar a decisão de Ganeda. — Ela não precisará ser treinada em Avalon para se preparar para o seu destino?

— O que os deuses ordenaram eles farão acontecer, não importa o que fizermos — respondeu Ganeda. — Mas levará tempo até que eu consiga olhar para o rosto desta criança sem enxergar minha irmã morta diante de mim.

O Merlim franziu o cenho, pois sempre tivera a impressão de que havia pouco amor entre Ganeda e Rian. Mas talvez fizesse sentido; se Ganeda sentia-se culpada por ter invejado a irmã, o bebê seria uma recordação dolorosa.

— Se a menina demonstrar talento quando for mais velha, talvez possa voltar — continuou Ganeda.

Se fosse um homem mais jovem, o Merlim poderia ter buscado uma maneira de dobrá-la, mas tinha visto a hora da própria morte nas estrelas e sabia que não estaria ali para proteger a menininha. Se Ganeda se ressentisse dela, talvez fosse melhor que a criança vivesse com o pai enquanto era pequena.

— Mostre-me a criança...

Cigfolla se levantou, jogando para trás a ponta da manta. O Merlim mirou o rosto da criança, ainda fechado em si mesmo como o botão de uma rosa. Era grande para uma recém-nascida, de ossos largos como o pai. Não era de espantar que a mãe tivesse lutado uma batalha tão impiedosa para pari-la.

— Quem é você, pequenina? — ele murmurou. — É digna de tamanho sacrifício?

— Antes de morrer... a Senhora... disse que ela deveria se chamar Eilan... — Cigfolla respondeu a ele.

— Eilan... — o Merlim repetiu, e, como se tivesse entendido, a criança abriu os olhos. Ainda eram do cinza opaco da infância, mas a expressão, arregalada e grave, era muito mais velha. — Ah... esta não é a primeira vez para você — ele então disse, saudando-a como um viajante que encontra um velho amigo na estrada e se detém por um momento, antes de ambos continuarem seus caminhos separados. Sentia uma pontada de tristeza porque não viveria para ver aquela criança crescer.

— Bem-vinda de volta, minha querida. Bem-vinda ao mundo.

Por um minuto, as sobrancelhas do bebê se encontraram. Então os pequenos lábios se curvaram para cima em um sorriso.

PARTE I
O caminho para o amor

~ UM ~

259 d.C.

—Ah! Vejo água brilhando ao sol! É o mar?
Enfiei os calcanhares nos flancos arredondados do pônei para emparelhá-lo ao cavalo grande de Corinthius. O animal saiu num trote duro enquanto eu agarrava sua crina.

— Ah, Helena, seus olhos jovens estão melhores que os meus — respondeu o velho, que tinha sido professor de meus meio-irmãos antes de se ocupar de mim. — Um brilho de luz é tudo que consigo ver. Mas acho que, diante de nós, devem estar as planícies do País do Verão, inundadas pelas chuvas da primavera.

Joguei para trás uma mecha de cabelo e olhei em volta. As águas eram entrecortadas por outeiros de terreno alto, como ilhas, e divididas por filas sinuosas de árvores. Além dos outeiros, divisava uma linha de colinas onde Corinthius dissera que havia minas de chumbo, terminando em uma névoa brilhante que deveria ser o estuário do Sabrina.

— Então estamos quase lá?

O pônei jogou a cabeça quando apertei seus flancos e então puxou as rédeas.

— Estamos, se as chuvas não tiverem levado embora a passagem elevada e conseguirmos localizar a vila do povo do lago que meu mestre me disse para encontrar.

Olhei para ele com uma ligeira pena, pois parecia muito cansado. Podia ver rugas no rosto magro sob o chapéu de palha largo, e ele estava sentado na sela todo encurvado. Meu pai não deveria ter feito o velho viajar toda aquela distância. Mas quando a jornada acabasse, Corinthius, um grego que vendera a si mesmo como escravo quando era jovem em troca de dotes para as irmãs, teria sua liberdade. Fizera um bom pé-de-meia ao longo dos anos e tinha a intenção de montar uma escola em Londinium.

— Vamos chegar à vila do lago pela tarde — disse o guia que tinha se juntado à minha escolta em Lindinis.

— Quando chegarmos lá, vamos descansar — afirmei enérgica.

— Pensei que estava ansiosa para chegar ao Tor — comentou Corinthius, com bondade. *Talvez ficasse triste em me perder*, pensei, sorrindo para ele. Depois de meus dois irmãos, que não ligavam para nada a não ser caçar, ele havia dito que sentia prazer em ensinar alguém que realmente queria aprender.

— Terei o resto da vida para desfrutar de Avalon — respondi. — Posso esperar mais um dia para chegar.

— E começar novamente seus estudos — riu Corinthius. — Dizem que as sacerdotisas de Avalon preservaram a velha sabedoria druida. É um pequeno consolo saber que não vai passar a vida cuidando da casa de algum magistrado gordo, parindo os filhos dele.

Sorri. A mulher de meu pai tinha tentado me convencer de que aquela vida era a maior aspiração de uma mulher, mas eu sempre soubera que mais cedo ou mais tarde iria para Avalon. Foi mais cedo por causa da rebelião de um general chamado Póstumo, cuja guerra tinha isolado a Britânia do império. Desprotegida, a costa sudeste estava vulnerável a saqueadores, e o príncipe Coelius achara melhor mandar a filhinha para a segurança de Avalon enquanto ele e os filhos se preparavam para defender Camulodunum.

Por um momento, então, meu sorriso se desfez, pois eu sempre fora a menina dos olhos de meu pai, e odiava pensar que ele pudesse estar em perigo. Mas sabia bem que enquanto ele estivesse longe de casa, minha vida lá não teria sido feliz. Para os romanos, eu era a filha ilegítima de meu pai, sem família por parte de mãe, pois era proibido falar de Avalon. Na verdade, Corinthius e a velha Huctia, que tinha sido minha ama, foram minha família, e Huctia morrera no inverno anterior. Estava na hora de voltar para o mundo da minha mãe.

A estrada agora descia, serpenteando suavemente para lá e para cá na encosta da colina. Ao sairmos da cobertura das árvores, levantei a mão para proteger os olhos do sol. Abaixo, as águas se estendiam sobre a terra como um lençol de ouro.

— Se você fosse um cavalo das fadas — murmurei para o pônei — , poderíamos galopar por aquele caminho brilhante até Avalon.

Mas o pônei apenas balançou a cabeça e se esticou para uma bocada de grama, e continuamos a descer pela estrada, um passo por vez até chegarmos aos troncos escorregadios da passagem. Agora eu via as hastes cinzentas da grama do verão passado ondulando na água e, além delas, as touceiras de junco que circundavam os canais e lagoas perenes. A água mais profunda era escura, carregada de mistério. Que espíritos governavam aqueles pântanos, onde todos os elementos eram tão confusos e misturados que não era possível saber onde acabava a terra e começava a água? Estremeci um pouco e virei o olhar para o dia luminoso.

Conforme a tarde se arrastava para a noite, uma névoa começou a se levantar da água. Seguíamos mais lentamente agora, deixando as montarias escolherem onde pisavam nas toras escorregadias. Eu cavalgava desde que aprendera a andar, mas até ali, cada dia da jornada havia sido curto, apropriado para a resistência de uma criança. A viagem daquele dia, o estágio final de nossa jornada, tinha sido mais longa. Sentia uma dor fraca nas pernas e nas costas e sabia que ficaria feliz em desmontar da sela quando o dia terminasse.

Saímos de baixo das árvores, e o guia refreou a montaria, apontando. Além do emaranhado de charcos e matas, levantava-se uma colina pontuda. Eu tinha sido tirada daquele lugar quando mal completara um ano e, ainda assim, com uma certeza além da memória, sabia que estava olhando para o Tor sagrado. Tocado pelos últimos raios de sol, ele parecia brilhar por dentro.

— A Ilha de Vidro... — murmurou Corinthius, arregalando os olhos com apreço.

Mas não Avalon..., pensei, recordando as histórias que tinha ouvido. O amontoado de casinhas redondas de pedra ao pé do Tor pertencia à pequena comunidade de cristãos que vivia ali. A Avalon dos druidas estava nas brumas entre aquele mundo e o mundo das fadas.

— E ali está a vila do povo do lago — disse o guia, indicando os rastros de fumaça que subiam por trás dos salgueiros. Quando ele bateu as rédeas contra o pescoço de seu pônei, todos os cavalos, sentindo o fim da jornada, foram para a frente com entusiasmo.

***

— Temos a barca, mas para cruzar até Avalon precisam de sacerdotisa. Ela diz se podem entrar. Tem que ser agora? Querem que a chame?

As palavras do chefe eram respeitosas, mas havia pouca deferência na postura dele. Seu povo era o guardião de Avalon há quase trezentos anos.

— Não nesta noite — respondeu Corinthius. — A moça aguentou uma longa jornada. Que tenha uma boa noite de sono antes de precisar conhecer todas as pessoas em seu novo lar.

Apertei a mão dele com gratidão. Estava ansiosa para chegar a Avalon, mas, agora que nossa jornada chegara ao fim, tive a consciência dolorosa de que não veria Corinthius de novo, e só então percebi o quanto gostava daquele homem. Eu havia chorado quando minha ama morrera e sabia que choraria por perder Corinthius também.

O povo do lago nos recebeu em uma das casas redondas de teto de sapé erguidas em palafitas no charco. Um bote longo e baixo estava amarrado ao lado dela, e uma ponte que estalava a conectava com o terreno alto. Os moradores da vila eram um povo pequeno, de estrutura esguia, com cabelos e olhos escuros. Aos dez anos, eu já era tão alta quanto uma mulher adulta deles, embora tivesse o mesmo cabelo castanho-escuro. Observei-os com curiosidade, pois ouvira que minha mãe tinha sido parecida com eles ou talvez tanto ela quanto eles se assemelhassem ao povo das fadas.

Os aldeões nos trouxeram uma cerveja rala e um cozido de peixe e painço temperado com alho-selvagem, e bolos achatados de aveia assados na lareira de pedra. Quando terminamos de comer o cardápio simples, nos sentamos perto do fogo com corpos cansados demais para qualquer movimento e mentes que ainda não estavam prontas para dormir. Ficamos observando as chamas esmaecerem em brasas que brilhavam como o sol desaparecido.

— Corinthius, quando tiver sua escola em Londinium, vai se lembrar de mim?

— Como poderia me esquecer de minha mocinha, brilhante como um dos raios de Apolo, quando estiver lutando para enfiar hexâmetros em latim nas cabeças duras de uma dúzia de meninos? — Os traços gastos se vincaram quando ele sorriu.

— Precisa chamar o Sol de Belenos — eu disse — nesta terra do norte.

— Quis dizer o Apolo dos hiperbóreos, minha criança, mas é tudo a mesma coisa...

— Realmente acredita nisso?

Corinthius levantou uma sobrancelha.

— "Apenas um sol brilha aqui e na terra em que nasci, embora nós o chamemos por nomes diferentes. No domínio da Ideia, os grandes princípios por trás das formas que vemos são os mesmos."

Franzi o cenho, tentando compreender suas palavras. Ele tinha tentado explicar os ensinamentos do filósofo Platão, mas achei difícil compreendê-los. Cada lugar que eu visitava tinha seu próprio espírito, e esses espíritos eram distintos como as almas humanas. Aquela terra que chamavam de País do Verão, toda formada por colinas, florestas e lagoas escondidas, parecia um mundo diferente dos campos largos e planos com bosques em volta de Camulodunum. Avalon, se as histórias que eu ouvira fossem verdade, seria ainda mais estranha. Como seus deuses poderiam ser os mesmos?

— Acho que é você, pequena, com toda a vida diante de si, que vai se esquecer de mim — disse então o velho. — O que foi, criança? — ele acrescentou, curvando-se para levantar a mecha de cabelo que escondia meus olhos. — Está com medo?

— E se... se eles não gostarem de mim?

Por um instante Corinthius acariciou meu cabelo, e então recostou-se com um suspiro.

— Devo dizer-lhe que para o verdadeiro filósofo isso não deveria ter importância, pois a pessoa virtuosa não precisa da aprovação de ninguém. Mas que conforto isso traz a uma criança? Todavia é verdade. Há pessoas que não gostam de você, não importa o que faça, e, quando isso acontece, você pode apenas tentar servir a Verdade como a vê. E ainda assim, se conquistou meu coração, certamente haverá outros que também a amarão. Procure aqueles que precisam de seu amor, e eles devolverão a bênção.

O tom dele era estimulante, então engoli em seco e consegui sorrir. Eu era uma princesa, e um dia seria também uma sacerdotisa. Não devia deixar que as pessoas me vissem chorar.

Houve um agito na porta. A coberta de pele de vaca foi empurrada para o lado, e vislumbrei uma criança segurando um filhote de cachorro que se retorcia. A mulher do chefe o viu e disse algo reprovador no dialeto do lago. Apreendi a palavra para cão de caça e percebi que diziam a ele para tirar o cão dali.

— Ah, não... eu gosto de filhotes! — exclamei. — Por favor, deixe-me vê-lo!

A mulher parecia em dúvida, mas Corinthius assentiu, e o menino veio até mim, sorrindo, e soltou o animal nas minhas mãos estendidas. Ao apertar aquela trouxinha peluda que se contorcia, comecei a sorrir também. Já podia ver que não era um dos galgos graciosos que costumavam se recostar com uma nobre dignidade no salão do meu pai. Aquele filhote era muito pequeno, o pelo cor de creme já grosso demais, e a cauda, muito enrolada. Mas os olhos castanhos brilhavam de interesse, e a língua que oscilava debaixo do botão negro e úmido do nariz para lamber minha mão era rosa e morna.

— Isso, isso mesmo, e você não é uma gracinha? — Apertei o cãozinho contra o peito e ri de novo quando ele tentou lamber meu rosto.

— Uma criatura sem raça nem modos — disse Corinthius, que não gostava de animais. — E provavelmente tem pulgas...

—Não, senhor — respondeu o menino —, é cão das fadas.

Corinthius levantou uma sobrancelha eloquente, e o menino franziu o cenho.

— Falo verdade! — exclamou. — Aconteceu antes. A mãe some por dois, três dias. Tem um filhote só, branco como esse. Cachorro das fadas vive muito, e se não morto, quando velho, some. Cachorro vê espíritos e sabe caminho para Além-Mundo!

Sentindo o calor vivo da criatura em meus braços, escondi o rosto no pelo suave para mascarar meu próprio riso, pois o resto do povo do lago assentia solenemente, e eu não queria insultá-los.

— Ela presente, vai cuidar de você — disse então o menino.

Contive mais um ataque de riso com a ideia de que aquela bola de pelos poderia proteger o que quer que fosse e então me endireitei para sorrir para o menino.

— Ela tem nome?

O menino deu de ombros.

— Povo das fadas sabe. Talvez ela diga a você um dia.

— Vou chamá-la de Eldri, até que eles me digam, pois ela é branca e delicada como a flor do sabugueiro. — Eu a observei enquanto dizia isso, e então olhei de volta para o menino. — E você? Tem nome?

Escondi o quanto estava achando aquilo divertido ao ver um rubor esquentando a pele pálida dele.

— É "Lontra" em sua língua — ele respondeu, enquanto os outros riam.

Um nome de uso, pensei. Em sua iniciação, ele receberia outro que só seria conhecido dentro da tribo. E como deveria responder a ele? No mundo de meu pai, eu era Julia Helena, mas aquilo parecia irrelevante ali. Melhor usar o nome que minha mãe me dera quando nasci.

— Obrigada — eu disse. — Pode me chamar de Eilan.

***

Acordei de um sonho com muitas águas, piscando na luz da manhã. Tinha estado em uma longa barca achatada que deslizava silenciosamente através da névoa rodopiante até que ela se partia para revelar uma bela ilha verde. Mas então o cenário mudava, e eu estava em uma galé que se aproximava de uma planície infinita de pântanos com um grande rio cinza-esverdeado que se dividia em uma miríade de canais mar adentro. Então a visão mudava para uma terra de pedras e areias douradas banhada por um mar azul brilhante. Mas a ilha verde era a mais bela. Algumas vezes na vida, eu sonhara coisas que se tornaram verdade. Eu me perguntei se essa seria uma delas. Mas a memória já escapava. Suspirei e abri os olhos.

Empurrei as peles de dormir em que tinha me aninhado com Eldri, enrolada contra mim, e esfreguei os olhos. Agachada ao lado da fogueira do chefe e bebendo chá de uma taça de argila grosseira havia alguém que eu não tinha visto antes. Notei primeiro a longa trança marrom e a manta azul, e então, quando ela se virou, a marca da sacerdotisa tatuada entre as sobrancelhas. O crescente azul ainda estava brilhante, e o rosto macio era o de uma garota. Não fazia muito tempo que fora iniciada. Então, como se sentisse meu olhar sobre ela, a sacerdotisa se virou, e meus olhos baixaram diante daquele olhar distante e perene.

— O nome dela é Suona — disse Corinthius, dando tapinhas em meu ombro. — Ela chegou agora ao amanhecer.

Eu me perguntei como o chefe a tinha chamado. O povo das fadas levara a mensagem ou havia algum feitiço secreto?

— É essa a moça? — perguntou Suona.

— A filha do príncipe Coelius de Camulodunum — respondeu Corinthius. — Mas sua mãe era de Avalon.

— Ela parece velha para começar o treinamento aqui...

Corinthius balançou a cabeça.

— Ela é bem crescida para a idade, mas tem apenas dez invernos. E Helena não ficou sem educação. Foi ensinada a usar a mente assim como a fazer o trabalho de uma mulher. Lê e escreve em latim e sabe um pouco de grego, e aprendeu os números também.

Suona não parecia muito impressionada. Levantei o queixo e enfrentei o olhar escuro com firmeza. Por um momento senti uma sensação estranha de formigamento na cabeça, como se algo tivesse tocado minha mente. Então a sacerdotisa assentiu de leve, e o formigamento parou. Pela primeira vez, ela falou diretamente comigo.

— Ir para Avalon é desejo seu ou de seu pai?

Senti o coração bater forte, mas fiquei aliviada quando minhas palavras saíram firmes.

— Quero ir para Avalon.

— Deixe a criança tomar seu desjejum, e então estaremos prontos — disse Corinthius, mas a sacerdotisa balançou a cabeça.

— Você não, apenas a moça. Forasteiros são proibidos de olhar para Avalon, exceto quando os deuses pedem.

Por um momento, o velho pareceu emocionado, então baixou a cabeça.

— Corinthius! — senti lágrimas brotando em meus próprios olhos.

— Não tem importância... — Ele deu um tapinha em meu braço. — Para o filósofo, todas as afeições são transitórias. Devo me esforçar para ficar mais alheio, só isso.

— Mas você não vai sentir minha falta? — agarrei-me à mão dele.

Ele ficou de olhos fechados um instante. Então soltou a respiração em um longo suspiro.

— Sentirei sua falta, filha do coração — ele respondeu baixo —, mesmo sendo contra minha filosofia. Mas você encontrará novos amigos e aprenderá coisas novas, não tema.

Pousou a mão sobre minha cabeça brevemente, e senti as palavras que ele não se permitia dizer.

Senti Eldri agitando-se em meu colo, e o momento de angústia começou a se dissipar.

— Não me esquecerei de você — afirmei resolutamente, e fui recompensada com o sorriso dele.

***

Meus dedos apertaram a borda da barca enquanto os barqueiros empurravam as varas e a embarcação deslizava para longe da margem. Durante a noite, outra névoa havia se levantado da água, e o mundo além da vila era mais sentido do que visto. Apenas uma vez, quando cruzamos o Tamesis em Londinium, eu estivera em um barco. Tinha me sentido quase sobrepujada pela tremenda força do rio e quase chorei quando chegamos à outra margem porque não tinha permissão para seguir aquelas águas até o mar.

No lago, o que sentia com mais intensidade era a profundidade, o que parecia estranho, já que o fundo ainda estava ao alcance das varas dos barqueiros, e eu podia ver as linhas ondulantes das hastes dos juncos sob a superfície da água.

Mas a evidência de meus olhos parecia uma ilusão. Senti as águas que corriam no fundo do lago e percebi que as vinha sentindo desde que começáramos a cruzar as planícies, mesmo quando estávamos sobre o que, aqui, se passava por terra seca. Ali havia pouca distinção entre terra e água, assim como pouca separação entre o mundo dos homens e o Além-Mundo.

Olhei com curiosidade para a mulher sentada na proa, de manto e capuz azul. Para ser sacerdotisa, era necessário se tornar tão distante do sentimento humano? Corinthius também pregava o distanciamento, mas eu sabia que ele tinha um coração sob a túnica de filósofo. *Quando me tornar uma sacerdotisa, não vou me esquecer do que é o amor!*, prometi a mim mesma.

Desejava muito que tivessem permitido que meu velho professor me acompanhasse naquele último pedaço do caminho. Ele ainda acenava para mim da costa, e embora tivesse se despedido de mim com o comedimento de um verdadeiro estoico, tive a impressão de ver um brilho em seus olhos que poderiam ser lágrimas. Enxuguei meus próprios olhos e acenei de volta com mais força, e então, quando o primeiro véu de névoa soprou entre nós, me acomodei de novo no banco.

Ao menos ainda tinha Eldri, aconchegada seguramente na dobra onde minha túnica pendia sobre o cinto. Sentia o calor da cachorrinha no peito e a acariciei de modo tranquilizador sobre o pano. Até ali, ela não tinha latido ou se agitado, como se entendesse a necessidade de ficar em silêncio. Desde que o filhote ficasse escondido, ninguém poderia me proibir de levá-lo a Avalon.

Abri o decote solto da túnica e sorri para os dois olhos brilhantes que me fitavam, então envolvi a manta com folga em torno de mim mais uma vez.

A névoa estava ficando mais espessa, espalhando-se em espirais densas sobre a água como se não apenas a terra, mas o ar se dissolvesse de volta para dentro do útero aquoso primevo. Dos elementos pitagóricos sobre os quais Corinthius me falara, apenas o fogo ficava de fora. Respirei fundo, ao mesmo tempo perturbada e estranhamente tranquilizada, como se algo dentro de mim reconhecesse aquela mistura instável e a acolhesse.

Estávamos bem avançados no lago agora, e os barqueiros remavam. Conforme a barca se movia para a frente, a vila de palafitas desaparecia na bruma atrás de nós. O Tor também estava sumindo. Pela primeira vez, senti um estremecimento de medo. À frente, havia apenas a vila dos monges... para onde me levavam?

Mas Eldri aquecia meu coração, e, na proa, a jovem sacerdotisa sentava-se em silêncio, o rosto sereno. Suona era uma moça sem muita beleza, no entanto, pela primeira vez entendi o que minha ama queria dizer quando falava para eu me sentar como uma rainha.

Embora não visse sinal algum, os barqueiros levantaram os remos abruptamente e os colocaram sobre o colo. A barca flutuava silenciosamente, as últimas ondulações de sua passagem alargando-se de cada lado. Senti uma pressão nos ouvidos e balancei a cabeça para aliviá-la.

Por fim, a sacerdotisa se moveu, jogando o capuz para trás ao se levantar. Com os pés firmes, pareceu se tornar mais alta ao levantar os braços em uma invocação. Ela tomou fôlego, e seus traços comuns ficaram radiantes de beleza. *Os deuses têm essa aparência...*, pensei, enquanto Suona vocalizava uma sequência de sílabas musicais em uma língua que eu jamais ouvira antes.

Então aquilo também foi esquecido, pois as brumas começaram a se mover. Os barqueiros haviam tapado os olhos, mas mantive os meus abertos, mirando as nuvens cinza começando a brilhar com um arco-íris. A luz girava em sentido horário em torno delas, as cores mesclando-se, descolando a realidade do tempo. Por uma eternidade impossível ficamos entre os mundos. Então, com uma explosão final de radiância, as brumas se tornaram uma nébula de luz.

A sacerdotisa voltou ao seu assento, com suor brotando da testa. Os barqueiros pegaram os remos e começaram a remar para a frente como se aquilo não tivesse sido mais que uma pausa para descansar os braços. Soltei a respiração que não sabia que estava prendendo. *Eles devem estar acostumados com isso...*, pensei, atordoada, e então: *como alguém pode se acostumar com essa maravilha?*

Por um momento, embora os remos mergulhassem, não parecíamos nos mover. Então a bruma clara de repente se dissipou, e o Tor ressurgiu em nossa direção. Uni as palmas das mãos, reconhecendo a bela ilha verde.

Mas era mais do que eu vira no sonho. Eu quase esperei ver o amontoado de cabanas de madeira que tinha avistado quando estava na vila do povo do lago, mas elas estavam em Inis Witrin, a ilha dos monges. No lugar delas, na Ilha de Avalon, havia edifícios de pedra. Já vira prédios romanos que eram maiores, mas nenhum que fosse ao mesmo tempo tão imenso e tão gracioso, com pilastras cônicas de pedras polidas. Abençoadas pelo sol da primavera, as construções pareciam brilhar por dentro.

Subitamente entendi. O formato da ilha diante de mim era o mesmo daquela que tinha vislumbrado da vila do lago, mas de algum modo tínhamos passado para Outro Lugar, como se tivéssemos dobrado uma esquina para o mundo do Sonho. Certa vez, minha ama sussurrara para mim a história de uma grande sacerdotisa que arrancara uma ilha mágica do Tempo para um Lugar que, se não era o mundo das fadas, já não era mais totalmente o mundo dos homens. Eu me perguntei se as orações dos monges eram perturbadas por vislumbres da Outra Avalon que jazia como uma sombra brilhante, tão perto deles. E, naquele momento, eu soube também que Avalon era meu destino.

Se tivesse sido capaz de falar, teria implorado aos homens para pararem o barco, para me dizerem o que era cada casa, agora enquanto podia compreender a harmonia delas. Mas a terra se aproximava rápido demais. No instante seguinte, o fundo da barca raspou na areia e deslizou para a margem.

Pela primeira vez, a jovem sacerdotisa sorriu. Ela ficou de pé e me estendeu a mão.

— Bem-vinda a Avalon...

***

— Olhe, é a filha de Rian — os sussurros corriam. Eu os ouvia claramente ao entrar no salão.

— Não pode ser. Ela é alta demais, e Rian morreu faz só dez anos.

— Deve ter puxado a família do pai.

— Isso não vai atrair a simpatia da Senhora — veio a resposta, com um risinho.

Engoli em seco. Era difícil fingir que não ouvia, e mais difícil ainda andar com a postura orgulhosa da filha de um nobre como minha ama tinha ensinado, quando minha vontade era olhar o salão das sacerdotisas como uma camponesa passando pela primeira vez sob o grande portão de Camulodunum.

O salão era circular, como as casas que os britânicos costumavam construir antes da chegada dos romanos, mas aquela edificação era de pedra. A parede externa era apenas do tamanho de um homem alto, mas um círculo de pilares de pedra apoiava o teto inclinado, entalhado com espirais e nós triplos, zigue-zagues e faixas de cores torcidas. As vigas do teto não chegavam a se encontrar, e pelo círculo aberto no centro entrava um feixe de luz.

A galeria redonda estava na penumbra, mas as sacerdotisas de pé no centro estavam radiantes. Ao pilotar a barca através das brumas, Suona usava uma túnica de pele de cerdo. Ali, eu estava cercada por um mar de sacerdotisas azuis. Algumas das mulheres usavam os cabelos em uma trança nas costas como Suona, mas outras os traziam presos no alto ou soltos sobre os ombros. O sol brilhava em suas cabeças descobertas, loiras, morenas, prateadas e acobreadas.

Pareciam ser de todas as idades e tamanhos, semelhantes apenas pelo crescente azul pintado entre as sobrancelhas – e também por algo indefinível em seus olhos. Depois de refletir, decidi que era serenidade, e desejei tê-la, pois meu estômago pulava de ansiedade.

Ignore, disse a mim mesma com severidade. *Vai viver com essas pessoas pelo resto de sua vida. Vai olhar para este salão tantas vezes que não vai mais vê-lo. Não há necessidade de ficar olhando agora, ou de sentir medo.*

Especialmente agora, meu pensamento continuou, conforme as mulheres diante de mim se moveram para os lados e vi a grã-sacerdotisa me esperando. Mas meu sentimento de incerteza voltou quando senti o filhote das fadas se agitar dentro de meu vestido. Sabia que deveria ter deixado a cachorra na Casa das Donzelas, para onde tinham me levado logo após a chegada, mas Eldri estava dormindo, e tive a impressão de que, se ela acordasse em um ambiente estranho, poderia se assustar e fugir. Não havia pensado no que poderia acontecer caso a cachorra acordasse durante minha recepção formal em Avalon.

Cruzei os braços, pressionando o corpo peludo e quente contra o peito em uma tentativa de tranquilização. Eldri era uma cachorra mágica – talvez pudesse ouvir meu pedido silencioso para que ficasse quieta.

O murmúrio das vozes das mulheres se tornou silêncio quando a grã-sacerdotisa levantou a mão. Elas se acomodaram em um círculo, com as sacerdotisas mais experientes ao lado de sua Senhora, e as donzelas, sufocando risinhos, no fim. Achei que eram cinco delas, mas não ousei olhar por tempo suficiente para ter certeza.

Todos os olhares estavam voltados para mim. Fiz um esforço para continuar seguindo em frente.

Agora podia ver a Senhora claramente. Ganeda tinha acabado de passar da meia idade, o corpo grosso por causa da maternidade. O cabelo, que tinha sido ruivo, estava polvilhado de cinza como uma brasa se apagando. Parei diante dela, imaginando qual cumprimento seria apropriado para a Senhora de Avalon. Minha ama tinha me ensinado as reverências adequadas para posições até a de imperatriz, por mais improvável que fosse qualquer césar voltar algum dia a um local tão longínquo como a Britânia.

Não posso errar se fizer a saudação devida a uma senhora imperial, pensei. *Pois, na verdade, ela é a imperatiz em sua própria esfera.*

Quando eu me endireitei, vi os olhos da velha mulher e tive a impressão de que, por um momento, a carranca de Ganeda tinha sido suavizada por um vislumbre de bom-humor, mas talvez tenha imaginado, pois, no momento seguinte, a grã-sacerdotisa estava novamente com o rosto rígido.

— Então… — Ganeda por fim falou. — Você veio a Avalon. Por quê?

A pergunta foi lançada subitamente, como uma lança no escuro.

Olhei de volta para ela, sem palavras.

— Assustou a pobre criança — disse uma das outras sacerdotisas, uma mulher maternal com cabelo loiro que começava a ficar grisalho.

— Foi uma pergunta simples, Cigfolla — respondeu a grã-sacerdotisa, de modo sarcástico —, que preciso fazer a todas que buscam a irmandade de Avalon.

— Ela quer saber — disse Cigfolla — se você veio para cá por sua própria vontade, e não pela coerção de algum homem. Busca o treinamento de uma sacerdotisa, ou apenas um tempo de aprendizado antes de voltar para o mundo?

Ela sorriu de forma encorajadora.

Franzi o cenho, reconhecendo a legitimidade da pergunta.

— Foi pela vontade de meu pai que vim para cá neste momento, por causa dos saques dos saxões — disse lentamente, e vi uma espécie de satisfação brilhar nos olhos de Ganeda. — Mas sempre foi meu destino retornar a Avalon — continuei.

Se tivesse existido alguma dúvida, aquela jornada pelas brumas a teria dissipado. Aquela era a magia no coração das coisas que eu sempre soubera que deveria estar lá. Naquele momento, tinha reconhecido meu legado.

— Trilhar o caminho de uma sacerdotisa é meu desejo mais sincero…

Ganeda suspirou.

— Cuidado com o que deseja, pois pode realmente conseguir... De qualquer maneira, você disse as palavras, e no fim é a Deusa quem decidirá se vai aceitá-la, não eu. Então eu lhe dou boas-vindas.

Houve um murmúrio das outras sacerdotisas com aquela aceitação relutante. Pisquei para afastar as lágrimas, entendendo que minha tia me culpava por ter causado a morte da irmã dela quando nasci. Ela não me queria ali e, sem dúvida, esperava que eu fosse falhar.

Mas não vou falhar!, prometi a mim mesma. *Vou estudar mais que qualquer uma e me tornar uma grande sacerdotisa – tão famosa que meu nome será lembrado por mil anos!*

Ganeda suspirou.

— Venha...

Com o coração batendo tão forte que tive medo de acordar Eldri, fui na direção dela. Ganeda abriu os braços. *Ela é pouco maior que eu!*, pensei surpresa quando fui para o abraço relutante da mulher mais velha. A grã-sacerdotisa parecera tão alta e imponente antes.

Então Ganeda apertou meus ombros e me puxou com força contra o peito. Eldri, amassada entre nós, acordou se retorcendo subitamente, com um latidinho de surpresa. A sacerdotisa me largou como se eu fosse uma brasa acesa, e senti a cor traiçoeira inundando meu rosto quando a cachorrinha colocou a cabeça para fora do decote de meu vestido.

Alguém sufocou um riso, mas meu impulso de rir morreu com a careta de Ganeda.

— O que é isso? Está zombando de nós?

Havia um tom na voz da sacerdotisa como um trovão distante.

— Ela é uma cachorra das fadas! — exclamei, com os olhos cheios de lágrimas. — Eu a ganhei do povo do lago.

— Uma criatura rara e maravilhosa — disse Cigfolla, antes que Ganeda pudesse falar de novo. — Presentes assim não são concedidos à toa.

Um murmúrio de concordância surgiu das outras sacerdotisas. O trovão mental de Ganeda ainda ecoou por um instante no ar, e então, conforme ficava claro que a maioria das outras sacerdotisas me via com simpatia, Ganeda reprimiu sua raiva e conseguiu dar um sorriso fino.

— De fato um belo presente — ela disse em um fiapo de voz —, mas o Salão das Sacerdotisas não é o lugar para ela.

— Sinto muito, minha senhora — gaguejei —, não sabia onde...

— Não faz diferença — Ganeda me cortou. — A comunidade está esperando. Vá, cumprimente o resto de suas irmãs agora.

Com o filhote ainda espiando de dentro da túnica, fui agradecidamente para os braços de Cigfolla, aspirando a lavanda que perfumava seu vestido. A mulher que estava ao lado dela parecia uma cópia mais pálida de Ganeda. Ela tinha nos braços uma filhinha de cabelo brilhante como fogo.

— Eu *conheci* seu rosto em visão, pequena, e estou feliz em recebê-la! Sou sua prima Sian, e esta é Dierna — ela disse em voz baixa. A menininha deu um sorriso dentuço, tão bela e rechonchuda quanto uma criança podia ser. Ao lado daquele cabelo afogueado, a mãe dela parecia ainda mais pálida, como se tivesse dado toda a sua força para a filha. *Ou talvez*, pensei, *o fato de crescer à sombra de Ganeda tenha minado as forças dela.*

— Olá, Dierna. — Apertei a mão rechonchuda.

— Tenho dois anos! — proclamou a menininha. Ela se esticou na direção de Eldri e riu quando a cachorrinha lambeu sua mão.

— Certamente que tem! — respondi, depois de um momento de confusão. Aparentemente era a resposta certa, pois Sian também sorriu.

— Você é muito bem-vinda a Avalon — ela disse, curvando-se para me beijar na testa.

Ao menos um membro da família da minha mãe estava feliz por me ver, pensei, enquanto me virava para a próxima mulher na fila.

Conforme me movia pelo círculo, algumas das mulheres tinham uma carícia para a cachorrinha também, e outras, uma palavra de louvor sobre minha mãe morta. As donzelas que estavam passando pelo treinamento na Ilha Sagrada me receberam com uma admiração encantada, como se eu tivesse tido a intenção de pregar uma peça na grã-sacerdotisa durante todo o tempo. Roud e Gwenna eram da cor loura e corada dos celtas reais, e Heron tinha a constituição esguia e morena do povo do lago. Aelia era quase tão alta quanto eu, embora seu cabelo fosse de um castanho mais claro. Tuli, observando-as na iminência da própria iniciação que se aproximava, e a irmã mais jovem dela, Wren, tinham cabelos louros, cortados curtos como os das outras, e olhos acinzentados. Quando a cachorra, excitada pela atenção, soltou um ganido, elas riram. Aquela não era a maneira como eu gostaria de impressioná-las, mas, para o bem ou para o mal, Eldri parecia ser um talismã poderoso.

E então a formalidade dos cumprimentos acabou, e a fila solene se transformou em um amontoado de mulheres conversando. Mas, enquanto as meninas me levavam para a segurança da Casa das Donzelas, vi Ganeda me observando e percebi que, se minha tia não havia gostado de mim antes, agora iria me odiar. Eu tinha crescido na corte de um príncipe e sabia que nenhum soberano podia se dar ao luxo de ser ridicularizado no próprio salão.

dois

262-63 d.C.

— Mas para onde vão as pessoas quando visitam o País das Fadas? É apenas o espírito que viaja, como em um sonho, ou o corpo realmente se move entre os mundos?

Estava deitada de bruços com a luz do sol batendo em minhas costas, e as palavras de Wren de fato pareciam vir de outro mundo. Parte da minha mente tinha consciência de estar deitada no solo da Ilha Sagrada com as outras donzelas, ouvindo os ensinamentos de Suona, mas minha essência flutuava em uma espécie de estado intermediário a partir do qual seria muito fácil viajar totalmente.

— Estão aqui ou não? — perguntou Suona, de modo ácido.

— Não de todo — sussurrou Aelia, rindo. Como sempre, ela tinha tomado o lugar ao meu lado.

— Vocês atravessaram as brumas para chegar até aqui, de outro modo teriam ido parar em Inis Witrin — continuou a sacerdotisa. — É mais fácil viajar apenas em espírito, mas, na verdade, o corpo também pode ser transposto por aqueles que foram treinados na sabedoria ancestral…

Rolei de lado e me sentei. Era um dia de primavera com calor atípico, e Suona trouxera as alunas para o pomar de macieiras. A luz descia em um brilho mutante através das folhas novas, sarapintando de dourado os vestidos de linho cru das garotas. Wren pensava sobre a resposta, a cabeça pendida de lado como o pássaro que inspirara o nome dela.

Sempre se podia contar com ela para dizer o óbvio, e, como a mais jovem das donzelas sendo treinadas em Avalon, era alvo de muitas zombarias. Eu já tinha visto o que acontecia quando um novo membro era introduzido em uma matilha de cães de caça, e esperava que todas fossem se unir contra *mim*.

Mas, ainda que Ganeda não demonstrasse nenhum favoritismo, eu *era* parente da Senhora de Avalon. Talvez fosse poupada por causa do meu tamanho, pois, aos treze anos, Aelia e eu éramos quase tão altas quanto várias das sacerdotisas adultas, ou porque Wren era um alvo tão fácil. De qualquer modo, era a menina mais nova que recebia a implicância, e eu fazia o possível para protegê-la.

— Os cristãos têm uma lenda sobre um profeta chamado Elias, que subiu aos céus em uma carruagem de fogo — eu disse animadamente. Como parte de nossa educação, tínhamos sido levadas a uma missa na outra ilha. — Ele também era um adepto?

Suona parecia um pouco azeda, e as outras garotas riram. Tinham se acostumado a pensar nos cristãos de Inis Witrin como tolos, ainda que geralmente bondosos, velhos que murmuravam preces e tinham se esquecido da sabedoria ancestral. No entanto, se fosse verdade o que eu ouvira falar sobre São José, seu fundador, então eles também haviam tido algum conhecimento dos Mistérios um dia.

— Talvez — respondeu Suona, sem vontade. — Imagino que as leis do Mundo Espiritual sejam similares às do mundo da Natureza e não operem em outros lugares de maneira muito diferente de como operam aqui. Mas é em Avalon que os velhos costumes são praticados e a verdade é relembrada. Para a maioria dos homens, este lugar é apenas um sonho e uma lenda mágica. As senhoritas têm muita sorte de morar aqui!

Os risos minguaram, e as donzelas, percebendo que a paciência da professora estava acabando, arrumaram as saias com decoro em torno de si e se endireitaram de novo.

— Lembro como me senti ao atravessar as brumas pela primeira vez — eu disse —, pois cheguei há apenas três anos. Foi como se minha mente fosse virada do avesso, e então o mundo mudou.

Apenas três anos e, no entanto, era o mundo lá fora que parecia um sonho. Apenas meu pai poderia ter me persuadido a voltar para a terra dos homens, mas ele fora morto por saqueadores saxões no ano anterior. Chorei quando soube, tão amargamente que Ganeda me mandou dormir na Casa da Cura, para não chatear as outras donzelas. Minha garganta se apertou com a memória. Uma sacerdotisa, dissera ela, precisava estar acima do apego humano. Agora, quando me lembrava daquela tristeza, era a raiva que sentia de minha tia que me ajudava a represá-la. Era revoltante pensar que Ganeda era a parente mais próxima que me restava, mas as outras sacerdotisas eram boas, e, entre as donzelas, Aelia era minha amiga inseparável.

Suona sorriu um pouco.

— Imagino que essa seja uma descrição tão boa quanto qualquer outra. Mas aquela não é a única maneira de se mover de um mundo para outro. Deslocar-se da vida nas tribos para Londinium é uma grande jornada para o espírito, e alguns dos que a fazem adoecem e definham como árvores transplantadas para um solo hostil, porque suas mentes não conseguem suportar a mudança.

Assenti. Tinha ido a Londinium várias vezes durante a infância, e embora o príncipe Julius Coelius fosse romano no título e ensinasse os filhos a falar latim tão bem quanto a língua materna, ainda me lembrava do choque quando atravessamos os portões da cidade e o barulho da capital se levantou em torno de nós, como um mergulho no mar.

— Mas nossos corpos vão para o País das Fadas? — perguntou Wren, que era capaz de se agarrar a um tópico como um terrier quando seu interesse era instigado.

Vendo Suona franzir o cenho, me adiantei mais uma vez.

— Sabemos que nossos corpos sólidos estão aqui sentados no pomar abaixo do Tor, mas com exceção do clima, que às vezes é um pouco diferente, Avalon, que fica entre eles, não é tão diferente do mundo externo.

— Há outras diferenças — disse a sacerdotisa —, que aprenderão quando estiverem em um estágio mais avançado do treinamento. Certos tipos de magia funcionam melhor aqui, porque estamos em um cruzamento de linhas de poder, e por causa da estrutura do Tor... Mas, na maior parte, o que diz é verdade.

— Mas o País das Fadas não é a mesma coisa — disse Tuli. — O tempo lá corre mais devagar, e o povo é mágico.

— É verdade, e ainda assim, um mortal disposto a pagar o preço pode morar lá.

— Qual é o preço? — perguntei.

— Perder as lindas mudanças graduais das estações e todo o conhecimento agregado da mortalidade.

— Isso é assim tão ruim? — questionou Roud, o cabelo ruivo brilhando conforme a trança caía para a frente. — Se for para lá enquanto é jovem?

— Gostaria de ficar para sempre com nove anos? — retrucou Suona.

— Quando tinha nove anos eu era um bebê! — disse Roud, da eminência de seus catorze anos.

— Cada idade tem seus próprios deleites e alegrias — continuou a sacerdotisa —, que são perdidos quando se vai a um lugar onde o tempo não tem significado, para além dos círculos do mundo.

— Claro que quero crescer — murmurou Roud. — Mas quem gostaria de ser *velho*?

Todo mundo, pensei, *se Suona estivesse certa*. No entanto, era difícil acreditar, pois olhos jovens podiam mirar as árvores e o brilho do sol na água, e jovens ouvidos escutavam a música da cotovia conforme ela subia pelos céus, e um corpo jovem se retorcia de impaciência para correr com Eldri pela grama crescida, para dançar, ser livre.

— E é por isso que, na maioria das vezes, fazemos nossas jornadas apenas em espírito — completou Suona. — E, no momento, os de vocês estão saltitando como ovelhas num gramado. Se tiverem a bondade de focar suas mentes por alguns minutos, temos trabalho a fazer.

Ai de mim, pensei, *não era nada tão empolgante quanto uma viagem ao País das Fadas*. O povo de Avalon, tanto as sacerdotisas quanto os sacerdotes, não passavam todo o tempo em rituais. Lã e linho precisavam ser fiados; os jardins, cuidados; os prédios, consertados. Mas ao menos parte do trabalho envolvia também o coração, além das mãos. Agora, quando as frutas brotavam, era hora de trabalhar com os espíritos das árvores.

— Sentem-se quietas, então, e descansem sobre a terra.

Enquanto a sacerdotisa falava, as garotas se aprumavam obedientemente em posição de meditação, as pernas cruzadas como o Cornífero abençoando os animais.

Fechei os olhos, a respiração entrando automaticamente no ritmo lento e regular do transe.

— Vejam com a mente este pomar; as asperezas e suavidades nos troncos das macieiras, o brilho das folhas quando o vento as move. Agora, comecem a ver com outros sentidos. Estendam os braços e toquem o espírito da árvore diante de vocês. Sintam o poder irradiando dela em um brilho dourado.

Ouvindo a voz suave, me vi passando para aquele estado de passividade no qual as imagens se formavam quase imediatamente ao ouvir as palavras. Se era sentimento ou imaginação, não saberia dizer, mas sabia que estava tocando o espírito da árvore.

— Deixe seu próprio poder fluir para fora; agradeça à árvore pelos frutos que deu, ofereça um pouco de sua energia para ajudá-la a fazer mais…

Soltei o fôlego com um suspiro, sentindo que afundava cada vez mais, mesmo quando a árvore ganhou um brilho mais forte. E então percebi que o que via não era uma forma de árvore brilhante, mas a forma de uma mulher iluminada, que estendia os braços e sorria. Por um segundo pensei ver outro país além de mim, cintilando com uma beleza maior até mesmo que a de Avalon. Em resposta a isso, uma alegria pulsou através de mim em uma onda que levou embora toda a consciência.

Quando voltei a mim, estava deitada de costas na grama. Suona estava curvada sobre mim. Podia ver Aelia mais atrás, observando com o rosto pálido e os olhos preocupados.

— Você deveria usar *um pouco* de sua energia — disse Suona, acidamente, endireitando-se. A testa dela estava pontilhada de suor, e eu me perguntei quão difícil teria sido trazer meu espírito de volta. — Uma sacerdotisa precisa aprender não apenas a dar, mas a controlar seu poder!

— Sinto muito — sussurrei. Não me sentia exatamente fraca, mas transparente, ou talvez a substância do mundo tivesse ficado mais fina, pois ainda enxergava um brilho através do tronco da macieira.

***

A primavera se transformou em verão, mas Sian, a filha da Senhora, continuava adoentada. Nunca chegara a se recuperar por completo do parto da segunda filha, no inverno anterior. Isso me entristecia, pois ela tinha sido bondosa, e eu sentia que ela teria tentado suavizar a severidade da mãe a meu respeito se estivesse bem. Com frequência, durante aqueles longos dias, eu ficava encarregada dos cuidados com Dierna e a pequena Becca. Tinha me tornado uma bela contadora de histórias em minha missão de entretê-las. Às vezes, um dos meninos que estavam sendo treinados pelos druidas, como o pequeno Haggaia, se juntava a nós.

— Nos dias antigos, antes da chegada dos romanos, havia um rei nas terras do oeste, e o povo reclamava porque sua rainha não tinha lhe dado um filho — falei.

— Ela teve uma filha? — perguntou Dierna, a cabeça brilhante reluzindo na luz da tarde que atravessava obliquamente as árvores em torno do poço sagrado. Era fresco ali no fim do verão, ouvindo a canção sem fim das águas frias que jorravam da fonte sagrada.

A irmã dela, Becca, dormia em uma pilha de cobertores ali perto, com Eldri enrodilhada ao lado. A cadelinha tinha ficado grande demais para ser carregada na parte dianteira do meu vestido, mas ainda não era maior que um gato. Dormindo ali, a não ser pelo focinho negro, ela parecia um monte de lã branca. Haggaia estava deitado de bruços perto dali, meio apoiado nos cotovelos, o cabelo castanho brilhando no sol.

— Não que eu saiba — respondi.

— Então foi por isso que reclamaram — disse Dierna, decididamente. — Teria ficado tudo bem se ela tivesse uma menina.

Naquela tarde, Sian descansava. Nenhum dos remédios de ervas de Cigfolla parecia ajudá-la. Eu sabia que as sacerdotisas mais velhas estavam preocupadas, embora não falassem sobre isso, ou não teriam ficado tão gratas quando me ofereci para cuidar das duas meninas. Mas na verdade não me incomodava, pois Becca era brilhante e agitada como um filhote, e Dierna era como a irmãzinha que eu sempre desejara ter.

— Quer saber o que aconteceu ou não? — perguntei a ela, divertindo-me involuntariamente.

Haggaia fez uma careta, mas não era de se espantar que Dierna pensasse que uma filha era mais importante, vivendo na Ilha Sagrada onde os druidas estavam sujeitos à vontade da Senhora de Avalon. Se houvesse um Merlim, a autoridade poderia ser dividida de modo mais equilibrado, mas o último morrera pouco depois do meu nascimento, e ninguém havia herdado seus poderes.

— O que aconteceu? — exigiu o menino.

— O rei amava sua mulher e disse aos conselheiros para esperarem outro ano até que ela tivesse um filho. E, de fato, antes que o ano terminasse eles tiveram uma filhinha.

Aquela não era a maneira como o cantor do salão de meu pai contara a história, mas ele não era um druida, ensinado a memorizar o velho conhecimento com exatidão, e frequentemente dizia que um bardo precisa adaptar seu material ao gosto da audiência. Encorajada pelo sorriso de Dierna, segui inventando.

— A rainha tinha mulheres para cuidar da menina, mas elas adormeceram, e, enquanto todas dormiam, a princesinha desapareceu! Quando acordaram, ficaram apavoradas pensando na fúria do rei. Mas a rainha tinha uma cachorra que dera cria naquela mesma noite, e então as mulheres pegaram dois dos filhotes, mataram-nos e esfregaram o sangue na boca da rainha, colocando os ossos ao lado dela e, quando o rei chegou, juraram que a senhora tinha comido a própria criança!

Agora não apenas as crianças franziam a testa, mas Eldri tinha acordado e me fitava com olhos castanhos reprovadores, como se entendesse cada palavra.

— Preciso agradar a você também? — murmurei, tentando pensar em como salvar a história. — Não chore, Dierna. Vai dar tudo certo, prometo!

— A rainha morreu? — sussurrou Haggaia.

— Na verdade, não, pois o rei a amava e não acreditou nas acusações, embora não pudesse provar que eram falsas. Mas ela *sofreu* uma punição.

— Eles saberiam que os ossos eram de filhotes se ela estivesse em Avalon — declarou Dierna. — Mas sinto pena da mãe cachorro que perdeu seus filhos — ela adicionou, como se pedisse desculpas para Eldri.

— Ela não foi a única! — eu disse, inventando rapidamente sem me preocupar com a forma tradicional da história. — No mesmo país, havia um fazendeiro cuja cadela dava cria todos os anos, e um dos filhotes sempre desaparecia, assim como a filha da rainha. Então o fazendeiro ficou acordado uma noite para ver o que estava acontecendo... — Fiz uma pausa dramática.

— Havia um monstro? — perguntou Dierna, os olhos arregalados.

— Realmente havia, e o fazendeiro girou o machado e cortou suas garras com o filhote ainda preso nelas, e então começou a perseguir a besta que saiu correndo. Não conseguiu pegá-la, mas quando voltou ao celeiro, o que acha que ele encontrou?

— O resto dos filhotes? — exclamou Haggaia.

Eldri ganiu em aprovação, e fiz outra mudança na história.

— Não só os filhotes estavam lá, mas ao lado deles havia uma linda menininha envolta em um pano bordado, e ela se parecia muito com a rainha!

— E eles a levaram de volta para a mãe, então, não levaram? E todos ficaram felizes. — Dierna saltitava com prazer enquanto providenciava o próprio fim para a história. — E os filhotes também, e todos cresceram juntos, como você e Eldri!

Assenti, rindo, enquanto a cachorrinha pulava em cima de Dierna, lambendo seu rosto com entusiasmo. A menininha caiu para trás, e criança e cachorra rolaram repetidamente sobre a grama. Com o barulho, Becca começou a se agitar, e fui pegá-la.

— É assim que corresponde à confiança que lhe depositaram?

Olhei para cima alarmada, piscando para a forma escura de pé entre mim e o sol. Pus-me de pé, segurando o bebê com força, e percebi que era Ganeda, os traços cansados fazendo uma careta. Mas aquilo não era novidade. A grã-sacerdotisa normalmente franzia o cenho quando olhava para mim.

— Olhe para eles; é uma desgraça! Dierna! Solte esse animal imundo agora!

Ignorei o comentário, pois a pelagem encaracolada de Eldri brilhava como lã lavada ao sol. A cachorra parou primeiro, depois a menininha, o riso desaparecendo de seu rosto ao olhar para a avó.

— Levante-se! — ela berrou para Dierna. — Você é a herdeira de Avalon! E você, menino, volte para o Lado dos Homens. Não tem nada a fazer aqui!

Levantei uma sobrancelha. Dierna vinha de uma linhagem sacerdotal, certamente, mas eu também. E grã-sacerdotisas, como imperadores romanos, eram escolhidas por seus seguidores com base em mérito, não em linhagens de sangue. *Ela quer governar Avalon mesmo depois que tiver ido embora*, pensei então, *e, se a filha morrer, colocará o fardo sobre esta criança...*

— Sim, vovó — disse Dierna, pondo-se de pé e tirando as folhas do vestido. Haggaia já se afastava, tentando escapar antes que algo pior lhe acontecesse.

Por um momento, Eldri olhou feio para a grã-sacerdotisa, então trotou pelo gramado e fez um xixi bastante deliberado sob uma árvore. Mordi o lábio para não rir enquanto Ganeda se virava de novo para mim.

— Está na hora de Sian amamentar o bebê. Vou levar as crianças agora.

Com dificuldade, desprendi os dedinhos de Becca da gola do meu vestido e a passei para Ganeda. A grã-sacerdotisa subiu a colina, e Dierna, depois de lançar um olhar pesaroso por sobre o ombro, a seguiu. Enquanto eu as observava indo embora, um nariz gelado tocou minha perna. Peguei a cachorrinha e a aninhei.

— Sinto muito por você ter perdido sua companheira de brincadeiras — falei baixinho, mas, na verdade, era de Dierna que tinha mais pena e, pela criança, não havia nada que eu pudesse fazer.

De tempos em tempos, algum peregrino que vinha a Avalon trazia rumores do mundo além das brumas. O Imperium Galliarum estabelecido por Póstumo no ano em que eu cheguei a Avalon agora incluía a Hispânia e a Gália, além da Britânia. Tinha sido Póstumo, e não Roma, quem escolhera o novo governador para a Baixa Britânia. Corriam boatos de que ele estava reconstruindo as fortalezas que haviam ficado desorganizadas, pois os soldados que as mantinham foram enviados como reforços às minguantes forças romanas no continente, mas não havia muita urgência na questão, pois o norte tinha estado tranquilo por um bom tempo.

De fato, embora parecesse que a Gália sofria a invasão de uma nova estirpe de bárbaros a cada ano, a Britânia seguia cercada por uma paz encantada, como se as brumas tivessem se expandido para separá-la do mundo. As colheitas eram boas, e as tribos do norte continuavam pacificamente no lado delas do muro. Se as regiões ocidentais do Império Romano fossem separadas para sempre do resto, na Britânia, ao menos, ninguém parecia inclinado a lamentar.

***

Desses acontecimentos, apenas rumores chegavam até Avalon. Ali, a passagem do tempo era marcada pelos grandes festivais que honravam a mudança das estações, celebrados ano após ano, em uma simetria eterna e invariável. Mas a cada inverno Ganeda parecia ficar mais grisalha e encurvada, e, com a chegada da idade adulta, as moças que dormiam na Casa das Donzelas floresciam mais a cada primavera.

Em uma manhã logo depois do equinócio, fui acordada por uma dor difusa na barriga. Quando me levantei e puxei a camisola, descobri na saia a mancha viva de meu primeiro sangue da lua.

Minha primeira reação foi um grande alívio satisfeito, pois Heron e Roud já tinham feito sua passagem, embora fossem ainda mais jovens que eu. Mas elas eram pequenas, bem-feitas e arredondadas, enquanto meu crescimento tinha se concentrado em meus membros longos. Cigfolla dissera para eu não me preocupar, que as meninas mais rechonchudas sempre amadureciam antes e ganhavam ainda mais carnes na meia-idade.

— Quando passar dos trinta e ainda tiver uma cintura, será grata à sua compleição esguia — disse a velha. — Vai ver.

Mas agora eu era a garota mais alta da Casa das Donzelas e, se meus seios não tivessem começado a crescer, teria me perguntado se não deveria morar com os rapazes do outro lado da colina. Até mesmo Aelia, que era muito parecida comigo fisicamente, tinha começado a menstruar um ano antes.

Entendi o que deveria ser feito – Heron e as outras estavam mais do que dispostas a explicar. Sabia que estava enrubescida, mas consegui manter um tom pragmático quando fui pedir à velha Ciela o musgo absorvente e as meadas de linho, lavadas até uma maciez felpuda, que eram necessárias para embrulhá-lo.

Recebi as felicitações das outras mulheres tão bem quanto consegui, imaginando quanto tempo Ganeda me faria esperar pelo meu ritual. O amadurecimento do corpo era apenas uma marca externa. A transformação interna de criança para moça seria confirmada pelo meu rito de passagem à maturidade.

***

Vieram me buscar na hora silenciosa logo após a meia-noite, quando apenas as que fazem vigília pela Deusa deveriam estar acordadas. Sonhava com água corrente. Quando o capuz desceu sobre minha cabeça, o sonho se tornou um pesadelo de afogamento. Por alguns instantes de pânico, lutei contra a mão que apertava minha boca, então a consciência aos poucos retornou, identificando o cheiro da lavanda que as sacerdotisas guardavam com suas túnicas, e entendi o que acontecia.

No ano anterior, Aelia tinha sumido da cama quando o som da corneta nos acordara para saudar o sol que se levantava, e depois dela, Heron. Tinham voltado pálidas de cansaço e cheias de segredos para a celebração da passagem naquela noite, e nem pedidos ou ameaças as compeliram a contar às garotas não iniciadas o que acontecera.

Mas tirando o fato de reforçar um sentimento de superioridade que já me parecia excessivo, fosse lá o que tivesse acontecido com elas não parecia ter tido nenhum efeito ruim. Forcei os membros a relaxar, sentindo o começo de um rosnado de Eldri, que sempre dormia na curva do meu braço, e apertei a cachorrinha de volta na roupa de cama, acariciando a pelagem sedosa até que a tensão saísse de seu corpinho.

Gostaria que pudesse vir comigo também, pensei, *mas preciso fazer isso sozinha...* Então me sentei e permiti que meus sequestradores invisíveis me ajudassem a sair da cama, me envolvessem com um manto quente e me levassem.

O cascalho estalava sob meus pés, e eu sabia que estávamos tomando o caminho que margeava o lago. Senti o cheiro úmido do pântano e ouvi o vento sussurrando nas touceiras de junco, e me perguntei, por um instante, se queriam me levar além da água, para uma das outras ilhas.

Meus acompanhantes mudaram de direção várias vezes, girando-me até que minha cabeça rodasse e apenas um apoio firme em meu cotovelo me impedisse de cair. Instintivamente, levei a mão até o capuz, mas alguém me impediu de levantá-lo.

— Não tente ver — veio um sussurro ríspido em meu ouvido. — Colocou os pés no caminho para um futuro que desconhece. Deve caminhar sem olhar para a infância que ficou para trás, confiando na sabedoria daqueles que foram antes de você para mostrar-lhe o caminho. Entendeu?

Assenti, aceitando a necessidade daquilo para o ritual, mas sempre tive um excelente senso de direção, e conforme a tontura passava, sentia o poder do Tor à minha direita, como um pilar de fogo.

Então começamos a subir, e minha pele se arrepiou ao ser tocada pelo ar frio e úmido. Ouvi o gorgolejo musical de água, e a pequena procissão parou enquanto alguém abria um portão. Percebi que ouvia o riacho que transbordava da Fonte de Sangue ao pé do Tor. Saber onde estava fazia com que eu me sentisse um pouco menos vulnerável. Tentei me convencer de que o estremecimento era por causa do frio.

Subitamente, através da trama grossa do capuz, vislumbrei o brilho avermelhado de tochas. O capuz foi retirado, e vi que eu havia acertado, pois estávamos diante do portão para o cercado do poço. Mas tudo parecia estranho. Mulheres cobertas por véus me cercavam, anônimas na luz vacilante. A menor delas segurou meu braço. Então despiram meu manto, e minha túnica fina de dormir, deixando-me nua diante delas e tremendo no ar frio.

— Nua você veio ao mundo — disse a mesma voz rouca que falara antes. — Nua deverá encontrar a passagem para sua nova vida.

A que me ajudara me puxou para trás. Deduzi que fosse Heron, pelo tamanho. Deveria ser responsabilidade da iniciada mais recente guiar a próxima. As outras mulheres formavam uma fila entre mim e o portão, com as pernas bem abertas.

— Através dessa passagem você veio ao mundo. Passe pelo túnel do nascimento e renasça...

— Deve se arrastar entre as pernas delas até o portão — sussurrou Heron, me empurrando para baixo.

— Através deste túnel você nascerá no círculo das mulheres. Através desta passagem, entrará em um novo mundo...

Mordendo o lábio enquanto o cascalho afundava em meus joelhos, engatinhei para a frente. Senti a trama grosseira de mantos de lã e a suavidade de vestidos de linho roçarem minhas costas conforme as sacerdotisas levantavam as saias para me deixar passar. Enquanto passava sob as coxas delas, sentia peles macias deslizando pela minha, e o aroma almiscarado da feminilidade delas, vertiginoso como incenso. Foi um choque sair do calor daquele túnel de carne para o ar frio do jardim na outra ponta.

O portão foi aberto. Minha guia me conduziu para atravessá-lo, e as outras mulheres nos seguiram, espalhando-se de cada lado. A última a entrar fechou o portão atrás de mim. A luz das tochas brilhava avermelhada nas águas quietas da lagoa.

Uma forma alta se adiantou, bloqueando minha vista das outras. O formato era o de Cigfolla, mas ela parecia mais alta, e sua voz tinha a ressonância sobrenatural do ritual.

— Você veio ao templo da Grande Deusa. Saiba que Ela usa tantas formas quanto a humanidade, e ainda assim é singular e suprema. É eterna e imutável, e, no entanto, se mostra a nós com uma aparência diferente a cada estação. É Virgem, para sempre intocada e pura. É Mãe, a Fonte de Tudo. E é Sabedoria ancestral que persiste além do túmulo. Eilan, filha de Rian, deseja aceitá-La em todas as Suas aparências?

Umedeci os lábios subitamente secos, mas fiquei feliz em ouvir minha resposta saindo firme e clara.

— Desejo.

A sacerdotisa levantou os braços em uma invocação.

— Senhora, viemos receber em nosso círculo Eilan, filha de Rian, e instruí-la nos mistérios do feminino. Sagrada, ouça-nos agora! Que nossas palavras expressem Tua vontade assim como nossos corpos mostram a forma de Tua divindade, pois comemos, bebemos, respiramos e amamos em Ti...

— Que assim seja — veio um murmúrio aquiescente do círculo, e senti-me começando a relaxar.

Heron envolveu o manto em torno de meus ombros novamente e me empurrou para a frente. Três cadeiras tinham sido colocadas do outro lado do poço. As outras sacerdotisas tinham retirado seus véus, mas as três sentadas ainda estavam envoltas em dobras de linho fino, branco, preto e, no meio, vermelho. Aelia estava sentada do outro lado do círculo; ao cruzarmos o olhar, sorriu.

— Filha da Deusa, você deixou para trás a infância — disse Heron, com a entonação cuidadosa de alguém repetindo falas que acabara de aprender. — Saiba agora quais serão as estações de sua vida.

Ajoelhei-me diante da sacerdotisa que usava o véu branco. Por um instante houve silêncio. Então o tecido fino estremeceu, como se quem o usava estivesse rindo. O som veio doce e metálico como um trinado de sinos, e estremeci, entendendo que o poder da Deusa a tinha possuído, e que algo além de uma sacerdotisa humana estava ali.

— *Sou a flor que se abre no galho* — disse a Virgem.

A voz era suave, doce de promessa, tão familiar quanto a minha própria, embora tivesse certeza de que não a ouvira antes. Ouvi-la era como escutar a canção da minha alma, e soube que aquela era de fato a Deusa.

— *Sou o crescente que coroa o céu.*
Sou a luz do sol que brilha na onda
e a brisa que dobra a grama nova.
Nenhum homem jamais Me possuiu,
e no entanto sou o fim de todo desejo.
Caçadora e Sabedoria Sagrada eu sou,
Espírito da Inspiração, e Senhora das Flores.
Olhe para a água e verá Minha face espelhada ali,
pois você pertence a Mim...

Fechei os olhos, tomada pela imagem do lago, meio velado por uma névoa prateada de chuva. Então as nuvens se abriram. De pé na margem, havia um rapaz cujo cabelo brilhava como os raios do sol, e perto dele vi a mim mesma, os cabelos longos, então soube que aquilo se passava alguns anos no futuro. Eu me movia em direção a ele, mas quando estiquei o braço para tocar sua mão, a cena mudou. Agora via a luz de uma fogueira perto de uma árvore de Beltane coroada de flores. Homens e moças dançavam de modo selvagem em torno dela, e entre eles vi o jovem, os olhos acesos de exaltação conforme a figura velada, que sabia ser eu, era levada para a frente por sacerdotisas coroadas de flores. Então ele me tomava nos braços.

Agora estávamos no caramanchão sagrado. Ele tirou o véu da donzela e vi meu próprio rosto, iluminado de felicidade. Vislumbrei a lua crescente através das folhas novas, e então a cena se dissolveu em uma chuva de estrelas, e era eu mesma de novo, olhando para o Mistério escondido atrás do véu branco.

— Eu a escuto... — sussurrei em uma voz abalada. — Eu a servirei...

— Jura agora abrir mão de sua virgindade apenas ao homem que eu escolher para você, nos ritos sagrados de Avalon?

Olhei, perguntando-me se aquilo era um teste, pois certamente a Senhora tinha me mostrado agora mesmo o homem que eu estava destinada a amar. Mas a voz havia perdido a doçura sobrenatural, e então pensei que talvez a Deusa tivesse ido embora. Ainda assim, sabia que aquele juramento era requerido a todas que serviam como sacerdotisas de Avalon.

— Juro — disse com felicidade, pois mesmo naquele relance de visão minha alma começara a ansiar pelo jovem que havia visto.

— Está bem — disse a Virgem —, mas ainda há Outra a ser ouvida...

Eu me sentei, virando um pouco para a segunda figura, cujo véu escarlate brilhava com o fogo das tochas

— *Sou o fruto que incha nos galhos. Sou a lua cheia que governa o céu...* — A voz era toda dourada, poderosa como o ronronar de algum grande felino, doce como mel, e reconfortante como pão recém-assado.

— Sou o sol em seu esplendor,
e o vento quente que amadurece o grão.
Dou a Mim mesma em Meus próprios tempos e estações,
e trago a abundância.
Sou Senhora e Mãe, dou à luz e devoro.
Sou a amante e a amada,
e você um dia pertencerá a Mim...

Conforme ouvia a segunda voz, entendi que aquela também era a Deusa, e curvei a cabeça respeitosamente. E naquele gesto de aceitação, a visão desceu sobre mim mais uma vez.

Estava em um barco mercador romano que singrava à vela cheia. Atrás de mim estava o brilho prateado do mar, mas o barco se movia para a foz de um rio poderoso que havia entalhado muitos canais ramificados em uma planície costeira. Ao meu lado, estava o homem que me cortejara, os olhos fixos no horizonte. A cena mudou, eu estava avançada na gravidez, e depois segurava o bebê no peito, um menino grande e saudável com um tufo de cabelos claros. O choque da sensação quando o bebê mordeu meu mamilo me mandou de volta ao corpo de novo.

— Eu a ouço — sussurrei — e, quando chegar minha estação, eu a servirei.

— Servirá, de fato — respondeu a Senhora —, mas ainda há Outra que precisa ser escutada...

Estremeci quando os panos escuros que envolviam a terceira figura se agitaram.

— *Sou a noz presa ao galho desfolhado* — veio um sussurro como galhos nus raspando uns nos outros com o vento do inverno.

— Sou a lua minguante, cuja foice colhe as estrelas.
Sou o sol poente
e o vento frio que anuncia a escuridão.
Madura em anos e sabedoria;
Vejo todos os segredos além do Véu.
Sou a Velha e a Rainha da Colheita, Bruxa e Sábia,
e você um dia pertencerá a Mim...

Aquele sussurro foi um vento que rodopiou minha consciência mais uma vez. Eu me vi mais velha, as vestes rasgadas e o rosto molhado de lágrimas, observando uma fogueira funerária. Por um momento, as chamas se abriram, e vislumbrei o homem louro na pira. Com a dor daquele reconhecimento, a cena mudou para um salão facetado em ouro e mármore, no qual eu estava de pé, usando um diadema e uma túnica púrpura.

Mas, antes que pudesse me perguntar o que fazia ali, tudo mudou novamente, e vi a mim mesma envolta em preto, andando pela areia da praia ao lado de um mar prateado que brilhava. Virei-me do brilho inclemente do sol na água para uma paisagem de pedra nua, que tinha a beleza severa e despojada de um crânio. Aquilo me encheu de medo, e ainda assim sabia que era para onde deveria ir.

Com isso, um anseio despertou em mim pelas brumas frias e colinas verdes de meu próprio país, e voltei a mim novamente, sentada na grama ao lado do Poço Sagrado.

— É a Deusa — tomei fôlego — e eu A servirei. Permita-me apenas terminar minha vida aqui, em Avalon…

— Pede compaixão? — perguntou a figura velada de negro. — Não tenho nenhuma, apenas Necessidade. Não pode escapar de Mim, pois sou seu destino…

Voltei a me sentar, estremecendo, mas misericordiosamente a Sábia não falou novamente.

Não tinha consciência da passagem do tempo, mas lá em cima o céu empalidecia, e senti no ar o frio úmido que prenuncia o amanhecer.

— Você ficou diante da Deusa — disse Cigfolla — e Ela aceitou seus votos. Purificada, deve ficar em vigília e, quando o dia acabar, voltar à comunidade para ser honrada em celebração. Sua nova vida começa ao raiar do sol.

Heron me ajudou a levantar, e todas as mulheres foram na direção da lagoa abaixo da fonte sagrada. Elas a cercaram em um círculo protetor enquanto o céu clareava. Heron retirou meu manto e, enquanto eu tremia, começou a tirar a própria túnica. As outras donzelas e sacerdotisas mais jovens fizeram o mesmo, e senti um instante de satisfação ao ver que não era a única com a pele arrepiada como uma ave depenada.

Percebi que os pássaros cantavam já fazia algum tempo, o coro triunfante vindo das macieiras chamando o sol. A névoa cobria todo o chão e se prendia nos galhos, mas acima já se dissipava, e as tochas fracas eram um fogo pálido no ar que se iluminava. A cada momento, o mundo se tornava mais visível, como se apenas agora se manifestasse. Lentamente, a encosta suave do Tor emergia da névoa inundada de luz rósea.

Heron me tomou pelo braço e me puxou para a lagoa. As outras jovens nos seguiram, com conchas nas mãos. Arfei quando a água gelada tocou minha pele e de novo quando a orbe feroz do sol se levantou subitamente acima do horizonte. A luz refratava em cada gota de névoa e cada ondulação na água. Levantei os braços em adoração e vi minha própria carne pálida tornar-se radiante.

Heron pegou água e derramou sobre mim, mas meu calor interno acolheu sua chama gelada.

— Pela água que é o sangue da Deusa, que você seja purificada — veio o murmúrio de vozes, enquanto as outras donzelas faziam o mesmo. — Agora deixe a água lavar toda a sujeira e todas as manchas... Que tudo o que esconde seu verdadeiro eu seja dissolvido. Fique quieta e deixe a água acariciar seu corpo, pois da água que é o Útero da Deusa você renasce...

Afundei na água, e as madeixas de meu cabelo solto flutuaram na superfície, brilhando como os raios do sol. Parte de minha mente sabia que a água estava fria, mas meu corpo todo formigava como se banhado em luz; sentia cada partícula de minha carne sendo transformada.

Por um momento eterno flutuei na água. Então mãos macias me puxaram para cima, e emergi na plena luz do dia.

— Agora se levante, Eilan, limpa e brilhante, revelada em toda sua beleza. Levante-se e tome seu lugar entre nós, donzela de Avalon!

três

265 d.C.

Era o fim do verão, e eu podava a cerca viva de aveleiras quando algo espetou minha panturrilha. Pulei e me virei, dando um golpe instintivo às cegas com o galho que acabara de cortar.

— Ahá! — Dierna dançou para trás, agitando os gravetos que havia tirado da pilha no caminho. — Peguei você!

Aos oito anos, Dierna tinha um cabelo ruivo que brilhava como uma tocha. Becca, de dois anos, caminhava aos tropeços atrás dela. Enquanto eu me esticava para apoiar a pequena, Dierna saiu correndo de novo, e então corri atrás dela zunindo meu próprio galho ameaçadoramente, embora minha risada tenha estragado bastante o efeito.

— Está cuidando de Becca hoje? — perguntei, quando nós três caímos, sem fôlego, na grama.

— Acho que sim — respondeu a menininha. — Ela me segue para todo lado.

Assenti. Tinha ouvido a conversa das sacerdotisas mais velhas e sabia que Sian ainda se cansava com facilidade. Era inevitável que Dierna acabasse com boa parte da responsabilidade pela irmãzinha.

Sian não parecia sentir dor, mas sua força definhava a cada mês, e não voltava nem mesmo quando a lua ficava cheia novamente. Ganeda nada dizia, mas havia novas rugas em seu rosto. Senti pena da mulher mais velha, mas fosse porque minha tia se ressentia comigo por ser saudável enquanto a filha dela estava doente, ou por me considerar uma ameaça à filha, eu sabia que era a última pessoa de quem ela aceitaria compaixão.

Muito antes de me sentir pronta para me levantar de novo, Dierna já estava de pé para correr atrás de Becca, cujas pernas roliças a levavam caminho abaixo.

— Há patinhos nas touceiras de junco! — exclamou Dierna. — Venha conosco e veja!

— Eu adoraria — respondi —, mas prometi terminar essa cerca viva antes da hora do jantar.

— Você precisa trabalhar o tempo todo! — reclamou Dierna. Ela se virou, viu Becca desaparecendo em uma curva e correu atrás dela.

Por um momento, fiquei de pé observando a cabeça ruiva alcançar a castanha e as duas continuarem pelo caminho em direção ao lago que cintilava no sol da tarde. Então suspirei e voltei ao trabalho.

Quando criança, eu invejava o treinamento de meus meios-irmãos mais velhos para se tornarem guerreiros. Naqueles dias, meu jogo favorito era golpear com um galho quebrado algum guarda que desatava a rir. Eles me contavam lendas sobre Boudicca, cujos exércitos um dia amedrontaram os romanos, e me chamavam de princesa guerreira. Mas meus irmãos sorriam com superioridade masculina e me asseguravam que as disciplinas pelas quais passavam eram difíceis demais para uma garota.

Às vezes, quando me lembrava daqueles dias, imaginava se meus irmãos teriam aguentado a educação que eu recebia agora. Nos três anos desde a cerimônia que me acolheu na maturidade, o treinamento de sacerdotisa governava meus dias. Era verdade que ainda dividia algum trabalho e aulas com as meninas mais jovens – e também com donzelas que eram enviadas a Avalon para aprender um pouco dos velhos costumes antes de voltarem para se casar –, mas agora eu também tinha outro treinamento, e obrigações adicionais.

As donzelas destinadas a ser sacerdotisas sentavam-se com os jovens sendo treinados pelos druidas para memorizar listas infinitas de nomes e aprender elaborados símbolos e correspondências pelos quais o significado poderia ser enriquecido ou disfarçado. Fazíamos corridas em torno da Ilha Sagrada, pois acreditava-se que um corpo vigoroso era necessário para sustentar uma mente forte. Éramos treinados no uso correto da voz em ritual e praticávamos como um coro para cerimônias. E nós, donzelas, nos revezávamos com as sacerdotisas iniciadas para cuidar da chama no altar que era o lar de Avalon.

Manter a vigília no templo e alimentar a pequena chama não era fisicamente difícil. Mas embora a meditação fosse encorajada durante a vigília, dormir era proibido. Eu amava sentar-me sozinha na cabana redonda de teto de sapé na Ilha das Donzelas, observando a labareda bruxuleante, mas agora, no calor preguiçoso da tarde, o sono começava a me afetar. Vi-me oscilando, e mirei estupidamente o graveto de aveleira em minha mão.

Melhor parar antes de cortar um dedo!, pensei piscando, e me curvei para colocar a faca de podar no chão. A cerca viva era velha, e, diante de mim, galhos retorcidos formavam um encosto. Senti que era natural me encolher ali dentro, e em um segundo meus olhos se fecharam.

Meus lábios se moveram em silêncio. *Irmã aveleira, me acolha por um momento, e terminarei de podar sua cabeleira...*

Nunca soube se foi algum som vindo de baixo ou um sussurro da própria aveleira que me despertou. Por um instante, ainda atordoada de sono, não sabia por que meu coração disparava alarmado.

As sombras tinham se alongado apenas um pouco, e a tarde estava quente e silenciosa. Vi a cabeça ruiva de Dierna nas touceiras de junco mais adiante na margem; as meninas deveriam estar olhando os patinhos. Então um movimento mais próximo atraiu meu olhar. Becca engatinhava pelo tronco do velho carvalho que, na última tempestade, caíra pela metade na água.

Fiquei de pé na mesma hora.

— Becca! Pare!

Por um momento, pensei que a menininha tinha me escutado, mas Becca fez uma pausa apenas para pegar alguma coisa no lago. Então seguiu para a frente.

— Becca, pare! Espere! — gritei enquanto disparava colina abaixo. Dierna estava de pé agora, mas a margem fazia uma curva para dentro naquele ponto, e ela estava longe demais. Poupei o resto do fôlego para correr quando vi a criança ficar de pé, se esticar para a água com um grito feliz e cair.

Senti uma centelha de assombro com o fato de que o tempo, poucos instantes antes se arrastando tão infinitamente, agora corresse em um turbilhão tão ligeiro. Becca tinha desaparecido sob a superfície. Mato e arbustos passavam como raios, e então eu estava chafurdando pela parte rasa, esticando-me enquanto a menininha se debatia para cima, e tomei-a nos braços.

Becca soltou um soluço, tossiu água e então começou a gritar.

No que pareceu um segundo, estávamos cercadas por sacerdotisas. Dei a criança para a pequena mulher do povo do lago que tinha sido trazida a Avalon como babá e suspirei de alívio conforme os gritos de Becca se dissipavam. Mas no momento seguinte percebi que outra pessoa ainda gritava.

Dierna estava agachada no chão, gemendo, enquanto Ganeda a repreendia com uma violência ainda mais chocante porque seu corpo estava rígido como pedra. Apenas os cabelos, escapando das tranças enroladas, balançavam e tremiam. Observei, quase esperando que eles pegassem fogo.

— Você entende? Sua irmã poderia ter se afogado! E com sua pobre mãe doente na cama, quer matá-la destruindo a filha dela?

Ela está preocupada com Sian, disse a mim mesma, mas até mesmo as outras sacerdotisas olhavam, chocadas com o veneno no tom de Ganeda.

Dierna balançou a cabeça, raspando o rosto no chão em uma agonia de negação. Sob as sardas, seu rosto estava branco como osso.

Assim como o medo me fizera salvar Becca, a compaixão me impelia a agir agora. Um passo ligeiro me colocou ao lado de Dierna. Eu me curvei, aninhando a criança nos braços como se fosse protegê-la de um golpe.

— Ela não fez por mal! Estava só brincando. É muita responsabilidade para uma criança tão nova! — Olhei para a grã-sacerdotisa, começando eu mesma a tremer quando aquele olhar furioso se fixou em mim. Costumava me perguntar se minha mãe morta era parecida com a irmã, e esperava que Rian jamais tivesse se assemelhado a Ganeda naquele momento.

— Ela precisa aprender disciplina! Ela é da linhagem sagrada de Avalon! — exclamou Ganeda.

Eu também, tia, eu também!, pensei, mas minha boca estava seca de medo. *Um dia tive esperanças de que me amasse, mas não acho que você saiba como fazer isso!*

— Afaste-se dela, antes que eu me esqueça da gratidão por ter salvado a pequenina. Não pode ficar entre Dierna e a punição dela!

Dierna arquejou e se apertou em minha cintura. Reforcei meu abraço, olhando para a mulher desafiadoramente.

— Ela tem só oito anos! Se a assustar tanto assim, como ela pode entender?

— E você tem dezesseis! — sibilou Ganeda. — Acha que isso lhe dá a sabedoria da Senhora de Avalon? Deveria ter ficado com seu pai nas terras romanas!

Balancei a cabeça. Meu lugar era *ali*! Mas Ganeda escolheu entender aquilo como submissão.

— Gwenlis, leve a criança daqui...

Uma das sacerdotisas mais jovens se adiantou, olhando para a grã-sacerdotisa com incerteza. Por um momento, resisti, então me ocorreu que quanto mais rápido Dierna estivesse fora do alcance da raiva de sua avó, melhor seria. Dei um abraço rápido na menina e a coloquei nos braços de Gwenlis.

— ... e tranque-a no galpão de depósito! — continuou Ganeda.

— Não! — exclamei, ficando de pé novamente. — Ela vai ficar com medo!

— É você quem deveria estar com medo! Não desautorize a minha decisão ou tranco você também!

Sorri, pois já tinha passado por provações mais onerosas em meu treinamento.

Ganeda deu um passo furioso em minha direção.

— Não pense que não percebi como vem mimando a criança, interferindo em minha disciplina, planejando roubar a afeição dela de mim!

— Não preciso fazer isso! Vai ganhar o ódio dela por si mesma se continuar a tratá-la assim!

— Você não terá relação alguma com Dierna no futuro, está entendendo? Tampouco com Becca! — A raiva de Ganeda subitamente se tornou fria, e pela primeira vez senti medo. — Ouçam-me todas vocês, e sejam testemunhas. — A grã-sacerdotisa se virou para fixar nas outras aquele olhar gelado. — Esta é a vontade da Senhora de Avalon!

***

Antes mesmo que Ganeda acabasse de falar, eu já estava decidida a desafiá-la. Mas uma ordem severa me mandou de volta à colina para terminar a poda da cerca viva, e não foi até a hora quieta logo após o poente, quando o povo de Avalon se reunia para a refeição da noite, que consegui abrir a porta do galpão de depósito.

Rapidamente deslizei para dentro e peguei a criança tremendo nos braços.

— Eilan? — a menininha se agarrou a mim, soluçando. — Está frio aqui, e escuro, e acho que tem ratazanas...

— Bem, então você precisa falar com o Espírito da Ratazana e pedir para mantê-las longe — eu respondi, de modo estimulante.

Dierna deu de ombros e balançou a cabeça.

— Não sabe como? Faremos isso juntas, então, e vamos prometer a ela um pouco de comida para seu clã...

— Ninguém me trouxe nenhuma comida — sussurrou a menina. — Estou com fome.

Fiquei feliz porque a escuridão escondia minha careta.

— Está? — perguntei gentilmente. — Bem, talvez eu possa trazer para você um pouco do meu jantar e algo para oferecer ao Espírito da Ratazana também. Vamos colocar a oferenda do lado de fora e pedir a ela que leve seu povo para lá...

Com um suspiro de alívio, senti a criança começar a relaxar em meus braços, e comecei a litania familiar de relaxar e contar a respiração que nos colocaria em contato com o Além-Mundo.

***

Tinha esquecido que, depois do jantar, vinha a hora de contar histórias. O pão e o queijo faziam um volume desajeitado no meu manto, mas até quando fui para as latrinas havia gente demais por ali para que eu escapasse. Certamente minha falta seria notada se tentasse sair naquela hora, e minha ausência atrairia exatamente o tipo de atenção que eu desejava evitar.

O longo salão estava iluminado por tochas e o fogo ardia na lareira, pois até no começo do outono as noites eram frias. Mas não podia deixar de imaginar como Dierna devia estar se sentindo, sozinha na escuridão fria.

No primeiro dia da semana, as histórias contadas no salão de Avalon eram sobre os deuses. Àquela altura eu já tinha ouvido a maioria delas, mas quando forcei minha atenção a se voltar para o druida que falava, percebi que não escutara aquele relato antes.

— Nossa sabedoria mais ancestral ensina que "todos os deuses são um Deus, e todas as deusas são uma Deusa, e que há um Iniciador"... Mas o que isso significa? Os romanos dizem que todos os deuses são os mesmos e que povos diferentes apenas os chamam por nomes diferentes. Desse modo, dizem que Cocidius e Belatucadros são o mesmo que o Marte deles, e chamam Brigantia e Sulis pelo nome da sua deusa Minerva.

— É verdade que essas deidades cuidam de muitas das mesmas coisas. Mas ensinamos que são como pedaços de vidro romano posicionados um atrás do outro. Naquele lugar em que todos os deuses são Um, todas as cores são contidas na luz pura do céu. Mas quando aquela luz branca atravessa um pedaço de vidro, mostra uma cor, e uma segunda, quando atinge outro, e apenas onde os vidros se sobrepõem vemos um terceiro tom que partilha de ambos.

— É a mesma coisa neste mundo, em que os deuses mostram uma multidão de rostos para a humanidade. Para o olho não treinado, aquelas cores podem parecer a mesma, mas a visão muitas vezes é uma questão do que se aprendeu a ver...

Pisquei, imaginando o que mais poderia ser explicado por aquela filosofia. Tivera de aprender a reconhecer a aura que cercava cada coisa viva, e a ler os sinais do clima nas nuvens. Não era ainda tão boa em ler rostos, embora a carranca de minha tia precisasse de pouca interpretação. Certifiquei-me furtivamente de que a comida em meu manto não tinha escorregado, desejando poder ensinar Dierna como ver na escuridão. No entanto, naquela noite a lua estava quase cheia, e as paredes de vime entrelaçado do galpão de armazenamento deveriam deixar entrar um pouco de luz.

— ... há alguns deuses para os quais os romanos não têm um análogo — o druida ainda falava. — Dizem que é Mercúrio das encruzilhadas que guia o viajante. Mas temos uma deusa que zela pelas estradas do mundo, e cremos que ela estava aqui antes mesmo que os britânicos chegassem a estas terras. Nós a chamamos de Elen dos Caminhos.

Eu me endireitei, pois aquilo era muito próximo do nome pelo qual me chamavam ali... Eilan...

— De corpo, ela é alta e forte — continuou o bardo sacerdote —, e dizem que ela ama bons cães de caça, e o sabugueiro. Todas as estradas pelas quais viajam os homens estão sob sua proteção, tanto os caminhos que cruzam a terra como os do mar. Os mercadores rezam pedindo sua proteção, e por onde ela passa as plantações crescem muito.

— Talvez tenha sido ela quem primeiro mostrou a nossos ancestrais o caminho pelo mar até esta ilha, e certamente é ela quem nos ensina a atravessar com segurança os pântanos que cercam Avalon, pois acima de tudo ela ama os lugares em que a água se mescla à terra. Também a invocamos quando queremos passar entre os mundos, pois ela também é a Senhora dos Caminhos Ocultos...

Lembrei-me de como a realidade tinha se transformado ao meu redor quando atravessamos as brumas até Avalon. Certamente aquela era uma das estradas regidas por Elen. Atordoada pela memória, quase consegui entender como aquilo tinha sido feito. Mas então o momento passou, e percebi que o druida tinha terminado de afinar sua harpa no colo e estava prestes a cantar.

"Ó Senhora do caminho brilhante da lua,
e rotas no mar que o sol faz com raios límpidos
as trilhas do Dragão de cume a cume,
e todos as vias sagradas escondidas,
Ó Senhora Elen dos Caminhos..."

Pisquei quando a chama da tocha à minha frente subitamente se separou e irradiou traços de luz. Por um segundo, tomei consciência simultânea de seu potencial infinito e do eterno balanço de seu centro radiante, e entendi que havia um lugar no qual todas as estradas eram Uma. Mas o bardo ainda cantava:

"De charco e pântano a charneca e colina
Teus cães no guiarão por todos os nossos dias
Por estradas tortas feitas pelo homem
Doce Senhora, nos mostre todos os caminhos,
Ó Senhora Elen dos Caminhos..."

Pensei em Eldri e sorri com a imagem da cachorrinha branca tentando arrastar alguma alma confusa montanha acima. Mas sabia quantas vezes a devoção inabalável da cadelinha me trouxera segurança, quando a Senhora Ganeda jurava que eu jamais seria digna de me tornar uma sacerdotisa de Avalon. Será que essa deusa poderia me mostrar o caminho para meu destino?

"Quando a visão se vai e a coragem claudica
Que tua luz nos guie para fora do labirinto;
Quando nem força nem o senso auxiliam
Que teu amor ensine ao coração novos caminhos,
Ó, Senhora Elen dos Caminhos..."

As notas da harpa terminavam com um doce sussurro. As pessoas começaram a sair do transe que a música, ou um bom jantar, tinha lhes proporcionado. Agora, na confusão do grupo que se desfazia para se preparar para dormir, era hora de levar o jantar para Dierna.

Circulei cuidadosamente o local das latrinas, puxando a outra ponta do manto para esconder meu rosto pálido do luar. A lua ainda não estava alta, e o galpão estava na sombra. Deixei o manto cair com um suspiro de alívio, mas ao tocar a porta minha barriga se retorceu mais uma vez, pois ela se abriu livremente sob minha mão.

Certamente, pensei em desespero, *tinha fechado o trinco quando me esgueirei para fora dali antes!* Entrei sorrateiramente, chamando baixo, mas, além de um leve arranhar vindo de trás das cestas de nozes, não havia som e nenhum sinal de Dierna, a não ser por sua faixa. *Dierna estava certa*, uma parte da minha mente me informou, *há ratos aqui dentro...*

A outra parte especulava freneticamente. Talvez Ganeda tivesse sentido pena e libertado a criança, ou uma das outras sacerdotisas pudesse ter interferido. Mas eu sabia que a grã-sacerdotisa jamais mudava um julgamento, e nenhuma das outras tinha coragem de contradizê-la. *Quando for adulta*, pensei sombriamente, *eu terei...*

Dessa vez tive o cuidado de trancar a porta atrás de mim. Então, fazendo esforço para não correr, fui até a casinha branca aconchegante na qual dormiam as crianças pequenas, perguntando, como desculpa, se estavam brincando com Eldri ali. Mas nem a cachorra nem Dierna estavam à vista, e as crianças pareciam estranhamente calmas, como se o pensamento da punição dela oprimisse a todas.

Dei a elas um boa-noite apressado e voltei para a Casa das Donzelas. Deveria dar o alarme, mas estremeci ao pensar na surra que Dierna receberia por fugir. Eldri pulou, ganindo, como se sentisse minha ansiedade, e eu a silenciei. Então fiquei imóvel. Eldri não era nenhum cão farejador, mas tinha provado sua inteligência. Talvez houvesse outra maneira.

Esperar enquanto as outras garotas colocavam as camisolas, escovavam os cabelos, faziam uma visita final às latrinas, sopravam as lamparinas e se viravam e tossiam até serem tomadas pelo sono era uma agonia. Depois de uma eternidade, tudo ficou silencioso. E, taciturna, esperei até começar a sentir minhas próprias pálpebras pesando. Então deslizei da cama e, escondendo os sapatos sob o manto, fui na ponta dos pés em direção à porta.

— O que foi?

Engoli um arquejo com a pergunta sonolenta de Aelia.

— Eldri precisa sair de novo — sussurrei, apontando para a cachorrinha, que, a não ser que recebesse ordens, estava sempre a meio passo atrás de mim. — Volte a dormir...

Em vez disso, Aelia sentou-se, esfregando os olhos, e ficou me encarando.

— Por que está levando seus sapatos — ela sussurrou — e o manto pesado? Está fazendo algo que vai lhe causar problemas?

Por um momento, não consegui dizer nada. Então me ocorreu que talvez fosse melhor dizer a *alguém* aonde eu tinha ido, e tinha certeza de que Aelia não me trairia.

— É Dierna que está com problemas. — Rapidamente sussurrei a ela um relato do que acontecera. — Acho que Eldri pode encontrá-la — finalizei. — Ao menos preciso tentar!

— Ah, Eilan, tenha cuidado — Aelia respirou depois que terminei. — Vou passar cada minuto preocupada até que você volte!

Ela se esticou para mim e me curvei para abraçá-la rapidamente. Então ela suspirou e se deitou de volta no travesseiro, e eu, com o coração batendo tão forte que pensei que fosse acordar todas as donzelas, saí porta afora.

Àquela altura, a lua tinha se levantado totalmente, pintando o salão e as construções adjacentes com um severo branco e preto. Precisaria ser rápida, pois havia poucos lugares para me encobertar. Corri de uma sombra para outra, com Eldri trotando atrás de mim, até que cheguei ao galpão de armazenamento.

Respirando com dificuldade, peguei a faixa de Dierna e a coloquei sob o focinho de Eldri.

— Isso é de Dierna. Dierna. Você a conhece! Encontre Dierna, Eldri, encontre-a agora!

Por um segundo, a cachorra farejou o pano. Então ganiu e se virou para a porta. Eu a segurei aberta, e então saí, fechando-a atrás de mim enquanto Eldri começava a se mover resolutamente através do terreno.

A certeza da cachorra levantou meu ânimo. Conforme passávamos pela última das construções, soltei um fôlego que não sabia que segurava e, ao respirar novamente, senti um toque na pele do mesmo arrepio que tinha notado às vezes quando as sacerdotisas trabalhavam com poder. Hesitei, espiando em volta. Ainda não estava na hora do ritual da lua cheia, nem de um dos grandes festivais. Talvez os druidas estivessem fazendo algum trabalho – não conhecia as cerimônias deles. Mas certamente algo acontecia, pois a noite estava cheia de magia. Com sorte, ninguém teria tempo de perceber que eu tinha saído.

Focinho no chão, Eldri se movia em torno da base do Tor. Dierna devia ter seguido para o terreno mais alto a leste – naquela estação estava seco o bastante para que se pudesse atravessar os pastos do outro lado. Mas embora o céu sobre o Tor estivesse limpo, além dele, a névoa caía pesada sobre terra e água, de modo que Avalon parecia emergir de um mar de nuvens.

Com névoa rasteira era fácil perder a localização, e mesmo se Dierna evitasse o lago, havia brejos e buracos ainda mais traiçoeiros. Se não tivesse a cachorra para me guiar, jamais teria ousado tomar aquele caminho no escuro, e mesmo assim prestava atenção nos passos, pois a cadelinha podia dançar com facilidade sobre um chão que cederia sob meu peso.

Agora os primeiros chumaços de bruma se enrolavam pelo caminho. *Seria possível ir além deles*, me perguntei, *sem o feitiço? E se eu o fizesse, me veria banida no mundo externo para sempre?*

— Elen dos Caminhos — sussurrei —, mostre-me a trilha! — Dei outro passo e uma mudança de vento trouxe uma onda de bruma em torno de mim, refletindo a luz de modo que parecia cercada pelo brilho do luar.

Chamei a cachorra, pois não via nada além de luz nebulosa, e esperei, estremecendo, até que a forma pálida de Eldri apareceu como se tivesse se precipitado da névoa. Amarrei uma ponta da faixa de Dierna na coleira da cachorra, mas naquele estado estranho, no qual ar e água, luz e escuridão se misturavam como os druidas diziam que todos os elementos tinham se juntado no começo do mundo, não havia senso de progresso. Havia apenas o toque arrepiante do poder, que ficava mais forte conforme avançávamos. A névoa continuou a se iluminar até que de repente afinou. Parei subitamente, observando. Adiante, uma luz pálida que não vinha nem do sol nem da lua revelava árvores com folhas ladeadas de brilho e prados estrelados de flores. Bem onde parei, o caminho se dividia em três. O da esquerda fazia uma curva e desaparecia na escuridão. O caminho estreito da direita se retorcia por uma pequena colina, e tive a impressão de ouvir, quando virei a cabeça naquela direção, o som doce de um sino.

Mas o caminho do meio era largo, claro, belo, ladeado por lírios pálidos, e era para aquela direção que Eldri me puxava.

O medo foi substituído por um grande assombro. Diante de mim, levantava-se um venerável carvalho. Olhando seus galhos poderosos, soube que tinha ultrapassado as fronteiras de Avalon ou de qualquer terra habitada pelo homem, pois certamente os druidas teriam feito um cercado em torno de uma árvore como essa e pendurado fitas de oferendas e flores em seus galhos. Toquei o tronco, tão largo que três pessoas juntas mal poderiam abraçá-lo, e senti uma vibração na madeira, como se a vida da árvore pulsasse sob minha mão.

— Meus cumprimentos, Pai Carvalho. Estenderá sua proteção a mim enquanto caminho neste reino? — sussurrei, curvando-me, e estremeci quando as folhas sussurraram em resposta.

Respirei com cuidado, focando meus sentidos como tinha sido treinada para fazer. Nos meus primeiros dias em Avalon, tudo parecera tão mais *vivo* do que no mundo externo. Agora aquela sensação estava cem vezes mais intensa, e compreendi que, assim como a lua estava para o sol, a magia de Avalon estava para a daquele reino, que era sua fonte e sua origem.

A faixa tinha se soltado da coleira de Eldri, mas já não importava. A cachorrinha era uma forma brilhante que dançava diante de mim, e floretes brancos estrelavam a trilha por onde ela tinha passado. Será que via a cadela daquela maneira porque estávamos no País das Fadas, perguntei-me, ou seria apenas ali que sua natureza verdadeira se revelava?

O caminho seguiu até um bosque de aveleiras, como aquelas que tinha podado naquela mesma manhã, quando Becca quase se afogara. Com uma pontada, percebi que quase havia me esquecido do motivo pelo qual fora até ali. O tempo corria de modo diferente no País das Fadas, me disseram, e também era fácil perder a memória, assim como o caminho.

Aquelas aveleiras jamais tinham sentido o toque do ferro. E no entanto, mesmo sem poda, certamente alguma mente as tinha guiado naquele entrelaçamento de galhos no qual havia apenas uma abertura, pela qual Eldri desaparecera. Hesitei por um momento; se não conseguisse encontrar Dierna, bem poderia me perder no País das Fadas, pois jamais ousaria retornar a Avalon. Apenas o pensamento em Aelia, esperando ansiosamente, me fez continuar.

Quando atravessei a abertura, uma cantoria me atingiu de súbito, como se os galhos escondessem um coro de pássaros, mas eu sabia que não eram pássaros como os que ouvira em Avalon. Olhei para cima deleitada, esperando ver os cantores secretos. Quando baixei o olhar, uma mulher estranha estava ali de pé.

Pisquei, curiosamente, sentindo dificuldade para firmar os olhos, pois o manto da senhora tinha todos os tons de dourados pálidos e cambiantes das folhas do salgueiro quando o outono chega. Pequenos frutos vermelhos estavam presos como um diadema sobre seu cabelo escuro, cruzando a testa.

Ela se parece com Heron, pensei assombrada, *ou com uma das pessoas pequenas e morenas da vila do lago!* Mas nenhuma mulher do povo do lago jamais se portara como se o entorno tivesse sido criado para ser seu cenário, majestosa como uma sacerdotisa, nobre como uma rainha. Eldri havia corrido para ela e saltava em suas saias como fazia comigo depois de um tempo sem me ver.

Sufocando uma pontada de ciúmes, pois Eldri jamais demonstrara tamanha afeição por outra pessoa antes, mergulhei na reverência devida a uma imperatriz.

— Você se curva para mim, e está bem, mas outros se curvarão diante de você um dia.

— Quando me tornar grã-sacerdotisa? — ousei perguntar.

— Quando cumprir seu destino... — veio a resposta. A voz da Senhora, uma doçura como a música das abelhas num dia de verão, mas lembrei quão rapidamente aquela música poderia tornar-se fúria se alguém ameaçasse a colmeia, e não sabia o que poderia enraivecer aquela rainha.

— Qual é meu destino? — com o coração aos pulos, por fim ousei perguntar.

— Isso depende do que escolher...

— O que quer dizer?

— Viu os três caminhos quando veio para cá, não viu?

A voz da Senhora permanecia doce e baixa, mas havia uma intenção nela que virou minha memória para a cena, e de repente eles estavam diante de mim: o caminho que levava de volta às brumas, a estrada rochosa e o caminho do meio no qual cresciam os lírios brancos.

— A escolha que deve fazer está no futuro: buscar o mundo dos romanos, ou o País Oculto, ou Avalon — continuou a rainha das fadas, como se eu tivesse respondido.

— Mas já escolhi — respondi, surpresa. — Serei uma sacerdotisa de Avalon.

— É o que diz sua cabeça, mas o que diz seu coração? — a Senhora riu baixo, e senti uma pontada de calor avermelhar minha pele.

— Imagino que quando tiver idade suficiente para pensar em tais coisas, saberei — respondi desafiadoramente. — Mas jurei não me entregar a homem algum, a não ser atendendo aos desígnios da Deusa, e não vou quebrar meus votos!

— Ah, filha — a Senhora riu novamente —, não tenha tanta certeza de que entende o que seus votos significam e para onde a levarão! Isso lhe digo: somente quando entender quem você realmente é saberá seu caminho...

De algum lugar me vieram as palavras.

— Eu sou Eilan, e Elen me guiará...

A rainha das fadas me olhou e, de modo inesperado, sorriu.

— Perfeitamente. E se sabe disso, então já botou os pés no caminho. Mas chega de coisas tão sérias. No momento, você está aqui, e isso não é dado a muitos mortais. Venha, minha pequena, e banqueteie conosco em meu salão!

Olhando para mim com uma doçura que tocava o coração feito dor, ela estendeu a mão.

— Se eu for com você... poderei retornar a Avalon? — perguntei, hesitante.

— Se desejar — veio a resposta.

— E encontrarei Dierna?

— É o que verdadeiramente deseja? — perguntou a Senhora.

— De todo o coração! — exclamei.

A rainha das fadas suspirou.

— O coração, de novo! Eu lhe digo, se conseguir encontrá-la, vai perdê-la, mas imagino que não possa entender. Venha e seja feliz um pouquinho, se é o único presente que aceitará de mim...

Então a Senhora me levou pela mão por caminhos tortuosos e desconhecidos, e chegamos a um salão todo de madeira, não com cortes e cavilhas, como tinha visto na terra dos homens, mas com feixes que haviam sido entrelaçados e crescido juntos, de modo que as vigas eram de madeira viva, com um telhado de galhos e folhas de um verde vívido. Galhos prendiam as tochas nas paredes, a luz pálida e oscilante dançando nos olhos acesos do povo sentado à mesa alta que havia ali.

Deram-me uma bebida levedada doce em uma taça que não era nem de prata nem de ouro, e, conforme bebia, percebi que meu cansaço se dissolvia. Havia cestos de frutas estranhas, tortas com raízes e cogumelos em um molho rico, pão com mel. Foi apenas muito depois, ao tentar recordar, que percebi que não havia assado de javali, veado ou vaca, como teria acontecido em um grande banquete no salão de meu pai. Mas se comia carne tão raramente em Avalon, e quase sempre por motivos rituais, que não senti falta ali.

A comida refrescou meu corpo, embora, ao me lembrar das histórias que ouvira sobre o País das Fadas, me perguntasse se era tudo uma ilusão. Mas o som da harpa alimentou algo em meu espírito que eu nem sabia que vinha desejando. Um jovem com olhos alegres e uma coroa de trigo dourado sobre cachos escuros tomou minha mão e me puxou para dançar. No começo tropecei, pois aquilo não era em nada parecido com os atos majestosos que se acreditava serem adequados para as donzelas treinadas em Avalon. O ritmo era como a batida de tambores que vinha do Tor quando as sacerdotisas iniciadas dançavam com os druidas nas fogueiras de Beltane e quando as moças da Casa das Donzelas se deitavam no escuro ouvindo, com o sangue pulsando em uma batida que ainda não entendiam.

Ri e deixei que a música me levasse, mas quando meu parceiro quis me tirar da dança para um caramanchão verdejante, soube que era outra tentação e escapei de seu abraço para voltar à mesa do banquete.

— O jovem não era de seu agrado? — perguntou a rainha.

— Ele me agradou o bastante — eu disse, e senti o rosto arder com um vermelho denunciador, pois embora a beleza dele não ressoasse no meu coração, seus toques tinham despertado meus sentidos de um modo que eu não compreendia totalmente. — Mas fiquei aqui tempo demais. Espero sua promessa, Senhora, de me levar até Dierna e, então, de volta para casa.

— Há muito tempo para isso. Espere só um pouquinho – o melhor de nossos bardos vai começar a cantar...

Balancei a cabeça.

— Preciso ir. E *irei*. Eldri! Eldri, venha até aqui! — Olhei em volta com um terror súbito de que a cachorrinha, que afinal de contas me trouxera até aquele lugar, tivesse me abandonado. Mas no momento seguinte senti o puxão em minhas saias enquanto a cachorra as tocava com as patas. Curvei-me para pegá-la no colo e a abracei com força.

— Sim... sua vontade é muito forte — disse a Senhora, refletindo. — E se eu lhe disser que, ao voltar para Avalon, dará os primeiros passos no caminho que leva para longe dela e, fazendo isso, dará início a uma série de acontecimentos que terminarão por separar Avalon para sempre do mundo dos homens?

— Jamais faria isso! — gritei com raiva.

— O vento agitado pela asa de uma borboleta pode causar uma tempestade a meio mundo dali... No País Oculto, não pensamos na passagem do tempo, e então para nós ele passa devagar ou não passa. Mas quando olho para o mundo dos homens, posso observar os resultados das ações que vocês, mortais que vivem brevemente, jamais verão. Aprenda com minha sabedoria, filha, e fique!

Balancei a cabeça.

— Pertenço a Avalon!

— Que assim seja — disse então a rainha das fadas. — Este conforto lhe darei: não importa o quão longe vague, desde que tenha seus cães com você, sempre encontrará seu caminho para casa... Vá, então, com a bênção do povo antigo, e talvez, de tempos em tempos, se recorde de mim...

— Vou me recordar de você... — eu disse, com lágrimas brotando nos olhos. Coloquei Eldri no chão novamente, e a cachorra, depois de olhar para trás para certificar-se de que eu a seguia, trotou em direção à porta.

Atravessamos a luz filtrada pelas folhas da floresta das fadas, e então, entre um passo e outro, adentramos uma escuridão na qual a forma branca e brilhante da cachorra era a única coisa que eu conseguia ver. Então senti o toque gelado da bruma sobre minha pele e desacelerei, testando cada passo antes de colocar o peso nele, para ter certeza de me manter no caminho.

Não tinha certeza de quanto tempo havia transcorrido assim, mas gradualmente percebi que a bruma se iluminava, e então afinava, e passei pelo último resto dela para a grama do Tor. A lua ainda estava alta – tão alta quase quanto estivera quando saí. Olhei para ela assombrada, pois certamente no País das Fadas o banquete e a dança haviam levado horas. Mas ali estava eu de volta, e era a mesma hora da noite em que tinha saído. *Mas seria a mesma noite?*, me perguntei com um súbito temor. *O mesmo mês, o mesmo ano? Aelia ainda estaria sofrendo por mim?*

Comecei a avançar, olhando ansiosamente em volta para ver se algo havia mudado, e dei um suspiro de alívio ao ver aquela cerca viva de aveleiras diante de mim ainda podada só pela metade como a havia deixado. Uma forma pálida se agitou em sua sombra – Eldri, sentada ao lado de uma pilha enrodilhada de roupas. Dei um passo para a frente, esforçando-me para enxergar e, quando o rolo de panos subitamente tomou forma, reconheci o formato de uma criança dormindo.

Caí de joelhos ao lado dela, o coração disparado no peito.

— Deusa abençoada! — Respirei. — Jamais duvidarei de você novamente!

E então, quando meu pulso havia desacelerado para um batimento quase normal, tomei a criança nos braços.

— Dierna, acorde, pequena! Você é uma menina grande agora, não consigo carregá-la!

A criança se agitou, apertando-se contra meu peito.

— A porta estava aberta, pensei que tinha deixado assim para mim e vim aqui encontrar você. Não posso voltar para o galpão, estou com medo...

— Vou ficar com você — falei —, e a Eldri também.

— Mas ela é tão pequenina — Dierna riu, esticando o braço para acariciar o pelo encaracolado da cachorra.

— Não a subestime. Ela é uma cachorra mágica — respondi. Na penumbra, me parecia que um pouco do encanto do País das Fadas ainda estava preso naquela pelagem clara. — Agora venha. — Fiquei de pé, e, depois de um momento de hesitação, Dierna me seguiu.

Disse a mim mesma que conseguiria me esgueirar de volta à Casa das Donzelas antes que dessem por minha falta pela manhã, mas, mesmo se Ganeda descobrisse que eu a havia desobedecido, não me importava. Havia palha o suficiente no galpão para preparar outra cama, e, quando consegui fazer Dierna se deitar, contei a ela histórias de minhas aventuras no País das Fadas até que ela adormeceu novamente.

Com isso, a fadiga da minha própria noite de aventuras desceu totalmente sobre mim, de modo que, quando Suona chegou para libertar a criança ao amanhecer, nos encontrou enrodilhadas juntas, com Eldri montando guarda ao lado da porta.

෴ QUATRO ෴

268-70 d.C.

No ano em que completei dezoito anos, deixei a casa das Donzelas para morar em um recinto separado com Heron, Aelia e Roud, pois a hora de nossa iniciação se aproximava, e as disciplinas que nos preparavam para receber os Mistérios exigiam solidão. Mas embora nós quatro, sacerdotisas noviças, precisássemos ficar separadas do resto da comunidade, não podíamos ser isoladas completamente dos rumores que corriam a ilha.

Era um tempo de morte e presságios, em Avalon e em outros lugares. Uma rede de conexões mantinha a grã-sacerdotisa informada do que acontecia no império, e de tempos em tempos um dos barqueiros da vila do lago trazia um tubo de couro contendo uma mensagem ou trazia o próprio mensageiro, que era levado de olhos vendados à casa da Senhora para dar as notícias. Sempre suspeitei de que a grã-sacerdotisa ouvia muita coisa que jamais era repassada para o resto de nossa comunidade.

Mas a notícia de que o autoproclamado imperador Póstumo tinha sido morto – assassinado pelos próprios soldados quando se recusou a distribuir os espólios de uma cidade capturada – era considerada importante, pois fora ele quem dividira o Ocidente, incluindo a Britânia, do restante do império. Um homem chamado Vitorino tomara seu título, mas rumores diziam que ele era um guerreiro da alcova cujos adultérios já erodiam sua base de apoio. Diziam que era a mãe dele, Vitória, a verdadeira governante do Imperium Galliarum naquele momento.

Para nós que vivíamos na Ilha Sagrada, essas histórias pouco importavam, pois, no fim do inverno, Sian, filha e provável herdeira de Ganeda, tinha morrido, e a comunidade de Avalon mergulhara no luto.

O ano que se seguiu prometia pouca melhora. Soubemos que o povo do Mediterrâneo, assolado pela peste e pela fome, culpava o imperador por seus problemas, e Galiano, tal qual seu rival ocidental, havia tombado pela lâmina de um assassino. De seu sucessor, Cláudio, pouco se sabia, exceto que vinha de algum lugar no Danu e que era conhecido como um bom general. Nós nos preocupávamos mais com os piratas saxões, que estavam, em números cada vez maiores, atacando a costa sul da Britânia.

Ainda assim, o litoral dos saxões estava longe. Conforme o ano seguia para a colheita, minha hora de ser testada se aproximava rapidamente, e aquilo me dava uma razão mais imediata para sentir medo. Nossas lições finais eram responsabilidade da grã-sacerdotisa, e, agora que Ganeda era novamente forçada a reconhecer minha existência, estava claro que não tinha passado a gostar de mim mais que antes.

Às vezes eu tinha a impressão de que ela me culpava por estar viva e saudável enquanto a filha dela jazia fria na terra. Ela esperava que eu fosse falhar nos testes que determinavam quem era digna de ser chamada de sacerdotisa de Avalon. Mas será que quebraria os próprios votos e usaria seus poderes para certificar-se disso?

Eu acordava todas as manhãs com um nó no estômago e me aproximava do jardim atrás da casa da grã-sacerdotisa, onde tínhamos aulas, como se aquilo fosse um campo de batalha.

***

— Logo serão enviadas além das brumas, para o mundo externo, para curvarem o tempo e o espaço, se conseguirem, e voltar a Avalon.

Era um dia claro logo depois do solstício de verão, e através das folhas da cerca viva de espinheiros eu vislumbrava o brilho azul do lago. As brumas eram apenas uma névoa fina no horizonte. Era difícil de acreditar que além delas se estendia um mundo diferente.

Tive a impressão de que o olhar da grã-sacerdotisa se demorou um pouco mais em mim do que nas outras. Olhei para ela de volta, mas retinha uma memória vívida de como me sentira ao atravessar as brumas pela primeira vez, quando Suona abriu o portal entre a Ilha das Sacerdotisas e o mundo dos homens. Naquele momento, sem nenhum treinamento, tive a impressão de quase entender o que acontecia. Certamente não falharia agora.

— Mas precisam entender — continuou Ganeda — que não estão recebendo apenas um desafio, mas uma escolha. Irão adiante com as vestes de uma mulher daquele mundo, com ouro suficiente para levá-las aonde desejarem ir e para um dote quando chegarem lá. Nenhum voto as prende, apenas uma proibição moral de revelarem os segredos de Avalon. Ainda são jovens e, apesar de tudo o que aprenderam, mal começaram a provar as alegrias da vida. Disciplinar a mente e o corpo, privar-se de comida e de sono, deitar-se com um homem seguindo apenas os propósitos da Senhora, nunca os seus próprios, é deixar de lado o que a Deusa oferece a toda mulher que nasce. Devem considerar se realmente desejam voltar.

Houve um longo silêncio. Então Aelia pigarreou.

— Este é meu lar, e não desejo outro, mas por que precisa ser tão difícil? Se o povo lá fora não sabe nada sobre Avalon, o que fazemos por eles e por quê?

— As famílias nobres sabem — aventurei-me a responder. — Quando as colheitas em suas terras vão mal, mandam buscar uma de nós para fazer o Grande Ritual. Foi assim que nasci. E eles nos enviam as filhas para serem treinadas nos velhos costumes de nosso povo.

— Mas os romanos têm templos, e até cobram impostos do povo para mantê-los. Que consigam o favor dos deuses com suas oferendas. Por que precisamos abrir mão de tanta coisa, se recebemos tão pouco de volta?

A grã-sacerdotisa observava com um sorriso amargo, mas não parecia brava, então ousei responder novamente.

— Porque os romanos esqueceram o significado dos rituais, se é que algum dia souberam! Segundo meu pai costumava dizer, eles pensam que se cada palavra e ação cerimoniais forem feitas corretamente, a deidade *precisa* atender o que é pedido, e que nenhum montante de credo verdadeiro importa se uma sílaba estiver errada.

Meu professor, Corinthius, aquele homem bondoso e gentil, acreditava que os rituais eram apenas uma maneira de manter a sociedade unida e que os deuses eram algum tipo de ideal filosófico.

— O povo da minha vila sabia mais que isso! — exclamou Heron. — Nossos festivais eram feitos em harmonia com os ciclos e estações do mundo.

— E os rituais de Avalon podem mudar o mundo... — acrescentou Ganeda, por fim. — Já estamos na metade do caminho para o Além-Mundo, e o que fazemos aqui ressoa em todos os planos de existência. Houve tempos em que operamos mais abertamente no mundo e tempos em que ficamos atrás de nossas brumas, invisíveis, mas trabalhamos com as energias do cosmo, de acordo com os ensinamentos que chegaram até nós da terra de Atlântida, que agora jaz sob as ondas. É um poder real, que destruiria a mente e o corpo de qualquer um que tentasse canalizá-lo sem preparo ou sem treino...

Os olhos de Aelia baixaram diante do fervor dela, e então Heron e Aelia desviaram o olhar. Os olhos de Ganeda se moveram para mim, e percebi que eu olhava não para minha tia, mas para a Senhora de Avalon. Curvei a cabeça em reverência.

— E é por isso que nos oferecemos à Deusa, ao trabalho Dela dentro do mundo, não por orgulho, mas porque Ela nos chamou em uma voz que nos compele a responder... — ela disse em voz baixa. — Nossas vidas são o sacrifício.

Depois daquele dia, a tensão entre mim e Ganeda pareceu ceder um pouco, ou talvez eu apenas estivesse começando a entendê-la. Não tinha mais esperanças de que ela me amasse, mas comecei a esperar que pudéssemos encontrar respeito mútuo agora que eu era adulta. De fato, cada dia parecia trazer um novo entendimento, conforme refinávamos habilidades que pensávamos ter aprendido totalmente.

***

A visão esmaecia. Com relutância, deixei de lado a imagem do Tor, inflamado de luz, e me forcei a retraçar meus passos de ida e volta ao jardim. A Voz de meu Guia continuava em sua direção firme, impedindo-me de desviar até que a memória brilhante de minha jornada interior se tornasse o cenário familiar que eu via todo dia.

Abri os olhos, piscando com a luz do sol, e pousei as mãos na terra para me enraizar de novo no poder dela. A cerca viva de espinheiro e as ervas bem cuidadas ainda eram belas, embora tivessem perdido as extremidades brilhantes que eu vira no Além-Mundo. Roud e Heron se esticavam ao meu lado. Respirei fundo o ar perfumado e abençoei a Deusa por me trazer de volta em segurança mais uma vez.

— A visão vem apenas aos que foram treinados nos velhos costumes, como está nos treinando aqui? — perguntou Roud.

A grã-sacerdotisa balançou a cabeça. Desde a morte da filha, a idade tinha começado a mostrar seus efeitos com força, e a luz da manhã, filtrada pelas folhas das macieiras, mostrava cada ruga e vinco em seu rosto com uma precisão inclemente. Se Ganeda não deixasse tão evidente que estava me ensinando junto às outras apenas porque era seu dever, poderia quase ter sentido pena dela.

— Há muitos em nosso povo em quem a Dádiva corre forte — ela respondeu —, mas não faz muito bem a eles, pois chega sem ser solicitada, sem direção ou controle. Sem treino, não sabem como impedir que tais visões apareçam quando não querem, nem como concentrar e controlar o poder delas quando desejam, e então para eles a visão é mais uma maldição que uma bênção.

Heron franziu o cenho, pensativamente.

— E é por isso que tem tanto cuidado a respeito de quando e onde permite que ela ocorra?

Ganeda assentiu. Eu me perguntei se ela temia pela segurança do visionário ou que a visão pudesse sair de seu controle. Pareceu-me presunção pensar que alguém pudesse dizer aos deuses quando ou como podiam falar aos homens.

Por uma semana, ela vinha ensinando as muitas maneiras pelas quais era possível adivinhar o futuro. Os druidas sabiam as artes de ler agouros, do trance bárdico e da visão em sonho, que vinha quando o sacerdote dormia envolto na pele do touro sacrificado. Tais habilidades também eram praticadas entre os druidas de Hibérnia. O povo da vila do lago usava pequenos cogumelos que podiam trazer visões até aos desprovidos do dom, e os trocavam conosco pelos nossos remédios.

Mas existiam outros meios, praticados apenas por sacerdotisas. Um deles era a arte da divinação na lagoa sagrada, e outro, um ritual no qual uma sacerdotisa era elevada para buscar visões nos grandes festivais. Eu ouvira falar sobre esse último, mas, se o ritual tinha sido feito desde a minha chegada a Avalon, apenas as sacerdotisas mais avançadas sabiam.

— Agora vão descansar — disse Ganeda. — Acham que já são videntes porque conseguem viajar em espírito, mas isso é apenas o primeiro passo. Roud está com seu sangue da lua e precisa esperar por outra oportunidade, mas hoje à noite as outras três tentarão divinação com fogo e água. Vamos ver se alguma de vocês tem o Dom para ser um Oráculo.

A voz dela tinha se tornado ríspida, e nenhuma de nós ousou olhá-la nos olhos. Sua filha Sian fora altamente dotada para visões, e desde a morte dela Avalon não tinha videntes. A lembrança da perda devia causar dor em minha tia, ainda que sua obrigação a fizesse buscar uma substituta. O trabalho interior sempre fora fácil para mim, e eu imaginava se teria aptidão para divinação também. Dizia-se que tais dons corriam na família, mas não achei que Ganeda ficaria feliz em me ver tomar o lugar da filha.

Passamos aquela tarde esfregando as pedras do Caminho Processional, pois Ganeda acreditava firmemente que o trabalho físico era uma maneira de cansar o corpo e ocupar a superfície da mente. Além disso, imagino, a labuta tinha como objetivo evitar que nos sentíssemos superiores, agora que estávamos em treinamento para sermos videntes.

Mas mesmo com a distração, eu sentia a tensão apertando minha barriga conforme as sombras se alongavam. Quando o sino convocou o resto da comunidade para jantar, fomos, em vez disso, ao lago para um banho, pois o trabalho dava melhor resultado se feito por alguém purificado e em jejum.

Quando fomos levadas ao santuário sobre o Poço Sagrado, a escuridão tinha caído. Estávamos trajadas da mesma maneira, com vestidos brancos simples que desciam, sem cinto, dos ombros aos pés nus, e mantos de lã crua. Nossos cabelos caíam soltos sobre os ombros. Tochas tinham sido colocadas ao longo do caminho; a luz bruxuleante ardia nas madeixas escuras de Heron e dava um toque de fogo ao cabelo de Aelia. Meu cabelo fino, indisciplinado desde a lavagem recente, soprou sobre meu rosto, ladeado de luz.

Visto através daquele véu dourado, o caminho conhecido parecia misterioso e estranho. Ou talvez fosse apenas o dia de jejum e as expectativas de transe que começavam a me afetar. Tinha a impressão de que seria muito fácil deixar de lado a consciência comum e viajar entre os mundos. Perguntei-me se a regra de buscar visões em jejum era sempre acertada. O verdadeiro problema era manter o controle da visão.

Um banquinho fora colocado sobre o terraço de pedra. Diante dele, carvão brilhava em um braseiro. Uma mesinha entalhada estava ao lado, com um jarro de prata e um pedaço de pano dobrado. Silenciosamente tomamos nossos lugares em um banco longo e esperamos, mãos pousadas nos joelhos, respirando profundamente o frio ar noturno.

Foi outro sentido além da audição que me fez virar. Duas sacerdotisas se aproximavam de nós com o passo silencioso que eu custara tanto a aprender. Reconheci os ombros rígidos de Ganeda antes mesmo que ela saísse na luz. Suona vinha logo trás, trazendo algo com o formato de uma tigela enrolada em linho branco.

— É o Graal? — sussurrou Aelia ao meu lado.

— Não pode ser. A única noviça com permissão de vê-lo é a donzela que é sua guardiã — murmurei de volta, enquanto Suona colocava seu fardo pesado sobre a mesa. — Isso deve ser outra coisa, mas claramente é muito antigo.

Velho e sagrado, pensei, pois tive a impressão de já sentir seu poder.

Suona puxou o pano de linho que envolvia o objeto e o levantou, colocando-o sob a luz das tochas. Era de fato uma bacia de prata, um pouco desgastada, mas belamente polida, com um lindo desenho gravado nas bordas.

— Diz-se que era a bacia usada para vidência em Vernemeton, a Casa da Floresta de onde vieram as primeiras sacerdotisas para morar nesta Ilha Sagrada. Talvez a Senhora Caillean tenha um dia olhado dentro dela. Roguem à Deusa para que um pouco do espírito dela as toque agora...

Suona colocou a bacia ao lado do jarro na mesinha.

Pisquei, e a visão da bacia foi superposta por um instante com outra imagem, da mesma vasilha, nova em folha. Era imaginação, ou eu de fato vira aquele objeto em outra vida?

Mas não tive muito tempo para me perguntar, pois a grã-sacerdotisa se colocou diante de nós, e em uma fração de segundo evocou o encanto de seu chamado sobre si mesma, passando de uma mulherzinha encurvada, sempre franzindo a testa, para uma mulher alta, majestosa e bela. Embora já tivesse visto aquela transformação muitas vezes, ela sempre me espantava, e me recordava de que jamais deveria desconsiderar os poderes daquela mulher, independentemente de como ela me tratasse.

— Não pensem — disse a grã-sacerdotisa — que o que estão prestes a fazer é menos real porque ainda estão sendo treinadas como sacerdotisas. O rosto do Destino é sempre maravilhoso e terrível. Tenham cuidado ao levantarem o seu véu. Certo conhecimento do que está por vir é dado a poucos. Para a maioria, mesmo uma vidente sagrada, a antevisão vem apenas em vislumbres, distorcida pelo entendimento de quem vê e de quem ouve a profecia.

Ela fez uma pausa, fixando em cada uma de nós um olhar que atravessava a alma.

Quando falou novamente, a voz dela tinha a ressonância do transe.

— Fiquem quietas, portanto, e limpem seus corações. Deixem de lado a mente ocupada. Devem se tornar um recipiente vazio, esperando para ser enchido, uma passagem aberta pela qual a iluminação pode fluir.

A fumaça subia do braseiro conforme Suona salpicava as ervas sagradas sobre as brasas. Fechei os olhos enquanto a consciência do mundo exterior começava a escapar.

— Heron, filha de Ouzel — disse a sacerdotisa —, olhará nas águas sagradas e buscará ali sabedoria?

— Olharei — veio a resposta. Ouvi o farfalhar de roupas quando ela foi conduzida até a cadeira.

Não precisei de olhos para saber quando ela olhou para a vasilha, nem precisei ouvir o murmúrio de instruções com o qual a Senhora a puxava para um transe mais profundo. Enquanto Heron falava, eu também vislumbrava as imagens, quebradas e caóticas: tempestades; exércitos; dançarinos nas pedras sagradas.

Elas pararam. Tinha vaga consciência de que Heron fora trazida de volta e agora era a vez de Aelia olhar na vasilha. Mais uma vez compartilhei das visões. A voz da Senhora tinha se aguçado, comandando Aelia a olhar mais perto do presente, para acontecimentos de importância para Avalon. Por um tempo, houve apenas uma sombra girando, e então, indistintamente, vi os pântanos que ladeavam o lago. Figuras com tochas se moviam ao longo da margem, chamando. Então a imagem desapareceu. Houve um barulho quando a bacia foi esvaziada, e Aelia sentou-se ao meu lado de novo. Podia sentir que ela tremia e me perguntei o que a mente dela se recusara a ver.

Mas agora sentia a grã-sacerdotisa diante de mim como uma chama.

— Eilan, filha de Rian, deseja buscar visões? — A voz veio da escuridão.

Murmurei um consentimento e fui sentada na cadeira; minha consciência mudou novamente, e abri os olhos. Suona derramou mais água na bacia e a colocou diante de mim.

— Curve-se para a frente e olhe lá dentro — disse a voz baixa ao meu lado. — Inspire... expire... espere que as águas se aquietem. Deixe sua visão afundar abaixo da superfície e diga o que vê.

Suona tinha colocado mais ervas nas brasas. Quando aspirei a fumaça doce e pesada, minha cabeça girou, e eu pisquei, tentando me concentrar na bacia. Agora podia ver: um anel prateado em torno de uma escuridão mutante atingida por centelhas brilhantes da luz das tochas.

— Se não conseguir ver nada, não importa — continuou a sacerdotisa. — Fique em paz...

Importa sim, pensei, com um espasmo de irritação. *Ela quer que eu falhe?*

Talvez fosse mais fácil sem a distração externa. Não ousei fechar os olhos de novo, mas deixei que saíssem de foco, de modo que via apenas um borrão indistinto cercado por um círculo de luz. *Procure os pântanos*, disse a mim mesma, *o que Aelia tentava ver?*

E com aquele pensamento, a visão começou a emergir diante de mim, primeiro em vislumbres espalhados, depois completa e total. O poente se transformava em noite. O lago brilhava fracamente com a última luz. Mas a mistura de pântanos e ilhotas que se estendia ao sul e a leste estava toda na sombra. As tochas se moviam na direção do terreno mais alto, mas minha visão foi atraída por uma lagoa escura sob a sombra de um salgueiro retorcido.

Algo se movia ali. Com um arquejo, reconheci a cabeça brilhante de Dierna. Com um braço, ela abraçava um tronco caído. O outro se esticava para baixo como se segurasse algo abaixo da superfície. Lutei para ver mais claramente, e o cenário mudou.

Os que faziam buscas a tinham encontrado. Sob a luz da tocha, vi Dierna soluçando, embora não ouvisse nenhum som. Dois dos druidas estavam na água ao lado dela. Um a levantou para os braços estendidos de Cigfolla. O outro estava atando uma corda em algo debaixo da água. Os homens puxaram, e uma forma pálida emergiu…

— Becca! Afogada! — as palavras rasgaram minha garganta. — Por favor, não deixe que eu veja isso, não permita que seja verdade!

Convulsionei para longe da mesa, e bacia e jarro saíram voando. Caí no chão, curvada em agonia, esfregando as palmas nos olhos como se para apagar o que tinha visto.

Em um instante, Suona segurava meus pulsos e me apertava, sua voz, um murmúrio reconfortante sob meus soluços.

— É claro que ela ficará bem. — A voz de Ganeda veio de trás de mim. — Essa histeria é só para chamar atenção.

Eu me endireitei, embora o movimento fizesse minha cabeça girar.

— Mas eu vi! Eu vi! Precisa cuidar de Becca ou ela se afogará!

— Gostaria disso, não gostaria? — rosnou Ganeda. — Uma a menos com o meu sangue para competir pelo meu lugar quando eu me for!

A injustiça gritante daquilo me tirou as palavras, mas senti Suona endurecer de choque com as palavras dela. Só muitos anos depois entendi que eu era apenas um alvo conveniente, que Ganeda atacava com tamanha crueldade para tentar negar o próprio medo.

***

Entrar no estado de transe tinha sido fácil. Conseguir me recuperar, em especial quando tinha sido tirada dele tão bruscamente, era mais difícil. Passei várias semanas desorientada e suscetível a ataques de choro. Nos dias imediatamente após a divinação, até meu senso de equilíbrio estava afetado, de modo que mal podia andar, e a cada passo uma dor de cabeça atravessava meu crânio. Quando ficou claro que uma simples noite de sono não iria me restaurar, fui enviada para a Casa da Cura. A justificativa era que as outras donzelas iam me cansar, mas hoje acredito que foi porque Ganeda não queria que eu falasse para as outras, especialmente Dierna, o que tinha visto.

Então era lá que eu me encontrava ainda, sendo paparicada por Cigfolla a cada vez que emergia dos meus sonhos difíceis, quando ouvi gritos do lado de fora da casa, e, sentando-me, vi a cintilação de tochas na escuridão pela porta aberta.

— O que é isso? — gritei. — O que está acontecendo?

Mas em minha barriga se desenrolou um medo de que já soubesse a resposta. Tentei sair da cama, mas a dor de cabeça me fez voltar, gemendo.

Ainda estava sentada ali, tentando controlar a agonia com uma respiração cuidadosa, quando a porta se abriu e Heron entrou correndo.

— Eilan... não conseguimos encontrar Dierna nem Becca! — ela sussurrou, olhando sobre o ombro para certificar-se de que não fora vista, e com isso entendi que ninguém tinha vindo me ver porque Ganeda as proibira. — Em sua visão, onde você a viu? Diga-me rápido!

Agarrei o braço dela, descrevendo tão bem quanto podia onde a lagoa do salgueiro que eu tinha visto se posicionava em relação ao caminho. Então ela se foi e eu me deitei, com lágrimas caindo dos olhos fechados.

Depois de uma eternidade de sofrimento, ouvi o retorno do grupo de busca, as vozes mudas devido à tristeza ou roucas de choro. Virei o rosto para a parede. Não ajudava o fato de que, sem minha visão, Dierna poderia ter morrido com a irmã. Quisera tão desesperadamente provar a Ganeda que minha visão era verdadeira, mas agora daria qualquer coisa para que as acusações dela fossem verdade, para ter a pequena Becca de volta em segurança outra vez.

Era perto da alvorada quando Heron se esgueirou de novo para dentro da Casa da Cura.

— Ouvi choro... — sussurrei quando vi a garota lutando para buscar as palavras. — Dierna está segura?

Heron assentiu e respirou abalada.

— Mas, Eilan... Becca se foi!

— Como aconteceu? — perguntei letargicamente, assombrada por descobrir que assim que a terrível tensão da espera tinha acabado, minha dor desaparecera.

— Dierna foi colher ervas nos pântanos. Ela disse a Becca para ficar, mas você sabe como a menina é... era — ela se corrigiu com um soluço.

— Ela era a sombra da irmã desde a morte da mãe delas.

— E então Becca a seguiu — eu disse, como alguém examinando um ferimento de lança para ver qual era a profundidade.

Heron assentiu.

— E ela caiu no atoleiro. Dierna a ouviu chamar e correu de volta, mas a areia movediça já tinha puxado Becca para baixo. Dierna não conseguiu puxá-la... podia apenas esperar. — A voz dela se partiu novamente — até que a equipe de busca chegasse.

Fechei os olhos, vendo novamente a visão do rosto de Dierna sujo de lama sobre as águas escuras.

— Ela vai se culpar... — sussurrei, conhecendo aquela dor bem demais. Se Ganeda tivesse contado a Dierna sobre minha visão, essa tragédia poderia ter sido impedida? Naquela noite, nós três sofremos da mesma maneira ao lamentar a doce criança que tínhamos perdido.

***

Gradualmente minha própria saúde melhorou e recebi permissão para voltar à Casa das Donzelas. Não me surpreendi ao saber que o resfriado que Dierna pegara na água se transformara em febre pulmonar. Agora era a vez dela de ser cuidada na Casa da Cura. Pedi para visitá-la, mas Ganeda proibiu. Recordei uma história que meu professor Corinthius uma vez me contara, sobre um rei oriental que reagia às más notícias executando o mensageiro. Não fazia sentido Ganeda me culpar pelo que tinha acontecido, especialmente porque ela não tinha acreditado em mim, mas eu já aprendera havia muito tempo que, quando se tratava de mim, as ações da grã-sacerdotisa raramente faziam sentido.

***

Nosso treinamento continuou, mas não recebemos mais nenhuma lição sobre vidência, e eu fiquei satisfeita com isso. Tinha aprendido o primeiro paradoxo da profecia: vislumbrar o futuro não necessariamente significa que se possa entender, e muito menos alterar, o que se vê.

Com o tempo, Dierna também se recuperou, para se esgueirar por aí com olhos como buracos em um cobertor e um rosto pálido como leite contra o fogo de seu cabelo. Era como se ela tivesse morrido com Becca e fosse apenas seu fantasma que tivesse permanecido conosco em Avalon.

E então aquele verão pavoroso por fim terminou. As tifas cresciam cheias e marrons nos pântanos, balançando ao sabor do vento que soprava as folhas de salgueiro, e as brumas que cercavam Avalon pareciam inundadas de dourado. Uma noite, enquanto a lua nova se levantava, eu estava voltando das latrinas quando vislumbrei uma forma pálida se movendo pelo caminho em direção ao lago e reconheci Dierna. Meu coração disparou instantaneamente, mas sufoquei o grito que se levantou em minha garganta e, em vez disso, assoviei para que Eldri fosse atrás dela.

Quando as alcancei, Dierna estava sentada sob um arbusto de sabugueiro com os braços em torno de Eldri, chorando no pelo sedoso da cachorrinha. Com o som de meus passos, ela olhou para cima, franzindo o cenho.

— Estava tudo bem. Não precisava mandar Eldri atrás de mim! — disse ela, emburrada, mas notei que não soltava a cachorra. — Mas talvez você pense que eu devia entrar no lago e apenas seguir caminhando!

Engoli em seco. Aquilo era pior do que tinha pensado. Eu me sentei, sabendo que era melhor não tentar tocar a menina agora.

— Eles todos dizem que não é minha culpa, mas sei o que estão pensando... — Ela soluçou, e limpou o nariz na manga da roupa.

— Eu *vi* o que aconteceu, sabe, na vasilha de adivinhação — eu disse por fim. — Mas ninguém acreditou em mim. Fico pensando que se ao menos eu tivesse me esforçado mais para tentar convencê-los...

— Isso é estúpido! Você não tinha como saber quando... — Dierna exclamou, e então fez uma pausa, olhando-me com desconfiança.

— Nós duas sentimos culpa — eu falei. — Talvez sintamos para sempre. Mas vou tentar viver com isso se você tentar. Talvez possamos perdoar uma a outra, mesmo que não consigamos perdoar a nós mesmas...

Ela me fitou por mais um instante, os olhos azuis enchendo-se de lágrimas. Então, com um soluço, se jogou em meus braços.

Ficamos daquele jeito, chorando, enquanto a foice branca da lua balançava pelo céu. Foi apenas quando Eldri rosnou e abriu caminho para sair de onde estava, entre nós duas, que percebi quanto tempo havia se passado e que não estávamos sozinhas. Por um tempo, eu havia sentido paz, abraçando a criança, mas agora meu estômago se tensionava mais uma vez. A figura envolta em um manto nos confrontando era a da Senhora de Avalon.

— Dierna — eu disse baixo. — É tarde, deveria estar em sua cama. — A menina se retesou ao ver a avó, mas eu já a colocava de pé. — Corra agora, e que a Deusa abençoe seus sonhos.

Por um momento, pensei que ela insistiria em ficar para me defender. Mas talvez Dierna tivesse percebido que fazer isso apenas aumentaria a raiva de Ganeda, pois, embora olhasse para trás várias vezes, ela nos deixou sem discutir. Confesso que ao sentir a ameaça no silêncio da Senhora quase a chamei de volta, mas aquele confronto estava para acontecer havia muito tempo, e eu sabia que precisava enfrentá-lo sozinha.

Fiquei de pé.

— Se tem algo a me dizer, vamos caminhar ao longo da margem, onde nossas vozes não perturbarão ninguém. — Fiquei surpresa ao ouvir minha própria voz soar tão firme, pois sob o manto eu tremia. Fui na frente pelo caminho que ladeava o lago, com Eldri trotando nos meus calcanhares.

— Por que está com tanta raiva? — perguntei quando o silêncio se tornou insuportável, como a calma antes de uma tempestade. — Você se ressente por sua neta receber um pouco de conforto só porque vem de mim?

— Você matou minha irmã quando nasceu — sibilou Ganeda —, desejou o mal a Becca e agora tenta roubar a última criança do meu sangue.

Eu a encarei, a raiva tomando o lugar do medo.

— Velha, você está louca! Eu amava aquela garotinha, e certamente a morte de minha mãe foi uma perda maior para mim do que para você. Mas nossas escolhas não têm parte nisso tudo, ou os ensinamentos de Avalon são uma mentira? Minha mãe escolheu agir como sacerdotisa no Grande Rito e, quando soube que tinha concebido, escolheu manter a criança, entendendo o risco que corria. E Becca tinha sido avisada para não seguir a irmã e escolheu outra coisa.

— Ela era muito pequena para saber...

— E você *escolheu* me manter longe das duas meninas! — segui enfurecida. — Não sabe que eu teria ficado de olho nelas como uma leoa para impedir que minha visão se tornasse realidade?

Ganeda apertou meu braço e, quando me puxou para que eu ficasse de frente para ela, senti sua energia se expandindo; diante da ira da Senhora de Avalon, minha raiva de repente parecia a petulância de uma criança.

— Ousa falar assim *comigo*? Com uma simples Palavra, poderia obliterá-la aqui mesmo!

O braço dela se levantou em uma onda de drapejados escuros, como a asa da Senhora dos Corvos, e me encolhi. Por um instante, o barulho das marolas na costa era o único som.

E então, do aroma rico da terra molhada e do sussurro da água, outro tipo de poder começou a fluir para dentro de mim, uma força firme, duradoura, capaz de absorver qualquer relâmpago que a fúria majestosa de Ganeda pudesse disparar. Por um instante, acessei algo fundamental no meu âmago, embora não soubesse se era a Deusa ou minha alma eterna. Lentamente me endireitei, e, quando Ganeda me olhou, o poder foi embora de seu corpo até que ela não passasse de uma velha encurvada, mais baixa que eu.

— Você é a Senhora de Avalon — eu disse com um suspiro —, mas somos ambas filhas da Senhora que tudo rege. No que disser respeito ao bem de Avalon, eu a obedecerei, mas é porque *escolho* fazer isso.

Ela me olhou, os traços marcados entalhados em linhas de luz e sombra pela lua.

— Você é jovem — ela disse, em voz baixa —, jovem e orgulhosa. Recuse-se a me temer se quiser. A própria vida lhe ensinará a ter medo, sim, e o que significa fazer concessões!

Ela começou a voltar pela margem.

— Dierna também é minha parente — eu gritei atrás dela —, e não vou deixar que me mantenha longe dela!

Com isso, Ganeda se virou mais uma vez.

— Faça o que quiser — falou, de modo cansado —, mas, quando eu era mais jovem, também tive visões. Olhei no Poço Sagrado e vi que é Dierna quem será minha herdeira. Fará bem em ser amiga dela, pois eu lhe digo agora que é *ela*, e não você, quem será a próxima Senhora de Avalon!

***

Lentamente, o verão terrível da morte de Becca se esmaeceu na memória. Sabia o que aquela tragédia tinha feito à irmã dela, mas, conforme o tempo passava, ficava claro que Ganeda também tinha sido afetada mais profundamente do que imaginávamos ou do que ela mesma soubesse. Em corpo, ainda era vigorosa – na verdade, não creio que ninguém sem uma energia superior possa fazer o trabalho exigido da Senhora de Avalon. Mas a rispidez com que podia ferir amigos e inimigos havia ido embora.

Achei difícil sentir pena, e, sendo jovem, não entendia como os golpes da vida podem desgastar o espírito. Nem me importava o bastante para tentar entender. Com o corpo forte e deleitada com meus próprios poderes que amadureciam rapidamente, fui cheia de entusiasmo ao meu teste, e, certa de minha decisão, dei a sacola de áureos de ouro, que todas as donzelas recebiam, para a família do menino que me presenteara Eldri dez anos antes.

E assim entrei nas brumas e arranquei do fundo do meu ser a Palavra de Poder que abriria o caminho, rindo porque, afinal, era tão fácil, como se eu simplesmente me recordasse de algo que aprendera havia muito tempo. Heron e Aelia fizeram o mesmo quando chegou a vez delas e, como eu, foram recebidas de volta com júbilo. Mas Roud nunca voltou de seu teste.

No ano de silêncio que se seguiu, fui forçada a olhar para dentro de mim de um modo que a miríade de exigências de meu treinamento jamais permitira antes. Foi essa, agora acredito, a verdadeira iniciação; pois não são os adversários externos, que podem ser confrontados e desafiados, os mais perigosos, mas os antagonistas internos mais sutis.

Com respeito ao juramento com o qual aquele ano terminara, também preciso ficar em silêncio, a não ser para dizer que foi, como Ganeda tinha prometido, um ato de sacralização, um *sacrifício*. Mas embora eu me oferecesse à Senhora para ser usada conforme Ela desejasse, não entendia naquele tempo o aviso de que não podemos predizer ou controlar o que a Deusa fará conosco depois que o compromisso é feito. Todavia, quando meu juramento fora feito, passei pelo Mistério do Caldeirão, e o crescente azul das sacerdotisas foi colocado em minha testa.

***

Com a atenção concentrada em meus próprios esforços, não percebi num primeiro momento que as coisas não iam tão bem em Avalon. Durante o ano de silêncio que se seguia à iniciação, Aelia e eu ficamos ainda mais próximas. Fiquei surpresa ao descobrir que sem palavras entendia melhor o que se passava no coração dela do que jamais compreendera quando escondíamos nossos pensamentos em conversas, e sabia que ela sentia a mesma coisa a meu respeito. Quando usávamos nossas vozes apenas para cantar os ofícios da Deusa, as próprias palavras adquiriam um significado novo e sagrado.

Assim, o primeiro encontro dos sacerdotes e sacerdotisas consagrados, ao qual fui admitida depois de meu ano de silêncio, parecia carregado de uma importância incomum. Na verdade, as questões eram um tanto sérias. Muitos anos haviam se passado desde que novos rapazes ou moças tinham chegado para serem treinados em Avalon, e Roud não fora a única que saíra para seu teste e nunca mais voltara. Além disso, os príncipes que ajudavam a manter a comunidade na ilha com suas contribuições tinham ficado mais resistentes a pagar o que era devido.

— Não se trata de não termos dinheiro — disse Arganax, que havia se tornado o chefe dos druidas no ano anterior. — A Britânia nunca foi tão próspera. Mas o imperador Cláudio, em Roma, parece ter se esquecido de nós, e, com a morte de Vitorino, o Imperium Galliarum tem preocupações mais urgentes do que recolher impostos aqui.

Cigfolla riu.

— É a mãe dele, Vitória, que agora governa lá, apesar dos primos jovens que ela colocou para aquecer o trono, e ela é duas vezes o homem que ele foi, de acordo com o que ouvi. Talvez *ela* pudesse acolher a assistência de Avalon!

— Os príncipes nos apoiaram com gosto quando o pé de Roma estava em seus pescoços — disse Suona. — É como se sentissem que não precisam mais de nós, como se pudessem abandonar os velhos costumes da Britânia agora que estão livres do controle direto de Roma.

Por um momento, olhamos para ela em um silêncio divertido. Então Ganeda limpou a garganta.

— Está propondo que usemos magia para trazer os imperadores de volta?

Suona corou e ficou em silêncio, mas os outros murmuravam especulações.

— Não podemos decidir nada sem saber o que enfrentamos — disse Ganeda por fim — e esgotamos a sabedoria que pode ser obtida por meios comuns...

— O que propõe? — perguntou Arganax.

Ganeda olhou ao redor do círculo com a careta exasperada da qual me lembrava tão bem de meus dias de estudante.

— Por acaso somos gregos, para gastar nossas vidas debatendo os limites de nossa filosofia? Se nossas habilidades merecem ser preservadas, que façamos uso delas! A Virada da Primavera está quase aqui. Vamos aproveitar esse ponto de balanço entre as duas metades do ano para invocar o Oráculo!

CINCO

270 d.C.

"Aqueles que buscam nos caminhos antigos
Aqueles que buscam no Caminho Luminoso,
Agora a Noite dá lugar ao Dia,
Agora o Dia se igualou à Noite..."

Cantando, a fila de sacerdotisas com vestes escuras se movia com passos deslizantes em torno do círculo, correspondida pela fileira dos druidas em suas vestimentas brancas marchando na direção oposta. Escuridão e luz em perfeito equilíbrio completaram o círculo e então pararam. Arganax deu um passo para a frente, levantando as mãos em bênção. Atrás dele, outro sacerdote esperava com o gongo.

O arquidruida era um homem vigoroso de meia-idade, mas Ganeda, que tinha se movido para ficar em frente a ele, parecia de uma idade indefinível, empoderada pelo ritual. A túnica da grã-sacerdotisa, de um azul tão escuro que era quase negro na luz da lamparina, caía em dobras no chão polido de madeira, e as pedras da lua nos ornamentos de prata que a mulher usava eram um brilho constante em seu peito e sua testa.

— Contemplem, o Sol rege a Casa do Carneiro e a Lua está nos braços dos Gêmeos — proclamou o druida. — O inverno passou, e as ervas encontram seu caminho em direção à luz do sol, os pássaros retornam e proclamam a prontidão para acasalar, os animais emergem de seu longo sono. Em todo lugar a vida se levanta, e nós com ela, movidos pelas mesmas marés, impulsionados a agir pelas mesmas grandes energias... Fiquem em silêncio e contemplem o renascimento do mundo, e como nós somos todos Um, contemplem a mesma grande transformação interior...

Fechei os olhos com os outros, estremecendo com as vibrações do grande gongo que ecoava dos pilares do Grande Salão dos druidas. Ele parecia ressoar em cada átomo do meu ser. Perdida na beleza do momento, eu me esqueci de sentir inveja porque seria Heron, e não eu, quem estaria sentada no banco de três pernas e desceria ao Poço da Profecia.

— Acordem! Acordem! Acordem! — veio outra voz, alta e clara.

"Companheiros da Luz Cósmica
O esplendor oculto vai aparecer!
Nas alturas e no coração o acolham,
Voltem à vida, joguem longe o medo!"

Abri os olhos. Quatro jovens estavam nos cantos do salão, empunhando tochas. Alguém jogara o primeiro punhado de ervas no braseiro, e a fumaça doce brilhava como se tivesse acendido o ar. Agora eu via as imagens pintadas no gesso das paredes: uma ilha em torno de um porto, grandes templos, uma montanha piramidal soltando fogo, e outras cenas da terra fabulosa que, em um dia de danação, tinha afundado sob as ondas. Assim como o ritual, aquelas histórias pertenciam a uma sabedoria da qual os druidas eram apenas os herdeiros.

Com pergunta e resposta, o ritual seguiu, definindo o momento sagrado em que, Noite e Dia sendo iguais, uma passagem se abria entre Passado e Futuro, e quem estava preparado para a tarefa podia ver entre os mundos.

O círculo se abriu para revelar uma figura coberta por um véu, apoiada por Wren e Aelia. Cuidadosamente elas a guiaram para o banco de três pernas, dando-lhe apoio até que ela encontrou o equilíbrio. *A bebida sagrada a levou rapidamente,* pensei, observando. *Que a Deusa não permita que a leve longe demais...*

Nos velhos dias, eu sabia, a própria Deusa era invocada para falar através dos lábios de Sua sacerdotisa. Agora, embora os deuses pudessem descer às vezes e dançar conosco nos festivais, era considerado mais útil que a Vidente se tornasse aberta e vazia de qualquer personalidade, mesmo a dela própria, sem vontade alguma a não ser a de descrever as imagens que via.

A grã-sacerdotisa posicionou-se ao lado dela. A pequena mesa com a bacia de prata já tinha sido colocada diante da donzela. Pequenos frutos de visco boiavam na água com outras ervas. De onde estava, eu via o brilho da luz das tochas na água escura. Senti que balançava e pisquei rapidamente para quebrar o feitiço, e então olhei para outro lado, esperando que ninguém tivesse notado minha desorientação momentânea. Eu era uma sacerdotisa treinada agora, e deveria ter mais controle.

— Afunde, afunde... afunde mais e mais...

A voz de Ganeda era um murmúrio, guiando a Vidente em sua jornada para dentro, para baixo, até que a vasilha de água brilhante se tornasse uma só com o Poço Sagrado ao lado do cipreste. Então ela se endireitou e se afastou.

— O que se passa agora entre os romanos? O que faz o imperador Cláudio agora? — perguntou Arganax.

Houve silêncio por um longo momento.

— Diga-nos, Vidente, o que vê? — Ganeda a instigou.

Um estremecimento vibrou através das dobras finas do véu.

— Vejo... ciprestes contra o céu do poente... não, é luz de fogo. Estão queimando corpos... um dos sentinelas cambaleia e cai... — Heron falou baixo, a voz calma como se ela observasse de algum ponto privilegiado e fora do mundo. — A cena mudou... um velho está deitado em um quarto suntuoso. Sua cama é decorada de púrpura, mas ele está sozinho... ele está morto... Quer saber mais?

— Peste — sussurrou alguém. — Que os deuses não permitam que chegue aqui...

— O poder dos romanos acabou, então? Voltarão para a Britânia? — perguntou o druida, e dessa vez a resposta de Heron veio imediatamente.

— Vejo exércitos e navios, britânicos lutando uns contra os outros... sangue, sangue e fogo... — Ela balançou a cabeça, confusa, como se as imagens tomassem conta dela.

— Afunde de volta para aquele lugar onde só existe a água brilhante — disse Ganeda, em voz baixa. — Diga-me, quem virá em nosso socorro?

Heron se retesou.

— O sol! O sol brilha em esplendor! Cega meus olhos! — Por um momento ela ficou petrificada, e então soltou o fôlego em um longo suspiro. — Ah... ele vem... sua armadura é romana, mas os olhos são de alguém que conhece os Mistérios. Há uma cidade... acho que é Londinium. Nas ruas, as pessoas gritam: "*Redditor lucis... redditor!*".

Ela tropeçou no latim desconhecido, mas eu consegui entender: *restaurador da Luz!*

Arganax também conseguiu. Ele trocou olhares com Ganeda.

— Se esse homem é um iniciado, poderia nos ajudar muito — ele disse em voz baixa. Então se curvou novamente.

— Quem é ele... não, *onde* ele está agora?

Heron oscilou novamente diante da bacia de divinação.

— Eu o vejo...mas ele está mais jovem. Cabelos como dente-de-leão... — ela adicionou em resposta a outras perguntas. — Cavalga uma mula castanha por uma estrada romana... mas é na Britânia... a estrada para as minas de chumbo nas colinas...

— Aqui! — exclamou Arganax. — Certamente os deuses determinaram o destino de que ele venha até nós!

A Vidente ainda murmurava para si mesma, mas com as palavras do druida ela se endireitou, estremecendo como um arco retesado.

— Destino! — ela ecoou, e então gritou com uma voz grandiosa, bem diferente da sua. — O filho do Sol, maior que seu pai! Uma Cruz de Luz brilha no céu! Tudo muda! A sina pende na balança, o filho brilhará pelo mundo!

Com um último grito ecoante, a Vidente jogou os braços, mandando a bacia de divinação girando para o chão. Vi que ela começava a se contorcer, e Aelia e eu chegamos bem a tempo de segurá-la quando caiu.

***

Comparadas ao nobre trabalho em pedra de Avalon, as cabanas redondas de taipa dos monges de Inis Witrin pareciam desajeitadas e pobres. Puxei o véu para baixo para esconder o crescente em minha testa enquanto subíamos a encosta, e Con, o jovem druida encarregado de me escoltar, se moveu para a frente e tomou meu braço. Quase seis semanas tinham se passado desde o ritual do Oráculo, e já estava quase na hora de Beltane. Depois do debate costumeiro sobre o significado do pronunciamento do Oráculo, Arganax enviou alguns de seus jovens para as Colinas Mendip para ver se havia algum romano que correspondesse à descrição dada por Heron, e tivemos de esperar pela resposta deles.

— Vai precisar me deixar falar com eles. Esses homens santos são proibidos de falar com mulheres — ele disse baixo. Os monges nos permitiam manter os poucos cavalos que pertenciam a Avalon no pasto deles em troca de ervas e remédios. Eu me perguntei de onde eles pensavam que nós vínhamos.

— Ora, acham que vou tentá-los com impuridade? — ri desdenhosamente. — Precisarei me disfarçar de velha feia quando encontrarmos o romano. Bem poderia começar a praticar agora.

Meu pai havia se certificado de que os filhos aprendessem bem o latim, e essa era uma das razões pelas quais eu fora escolhida para a tarefa de levar o romano a Avalon.

Quando o caminho se curvou adiante, vi a igreja redonda, a galeria mais baixa sustentando uma torre central, cujo telhado de sapé brilhava dourado sob o sol. Con me apontou um banco perto do santuário onde poderia esperar enquanto ele ia saber dos cavalos. Era um lugar supreendentemente pacífico, e eu ouvia o zumbido baixo do canto que vinha de dentro enquanto observava os progressos sinuosos de uma borboleta sobre a grama.

O canto na igreja ficou subitamente mais alto e me virei para escutar. Quando olhei de volta, a borboleta estava pousada na mão estendida de um velho. Pisquei, imaginando como ele tinha chegado ali sem que eu o visse, pois a área em torno da igreja era aberta. Os outros irmãos que eu vira usavam túnicas grosseiras feitas de lã crua, mas as vestes do velho brilhavam brancas como a neve. A barba que cobria seu peito era branca como a lã.

— Que a bênção do Altíssimo esteja sobre você, minha irmã — ele disse baixo. — E meus agradecimentos a Ele por poder falar contigo mais uma vez...

— O que quer dizer? — gaguejei. — Eu nunca o vi antes!

— Ah... — ele suspirou. — Você não se lembra...

— Não me lembro do quê? — Desafiadoramente, levantei o véu. — Você é um seguidor do Cristo, e sou uma sacerdotisa de Avalon!

Ele assentiu.

— Isso é verdade... hoje. Mas em eras passadas fomos da mesma ordem, na terra que agora está afundada sob as ondas. Vidas e terras vão embora, mas a Luz do Espírito ainda brilha.

Meus lábios se abriram em choque. Como aquele monge podia saber sobre os Mistérios?

— O quê... — gaguejei, buscando concentração. — Quem é você?

— Meu nome neste lugar é Joseph. Mas não é meu nome que deveria perguntar, e sim o seu.

— Meu nome é Eilan... — respondi rapidamente — ou Helena...

— Ou Tiriki... — ele respondeu, e pisquei, encontrando uma estranha familiaridade naquele nome. — Se não sabe quem é, como pode encontrar seu caminho?

— Sei aonde estou indo... — Fiz um esforço para não revelar minha missão, mas tive a impressão de que o velho já sabia.

Ele balançou a cabeça e suspirou.

— Seu espírito sabe, mas temo que a carne que usa agora precise trilhar um caminho árduo antes que você entenda. Lembre: o símbolo nada significa. É a realidade por trás de cada símbolo que é tudo.

Não estava mais perto de entender quem ou o que aquele homem poderia ser, mas tinha sido treinada o suficiente para saber que o que ele dizia era verdade.

— Bom pai, o que devo fazer?

— Busque sempre a Luz... — ele respondeu, e com essas palavras a luz do sol ficou ofuscante em sua túnica branca.

Pisquei e, quando olhei para cima, Con estava diante de mim, dizendo algo sobre os cavalos, e o velho tinha desaparecido.

— Os cavalos estão esperando ao lado do portão — o jovem druida repetiu —, e o dia está acabando.

Ainda me perguntando o que teria acontecido, permiti que ele me ajudasse a ficar de pé. Sabia que não deveria falar do que vira, mas pensaria naquilo por um bom tempo.

***

O poente estendia seu manto sobre o Vale de Avalon, cobrindo o prado e os pântanos com o mesmo púrpura cinzento e desbotado. De onde estava na estrada de Mendip, no terreno elevado, eu via a leste quase todo o caminho até o estuário do Sabrina, onde o sol se punha no mar. Agora tudo jazia em sombras, a não ser o Tor, com um brilho de água abaixo. Pelos últimos dez anos, eu dissera adeus ao sol de dentro daquele cenário; era fascinante observá-lo de fora. Na realidade, de muitas maneiras era estranho, assustador e estranhamente excitante estar de volta ao mundo da humanidade comum, ainda que fosse por pouco tempo.

Con tocou meu cotovelo.

— Está quase escuro. O romano deve voltar logo.

— Obrigada — assenti, olhando para as nuvens que se erguiam ao norte. Nem mesmo o povo de Avalon podia invocar chuva de um céu vazio, e tivéramos de esperar por um padrão climático que serviria ao meu propósito. Eu tinha mantido as nuvens longe durante a tarde. Agora começava a soltar as energias que as atavam e sentia o hálito úmido e frio da tempestade em meu rosto.

Saber que o vislumbre de Heron da morte do imperador tinha sido uma verdadeira visão era encorajador. Os rumores corriam soltos entre os homens que bebiam nas tavernas perto das minas de chumbo. Dizia-se que Cláudio tinha deixado o império para outro general chamado Aureliano, passando por cima do próprio irmão, Quintílio, que, depois de uma tentativa abortada de golpe, morrera por sua própria mão.

— Ele virá, não tema — disse o druida que tinha esperado por nós. — Esses romanos são metódicos, e em todas as noites da última semana ele veio por esse caminho.

— Ele tem cabelos claros? — perguntei de novo.

— Claros como linho descolorido, com a marca de Mitra entre as sobrancelhas.

Estiquei a mão sob o véu para tocar o crescente azul tatuado em minha própria testa. *Ele é um iniciado*, recordei a mim mesma, *e pode ver mais que um homem comum. Precisarei ter cuidado.*

Da curva da estrada à frente, veio o chamado agudo de uma rola-marinha, um som incomum para as charnecas altas, mas o romano cuja vinda ele sinalizava não saberia daquilo. Tomei fôlego, levantei os braços para os céus e soltei as nuvens.

Em instantes, senti o primeiro pingo. Quando a figura na mula ruiva surgiu à vista, a chuva caía em lençóis, como se várias frentes de tempestade que teriam passado uma de cada vez soltassem toda a água que guardavam de uma só vez.

Nossa presa tinha buscado o abrigo tênue de um arbusto de sabugueiro, segurando o manto sagum sobre a cabeça na tentativa vã de protegê-la. Eu o observei um pouco mais.

— Fiquem fora de vista — falei aos dois druidas, apertando firme o manto que me envolvia —, mas, quando eu me mover, me sigam. — Cutuquei a montaria e a levei pela encosta abaixo da estrada.

— Socorro... ah, por favor, me ajude! — gritei na língua romana num tom que ultrapassasse a tempestade. Puxei as rédeas do pônei, que começara a correr como se quisesse tornar minha súplica realidade. Por um instante nada aconteceu, e deixei o pônei ir para a frente, apertando sua crina.

— Alguém está me ouvindo? — gritei de novo, e avistei a mula ruiva na beira da colina.

Eu vestia um manto branco; o romano deveria ser capaz de me ver mesmo através da tempestade. Gritei e dei um bom cutucão no pônei, segurando-me desesperadamente conforme ele galopava colina abaixo. Ouvi uma blasfêmia romana e a vegetação rasteira sendo quebrada como se a mula corresse atrás de mim, mas já estávamos lá embaixo da colina, embrenhados no emaranhado de carvalhos e amieiros, quando o romano me alcançou.

— Senhora, está ferida? — A voz dele era grossa, e, até onde eu podia ver sob o sagum que ele usava, o corpo parecia alto e robusto. Ele pegou as rédeas que eu deixara cair dramaticamente quando ele chegou.

Meu pônei parou de fazer esforço, reconhecendo a mão de um mestre, e, livre da necessidade de dividir minha força entre a montaria e a tempestade, puxei um grito de baixo pra cima.

— Obrigada! Obrigada! O pônei correu e tive medo de cair!

Ele colocou a mula mais perto e passou o braço sobre meus ombros. Recostei-me nele com gratidão, consciente do tempo que se passara desde a última vez que eu cavalgara. O calor dele se espalhou por mim mais rápido do que eu esperava. *Talvez Heron estivesse certa*, pensei vagamente, *e ele realmente fosse o sol.*

— Preciso levá-la a um abrigo — ele murmurou contra meu cabelo, e um arrepio correu por mim com o toque de seu hálito morno. A tempestade havia exaurido sua fúria inicial, mas a chuva ainda caía.

— Por aqui... — eu disse, apontando para o sul. — Há um velho galpão de telhas.

Os telheiros ainda não tinham começado a trabalhar naquele verão; havíamos dormido lá na viagem até ali.

Quando alcançamos o galpão, não precisei fingir exaustão. Meus joelhos cederam quando deslizei de cima do pônei, e só a reação rápida do romano me impediu de cair. Por um momento, ele me segurou, e percebi que tínhamos a mesma altura. Eu fiquei imaginando no que mais combinaríamos, sentindo a força em seus braços.

Não que eu fosse descobrir. O Conselho, em sua sabedoria, decidira vincular o romano à nossa causa dando a ele uma sacerdotisa no Grande Rito nas fogueiras de Beltane. Por causa de meu domínio do latim, a tarefa de levá-lo a Avalon recaíra sobre mim. Mas a sacerdotisa selecionada para ser sua consorte não era eu, e sim Aelia.

Observei, estremecendo, enquanto o romano fazia uma fogueira com rapidez e eficiência. Ao menos os telheiros tinham deixado bastante combustível para ela. A pequena chama pulou e se avivou, revelando um braço sinuoso, maçãs do rosto marcadas, cabelos curtos escorridos e escurecidos a um tom de ouro velho pela chuva. Quando o fogo começou a pegar nos galhos maiores, ele se colocou de pé para desprender o sagum e enrolá-lo, pingando, em uma das traves baixas. Vestia uma túnica de boa lã cinza com bordas vermelhas. Uma espada curta em uma bainha de couro desgastada pendia do flanco.

— Deixe-me pegar seu manto, senhora — ele disse, se virando. — A fogueira logo vai aquecer o ar aqui, e talvez ele seque...

O fogo aumentou subitamente, revelando-o totalmente pela primeira vez, e meu mundo ficou imóvel. Vi olhos cinzentos e inteligentes que avivavam um rosto um tanto comum, permanentemente vermelho pela exposição ao sol e ao vento, e mais rosado que nunca por causa do frio. Cansado e molhado, ele não estava na melhor forma, mas jamais seria conhecido por sua beleza. As cores o proclamavam romano mais pela cultura do que pela ancestralidade; mal parecia personagem de uma profecia.

E, no entanto, eu o conhecia.

Na cerimônia que me tornou uma mulher, a Deusa o mostrara a mim. Ele era o amante que iria me escolher nas fogueiras de Beltane, e eu era a mulher que daria à luz o filho dele...

Os druidas encontraram o homem errado, pensei desesperadamente. *Este é o herói não da visão de Heron, mas da minha...*

E se fossem o mesmo?

Não sei o que meu rosto mostrou naquele momento, mas o romano deu um passo para trás, levantando a mão em autodepreciação.

— Por favor, *domina*, não tenha medo. Sou Flávio Constâncio Cloro, a seu dispor.

Senti que corava ao perceber que tampouco estava com minha melhor aparência. Mas era assim que deveria ser. Ele deveria me enxergar feia, velha, até que eu soubesse... até que tivesse certeza de que ele era *meu* destino...

— Julia Helena, obrigada — murmurei, dando apenas meu nome romano. Era estranho em minha língua, como o latim. A garota que tinha aquele nome vivera outra vida, dez anos antes. Mas de repente eu me perguntava se ela estaria destinada a viver novamente.

Um odre de couro pendia em seu flanco. Ele puxou a correia por sobre a cabeça e o ofereceu a mim.

— É só vinho, mas pode aquecê-la...

Eu consegui sorrir, e me virei para fuçar meus alforjes.

— E eu aqui tenho um pouco de pão, queijo e frutas secas que minhas irmãs embrulharam para mim.

— Então façamos um banquete. — Constâncio sentou-se do outro lado da fogueira e sorriu.

O sorriso transformou seu rosto, e senti um fluxo de calor que queimou minha pele como fogo. Aquele era o homem com quem sonhava desde que tinha treze anos. Sem palavras, estendi o pão, e ele o pegou de minha mão. Uma vez ouvira dizer que nas terras das colinas, dividir uma refeição, uma cama e uma fogueira faziam um casamento. Já tínhamos dois deles, e pela primeira vez na vida senti a tentação de renegar meus votos.

Quando meus dedos roçaram os dele, ele estremeceu. Meus acompanhantes druidas estavam em algum lugar lá fora. Não nos perturbariam a não ser que eu gritasse. Seria preciso muito pouco, um passo na direção do romano, um estremecimento como se estivesse com frio e precisasse dos braços dele para me aquecer. Um homem e uma mulher, sozinhos; embora meu conhecimento do amor físico ainda fosse teórico, certamente nossos corpos fariam o resto instintivamente.

Mas e nossas almas?

Ir a ele sem honra destruiria aquela outra emoção, mais doce ainda do que o sentimento que começava a encher meu corpo, a emoção que eu achava que poderia crescer entre nós. E assim, embora me sentisse como um homem faminto recusando comida, fui para trás, puxando a feiura em torno de mim como um manto esfarrapado, o reverso do encanto que uma sacerdotisa sabia usar.

Constâncio balançou um pouco a cabeça, mirou-me de cenho franzido e desviou o olhar.

— Mora perto daqui? — perguntou, educadamente.

— Moro com minhas irmãs na beira dos pântanos — respondi com sinceridade —, perto da ilha onde os monges cristãos fizeram seu santuário.

— A ilha de Inis Witrin? Ouvi falar dela...

— Podemos chegar à minha casa amanhã, antes que o sol esteja alto — completei. — Ficaria grata por sua companhia...

— Claro. Os homens que cuidam das propriedades de minha família queriam que eu jamais tivesse vindo para cá; não vão se importar se eu perder um dia ou dois — ele adicionou, amargamente.

— Como veio a cavalgar nas estradas secundárias da Britânia? Parece um homem de autoridade — perguntei, com curiosidade genuína.

— Sem mencionar as conexões familiares. — A amargura dele ficou mais intensa. — Minha avó era irmã do imperador Cláudio. Eu quis fazer meu próprio caminho pela habilidade, não pelo patronato. Mas, já que meu tio-avô tentou tomar o Imperium e falhou, vou me contentar em simplesmente permanecer vivo. O novo imperador tem boas razões para não confiar em homens da minha família.

Ele encolheu os ombros e bebeu um gole de vinho do odre.

— A família de minha mãe tem investimentos aqui na Britânia. Uma companhia de importações em Eburacum e participação nas minas de chumbo. Então pareceu um bom momento para enviar um agente para conferi-los. No momento, o Império das Gálias é mais seguro para mim do que Roma.

— Mas os imperadores gálicos não vão considerá-lo uma ameaça?

Constâncio balançou a cabeça e riu.

— É Vitória Augusta quem de fato governa. Eles a chamam de Mãe dos Acampamentos, sabe, mas ela tem pouca atenção para dispensar à Britânia. Desde que ela fique com uma parte dos lucros, vão me deixar em paz. Imperadores vêm e vão, mas é o ouro que governa o mundo.

— Você não parece muito feliz com isso — observei. — Eu não teria adivinhado que é um mercador.

Por um segundo aquele olhar acinzentado fixou-se no meu.

— E o que pensou que eu fosse?

— Um homem do exército — respondi, pois assim o tinha visto na visão.

— Até poucos meses atrás era verdade. — O rosto dele escureceu. — Nasci em um posto do exército na Dácia. É tudo que conheço, tudo que sempre quis ser...

— É tão ávido por batalha? — perguntei com curiosidade. Ele não *parecia* sedento de sangue, mas como eu poderia saber?

— Na verdade, quero o que as batalhas podem conquistar — ele corrigiu. — Justiça. Ordem. Segurança para o povo além da fronteira, para que a paz possa crescer... — Ele ficou em silêncio, a pele corada avermelhando ainda mais, e concluí que não era um homem que mostrava os sentimentos com frequência.

— Sua sorte vai mudar — assegurei. Por um momento ele me olhou com incerteza, e eu reforcei a ilusão que me disfarçava. — Mas agora deveríamos dormir — continuei. — A viagem de amanhã será difícil depois de uma tempestade como essa.

Mas, na verdade, não fora a cavalgada que me deixara exausta, e sim o esforço para ocultar minha essência, quando o que realmente queria era me oferecer a ele de corpo e alma.

Pela manhã, a chuva tinha parado, mas conforme o dia esquentou, o excesso de umidade do chão se transformou em chumaços de névoa. Foi ficando mais densa enquanto cavalgávamos, até que árvores e prado desapareceram, e a única coisa visível era o caminho diante de nós.

— *Domina* — disse Constâncio —, precisamos parar, antes que desviemos da estrada e acabemos afundando em algum brejo.

— Não tenha medo. Conheço o caminho — respondi, e de fato podia sentir o poder de Avalon me atraindo. Viéramos pelos terrenos elevados do norte e do leste, onde um braço estreito de terra seguia para a ilha.

— Não estou com medo, mas também não sou tolo! — ele respondeu. — Vamos voltar para o abrigo e esperar o tempo clarear. — Ele se esticou para pegar minhas rédeas.

Cutuquei o pônei para a frente e o virei bruscamente.

— Flávio Constâncio Cloro, olhe para mim! — deixei que a ilusão da feiura se desfizesse e invoquei os poderes da sacerdotisa para substituí-la. Soube que estava funcionando quando vi o rosto dele mudar.

— Senhora... — Ele tomou fôlego. — Agora a vejo como não via antes...

Eu me perguntei o que ele queria dizer, pois era a primeira vez que usava o encanto, mas o poder continuava a crescer ao meu redor.

— Fui enviada para levá-lo para a Ilha Sagrada de Avalon. Virá comigo por sua livre escolha?

— O que encontrarei lá? — Ele ainda me olhava.

— Seu destino...

E Aelia, pensei então. Por um instante, quis gritar alto para que ele se virasse, fugisse.

— E voltarei ao mundo humano?

— Será lá que seu destino será cumprido. — Dez anos de disciplina falavam através de mim.

— E irá comigo? Jure!

— Irei. Juro pela minha alma eterna.

Mais tarde, eu disse a mim mesma que jurara ir com ele para Avalon, mas agora acredito que uma sabedoria mais profunda fez aquela promessa.

— Então irei com você.

Eu me virei, levantando os braços para atrair o poder, e conforme dizia o feitiço, o mundo mudava em torno de nós; no passo seguinte, as brumas se afastaram para os dois lados e nós entramos em Avalon.

***

Desde o amanhecer, os tambores pulsavam pela terra da Ilha Sagrada, o coração de Avalon batendo cheio da excitação do festival. Os espinheiros brancos pesavam nas cercas vivas, e as prímulas cor de creme e os jacintos-dos-campos floresciam sob as árvores. Era noite de Beltane, e todo o mundo estremecia em expectativa. Exceto Aelia, que tremia de medo.

— Por que a Deusa colocou isso sobre mim? — ela sussurrou, enrodilhada na cama que fora dela enquanto esperávamos pela iniciação. No momento não havia sacerdotisas em treinamento, e a casa nos fora designada para preparar a Noiva de Beltane para o festival.

— Não sei — respondi. — Mas nos ensinaram que muitas vezes as razões Dela para colocar nossos pés em um caminho não são aparentes até chegarmos ao fim... — falei, tanto por ela quanto por mim. Nos três dias desde que trouxera Constâncio à ilha, não o tinha visto, mas ele assombrava meus sonhos.

Aelia balançou a cabeça.

— Nunca tive a intenção de ir às fogueiras de Beltane. Teria vivido uma virgem feliz até o fim da minha vida!

Coloquei os braços em torno dela e a balancei gentilmente. Nossos cabelos soltos se misturavam no travesseiro.

— Constâncio não vai machucá-la, querida. Cavalguei com ele por dois dias, ele é um cavalheiro...

— Ele é um *homem*!

— Por que não falou sobre esse medo quando foi escolhida? — Acariciei o cabelo dela. *E por que*, perguntei a mim mesma, *aquela sina não tinha cabido a mim?*

— Juramos obediência ao Conselho em nossa iniciação. Pensei que devem saber o que fazem...

Suspirei, entendendo como deve ter sido. De todas nós, Aelia sempre tinha sido a mais obediente. Pela primeira vez, me perguntei se a tarefa lhe coubera totalmente por acaso.

— Disseram que a Deusa me daria forças para ir em frente, mas tenho medo... me ajude, Eilan!

Fiquei imóvel, entendendo em um estalo como eu poderia atender tanto aos desejos dela quanto aos meus. Ou talvez já tivesse planejado aquilo em alguma parte secreta da minha alma, e só agora, como um inseto na troca de casca escondido no solo, a ideia emergira à luz do dia. As justificativas vieram com facilidade. Aelia era a escolha não da Deusa, mas de Ganeda. Tudo o que era preciso era uma sacerdotisa virgem. Não importava quem fosse, desde que comparecesse à fogueira por livre vontade. E a substituição seria tão *fácil*. Embora fosse mais pálida que eu, e também mais magra, Aelia e eu éramos parecidas o suficiente para que os recém-chegados nos confundissem. As garotas mais jovens haviam nos apelidado de Sol e Lua.

A única razão que não dei a mim mesma foi a verdadeira: Constâncio Cloro era *meu*, e seria como a morte vê-lo levar outra mulher para o caramanchão nupcial.

— Shh... fique calma... — Beijei o cabelo macio de Aelia. — Tanto a Noiva quanto suas auxiliares vão à cerimônia cobertas por véus. Vamos trocar nossas roupas e ficarei no seu lugar no ritual.

Aelia sentou-se, olhando-me com olhos arregalados.

— Mas se desobedecer, Ganeda vai puni-la!

— Não importa... — respondi. *Não depois que tiver passado a noite nos braços de Constâncio!*

***

A luz do fogo, vista através do linho fino de meu véu e da tela de galhos, enchia o círculo com uma névoa dourada. Ou talvez fosse a aura do poder que os dançarinos levantavam, que a cada circuito em torno da fogueira ficava mais forte. Todo o povo de Avalon estava reunido ali no prado ao pé do Tor, e também a maior parte dos moradores da vila do lago. Meu corpo todo vibrava conforme a terra balançava com as passadas deles, ou talvez fosse a batida de meu coração. Sentia a dança chegando ao seu ápice. *Logo...* pensei, umedecendo os lábios secos. *Seria logo...*

As outras donzelas se deslocavam inquietas ao meu lado, Heron, Aelia e Wren, todas nós usando vestidos e véus verdes e guirlandas de flores da primavera. Mas apenas eu trazia a coroa de espinheiro. Minha pele ainda estava arrepiada da água da lagoa sagrada, pois todas ajudamos a banhar Aelia e, no processo, nos limpamos. Tinha dividido com ela o jejum e a vigília; todas as exigências rituais foram cumpridas. Aquela substituição poderia ser desobediência, mas ao menos não seria sacrilégio.

— O romano foi banhado e preparado também — disse Ganeda, que esperava conosco. — Quando ele chegar, será levada até ele. Juntos, dividirão o alimento sagrado e, juntos, entrarão no caramanchão, bem no fim da pista de dança. Você é um campo virgem, no qual ele plantará a semente que vai gerar o Filho da profecia.

— E o que eu darei a ele? — sussurrei.

— No mundo externo, a fêmea é passiva, enquanto o macho dá início à ação. Mas nos planos internos, é de outra maneira. Conversei com esse jovem, e no momento a sorte não lhe sorri. Cabe a você acordar o espírito dele, despertar e ativar a alma superior dentro dele, para que possa cumprir seu destino e se tornar o Restaurador da Luz para a Britânia.

Não ousei fazer mais perguntas, para que minha voz não fosse reconhecida, e então ouvi uma mudança no som dos tambores. Minha garganta começou a doer tanto com a tensão que não teria conseguido falar mesmo se tivesse tentado.

Os druidas chegavam, as túnicas brancas tingidas de dourado pela luz do fogo, guirlandas de folhas de carvalho sobre os cabelos. Mas, enquanto observava, vislumbrei um dourado mais brilhante entre eles. O povo do lago que viera ao festival aclamava; o ar pulsava com onda sobre onda de som. Zonza, fechei os olhos, e pisquei quando os abri novamente, deslumbrada pela figura dourada de pé diante da fogueira.

Quando minha visão se ajustou, vi que era apenas uma túnica cor de açafrão à qual a luz dava um dourado mais profundo, mas a guirlanda que coroava Constâncio era feita de metal verdadeiro, como a de um imperador. Percebi que quando o vira pela última vez, salpicado de lama e cansado da batalha contra a tempestade, Constâncio também não estivera com a melhor aparência. Agora, sua pele brilhava contra a túnica, e seu cabelo claro luzia como a guirlanda de ouro.

— Ele é Lugos entre nós — sussurrou Heron.

— E Apolo — murmurou Aelia.

— E Mitra dos Soldados — completou Wren.

Ele estava de pé como o Deus Sol entre os carvalhos druidas. Se já não o amasse, naquele momento o teria adorado, pois o corpo do homem tinha se transformado em um recipiente transparente através do qual brilhava a luz do deus interno.

Agora o bater dos tambores dava lugar à música de sinos e cordas de harpa. As donzelas ao meu lado me ajudaram a levantar enquanto a divisória de galhos era retirada. O barulho da multidão se transformou em um silêncio de assombro, e havia apenas a música.

Constâncio se virou conforme nos aproximamos, e a expressão dele ficou subitamente concentrada, como se pudesse ver a mulher através do véu, ou a deusa dentro dela. Wren espalhou flores diante de mim, Aelia e Heron estavam postadas de cada lado, e então elas também ficaram para trás quando segui sozinha. Constâncio e eu ficamos face a face, sacerdote para sacerdotisa, em torno de uma mesinha sobre a qual havia um pão, um prato de sal, uma taça e um jarro cheio de água da fonte sagrada.

— Meu senhor, ofereço-lhe os frutos da terra. Coma e seja fortalecido. — Parti um naco de pão, mergulhei-o no sal e o ofereci a ele.

— Você é a terra fértil. Aceito sua dádiva — Constâncio respondeu conforme lhe ensinaram os druidas. Ele comeu o naco de pão, partiu outro e me ofereceu.

— E eu gastarei minha força para cuidar do solo sagrado...

Quando terminei de comer, ele pegou o jarro, derramou um pouco de água na taça e a estendeu para mim.

— Eu me derramo por você como água. Beba e seja renovada.

— Você é a chuva que cai do céu. Recebo sua bênção. — Bebi da taça e então a ofereci de volta a ele. — Mas todas as águas por fim renascem do mar...

Ele pegou a taça de minha mão e bebeu.

A batida dos tambores recomeçou. Dei um passo para trás, chamando-o com um gesto, e ele me seguiu. A música ficou mais rápida, e comecei a dançar.

Meus pés pareciam não me pertencer mais; meu corpo se transformara em um instrumento para expressar a música enquanto me curvava e balançava nas espirais sinuosas da dança sagrada. Minhas vestes, de um linho quase tão fino quanto o véu que escondia meu rosto, prendia-se ao corpo e esvoaçava conforme eu rodopiava. Mas sempre, enquanto circulava, Constâncio era meu centro, a quem eu me voltava como as flores para o sol.

Primeiro ele oscilou, e então, quando a melodia atravessou o que restava de seu condicionamento romano, começou a se mover, uma dança vigorosa, batendo os pés, como se marchasse com a música. Nos aproximamos cada vez mais, espelhando os movimentos um do outro, até que ele me tomou nos braços. Por um instante, nossos peitos se tocaram. Senti o coração dele batendo como se fosse o meu.

Então ele me levantou com facilidade, como se eu não pesasse mais que Heron, e me levou para o caramanchão.

Era uma cabana redonda à maneira ancestral, feita de galhos trançados frouxamente. Flores tinham sido presas neles, e a luz do fogo brilhava pelas frestas, salpicando o rico tecido que cobria a cama, as paredes e nossos corpos com uma luz dourada. Constâncio me colocou novamente no chão e ficamos frente a frente, em silêncio, até que as folhas douradas de sua guirlanda não tremessem mais com a velocidade de sua respiração.

— Sou tudo o que é, foi e será — falei em voz baixa —, e nenhum homem jamais levantou meu véu. Purifique seu coração, ó, você, que contemplaria o Mistério.

— Fui purificado de acordo com a Lei — ele me respondeu. — Alimentei-me dos tambores; bebi do címbalo. Vi a luz que brilha na escuridão. Levantarei seu véu.

Aquelas palavras não eram as que os sacerdotes tinham ensinado a Constâncio, embora os Mistérios de Elêusis fossem conhecidos pelos adeptos de Avalon. Claramente ele era iniciado não apenas do Deus dos Soldados, mas também da Mãe e da Filha, como são conhecidas nas terras do sul. Ele estendeu as mãos firmes e levantou a guirlanda de espinheiro de minha testa, então puxou meu véu. Por um momento apenas olhou meu rosto. Então se ajoelhou diante de mim.

— É *mesmo* você! Até na tempestade eu a reconheci. Você é de fato a Deusa. Mostrou-se a mim primeiro disfarçada de velha para me testar, e esta é minha recompensa?

Engoli em seco, olhando para a cabeça baixa dele, e então, curvando-me, tirei a sua coroa dourada e a coloquei ao lado de minha guirlanda de flores.

— Com ou sem esta coroa, você é o Deus para mim... — consegui dizer. — Era eu de fato, e já naquele momento eu o amei.

Ele me olhou, os olhos ainda arregalados e sem foco, colocou as mãos em meus quadris e me puxou para a frente até que sua cabeça curvada pousasse na junção de minhas coxas. Senti uma chama doce começando a se formar entre elas, e subitamente meus joelhos já não podiam mais me sustentar; escorreguei para baixo, entre as mãos dele, até que estivéssemos ajoelhados juntos, peito com peito, testa com testa.

Constâncio então soltou um pequeno suspiro e seus lábios encontraram os meus. Como se aquilo tivesse completado um circuito de poder, de repente o fogo estava em todos os lugares. Apertei os ombros dele, seus braços me envolveram com força, e juntos caímos na cama que tinha sido preparada para nós.

Nossas vestes tinham sido preparadas de modo a cair com a remoção de poucos alfinetes, e logo não havia impedimentos entre nós. O corpo dele era endurecido de músculos, mas a pele era macia, deslizando pela minha, e as mãos fortes eram ternas conforme ele me mostrava êxtases jamais mencionados em meu treinamento. E então chegamos juntos ao gozo. Coloquei os braços em torno dele enquanto o poder do Deus descia, estremecendo-o até que ele gritasse. Conforme ele deixava a alma sob meus cuidados, o poder da Deusa levou a minha para encontrá-lo, e havia apenas luz.

Quando o tempo voltou da eternidade e ficamos quietos, deitados nos braços um do outro, percebi que, lá fora da cabana, as pessoas celebravam. Constâncio ficou imóvel, ouvindo.

— Estão celebrando por nós?

— Acenderam a fogueira no topo do Tor — respondi em voz baixa. — Nesta noite, não há separação entre seu mundo e Avalon. Os padres se enfiarão em suas celas com medo dos poderes da escuridão, mas o fogo aceso aqui é visível por todo o vale. Em outras colinas, o povo espera para vê-lo. Acenderão suas próprias fogueiras, e assim, de colina a colina, a luz se espalhará pela Britânia.

— E quanto a *este* fogo? — Ele me tocou uma vez mais, e arquejei quando a chama subiu.

— Ah, meu amado, acho que o fogo que acendemos entre nós iluminará o mundo todo!

SEIS

270 d.C.

Quando acordei, a luz pálida da manhã atravessava as folhas do caramanchão. O ar estava úmido e frio contra minha pele nua. Afundei-me de novo nos cobertores, e o homem ao meu lado resmungou e jogou um braço possessivo para me puxar de volta para perto. Por um segundo, enrijeci de susto, então meus sentidos despertaram e me inundaram de memória. Eu me virei, aconchegando-me mais perto dele, e, apesar das dores estranhas em meu corpo, fiquei surpresa ao perceber como parecia *certo* me deitar daquela maneira.

Não ouvia nenhum som humano, mas os pássaros cantavam uma impressionante saudação ao novo dia. Apoiei-me em um cotovelo, olhando para o rosto adormecido de meu... amante? Parecia uma palavra leve demais para nossa união, e ainda assim o que tinha acontecido entre nós fora certamente mais pessoal que a união transcendente entre sacerdote e sacerdotisa quando eles manifestam o poder do Divino no mundo.

Embora aquilo, com certeza, tivesse feito parte de tudo. Quando nos unimos, a terra que despertava tinha sido tomada pelo poder radiante do sol. Eu percebia na terra o resultado daquela conjunção, como ondas que se espalhavam pela superfície imóvel de uma lagoa.

E o que mais o ritual tinha conseguido? Concentrei-me em meu próprio corpo, lábios inchados por beijos, seios despertos para uma sensitividade intensa, os músculos da parte interna das coxas com um estiramento incomum, e o lugar secreto entre elas começando a pulsar novamente conforme a memória estimulava um novo desejo. Forcei minha consciência mais profundamente, para o útero que havia recebido a semente de Constâncio. Estava grávida? Mesmo meus sentidos treinados de sacerdotisa não conseguiam saber. Percebi que sorria. Se o sexo da noite anterior não tivesse plantado uma criança em minha barriga, teríamos de tentar novamente...

Relaxado no sono, Constâncio tinha uma serenidade da qual eu jamais teria suspeitado. Seu corpo, onde o sol não alcançava, era como marfim. Mirei o rosto dele com um deleite crescente, memorizando as linhas fortes das bochechas e do queixo, o nariz de dorso alto, a curva nobre da testa. Na luz pálida, a marca de Mitra em sua testa mal podia ser vista, mas para meus sentidos internos ela brilhava, concentrando a radiância da alma.

Como se aquela consciência fosse um toque físico, ele começou a despertar, primeiro com um suspiro, depois batendo as pálpebras, e então os músculos do corpo enrijecendo nas linhas de costume conforme ele abria os olhos. Aparentemente, era uma dessas pessoas sortudas que vão em um instante da inconsciência para a consciência total. Os olhos acinzentados que me olhavam estavam arregalados, não de sono, mas de assombro.

— *Sanctissima Dea...* — ele murmurou.

Sorri e balancei a cabeça, sem saber direito se aquilo fora um título ou uma exclamação.

— Agora não — respondi. — A manhã chegou, sou apenas Helena.

— Sim, agora — ele corrigiu —, e quando você veio até mim na última noite, e quando se sentou ao meu lado como uma velha perto da fogueira, e quando me convocou a Avalon. Os gregos dizem que Anquises estremeceu de medo porque tinha se deitado com uma deusa sem saber. Mas eu sabia... — Ele se esticou e tirou gentilmente a madeixa que pendia da minha testa. — E se os deuses tivessem me explodido pela audácia, teria considerado um bom preço.

Os deuses não tinham nos explodido, embora houvesse momentos em que bem poderíamos ter sido tomados pelo êxtase. *Era Ganeda*, pensei subitamente, *que iria me explodir quando percebesse que eu tinha tomado o lugar de Aelia no ritual.*

— O que é? — ele perguntou. — Qual o problema?

— Nada. Nada que você tenha feito — falei rapidamente, e me curvei para beijá-lo. Claramente a reverência dele por mim não tirava sua virilidade, pois sua resposta foi instantânea. Ele me puxou para baixo de si, e, na inundação de sensações enquanto fazíamos amor, todos os pensamentos submergiram por um momento.

Quando me tornei capaz de pensar com coerência novamente, a luz que atravessava as folhas do caramanchão estava brilhante e dourada, e eu ouvia o murmúrio de vozes lá fora.

— Precisamos nos vestir — murmurei contra o rosto dele. — As sacerdotisas logo chegarão.

O aperto de seus braços se intensificou subitamente.

— Eu a verei novamente?

— Eu... não sei... — Na noite anterior, não tinha realmente pensado no que aconteceria depois do ritual. Sabia que desejava Constâncio, mas não tinha considerado o quanto seria difícil, depois de ter me deitado com ele, deixá-lo ir.

— Venha comigo...

Balancei a cabeça, não em negação, mas em confusão. Acreditava que tinha justificativa para tomar o lugar da Noiva de Beltane porque Constâncio era o amante que me fora prometido em minha visão. Mas se era verdade, então o que dizer das imagens de terras estrangeiras que tinha visto? Por mais que o amasse, não queria ir embora de Avalon.

— O que isso significa para você? — perguntei roçando gentilmente o símbolo de Mitra na testa dele.

Por um segundo ele pareceu surpreso. Esperei enquanto ele se esforçava para formar uma resposta, entendendo como era profunda a inibição de falar sobre os Mistérios.

— É um sinal... de minha devoção ao Deus da Luz... — ele por fim respondeu.

— Assim como este sinal significa minha própria dedicação à Deusa — apontei para o crescente azul entre minhas sobrancelhas. — Sou uma sacerdotisa de Avalon, e comprometida com meus votos.

— Foi apenas a obediência aos seus votos que a trouxe para mim ontem à noite? — ele perguntou, franzindo o cenho.

— Continua a crer nisso depois desta manhã? — tentei sorrir.

— Helena... eu lhe imploro que haja sempre verdade entre nós. — O rosto dele tinha ficado sombrio.

Por um longo momento, olhei-o nos olhos, imaginando o quanto eu ousaria dizer. Mas com certeza ele saberia de tudo assim que eu saísse do caramanchão e todos vissem que não era Aelia.

— Tomei o lugar da sacerdotisa que escolheram para ser sua noiva. Tenho a Visão, e ela me mostrou seu rosto há muito tempo. E então fui enviada para trazê-lo até aqui, e… comecei a amá-lo…

— Você desobedeceu? — No rosto dele, a ansiedade se mesclava com a satisfação. — Vão puni-la?

— Nem a Senhora de Avalon pode desfazer o que aconteceu entre nós — consegui dizer com um sorriso. Mas ambos sabíamos que eu não tinha de fato respondido à pergunta.

Houve um som lá fora, e me retesei. Alguém batia suavemente na porta.

— Eilan, está me ouvindo? O romano está dormindo?

Era a voz de Aelia, e de repente lembrei que ela tinha recebido instruções para, depois de se deitar com ele, assegurar-se de que Constâncio bebesse o conteúdo de uma garrafa de prata no canto, para que dormisse enquanto ela se esgueirava para fora.

— Eilan, venha rápido, e ninguém vai… — ela parou de falar com um arquejo. Ouvi o som de várias pessoas se aproximando, e o fundo do meu estômago subitamente ficou gelado. Com uma certeza de chumbo, sabia que era Ganeda antes mesmo de ouvir as palavras seguintes.

— Ela ainda está dormindo? Parece que afinal não tinha tanto medo do toque de um homem. Terá de entrar e acordá-la. — O riso parou. — Aelia!

Houve um silêncio curto, pesado. Quando comecei a enrolar a coberta em torno de mim, Constâncio apertou meu braço.

— Não vai enfrentá-los sozinha…

Depois de um instante assenti, e esperei enquanto ele enrolava meu véu em torno da pélvis, recordando-me das estátuas que tinha visto em Londinium. Um braço foi colocado de modo protetor em torno de mim. Com o outro, ele puxou para o lado a cortina de tecido que cobria a porta, e juntos saímos para a iluminação inclemente de um novo dia.

O que nos aguardava era ainda pior do que eu tinha esperado. Não só Ganeda e as sacerdotisas, mas Arganax e seus druidas estavam ali. Aelia ainda estava agachada perto da porta, chorando silenciosamente. Estiquei o braço para tocar o ombro dela, e Aelia me agarrou.

— Estou… entendendo… — disse a grã-sacerdotisa, com uma voz dura como pedra. Ela olhava ao redor da pista de dança, e vi que as pessoas que haviam se jogado ali para dormir, em casais ou sozinhas, começavam a acordar e lançar olhares curiosos para a cena no caramanchão. Com um esforço óbvio, ela controlou as palavras que estremeciam em seus lábios.

— Aelia… e Eilan… — pronunciou os nomes de maneira mecânica — virão comigo. — Ela virou o olhar para Constâncio. — Meu senhor, os druidas esperam para auxiliá-lo.

Ele me apertou com mais força.

— Não fará nenhum mal a ela!

O rosto de Ganeda escureceu ainda mais conforme ela percebeu o quanto eu devia ter contado a ele.

— Acha que somos bárbaros? — ela retrucou, e ele reagiu ao tom de comando me soltando, embora na verdade aquela não fosse uma resposta.

— Vai ficar tudo bem — eu disse em voz baixa, embora ainda sentisse um nó de apreensão no estômago.

— Não vou perdê-la! — respondeu Constâncio, e me ocorreu que, além de não ter pensado em como aquela noite me ligaria a ele, não tinha sequer imaginado como afetaria os sentimentos dele por *mim*.

Ajudei Aelia a se levantar e, passando o braço em torno dela, fui em direção ao meu ajuste de contas.

— Por que isso importa? — exclamei. — Ambos os seus propósitos foram alcançados. Queria um Homem do Destino para o Grande Rito, e queria conseguir a amizade dele para Avalon.

O sol quase alcançava o meio-dia, e ainda estávamos discutindo. Àquela altura, minha barriga doía não de medo, mas de fome.

— Você se esquece da terceira razão, que era a mais importante de todas — disse Ganeda, sombriamente. — Constâncio deveria gerar o Filho da Profecia!

— E ele o fará, comigo! Na minha visão de passagem para a vida adulta, eu me vi com o filho dele!

— Mas não o filho do Grande Rito — disse a grã-sacerdotisa de modo soturno. — Por que acha que Aelia foi escolhida como consorte dele no ritual?

— Porque conseguiria dobrá-la a fazer sua vontade!

— Sua tolinha... ela foi escolhida, de fato, mas não por essa razão. Em sua arrogância, pensou saber mais do que o Conselho de Avalon, mas você não passava de uma donzela sem experiência, ignorante dos Mistérios da Mãe. Na noite passada, Aelia estava no ápice de seu período fértil. Se o romano tivesse se deitado com ela, teria ficado grávida, e a criança teria nascido aqui em Avalon.

— Como sabe que não estou grávida?

— Seu período da lua terminou não faz três dias — ela me respondeu. — E eu a examinei. Não há centelha de vida nova em seu útero.

— Haverá. O destino não pode ser negado — respondi, mas o primeiro sopro de dúvida tomou a força de minhas palavras. — Constâncio se comprometeu comigo... uma sacerdotisa dará à luz o filho dele!

— Mas quando? Ainda não entendeu? As estrelas nos disseram que uma criança gerada na noite passada teria preservado os Mistérios por mil anos. Mesmo se suas fantasias fossem verdade, que estrelas guiarão o destino do bebê que finalmente tiver?

— Ele será meu filho... — murmurei. — Eu o criarei para servir aos deuses.

Ganeda balançou a cabeça, com aversão.

— Eu deveria tê-la mandado de volta para seu pai há muito tempo. Foi uma encrenqueira desde o primeiro dia em que chegou!

— Perdeu a oportunidade — sibilei, tocando o crescente na testa. — Ele está morto, e eu sou uma sacerdotisa agora.

— E *eu* sou a Senhora de Avalon — ela explodiu de volta —, e sua vida está nas minhas mãos!

— Toda a sua raiva, Ganeda, não pode mudar o que foi feito — eu disse, exausta. — Ao menos consegui a amizade de Constâncio para Avalon.

— E sobre o que foi desfeito? Acha que o homem voltará a cada Beltane como um garanhão para o haras até conseguir engravidá-la?

Um pouco da tensão dentro de mim se desfez. Tinha temido que ela me proibisse de vê-lo de novo. Com certeza ele voltaria, disse a mim mesma, e de algum jeito eu aguentaria até aquele dia.

— Então, qual é minha punição?

— Punição? — Havia veneno no sorriso dela. — Não prometi ao romano que não lhe faria mal? Você escolheu sua própria condenação, *Helena*. Quando Constâncio se for, você irá com ele...

— Ir embora... de Avalon? — sussurrei.

— Isso é o que ele pede. Fique grata por não ser expulsa como uma pedinte para vagar pelo mundo.

— Mas e quanto aos meus votos?

— Deveria ter pensado neles ontem, antes que fossem quebrados! Nos velhos dias, você teria sido queimada por esse crime. — No rosto vincado dela, uma satisfação amarga tomava o lugar da fúria.

Eu a encarei. Certamente desobedecera sua ordem, mas eu tinha me entregado a Constâncio como a Deusa desejava.

— Tem até o pôr do sol para se preparar — disse então Ganeda. — Quando o festival terminar, será expulsa de Avalon.

O entardecer, quando os raios alongados do sol deitavam um lençol de ouro sobre as águas do lago, sempre fora minha hora predileta do dia em Avalon. Mas agora, a rebeldia que tinha me levado através daquele dia baixava com a luz. O dia tinha sido quente para a estação, mas, enquanto os druidas me escoltavam pelo Caminho Processional, eu estremecia com um frio que vinha da alma. Naquele momento, eu teria sido capaz de implorar por misericórdia, mas sabia que, mesmo se caísse de joelhos diante de Ganeda, ela não teria mudado seu decreto.

Não percebia triunfo no rosto dela, mas o sentimento devia estar lá. Ela me culpara pela morte da irmã quando nasci e me vira como uma ameaça à própria dinastia desde que eu voltara a Avalon. Com certeza estava se rejubilando por finalmente ver-se livre de mim.

As outras sacerdotisas tomaram seus lugares atrás dela. Aelia não estava entre elas, e pensei que qualquer que fosse a punição que recebera, não seria tão grande como não ter permissão para se despedir. Cigfolla chorava, e as outras tinham um ar soturno, mas os traços de Ganeda pareciam esculpidos da mesma pedra cinza que os pilares de granito que marcavam o caminho.

— Eilan, filha de Rian — ela disse. — Você desobedeceu a lei de Avalon. Não cabe a mim decidir a pena que a Deusa poderá lhe impor, mas não viverá mais entre nós. Quando chegou a esta ilha, eu a recebi como irmã. Irmãs — ela se virou para as outras —, devem se virar de costas e esquecer até mesmo o nome dela...

Uma a uma, as mulheres que estavam atrás dela se viraram, até que eu só pudesse ver uma fila de costas vestidas de azul. Entendi então por que Aelia não tinha recebido permissão para vir com elas, pois com certeza ela jamais viraria as costas para mim.

— Pela terra e pelo ar, pelo fogo e pela água, você foi nutrida entre nós — disse então Ganeda —, por estes elementos, sua ligação com Avalon será rompida. — Ela fez um gesto, e uma figura menor se adiantou, trazendo uma bandeja.

Reconheci o cabelo brilhante de Dierna, e uma raiva momentânea me endureceu. *Vergonhoso*, pensei, *pedir isso para a menina!*

Ganeda pegou um punhado de terra da vasilha de madeira.

— A terra na qual descansou se torna pó, e o Espírito a sopra. — Ela jogou no ar a terra, que rodopiou com o vento. — O fogo do amor é extinto — ela enfiou a vela na vasilha de água —, e a água da vida é derramada. — Ela virou a tigela, e a água caiu em um fluxo brilhante.

O rosto de Dierna estava marcado por lágrimas, mas eu já não podia mais sentir pena dela. Balancei, sentindo minha força sendo drenada com a água que empoçava o chão.

— Vá. — A voz da grã-sacerdotisa soava como um sino. — Quando as brumas se fecharem às suas costas, para nós você será um sonho que desaparece com o amanhecer. Vá e esqueça que um dia foi uma sacerdotisa de Avalon...

O druida pegou meu braço, e eu não tive forças para resistir a ele. Tinha me tornado uma aparição, e mesmo ele não seria capaz de me ver por muito tempo. Ousei lançar um olhar para trás. Ganeda ainda estava de pé, observando-me, mas certamente o brilho que via nos olhos dela não poderia ser de lágrimas...

Então ela também virou as costas.

Tropecei pelo caminho até a costa. Os homens do lago já tinham colocado nossos cavalos na barca. Constâncio esperava ao lado dela, a única coisa sólida e brilhante que restara em meu mundo. Ele chamou meu nome, e corri em sua direção.

***

Os cristãos, eu soubera, tinham uma lenda que contava como os primeiros pais da humanidade foram exilados do Paraíso. Quando as brumas de Avalon se fecharam atrás de mim, entendi como eles deviam ter se sentido. Teria sido um conforto para Eva ter Adão ainda ao seu lado? Saber que minhas próprias escolhas tinham me forçado àquele destino era pouco reconfortante.

Disse a mim mesma que, se Constâncio tivesse ido embora sozinho, deixando-me para trás, eu teria chorado amargamente, mas a dor que me mantinha anestesiada e silenciosa enquanto a barca nos levava através das brumas era de uma ordem mais profunda.

Quando chegamos à margem abaixo da vila do povo do lago, senti uma desorientação súbita, como se um dos meus sentidos tivesse desaparecido. Cambaleei, e Constâncio me levantou nos braços e me colocou na margem. Quando ele me botou de pé, eu me agarrei a ele, tentando entender o que tinha acontecido comigo.

— Está tudo bem — ele sussurrou, apertando-me contra o corpo. — Tudo ficou para trás agora...

Olhei de volta através do lago e percebi que a sensibilidade sobrenatural que sempre me dissera onde encontrar Avalon não estava mais lá. A visão física me mostrava pântanos, águas azuis e o conjunto de cabanas na ilha dos cristãos. Quando tinha ido embora antes, precisara apenas fechar os olhos para sentir, em um ângulo estranho com o mundo externo, o caminho para Avalon. Tinha subestimado aquela ligação. Através dela, a grã-sacerdotisa podia se certificar do bem-estar de suas filhas ausentes, pois, mesmo quando as sacerdotisas eram enviadas para incumbências longe da Ilha Sagrada, um fio de conexão permanecia.

Mas agora Ganeda o tinha cortado, e eu era como uma planta que a enchente desenterra e leva embora. Quando meu choro finalmente cessou, uma aurora fria e cinzenta se aproximava mais uma vez.

Não sei se o fato de Constâncio me tolerar durante as semanas seguintes era uma medida de sua honra ou de seu amor. Ele disse ao zelador do albergue dos correios onde passamos a noite seguinte que eu estava doente, e era verdade, embora minha doença fosse não do corpo, mas da alma. De dia, meu único conforto era a devoção de Eldri, e, à noite, a força dos braços de Constâncio. Quando ficou evidente para ele que era uma tortura constante para mim viver ali, onde cada dia claro me mostrava o Vale de Avalon, Constâncio concluiu seus negócios nas minas e partimos para Eburacum, onde as oficinas de sua família convertiam parte do chumbo em objetos de peltre.

Constâncio contratou um negociante para nos guiar pelo país, através de estradinhas e atalhos, até a grande estrada romana que ia no sentido nordeste de Lindinis para Lindum. Nos primeiros dias, cavalguei em um silêncio lúgubre, absorta demais em minha própria dor para notar as redondezas. Ainda assim, se algum período do ano pudesse reconciliar alguém com a perda de Avalon, imagino que fosse a estação sorridente que se seguia a Beltane.

Embora o vento às vezes soprasse frio, o gelo do inverno que atingia os ossos tinha desaparecido. O sol triunfante derramava uma bênção dourada pela terra, e o solo, com uma renúncia alegre, a acolhia. O verde brilhante das flores novas ressoava com as canções dos pássaros que voltavam, e cada sebe e trecho de floresta estava adornado com flores. Conforme um dia glorioso se seguia a outro, meu corpo, como a terra, respondia àquela luz radiante.

Por tanto tempo – tempo demais – eu tinha buscado ervas apenas pela utilidade delas. Agora colhia as prímulas cor de creme e os jacintos-dos-campos que balançavam, celidônias brilhantes, violetas escondidas e miosótis como pedaços de céu caídos, por nenhuma outra razão além de serem lindos. O treinamento de Avalon tinha a intenção de desenvolver o espírito, e todos os recursos do corpo e da mente eram colocados a seu serviço, direcionados por uma vontade disciplinada. As necessidades da carne eram relutantemente reconhecidas nos festivais, e as do coração não recebiam nenhuma honra. Mas Constâncio tinha conquistado meus sentidos que despertavam, e meu coração fora levado junto em triunfo, como um prisioneiro voluntário. Não tentei resistir; banida do reino do espírito, os prazeres mundanos eram tudo o que me restava.

Viajávamos lentamente, às vezes ficando em pequenas propriedades ou fazendas, às vezes dormindo sob as estrelas em algum trecho de bosque ou em um campo ao lado da estrada. A primeira cidade de porte maior em nossa rota era Aquae Sulis, escondida entre as colinas onde o Abona fazia uma curva em seu caminho até o estuário do Sabrina. Hoje sei que era um lugar pequeno, mas na época fiquei impressionada com sua elegância. Desde os tempos ancestrais, as fontes curativas eram consideradas sagradas, mas os romanos, para quem o banho era uma necessidade social, transformaram o local em um spa que poderia competir com qualquer um no império.

Conforme cavalgávamos, eu me maravilhava com os prédios, construídos de uma pedra dourada e calorosa. O povo que se apinhava nas ruas estava bem-vestido, e logo me tornei consciente do que uma semana de viagem tinha feito com meu único vestido. E meu cabelo. Baixei o véu rapidamente e levei meu pônei para mais perto da mula de Constâncio.

— Meu senhor...

Ele se virou com um sorriso, e fiquei maravilhada com o modo como ele se encaixava naquela cena civilizada.

— Constâncio, não podemos ficar aqui. Não tenho nada para *vestir*...

— Justamente por isso que eu quis parar aqui, meu amor. — Ele sorriu de volta para mim. — É pouco para oferecer em troca de tudo o que você abandonou por mim, mas Aquae Sulis é como uma versão em miniatura do melhor que há no império. Tenho dinheiro suficiente para ficarmos alguns dias em uma estalagem decente, aproveitarmos os banhos e comprarmos roupas que farão justiça a sua beleza.

Comecei a protestar, mas ele balançou a cabeça.

— Quando chegarmos a Eburacum, eu a apresentarei a meus sócios de negócio, e isso precisa ser motivo de honra. Pense nas compras como algo que você pode fazer por *mim*.

Sentei-me novamente na sela, o rosto ardendo. Ainda era uma surpresa ser lembrada de que ele me achava bela. Não sabia se era verdade – não havia espelhos em Avalon –, mas isso pouco importava, desde que encontrasse admiração nos olhos dele.

Fazer compras em Aquae Sulis era um tanto intimidador para alguém que tinha crescido com um vestido para o dia a dia e outro para rituais, embora até Constâncio arregalasse os olhos com os preços. Voltei com uma túnica cor de terracota, que tinha uma faixa verde e dourada na barra, e uma pala de lã verde para usar com ela, e outro conjunto nos tons rosados do amanhecer. Concordava de bom grado com qualquer coisa que Constâncio quisesse que eu usasse, desde que não fosse do azul das sacerdotisas.

Deixamos Eldri vigiando nossas coisas na estalagem e jantamos no jardim de uma taverna na rua principal, depois seguimos para o complexo de templos que incluía os banhos. Estava ficando claro que Aquae Sulis não era uma cidade romana comum. Dominada pelos prédios religiosos que haviam se erguido em torno da fonte sagrada, era tão devota, à sua própria maneira, quanto Avalon. Eu estava acostumada com trabalhos finos em pedra, mas os entalhes que adornavam os prédios pareciam ornamentados depois da simplicidade total da ilha. E embora fosse verdade que meu povo tivesse entalhado imagens de seus deuses, os druidas de Avalon ensinavam que os deuses eram adorados mais verdadeiramente a céu aberto.

Assim, podia dizer a mim mesma que a imagem de Sulis Minerva que estava no *tholos* na praça, em frente aos recintos dos banhos, era apenas uma estátua, embora eu evitasse o olhar calmo da cabeça de bronze sob o capacete dourado enquanto passava apressada por ela. Fiquei um pouco afastada enquanto Constâncio comprava um saco de incenso para jogar no fogo que ardia no altar do pátio, ressentindo-me de sua fé espontânea, embora a admirasse. Mas o que tais observâncias tinham a ver comigo, que havia conhecido os Mistérios de Avalon?

Conheceu e perdeu... um eu mais profundo me recordou. Muito bem, disse a mim mesma, aprenderei a sobreviver sem deuses.

Um rosto de górgona me olhava ferozmente do pórtico do templo, cabelos e barba se retorcendo em forma de raios. Outra deidade solar reinava do arco que levava aos banhos. *Por causa de Constâncio*, então pensei, *poderia desejar seguir aquela.*

Ele pagou nossas entradas, e passamos sob o arco. Tossi com a súbita rajada de ar úmido e quente. Tinha um odor leve de ovos velhos, não forte suficiente para ser desagradável, mas distintivamente medicinal. Diante de nós, cintilando fracamente na luz que entrava pela janela de arco alto, estava a piscina sagrada.

— A água sobe aqui e é canalizada para outras piscinas — disse Constâncio. — Este lugar era sagrado desde muito antes que o Divino Júlio trouxesse suas legiões a esta ilha. É costume fazer uma oferenda...

Ele abriu a bolsa e pegou dois denários de prata. Outras moedas brilhavam no fundo da piscina, junto a placas votivas de chumbo com preces inscritas e outras oferendas. Ele puxou o capuz do manto sobre a cabeça, os lábios movendo-se silenciosamente, e jogou seus denários dentro d'água. Segui o exemplo, embora não tivesse prece a oferecer, apenas uma necessidade sem voz.

— Você está com sorte. O atendente me disse que as piscinas quentes estão reservadas para as mulheres neste horário. Irei para a sauna do outro lado dos banhos e a encontrarei ao pôr do sol perto do altar lá fora. — Constâncio apertou minha mão e se virou.

Por um instante, quis chamá-lo de volta. Mas depois de uma semana nas estradas, todas as outras considerações foram sobrepujadas pelo desejo de ficar realmente limpa. Virei-me para a outra direção e fui até a colunata adjacente à grande piscina. Conversas na taverna sugeriram que era cedo na estação para que os banhos recebessem a capacidade máxima de visitantes. A piscina morna estava quase vazia, a água parecia verde onde a luz do sol batia oblíqua de cima, e as laterais eram misteriosamente sombreadas pela colunata. Continuei andando em torno dela, procurando as piscinas menores que eu ouvira dizer que havia adiante.

A piscina que escolhi era aquecida por água que corria sob uma laje de pedra, manchada pelo acúmulo de minerais da fonte. Isso me recordou do Poço Sagrado em Avalon, mas aquela água era morna como sangue. Afundar em seu abraço era como voltar ao útero.

Deitei-me com a cabeça na curva suave da cimalha, deixando a água sustentar meu corpo, e músculos que eu nem sabia que estavam tensos começaram a se soltar. As duas mulheres que se banhavam quando eu cheguei saíram da piscina e foram embora, conversando sobre um novo cozinheiro. Uma escrava veio carregando uma braçada de toalhas, viu que eu não precisava de nenhuma assistência e saiu. A água ficou quieta. Eu estava sozinha.

Boiei por um intervalo eterno, sem necessidades ou desejos. Naquele momento, sem ser perturbada por exigências do corpo ou da mente, não percebi que as defesas que tinha jogado em torno de meu espírito se dissolviam. As batidas suaves das ondinhas contra a pedra foram ficando mais fracas, até que o murmúrio da água fluindo para a piscina era o único som.

E, naquele momento, o murmúrio sutil se transformou em uma canção:

"Sempre fluindo, sempre crescendo,
da terra até o mar,
sempre caindo, sempre chamando,
sempre vindo a ser..."

Relaxei na música e, sem intenção, minha alma se agitou e buscou o espírito das águas. O canto continuou. Eu me flagrei sorrindo, sem saber ao certo se minha imaginação supria as palavras da música ou se de fato estava ouvindo a voz da fonte. Agora novas palavras sussurravam através do fluxo silencioso:

"Sempre vivendo, sempre dando,
são livres todos os meus filhos,
sempre virando, sempre ansiando,
eles voltam para mim..."

Mas fui cortada daquela fonte eterna e proibida de voltar. Com isso, uma grande tristeza se levantou em mim, e as lágrimas caíram pelo meu rosto e se misturaram às águas da Deusa na piscina.

Pareceu que uma eternidade se passara até que a escrava voltasse aos aposentos, mas imagino que na verdade não tivesse transcorrido muito tempo. Eu me sentia vazia, e quando saí da água e vi o sangue descendo pela parte interna das coxas, percebi que estava de fato vazia. Ganeda estava certa em seus cálculos, e, apesar do êxtase de nosso amor, Constâncio não tinha me engravidado.

Quando a moça me deu panos e enchimento, sentei-me por um longo tempo na sombra úmida, olhando para as águas rodopiando e esperando por mais lágrimas. Mas no momento não tinha mais emoções. Minha vida se estendia diante de mim, desprovida de magia. Mas não, lembrei a mim mesma, desprovida de amor. Àquela altura, Constâncio estaria esperando. Não fora ele quem partira meu coração; eu tinha feito isso sozinha.

Enganado, atraído de seu mundo comum até Avalon e então sobrecarregado com uma sacerdotisa desgraçada e chorosa quando foi embora, Constâncio não tinha reclamado. Ele ao menos merecia uma companhia alegre. Àquela altura, meu cabelo estava secando, as madeixas mais curtas encaracolando como gavinhas úmidas em torno da testa. Chamei a escrava mais uma vez para arrumá-lo para cima, com grampos, e me ajudar a disfarçar os olhos inchados e as bochechas pálidas com kohl e rouge. Ao olhar no espelho de bronze, vi uma estranha elegante.

Quando saí dos banhos, o sol estava para desaparecer atrás das colinas que abrigavam a cidade. Eu me virei para longe do brilho da luz e parei de repente, diante de um frontão gêmeo daquele que levava à fonte sagrada. Mas, ali, a figura dominante era uma deusa, o cabelo retorcido de cada lado, preso no centro por um anel. Ela tinha um halo de lua crescente.

Por um momento eu fiquei apenas parada, olhando, como um viajante estaca quando de repente avista alguém de casa. Então, eu me recordei de como chegara até ali.

— Não lhe fará bem, Senhora, esperar por mim — falei em voz baixa. — Foi você quem me expulsou. Não lhe devo nenhuma lealdade!

***

De Aquae Sulis, a estrada militar atravessava a Britânia seguindo a direção nordeste. Depois que saímos de Corinium, ela se elevou gradualmente, passando pelas terras de colinas selvagens até se aproximar de Ratae. Contudo, continuamos a encontrar mansios e hospedarias dos correios ao longo da estrada, espaçadas a um dia de viagem, e de tempos em tempos eu vislumbrava através das árvores as telhas vermelhas de uma propriedade. Aquela, Constâncio me assegurava, era uma terra suave comparada às montanhas perto de Eburacum, mas eu, acostumada com os pântanos do País do Verão, olhava para as distâncias azuis e não tinha tanta certeza.

Ao nos aproximarmos de Lindum, chegamos a uma planície verde como as terras dos trinovantes em que eu vivera quando criança. Busquei refúgio naquelas memórias e comecei a falar a Constâncio sobre meu pai e meus irmãos, juntando minhas memórias como algum mosaico romano sobre a vida de um príncipe britânico que tinha adotado, majoritariamente, os costumes de Roma.

— Minha própria família não é tão diferente — disse Constâncio. — Meu povo vem da Dácia, as terras ao norte da Grécia, onde as montanhas Carpatus se curvam em torno de uma grande planície. Nasci em uma propriedade no Danuvius, onde o rio corta os prados. A Dácia ainda é uma província fronteiriça; nós nos tornamos romanos ainda mais tarde que vocês britânicos, e os godos seguem tentando nos tornar bárbaros de novo...

— Ouvimos dizer que o imperador Cláudio os derrotou em Nissa — falei, quando o silêncio seguiu por tempo demais. Fazia algum tempo desde que tínhamos passado por alguma propriedade, e, embora a estrada fosse elevada, um emaranhado de árvores se fechava de cada lado. O barulho dos cascos de nossas montarias parecia alto naquela terra vazia.

— Sim... eu estava lá... — respondeu Constâncio, esfregando um ponto na coxa no qual me lembrava de ter visto uma cicatriz. — Mas quase perdemos. Eles vieram pelo mar Euxino. Nossas tropas em Marcianópolis os expulsaram, mas eles navegaram para o sul e conseguiram ir para o Egeu, onde se dividiram em três exércitos.

— Finalmente os alcançamos em Nissa. É difícil defender-se de bandos errantes que atacam uma vila e fogem, mas os soldados bárbaros não podiam enfrentar nossa cavalaria pesada... — Os olhos dele estavam sombrios com a lembrança. — Foi uma carnificina. Depois daquilo, era mais uma questão de limpar. A fome e o mau tempo mataram tantos retardatários quanto nossas armas. Isso e a peste. — Ele ficou em silêncio, e eu me lembrei de que a peste tinha matado romanos também, incluindo o tio-avô dele, o imperador.

— Sua casa estava segura? — perguntei, em uma tentativa de tirar sua mente dos pensamentos de batalha. Ele piscou e conseguiu sorrir.

— Sim, estava. Os godos procuravam as cidades mais velhas e mais ricas. Pelo menos dessa vez, morar na fronteira foi uma vantagem. Meu povo está lá desde que Trajano conquistou as terras.

— A família de meu pai governava a região ao norte do Tâmisa antes mesmo que os romanos chegassem — observei, um pouco presunçosamente. O sol atravessava as nuvens, e tirei meu chapéu largo da sela e o coloquei. — Mas meus ancestrais fizeram uma aliança com o Divino Júlio e tomaram seu nome de família.

— Ah — respondeu Constâncio —, minha linhagem é menos ilustre. Um de meus ancestrais era cliente de Flávio Vespasiano, o grande imperador, daí o nome de família. Mas o primeiro de minha linhagem a se estabelecer na Dácia foi um centurião que se casou com uma moça local. Não que isso seja motivo de vergonha. Alguns dizem que o próprio Vespasiano era descendente de um dos fundadores de Roma, mas me contaram que o imperador em pessoa ria dessa ideia e admitia que seu avô fora um soldado raso nas legiões. Não importa. Somos todos romanos agora...

— Suponho que sim — respondi. — Sei que Coelius mantinha os festivais romanos. Eu me lembro de ir com ele ao grande templo de Cláudio em Camulodunum para queimar incenso para o imperador. Como magistrado, ele era romano, mas mantinha as velhas tradições quando se tratava da saúde das terras. Foi assim que nasci — completei, relutantemente. — No ano das grandes enchentes, ele fez um apelo a Avalon, e minha mãe, que era então a grã-sacerdotisa, viajou para Camulodunum para fazer o Grande Ritual com ele.

— Então você é da realeza pelos dois lados — Constâncio sorriu para mim, e então ficou pensativo. — Seu pai chegou a adotá-la formalmente?

Balancei a cabeça em negativa.

— Qual seria a necessidade? — falei amargamente. — Meu destino sempre foi Avalon... Isso importa para você? — completei, vendo a careta dele.

— Não para mim — ele disse rapidamente. — Pode ter algumas implicações legais... para o nosso casamento.

— Você quer se casar comigo?

Na verdade, eu não tinha pensado muito sobre isso, tendo atingido a maturidade em Avalon, onde as sacerdotisas não se prendiam a nenhum homem.

— Claro! Ou ao menos — ele continuou — fazer algum arranjo legal que a proteja. A cerimônia que fizemos no seu festival não era um casamento?

Eu o fitei.

— Era a união da Terra com o Sol, com a intenção de trazer vida à terra. O deus e a deusa se casaram, como aconteceu com meus pais, e não o sacerdote e a sacerdotisa que fizeram o ritual.

Ele puxou as rédeas subitamente, bloqueando a estrada, e me encarou. Um par de pássaros canoros se levantou da sebe de espinheiros, cantando.

— Se não se considera minha mulher, por que veio comigo?

Meus olhos se encheram de lágrimas.

— Porque eu te amo...

— Sou um iniciado de Mitra, mas não um adepto dos grandes Mistérios — disse Constâncio, depois que um longo momento havia se passado. — Só sabia fazer aqueles votos como homem. E você, minha senhora, na primeira vez em que a vi, soube que era a mulher cuja alma estava ligada à minha.

De repente me ocorreu que o plano de Ganeda jamais teria funcionado, mesmo que eu não tivesse interferido. Se Aelia tivesse sido a sacerdotisa, eu suspeitava de que Constâncio teria se recusado a seguir com o ritual. Ele se esticou e pegou minha mão.

— Você é minha, Helena, e jamais a abandonarei. Isso eu lhe juro por Juno e todos os deuses. Será minha mulher de fato, carregando ou não o título. Entende?

— *Volo...* — *Eu desejo*, sussurrei através do nó em minha garganta. Ao menos eu tivera uma visão. Apenas honra e um coração nobre mantinham aquele homem ao meu lado.

Acho que foi naquele momento, parados na estrada em algum lugar no meio da Britânia, que meu casamento com Constâncio começou de verdade.

SETE

271 d.C.

O encosto de vime da cadeira redonda rangeu quando me recostei nele. A pose era enganosamente casual – dali, eu podia ver além dos afrescos de frutas e flores em torno da porta até a cozinha, onde Drusilla deveria estar preparando o próximo prato da refeição. Nossos convidados, dois dos mercadores mais bem-sucedidos de Eburacum, tinham terminado os ovos em conserva e as ostras servidas cruas na concha com um molho ácido. Aquele era um dos vários jantares íntimos que Constâncio tinha oferecido ao longo do ano que passáramos ali, construindo uma rede colaborativa entre os mercadores da cidade.

Tudo indicava que estava funcionando. O negócio do chumbo prosperava. Eu sabia que Constâncio preferiria estar com os homens da Sexta Victrix no grande forte do outro lado do rio, mas a verdade era que já não havia muita atividade ali, pois fazia algum tempo que as tribos selvagens além do muro permaneciam pacíficas. A cidade movimentada, capital da Britânia Inferior desde o começo do século, era onde ficava o verdadeiro poder no momento, e Constâncio parecia ser um daqueles homens capazes de se sair bem fazendo qualquer coisa a que se dedicassem.

Vislumbrei Philip, um rapaz grego recentemente empregado na casa, perambulando na passagem, e fiz um gesto para que ele levasse os pratos. Constâncio ainda escutava com atenção o mais velho dos mercadores – integrante do grande clã dos Sylvanus que comerciava linho de Eburacum e cerâmica de Treveri – e me deu um sorriso encorajador.

Sorri de volta, embora fazer o papel de senhora romana ainda fosse um tanto irreal. Avalon tinha me treinado para muitas coisas, mas não para planejar um banquete formal e bater papo bebendo vinho. Para isso, eu teria sido mais bem preparada se tivesse crescido com as outras meninas afetadas do salão de meu pai. Em todo caso, Constâncio precisava de uma anfitriã, e eu fazia o meu melhor para fingir que estava à vontade.

Tinha aprendido a pintar o rosto e a arrumar o cabelo em um nó complexo com uma fita grega para esconder a lua crescente em minha testa. O negócio de Constâncio prosperava, e ele se deleitava em me dar presentes. Agora eu tinha uma arca cheia de vestidos de linho e finas túnicas de lã coloridas, assim como brincos e um medalhão feito de azeviche do artesanato local, com meu rosto e o de Constâncio entalhados.

Entre os romanos, fiar era uma tradicional ocupação feminina, e um ofício que eu conhecia bem. Mas quando chegamos a Eburacum, eu sabia tanto sobre a gestão de uma casa quanto sobre batalhas. Não tive tempo para sentir falta de Avalon – havia muita coisa para aprender. Felizmente, Drusilla era uma excelente cozinheira – na verdade, Constâncio tinha ficado visivelmente mais sólido no ano que passara. Ela teria ficado magoada com qualquer tentativa minha de orientá-la, mesmo se eu tivesse alguma noção de cozinha. No entanto, ela me fazia memorizar os ingredientes, assim, se algum dos hóspedes perguntasse, eu poderia fazer justiça ao talento dela.

Philip trouxe o prato seguinte: brotos de repolho cozidos com pimentões verdes e folhas de mostarda, temperados com tomilho e servidos sobre um purê de coelho em gelatina. Com a gravidade de alguém que participa de um rito sagrado, ele serviu as porções nos pratos – uma boa cerâmica sâmia vermelha que provavelmente fora comprada de Lucius Viducius, sentado em um divã ao lado de minha cadeira. A família dele liderava o comércio de cerâmica entre Eburacum e Rothomagus, na Gália, há tanto tempo quanto os parentes de Constâncio manufaturavam peltre.

Comi uma bocada e baixei a colher novamente. Era gostoso, mas meu estômago se rebelava. Não tinha nem me arriscado com as ostras.

— Não está comendo, *domina*. Não se sente bem? — perguntou Viducius. Ele era um homem grande, com cabelos louros agora ficando grisalhos, e tinha a aparência mais de um germano que de um gaulês.

— Um incômodo momentâneo — respondi. — Não há motivo para preocupação... Por favor, coma, ou minha cozinheira jamais me perdoará. Constâncio me disse que você viaja à Gália duas vezes por ano. Fará alguma viagem em breve?

— Logo, logo — ele assentiu. — Seu homem espera nos persuadir a levar suas peças para a Germânia no navio que trará as nossas de volta. Que Nealênia nos proteja das tempestades!

— Nealênia? — ecoei, educadamente. Essa era uma deusa sobre a qual eu jamais tinha ouvido falar.

— É uma deusa muito privilegiada entre os mercadores. Um templo foi erigido em homenagem a ela na ilha onde o Rhenus segue para o oceano. Meu pai, Placidus, montou um altar para ela nesse local quando eu era criança.

— Então é uma deusa germânica?

Lancei um rápido olhar ao redor. Constâncio tinha puxado o segundo homem, um proprietário de navios, para uma conversa. Havia mais pratos sobre a mesa agora, tainhas assadas em azeite com pimenta e vinho e lentilhas com chirívia cozidas no molho de ervas. Peguei um pouco de cada um, apesar de não ter tentado comer, e me virei de volta para Viducius com um sorriso.

— Talvez... — ele respondia. — Meu pai originalmente veio de Treveri. Mas acho que Nealênia prefere as terras baixas em frente ao mar do Norte. É lá que as rotas marítimas e estradas terrestres se encontram; de lá, ela pode proteger todos os caminhos...

Meu rosto deve ter demonstrado algo, pois ele parou, perguntando o que havia de errado.

— Nada de errado. Apenas me recordei de uma deusa britânica, a quem chamamos de Elen dos Caminhos. Eu me pergunto se seriam a mesma.

— Nossa Nealênia é retratada sentada, com um cão aos seus pés e uma cesta de maçãs pendurada no braço — o mercador respondeu.

Sorri e me curvei para acariciar Eldri, que estava como sempre aos meus pés, esperando que algum bocado caísse. Ela se sentou, as narinas tremendo, e percebi que Philip estava trazendo o javali assado. O aroma rico piorou meu estômago, mas sua aparição significava que a refeição estava quase no fim. Tomei um gole cuidadoso de vinho com água.

— Dizem que Elen também ama os cães — falei educadamente. — Seu pai fez uma homenagem à deusa aqui em Eburacum também?

Viducius balançou a cabeça.

— Apenas para Jupiter Dolichenus, soberano do Sol, e ao gênio deste lugar. Aonde quer que se vá, é sempre prudente agradar os espíritos da terra.

Assenti, àquela altura já ciente da compulsão dos romanos por honrar não apenas o *genus loci*, mas qualquer conceito ou abstração filosófica que chamassem sua atenção. Cada encruzilhada e poço público tinha seu pequeno santuário, com o nome do doador mostrado proeminentemente, como se os deuses não fossem saber sua identidade sem um rótulo. Até Constâncio, versado nas filosofias dos gregos que eram tão próximas da teologia de Avalon, insistia para que seus *lares* ancestrais e os *penates* que guardavam o depósito da casa recebessem as devidas oferendas.

— Seu homem tem uma boa cabeça para os negócios, mas jamais teve a intenção de passar a vida como mercador — continuou Viducius. — Um dia o imperador o chamará de volta ao seu serviço. Talvez então vocês cruzem o mar e façam uma homenagem a Nealênia.

Tentei dizer algo educado, mas o aroma da carne assada era demais para meu estômago rebelde. Pedindo licença, corri para o átrio e vomitei no vaso de terracota que abrigava a roseira.

Quando finalmente terminei, ouvi um murmúrio mais alto de conversa, indicando que nossos hóspedes estavam indo embora. Sentei-me em um dos bancos de pedra, aspirando profundamente o ar frio e perfumado de ervas. Estávamos perto do fim do mês de Maia, e a noite ainda estava agradável. Ainda havia luz suficiente para que eu pudesse apreciar as linhas graciosas das alas de dois andares que formavam o longo átrio, ladeadas na parte de dentro por uma colunata. A casa tinha sido construída pelo mesmo arquiteto que projetara o palácio do imperador Severo, perto dali, e embora se espalhasse para trás de uma fachada estreita, como a maior parte das casas naquele pedaço da cidade, tinha uma elegância clássica.

Sentia-me bem melhor com o estômago vazio. Esperava, pelo bem de nossos hóspedes, que não fosse nada provocado pela comida. Lavei a boca com água da fonte e me recostei em uma coluna, olhando para o céu aberto sobre o átrio, onde a lua nova já estava alta.

Enquanto contemplava a lua, percebi que minha menstruação já deveria ter vindo. Meus seios também estavam mais sensíveis que o normal. Eu os toquei, intensamente consciente do novo peso e da sensibilidade deles, e comecei a sorrir, por fim entendendo o que havia de errado comigo.

Uma sombra se moveu entre os arbustos nos vasos. Reconheci Constâncio e me levantei para encontrá-lo.

— Helena – você está bem?

— Ah, sim... — meu sorriso se alargou. — Teve sucesso em suas negociações, meu amor?

Passei os braços em torno do pescoço dele, e Constâncio murmurou algo com a boca em meu cabelo enquanto me apertava contra si. Por um instante, ficamos entrelaçados. Ele cheirava a boa comida, vinho e ao óleo temperado que o escravo esfregava em sua pele nos banhos.

— Você também pode me parabenizar... — sussurrei no ouvido dele. — Estou para lhe dar um lucro maior do que qualquer mercador. Ah, Constâncio, vou dar à luz seu filho!

***

Conforme a primavera amadurecia até o verão, e meu próprio corpo começava a amadurecer com a gravidez, pela primeira vez na vida experimentei felicidade verdadeira. Inclusive tinha consciência de ser feliz, uma dádiva nem sempre destinada aos homens mortais. Tinha desafiado, se não os deuses, ao menos as sacerdotisas de Avalon, e agora carregava a criança que o oráculo tinha previsto! Só anos depois questionei aquela profecia, ou refleti que, para conseguir a resposta certa, é preciso fazer a pergunta correta.

Era uma estação sorridente, e Eburacum era a rainha do norte, para onde comerciantes de todo o império traziam suas mercadorias. Os mercadores prosperavam ali, e dividiam a boa sorte com seus deuses, de Hércules a Serápis. A praça diante da basílica estava cravejada de altares erguidos como cumprimento de promessas. Parei algumas vezes para prestar homenagem às *Matronae*, as mães triplas que representavam a fertilidade, mas fora isso não tinha muito o que dizer aos deuses.

Com Eldri andando em meus calcanhares, eu caminhava todos os dias até o ao portão perto da ponte e descia pelo caminho ao longo do rio Abus, onde os barcos que vinham da costa para os desembarcadouros disputavam espaço com os cisnes. Ao anoitecer, os muros brancos do forte eram refletidos pela água, e o sol que se punha revestia a superfície brilhante de opala e pérola. No último ano, a cachorrinha tinha desacelerado, como se a idade subitamente a afetasse, mas aquelas expedições, quando tinha a oportunidade de farejar todos os detritos fascinantes deixados à beira da água, eram o ponto alto de seu dia. Eu esperava que isso a consolasse por perder a liberdade de Avalon.

No entanto, aqueles navios traziam mais do que bens de comércio, e embora as partes ocidental e oriental do império pudessem estar divididas politicamente, as notícias viajavam livremente entre elas. Logo após o solstício de verão duas chegadas alterariam nossas vidas: a de um mensageiro com uma carta do imperador e a do primeiro caso de peste.

***

Estávamos sentados no átrio, onde tinha pedido a Drusilla que servisse a refeição da noite. Eu começava a apreciar comida novamente, e nossa cozinheira se deliciava em encontrar maneiras de despertar meu apetite. Não tinha certeza se havia sido acanhamento de minha parte ou, da parte dela, o desdém esnobe de uma velha serviçal de família por uma concubina nativa, mas algo criara a distância entre nós. Qualquer que fosse o caso, minha maternidade incipiente elevara meu status aos olhos dela.

Tinha passado por várias entradas quando notei que Constâncio não estava comendo. Depois de um ano em sua companhia, eu era capaz de ver o homem nele, assim como o herói. Já sabia, por exemplo, que ele estava em sua melhor forma pelas manhãs e que ficava cada vez mais irritadiço depois do pôr do sol; que sua honestidade às vezes beirava a falta de tato; e que, a não ser quando estava na cama comigo, ele vivia mais na cabeça do que no corpo. O que algumas pessoas percebiam como frieza eu teria chamado de concentração. Ele não suportava mariscos e, quando seu interesse estava em algum projeto, precisava ser lembrado de comer alguma coisa.

— Não tocou na comida — falei. — Está muito bom, e Drusilla ficará magoada se você não apreciar os esforços dela.

Ele sorriu e espetou um pedaço de linguiça e alho-poró, que ficou em sua mão sem ser comido.

— Recebi uma carta hoje de manhã.

Subitamente senti frio.

— De Roma? — perguntei com um esforço de manter a voz calma.

— Não exatamente. Quando ele a escreveu, estava em Nicomédia, embora sem dúvida tenha ido para outro lugar a essa altura.

Olhei para ele, pensando. *Não havia necessidade de perguntar quem seria ele. Mas se o imperador quisesse a cabeça de Constâncio, com certeza teria enviado um oficial junto com a mensagem para levá-lo em custódia.*

— Não era, suponho, um mandado de prisão?

Ele balançou a cabeça.

— Helena, ele me ofereceu uma posição em sua equipe! Agora posso prover uma vida de verdade para você e nosso filho!

Olhei para ele, reprimindo minha primeira hipótese causada pelo pânico, de que ele pretendia me deixar. Constâncio tinha feito o seu melhor para parecer feliz, mas eu sabia o quanto ele sentia falta da carreira militar.

— Pode confiar nele?

— Acho que sim — ele disse, de modo sério. — Aureliano sempre teve a reputação de ser honesto. Até um pouco franco *demais*, na verdade.

Foi por ele não esconder a raiva que me pareceu melhor partir para o exílio. Ele já se livrou de mim, e me atrair de volta apenas para me assassinar exigiria uma sutileza desnecessária.

Muito franco? Reprimi um sorriso, entendendo por que Constâncio tinha sido exilado, e por que o imperador poderia querer de volta um homem que tinha as mesmas qualidades que ele.

O olhar dele se voltou para dentro, calculando, planejando, e percebi com uma pontada que, se ele fosse cumprir o destino que eu previra para ele, sua atenção seria inevitavelmente tirada de mim. Naquele momento, desejei com paixão que fôssemos pessoas comuns, e que vivêssemos uma vida feliz juntos, ali na beira do império. Mas mesmo na luz que esmaecia havia algo luminoso nele que atraía o olhar. Se Constâncio fosse um homem comum, jamais teria ido a Avalon.

— Com Tétrico ainda no poder no Ocidente, não poderei usar os cavalos do revezamento postal, de qualquer maneira — ele disse por fim.
— Menos mal, com uma casa inteira para transportar. Podemos fazer parte da viagem por via marítima, cruzar o mar Britânico e então tomar um barco para subir o Rhenus. Isso seria mais fácil para você... — Ele me olhou de repente. — Você *virá* comigo, não virá?

Uma das vantagens de não ser propriamente casada, refleti com ironia, *era que Constâncio não tinha o direito legal de me obrigar. Mas a criança em minha barriga me ligava a ele. A criança e a memória de uma profecia.*

Constâncio talvez fosse capaz de partir de imediato quando era solteiro, mas agora havia toda uma casa para transportar, e o controle de um negócio a ser transferido para mãos competentes. O empreendimento de peltre tinha crescido no ano em que ele estivera à frente da operação. Os escravos que faziam o trabalho em si eram todos muito hábeis, mas o volume de produção estava além da capacidade do agente que cuidara das coisas no passado, e levou tempo para encontrar um gerente adequado e treiná-lo.

Durante esse tempo, o primeiro caso de peste se tornou muitos. Ocorreu-me que se a doença tivesse dizimado a equipe do imperador no mesmo ritmo com que se espalhava em Eburacum, o convite de Aureliano poderia ser menos um sinal de magnanimidade que de desespero.

O jovem escravo Philip adoeceu, e, apesar dos protestos de Drusilla, cuidei dele. Como muitos que tinham adoecido, ele sofria de uma tosse convulsiva e de uma febre alta e prolongada. Mas, envolvendo-o em panos molhados com água fria e dando-lhe infusões de salgueiro-branco e bétula que eu tinha aprendido a usar em Avalon, consegui manter Philip vivo até que por fim a febre cedeu.

Ninguém mais em nossa casa contraiu a doença, mas as longas horas de esforço tinham drenado minhas energias. Comecei a sangrar. Apesar da tentativa de Drusilla de me acalmar, eu me lembrava o suficiente do treinamento de curandeira que recebera em Avalon para saber o que estava acontecendo. Constâncio saíra a cavalo naquela manhã para tratar de negócios, e eu tinha apenas os criados para me ajudar. Enquanto as cólicas torciam meu corpo, tentei rezar, mas meu exílio parecia ter me separado não só de Avalon como também da Deusa. Quando Drusilla pediu minha permissão para fazer uma oferenda no Templo de Ísis, só pude sentir gratidão, esperando que a Senhora ouvisse as preces simples da escrava. Cada dor lancinante aprofundava meu desespero, e quando, já ao pôr do sol, dei à luz a coisa sangrenta que teria sido meu filho, virei o rosto para a parede.

Era tarde quando o bruxuleio de uma lamparina me despertou e vi Constâncio, o rosto marcado por lágrimas.

— Helena! — ele tomou minha mão. — Você estava tão quieta... temi que... — Ele balançou a cabeça e sentou-se ao lado da cama.

— Eu o decepcionei... perdi nosso filho!

— Acha que isso tem importância para mim? — ele falou.

Tem importância para mim, pensei sombriamente. Meu desafio a Ganeda seria justificado apenas quando eu desse à luz o Filho da Profecia. Mas não podia ferir Constâncio com essas palavras. As lágrimas arderam em meus olhos quando percebi o quanto ele me amava.

— Vamos tentar de novo, querida, quando estiver bem. Se os deuses nos enviarem filhos, eu me alegrarei com eles, mas apenas se você estiver ao meu lado! — Ele apertou minha mão.

Se os deuses nos enviarem?, pensei, mas era a Deusa quem enviava filhos, e eu temia que Ela tivesse virado as costas para mim.

***

Tanto o verão quanto nossos preparativos para deixar a Britânia estavam acabando quando Philip entrou em meus aposentos e anunciou uma visitante. Eu estava deitada envolta em um xale sobre um dos divãs, com Eldri aos meus pés. Nuvens tinham vindo do mar na noite anterior, e um frio úmido pesava no ar. Constâncio havia saído para um encontro no Mithraeum – não um ritual, pois esses sempre eram feitos à noite, mas algo conectado ao templo. Eu não sabia que posição ele alcançara nos Mistérios de Mitra, mas suas responsabilidades administrativas sugeriam que era alta.

Estava fingido ler um romance de Longo que Constâncio trouxera para exercitar meu grego. Era intitulado *Dáfnis e Cloé*, e suas aventuras exóticas teriam sido uma grande distração. Mas, na verdade, acabara adormecendo. Eu dormia muito, o que tornava mais fácil esquecer que o espírito brilhante que brevemente habitara meu útero tinha ido embora. Enquanto Philip falava, deixei o pergaminho se enrolar de novo.

— Direi a ela para ir embora — disse Philip, de modo protetor. Desde a recuperação dele e minha própria doença, ele era minha sombra, como se estivéssemos presos pela dor em comum.

— Não... quem é? — perguntei, olhando rapidamente em torno do cômodo para me certificar de que estava em bom estado para receber alguém.

As paredes tinham sido pintadas em tons calorosos de dourado, com grinaldas de folhas de acanto, e os tapetes listrados que o povo local tecia tiravam o frio do chão azulejado. Um cesto com lã e um fuso tinham sido deixados em uma das mesas, e vários rolos de livros estavam em outra, mas o aposento estava limpo. Se a esposa de um dos sócios de Constâncio viera me ver, precisava me esforçar para ser educada com ela.

— Acho que é uma vendedora de ervas. Traz um cesto coberto... Ela disse que tinha um remédio para o que a afligia... — ele completou, pouco feliz. — Não contei a ela, senhora, prometo...

— Está tudo bem, Philip. Essas pessoas todas falam umas com as outras. Sem dúvida, soube de meus problemas por alguém na cidade. Talvez ela tenha algo útil — suspirei. — Pode trazê-la...

Na verdade, tinha poucas esperanças disso, mas era ruim o bastante que Constâncio precisasse arrastar uma esposa de um lado a outro do império; não deveria ter que lidar com uma inválida. Ainda assim, lá no fundo entendia que, para qualquer uma das panaceias oferecidas por pessoas bem-intencionadas funcionar, eu precisava realmente *querer* ficar bem.

Em alguns instantes, Philip voltou, ficando de lado para uma velha entrar no aposento. Antes mesmo de eu ver seu rosto, sentidos que havia muito estavam sem uso enviaram uma pontada de choque pela minha pele. Conforme a mulher tirava os mantos, percebi que era *reconhecimento*.

Em um momento, ela era uma velha curvada enrolada num xale esfarrapado, como centenas de outras que vendiam seus produtos na cidade. No seguinte, tinha baixado um encanto sobre si, e estava de pé diante de mim em toda sua majestade, parecendo quase alta demais para o aposento. Os olhos de Philip se arregalaram.

— Senhora... — Sem pensar, havia me levantado, com a cabeça curvada em saudação. Então a raiva pulsou em mim, e eu me endireitei. — O que *você* está fazendo aqui?

Philip, bendito seja, deu um passo protetor para a frente. Engoli minhas próximas palavras.

— Poderia lhe fazer a mesma pergunta — disse Ganeda —, presa dentro destas paredes! Precisamos conversar. Venha comigo para a luz e o ar livre...

— Estive doente — comecei a dizer, automaticamente defensiva.

— Bobagem. Jamais vai melhorar se ficar encolhida como um cachorro de colo! Venha! — Presumindo obediência, ela foi em direção à porta.

Eldri pulou do divã, rosnando baixo, e meus lábios se torceram no começo de um sorriso. Ao menos no átrio haveria menos chance de que ouvissem nossa conversa. Gesticulando para que Philip ficasse dentro do aposento, peguei meu xale e a segui.

— Então... o que fiz para receber tamanha honra? — perguntei secamente, sentando-me em um banco de pedra e fazendo um gesto para que Ganeda me acompanhasse.

— Ficou viva... — a grã-sacerdotisa respondeu de modo brusco. — A peste chegou a Avalon.

Eu a mirei horrorizada. Como aquilo era possível? A Ilha Sagrada era separada do mundo.

— Uma garota de Londinium nos foi enviada para treinamento. Ela estava doente quando chegou. Não reconhecemos a doença e, quando a notícia da peste chegou até nós, era tarde demais para impedir o contágio. Quatro donzelas e seis sacerdotisas mais velhas morreram.

Molhei os lábios com a língua.

— Não Dierna?

A expressão sombria de Ganeda se iluminou um pouco.

— Não. Minha neta está bem.

Escutei enquanto ela me dizia os nomes das que haviam sucumbido, mulheres com quem dividi a intimidade única do ritual, algumas que tinham cuidado de mim e me ensinado, outras a quem eu, por minha vez, havia ensinado... e Aelia.

Fechei os olhos para conter as lágrimas que sentia escorrer pelas pálpebras, desenhando traços mornos em meu rosto. *Se não tivesse ido embora de Avalon, eu poderia ter cuidado dela*, pensei entorpecida. Conseguira salvar Philip, por quem sentia apenas bondade, certamente meu amor teria mantido Aelia em nosso mundo. Ou talvez a peste tivesse me levado também. Naquele momento, ambos os destinos me pareciam igualmente desejáveis.

— Obrigada por vir me avisar... — falei por fim.

— Sim, sei que a amava — a sacerdotisa respondeu, sucintamente —, mas não foi por isso que vim. Precisamos de você em Avalon.

Meus olhos se arregalaram ao ouvir aquilo.

— Que... generosidade... — falei entre lábios rígidos. — Agora que estão desesperados, vão me receber novamente!

Levantei-me, deixando o xale escorregar dos ombros, e comecei a andar de um lado para o outro.

— Não. — Virei o rosto para ela. — Você cortou minha ligação com Avalon. Durante aquela primeira lua, enquanto a ferida ainda sangrava, você poderia ter me chamado de volta. Agora só há uma cicatriz.

Ganeda deu de ombros impacientemente.

— A ligação pode ser restaurada. É seu dever retornar.

— Dever! — exclamei. — E quanto ao meu dever com Constâncio?

— Ele não tem autoridade legal sobre você, e tampouco estão ligados pela carne, já que perdeu o bebê...

— Isso é tudo que consegue enxergar? — gritei, as mãos cruzadas de modo protetor sobre meu útero vazio. — E quanto aos vínculos que ligam coração e alma? *E quanto à profecia?*

— Acha que isso justifica sua rebeldia? — Ganeda fungou desdenhosamente. — Um simples ataque de luxúria teria sido mais perdoável, minha querida...

— Não preciso do seu perdão! Não *quero* seu perdão! — Ouvi minha voz se levantando e lutei para manter o controle. — Tinha o direito de me expulsar, mas não de me jogar para lá e para cá como um brinquedo de criança. Foi você, não eu, quem cancelou meus juramentos a Avalon. Tampouco quebrarei os votos que fiz a Constâncio. Perdi esse filho, sim, mas haverá outro. Eu *vi* o bebê em meus braços!

Ganeda me contemplou amargamente.

— Quando planejamos o ritual, Arganax calculou o movimento das estrelas. Sabíamos o que elas teriam destinado para uma criança concebida naquele ritual de Beltane. Quem sabe o que o filho que der a Constâncio fará? Digo-lhe agora que pode chegar o dia em que desejará que ele nunca tivesse nascido!

Levantei uma sobrancelha e a olhei de cima.

— Ah, entendo. É errado que eu coloque minha vontade acima da sua, mas é perfeitamente justificável que coloque a sua acima da dos deuses! Não foi você mesma que nos ensinou que as Parcas tecem nossas vidas como bem entendem, e não como você ou eu desejamos? Meu filho não será uma ferramenta de Avalon!

— Então é melhor rezar para que ele ao menos saiba como servir aos deuses!

— Duvida disso? — exclamei, em meu orgulho. — Ele será o filho do Restaurador da Luz e de uma sacerdotisa de Avalon!

— Não duvido dos deuses — respondeu Ganeda, em voz muito baixa —, mas uma longa vida me ensinou a não depositar minha confiança nos homens. Eu lhe desejo o bem, filha de minha irmã.

Apoiando-se pesadamente no cajado, ela ficou de pé e, naquele momento, parecia realmente velha.

— Espere — falei, apesar do que sentia. — Fez uma longa viagem, e não lhe ofereci nada para comer ou beber...

Mas Ganeda apenas balançou a cabeça.

— Não será mais perturbada, nem por mim, nem por Avalon...

A grã-sacerdotisa se virou, e apesar de minhas palavras orgulhosas, dei um passo atrás dela. Seria a perda de meu filho um sinal dos deuses de que eu estava errada? Poderia de fato voltar para Avalon? Meus lábios tremeram com as palavras que a teriam chamado de volta, mas não as pronunciei. Constâncio se preocupava mais comigo do que com a criança que eu tinha perdido, enquanto Ganeda me procurara apenas porque eu poderia lhe ser útil. No fim, acho que não foi nem orgulho nem profecia o que me impediu de segui-la, pois, com a morte de Aelia, Constâncio era a única pessoa em ambos os mundos que ainda me amava de verdade. Fosse porque minha cura estava completa ou porque o desafio de Ganeda tinha me estimulado, daquele momento em diante, minha energia começou a voltar. Assumi um papel mais ativo na preparação da mudança da casa, e quando, poucos dias antes da data marcada para irmos ao continente, Constâncio mencionou que tinha de cavalgar pelo interior para se despedir de um dos primos do pai, perguntei se poderia ir junto.

Conforme a data de nossa partida se aproximava, eu me flagrava olhando Eburacum com novos olhos. Não tinha ficado ali o suficiente para pensar naquela cidade como meu lar, mas não deixava de ser parte da Britânia, que eu logo perderia. Ainda assim, a cidade em si era romana, não britânica, e apenas ao longo do rio eu conseguia sentir os espíritos da terra. No interior, com certeza os sentiria com mais facilidade, e poderia me despedir.

Constâncio tinha alugado uma carreta de duas rodas para a viagem, puxada pela fiel mula ruiva. O terreno ali era baixo e ondulante, subindo gradualmente para o oeste, onde havia montanhas no horizonte, mais sentidas pela atmosfera nebulosa do que propriamente vistas. No segundo dia, chegamos a Isurium, a velha capital tribal dos brigantes, que agora era uma próspera cidade comercial. Isurium ficava na curva do Abus, pouco antes que a estrada cruzasse o rio novamente.

Flavius Pollio tinha se aposentado ali após uma carreira de sucesso em Eburacum e agora era um magistrado. Era evidente sua felicidade ao mostrar a casa recém-construída, particularmente o mosaico de Rômulo e Remo com a loba que adornava o chão da sala de jantar.

— Vejo que sua cachorrinha aprecia um belo trabalho de arte — disse Pollio, jogando um pedaço de cordeiro assado para Eldri, que tinha se deitado perto do mosaico da loba como se fosse se juntar aos gêmeos que ela amamentava. Enrubeci.

— Peço desculpas. Ela sempre fica junto aos meus pés quando jantamos em casa. Deve ter saído de nosso quarto...

— Não, não, pode deixá-la aí. Não somos formais aqui. — Pollio sorriu para mim. — Este é um país de deusas e rainhas, e as senhoras têm seus privilégios... Cartimandua, você sabe — completou depois que olhei interrogativamente —, ela assegurou as terras dos brigantes para Roma mesmo quando o marido se rebelou. — Ele balançou um dedo em advertência para Constâncio. — Que seja um aviso para você, meu rapaz. Um homem só é forte quando sua esposa está ao lado dele!

Agora era a vez de Constâncio ficar vermelho, sempre uma visão notável com a pele clara dele.

— Então eu devo ser Hércules — ele respondeu, mas balancei a cabeça.

— Não, meu querido, você é Apolo...

Ele ficou ainda mais vermelho, e eu ri.

Quando a refeição terminou, os dois homens foram para o escritório de Pollio para ver os documentos de que Constâncio viera tratar, e levei Eldri para uma caminhada pela cidade. Depois da refeição pesada e de um dia e meio chacoalhando na carreta, eu precisava de exercício, e logo me vi atravessando os portões em direção ao campo aberto além da cidade.

Ali nas terras do norte o dia era mais longo do que eu estava acostumada a ver. Uma névoa rasteira subia dos campos e refletia a luz do poente, fazendo parecer que meadas de linho dourado tinham sido estendidas pela terra. Logo depois de cruzar a ponte, vi uma trilha de vacas que seguia para oeste e saí da estrada. Com Eldri para me guiar, não tinha medo de me perder, mesmo que a névoa engrossasse conforme a escuridão caía.

Meus passos ficaram mais lentos conforme seguia, pois enfim tinha encontrado a solidão que procurava. O ar tinha o silêncio peculiar dos poentes e auroras, quebrado apenas pelo crocitar de três corvos voando em direção a seus poleiros e pelo mugido distante de uma fila de gado indo em direção aos galpões de ordenha.

Parei, levantando as mãos em adoração de modo instintivo.

— Brigantia, Louvada, afloramento de santidade! Senhora desta terra, logo viajarei para além-mar. Dê-me sua bênção, deusa, para onde minhas caminhadas possam me levar...

O silêncio se aprofundou, e a terra em si parecia ouvir. Embora o ar estivesse esfriando rapidamente, senti no rosto um sopro morno, como se a terra devolvesse o último resto de calor do dia. Eldri corria pela estrada, mais enérgica do que eu a via em muito tempo. O tufo branco de sua cauda balançava como ela fazia quando achava um cheiro interessante, e eu me apressei para segui-la.

Alcancei o topo da subida bem em tempo de ver sua forma branca desaparecendo no bosque de amieiros, do lado direito da estrada.

— Eldri! Volte aqui!

A cachorra não voltou, e comecei a correr, chamando novamente. Agora via que o bosque era cortado por um caminho, cuja largura mal permitia que eu forçasse meu trajeto.

O prado além dele estava enevoado de ouro. Através do brilho da névoa rasteira, vislumbrei Eldri, que corria em direção a um pilar de pedra negra. Parei subitamente, olhando. Havia quatro deles, espalhados pelo gramado em uma fileira irregular, com a distância aproximada de um foro entre eles. Tinha visto megálitos antes, mas nenhum tão alto como aqueles, quase da altura das colunas do pórtico no Templo de Serápis.

— Eldri, tenha cuidado — sussurrei. Mas devia ter lembrado que ela era uma cachorra das fadas, acostumada a maravilhas, pois sentou-se diante do pilar mais próximo, arfando, e esperou que eu a alcançasse.

— Bem, minha querida, o que encontrou?

A cachorra inclinou a cabeça e então se virou novamente para o pilar, observando-o com expectativa. Circulei-o devagar, movendo-me em direção horária por hábito. A pedra era muito escura, com acabamento mais suave do que era comum para os trabalhos ancestrais, afinando levemente na direção do topo, que era marcado por vários sulcos. Líquens brancos e laranja espalhavam faixas rendadas pela superfície escura. Eu entendia o propósito de círculos como o que havia no topo do Tor, mas não podia imaginar por que aqueles quatro pilares tinham sido erguidos ali.

Aproximei-me muito suavemente e pousei as duas palmas na pedra. A superfície era fria, mas deixei a consciência se mover através de minhas mãos para a rocha, buscando o fluxo de energia que a enraizava na terra.

Não estava ali. Em vez disso, senti como se segurasse um objeto flutuante. A sensação era um tanto agradável, como o deslocamento do transe, e para mim, faminta de tais sensações havia mais de um ano, era sedutora demais. Soltei o fôlego em um longo suspiro, permitindo que minha consciência fosse ainda mais fundo na pedra.

Por um momento eterno, não houve nada além de sensações. Então percebi que a percepção de vertigem estava passando. O pilar era novamente sólido sob minhas mãos, mas quando me endireitei e olhei em torno de mim, percebi que o mundo havia mudado.

Os pilares agora estavam em uma planície aberta. A luz dourada do poente tinha se transmutado em um brilho prateado que não tinha fonte nem direção, mas era suficiente para iluminar as figuras radiantes que dançavam em uma dupla hélice entre as pedras. Eldri corria com elas, costurando por entre os pés dos dançarinos como um filhote, latindo de alegria.

Afastei-me um pouco do pilar para ir atrás dela e me vi sendo levada pela dança. Mãos fortes me giravam, belos rostos me convidavam a me juntar a eles com risos. De repente meus pés estavam leves, fazendo desaparecer o último resquício de exaustão pelo meu aborto. Eu me sentia alegre e livre como não ficava desde... que tinha vagado para o País das Fadas...

Naquele momento, entendi como, chegando às pedras durante o pôr do sol, tinha aberto um portal entre os mundos. Ou talvez fosse Eldri quem tivesse me levado até ali. Ela saltitava como se tivesse deixado para trás a idade, extática como alguém que, após muito tempo no exílio, por fim retorna ao lar.

Vi que ela por fim descansava aos pés de uma das belas pessoas que estavam diante do pilar mais alto, e a dança me jogou para o mesmo local. Com o sangue ainda disparado nas veias, parei, percebendo que a pessoa que esperava ali era a rainha das fadas.

Dessa vez, ela vestia as cores da colheita de verão, uma coroa de trigo entrelaçado e um vestido de ouro pálido. Eldri estava aninhada em seus braços.

— Senhora, como chegou aqui? — gaguejei, me endireitando depois da reverência.

— Onde mais deveria estar? — Sua voz grave estava adoçada com um toque de humor.

— Mas estamos longe de Avalon...

— E quando sonha com ela, a que distância está, então? — ela perguntou.

— Estou lá... mas são apenas sonhos...

— Alguns sonhos são mais reais do que a realidade dos homens — disse a Senhora, sarcasticamente. — Os portais para o País das Fadas são menos numerosos que as Portas do Sonho, mas ainda assim há mais deles do que os homens acreditam. Basta saber as horas e estações para encontrar o caminho.

— Serei capaz de encontrar o caminho quando estiver nas terras além-mar? — perguntei.

— Mesmo de lá, se preciso, embora talvez nos veja com outra aparência naquelas terras, onde os homens nos conhecem por outros nomes. De fato, a não ser que aprenda a honrar os espíritos que moram nas outras terras, não vai prosperar lá.

E ela começou a me falar sobre os seres que encontraria nos tempos vindouros. No presente eterno do País das Fadas, não sentia fome ou fadiga, mas, no momento em que a Senhora terminou suas instruções, ocorreu-me que precisava voltar ao mundo humano.

— Eu lhe agradeço, Senhora. Vou me empenhar para fazer as coisas conforme diz. Agora, deixe-me levar Eldri, para que ela me mostre o caminho para casa.

A rainha balançou a cabeça.

— Eldri precisa ficar. Ela é velha, e seu espírito está preso a esta terra. Não sobreviveria à jornada. Deixe que ela, ao menos, permaneça. Ficará feliz comigo aqui.

Mesmo naquela terra onde não havia choro, as lágrimas me vieram aos olhos. Mas o olhar da rainha das fadas era implacável, e era verdade que Eldri parecia muito feliz aninhada nos braços dela. Fiz uma última carícia atrás daquelas orelhas sedosas, e então deixei a mão cair.

— Como devo voltar? — perguntei.

— Precisa apenas andar no sentido anti-horário em torno da pedra...

Comecei a me mover, e a cada passo a luz esmaecia, até que me vi de pé no campo na escuridão que aumentava, sozinha.

Quando cheguei à ponte, vi tochas seguindo pela estrada principal e descobri que Constâncio tinha saído à minha procura. Disse a ele apenas que Eldri tinha fugido, e que estava procurando por ela. Ele sabia como eu amava a cachorra, então minha tristeza não precisou de explicação. E naquela noite encontrei conforto no abrigo de seus braços.

Uma semana depois, estávamos a bordo de um dos navios de Viducius, seguindo para a foz do Rhenus e a Germânia.

PARTE II
O Caminho para o Poder

⁂ OITO ⁂

271-72 d.C.

VIAJAR PELO MAR É MOVER-SE FORA DO TEMPO. A PESSOA pode contemplar, sem tarefas ou obrigações, a sombria fita cinza da costa no horizonte e a paisagem ondulante em eterna mutação do mar. O cenário na esteira do barco se altera tão rapidamente quanto a vista da proa, de modo que não há como reconhecer onde se esteve, e depois de um tempo a sucessão de picos e vales começa a se repetir, levando o passageiro a duvidar de que algum progresso tenha sido feito.

Ainda assim, depois de uma semana navegando, eu sentia um novo calor no ar, e o vento vindo da terra me trazia um aroma reconhecível da infância. Desde que partíramos de Eburacum, o tempo estava limpo, com vento favorável. O grande navio mercante bambeava em direção ao sul, sem nem precisar ancorar quando a noite caía. Mas agora nos virávamos em direção à costa. Coloquei os braços em torno da proa curva, inclinando-me sobre a água.

— Você parece uma daquelas figuras de proa que vi em algumas embarcações gregas — disse Constâncio atrás de mim. Por alguma razão, ele parecia mais jovem e sólido do que eu lembrava, e percebi pela primeira vez o quanto significava para ele voltar à sua vida real. Com cuidado, permiti que ele me ajudasse a descer ao convés.

— O que é aquilo? — Fiz um gesto em direção ao promontório, onde as águas cinza-esverdeadas de um grande rio fluíam continuamente para se misturarem com o mar azul.

— É o Tamesis — disse Constâncio. Olhei com um novo interesse para as terras baixas e ondulantes sobre a linha das restingas de areia.

— Costumava brincar naquela praia quando era criança, enquanto meu pai inspecionava a torre de vigilância no local — respondi. — Eu me lembro de ficar imaginando para onde iam os navios que passavam...

— E agora está indo com eles — Constâncio sorriu.

Assenti, recostando-me em sua força sólida. Não havia motivo para sobrecarregá-lo com meu súbito anseio de voltar para casa. Em todo caso, era impossível. Meu pai estava morto, e um de meus irmãos também. Um mercador me dissera que o outro estava a serviço do falso imperador Tétrico na Gália. No palácio em Camulodunum, um primo distante agora governava. O lar de minha infância tinha desaparecido tanto quanto a menininha que um dia recolhera conchas naquela praia arenosa.

Segurei-me no gradil conforme o navio se inclinava na direção do vento, amurando através da foz em direção ao canal estreito entre as ilhas de Tanatus e Cantium. Passamos duas noites em uma estalagem, enquanto Viducius supervisionava o embarque de uma carga adicional, mas, antes que eu tivesse recuperado de fato o balanço da terra, estávamos flutuando novamente.

Agora não tínhamos nem um vislumbre da costa para revelar nossa direção, apenas o sol e as estrelas, quando as nuvens se abriam e podíamos vê-los. Mas comecei a me perguntar se os sentidos que Ganeda havia tirado de mim estavam retornando, pois percebi que, mesmo quando a névoa nos cercava, ainda sentia a Britânia atrás de nós, e, conforme as horas se passavam, comecei a sentir uma nova energia adiante. No terceiro dia, quando a névoa marinha se dissipou ao sol da manhã, vi um horizonte borrado por ilhotas, os canais ramificados do delta do Rhenus que guardavam o caminho até a Germânia Inferior.

Nosso destino era Ganuenta, onde o rio Scaldis fluía para o delta do Rhenus, ponto importante de transferência de expedições do continente à Britânia. Enquanto Constâncio fazia arranjos para nosso transporte Rhenus acima, eu estava livre para explorar o mercado ao lado do porto, com o fiel Philip ao meu lado. Como em todas as fronteiras, havia ali um amálgama de culturas, com os sons guturais das línguas germânicas se mesclando à sonoridade do latim. Desde os dias em que Armínio destruíra Varo e sua legião, o Rhenus era a fronteira entre a Germânia Livre e o império. Mas por mais de um século tinha sido uma fronteira pacífica, e o povo que trazia suas peles, seu gado e seu queijo através do rio para o mercado parecia pouco diferente das tribos do lado romano.

Estava observando alguns entalhes em madeira em uma das barracas do mercado quando alguém chamou meu nome. Ao me virar, reconheci Viducius, que vestia toga e trazia um cesto de maçãs sob o braço.

— Vai para uma festa? — perguntei, apontando para as frutas.

— Não, embora esteja indo ver uma nobre senhora. Estou a caminho do templo de Nealênia para agradecer pela viagem segura. Seria bem-vinda a me acompanhar...

— Eu adoraria. Philip, encontre Constâncio e diga a ele para onde fomos. Viducius me acompanhará de volta.

Philip olhou para o mercador com um pouco de suspeita, mas, afinal, tínhamos passado uma viagem marítima inteira na companhia dele. Depois que o rapaz saiu trotando, Viducius me ofereceu o braço.

O templo ficava em uma elevação na ponta norte da ilha, um claustro quadrado cercando o santuário central, cuja torre mal se via acima dele. Entre os altares votivos que ladeavam o caminho, vendedores haviam instalado barracas oferecendo moedas de cobre com imagens de cães ou a figura da deusa, mais maçãs para oferendas, além de vinho, pão frito e linguiças para os fiéis famintos. As frutas que Viducius carregava eram muito melhores que qualquer coisa à venda ali, então passamos desdenhosamente pelas barracas, atravessando a entrada para o pátio com chão de pedra.

Eu já vira templos mais elaborados, mas havia uma informalidade confortável naquele, com sua cobertura de telhas vermelhas e paredes cor de creme. Havia mais altares ali – Viducius parou para me mostrar o que seu pai, Placidus, havia encomendado muito tempo antes. Então ele deu um áureo à sacerdotisa e puxou a ponta da toga para cobrir a cabeça ao entrar no santuário, que era iluminado por janelas em arco bem acima na torre. Em um plinto no centro do aposento ficava uma imagem da deusa, esculpida em algum tipo de pedra avermelhada. Ela tinha um navio nas mãos e um cesto de maçãs esculpido aos seus pés; ao lado dele, havia um cão tão parecido com Eldri que lágrimas me vieram aos olhos.

Quando fui capaz de enxergar novamente, o mercador estava colocando suas maçãs no chão diante do plinto. A imagem da deusa olhava serenamente para além dele, o cabelo preso para trás em um nó simples, os drapejados caindo em dobras graciosas. Ao encarar aquele olhar esculpido, senti um calafrio de reconhecimento e puxei o véu para trás, desnudando a lua crescente em minha testa.

Nealênia... Elen... Elen dos Caminhos... Senhora, em uma terra estranha a encontro! Proteja-me e guie-me na estrada que preciso tomar agora...

Então, por um instante, meu silêncio interior sobrepujou todo o som externo. Naquela quietude, ouvi não uma voz, mas o som de água fluindo de uma lagoa. Soava como a Fonte de Sangue em Avalon, e me ocorreu naquele momento que todas as águas do mundo estavam conectadas, e, onde havia água, o poder da Deusa fluía.

Alguém tocou meu braço. Pisquei e vi Viducius, que terminara suas preces. A sacerdotisa do templo esperava para nos acompanhar até lá fora. Sem que eu tivesse intenção, as palavras me vieram:

— Onde está a fonte?

A sacerdotisa me observou surpresa; então seu olhar foi até o crescente em minha testa, e ela assentiu com o respeito devido a uma colega.

Fazendo um gesto para que Viducius esperasse, ela me levou em torno da estátua até uma abertura no chão. Segui a mulher cuidadosamente pelos degraus de madeira para dentro da cripta sob o santuário, que era revestida de pedras nuas e cheirava a umidade. A luz bruxuleante das lamparinas de azeite brilhava em placas e imagens afixadas nas paredes, cintilando em espirais na superfície escura da lagoa.

— A água do Rhenus é salobra no ponto em que se mistura com o mar — a mulher disse em voz baixa —, mas esta fonte é sempre boa e pura. A que deusa você serve?

— Elen dos Caminhos — respondi —, que talvez seja o rosto que sua Senhora usa na Britânia. Ela me guiou até aqui. Não tenho ouro, mas ofereço este bracelete de azeviche se puder.

Tirei a pulseira do braço e a deixei cair nas profundezas escondidas da fonte. Os reflexos se espalharam como uma explosão de lantejoulas quando ela atingiu a água, e então se juntaram novamente em um rodopio brilhante.

— Nealênia aceita sua oferenda... — a sacerdotisa disse baixo. — Que sua viagem seja abençoada.

Eu a saudei como teria honrado uma companheira sacerdotisa em Avalon e, por alguns momentos, não me senti mais uma exilada.

**

O transporte que Constâncio arranjara para nós era uma barca carregada de peixe salgado e peles que se movia rio acima pelos esforços de vinte escravos labutando nos remos. Parávamos com frequência para embarcar mais carga, mas os atrasos permitiam que eu gradualmente entendesse aquela nova terra pela qual viajava. Em Ulpia Traiana, construída na beira do rio que serpenteava através dos campos suavemente ondulados, o comandante do forte nos ofereceu um jantar. Em teoria ele estava a serviço de Tétrico, não de Aureliano, mas informações do Império Oriental também fluíam rio abaixo, e Constâncio estava ansioso por notícias.

Assim soubemos da amarga vitória em Mons Gessax, na Trácia, onde os romanos cercaram os últimos godos que fugiam. Mas a inaptidão do comandante, que não teve o bom senso de usar a cavalaria pesada para forçar uma vantagem, custou muitas vidas. Aureliano agora dava continuidade às suas operações contra os vândalos na Dácia. Ao menos parecia que a ameaça bárbara tinha sido resolvida, por um tempo.

Quando entramos no barco mais uma vez, um novo passageiro tinha se juntado a nós. Ele se chamava padre Clemens, um sacerdote pequeno e arredondado do culto cristão que tinha sido enviado pelo bispo de Roma para visitar as congregações nas terras ocidentais. Eu o observei com alguma curiosidade, pois, tirando os monges de Inis Witrin, ele era o primeiro sacerdote daquela fé que eu conhecia.

— Ah, sim, há cristãos em Eburacum — ele nos assegurou quando Constâncio mencionou nosso ponto de partida. — Uma pequena congregação, de fato, que se encontra em uma igreja domiciliar pertencente a uma viúva virtuosa, mas são fortes na fé. — Padre Clemens nos olhou com esperança, lembrando-me dolorosamente de Eldri quando ela achava que eu poderia lhe jogar algum resto de comida.

Constâncio balançou a cabeça, sorrindo.

— Não. Eu sirvo ao Deus dos Soldados, e à eterna luz do Sol, mas há muita coisa boa em sua crença. Ouvi falar que suas igrejas cuidam dos desafortunados e necessitados.

— Assim Deus nos ordenou a fazer — ele disse simplesmente. — E quanto a você, senhora? Ouviu a boa Palavra?

— Havia uma comunidade cristã perto do lugar onde cresci — falei cuidadosamente. — Mas sigo Elen dos Caminhos.

Padre Clemens balançou a cabeça.

— É o Cristo que é a Verdade, o Caminho e a Vida — ele disse gentilmente. — Todos os outros levam à danação. Rezarei por vocês.

Eu me retesei, mas Constâncio sorriu.

— As preces de um homem de boa vontade são sempre bem-vindas. — Ele me pegou pelo braço e me puxou para longe.

— Sou uma sacerdotisa da Deusa — sibilei quando chegamos à proa. — Por que ele deveria rezar por mim?

— Ele tem boa intenção — respondeu Constâncio. — Alguns dos colegas de crença dele nos amaldiçoariam sem esperar pelo julgamento do deus deles.

Balancei a cabeça. O monge, fosse lá quem fosse, que tinha aparecido para mim em Inis Witrin, falara outra coisa. Ainda assim, em Eburacum eu encontrara muitos pagãos que lidavam apenas com as formas e cerimônias de suas religiões. Eu me perguntava se entre os cristãos também havia uma diferença entre o povo comum e os que entendiam os Mistérios.

Constâncio passou o braço em torno de mim, e me recostei nele, observando enquanto deslizavam por nós as longas vistas de planícies e florestas, ladeadas por pântanos, áreas alagadiças e faixas de areia. Um lado era romano, o outro, germano, mas eu não enxergava muita diferença entre eles. Tinha visto os mapas que os romanos faziam em uma tentativa de definir seu território, mas a terra não conhecia tais divisões humanas. Por um momento, flutuei na beira de um entendimento crucial. Então Constâncio virou a cabeça e me beijou, e, no fluxo de sentimentos que se seguiu, o momento se perdeu.

***

Nossa viagem parou novamente em Colonia Agrippensis, uma cidade próspera construída em uma proeminência sobre o Rhenus. Ali havia mais notícias: o imperador tinha perseguido os godos por todo o caminho até o Danuvius e os destruíra em outra grande batalha. Mas, apesar da vitória, Aureliano aparentemente decidira que a Dácia, ao norte do rio, era impossível de ser defendida, e estava baixando os limites do império de volta ao Danuvius.

— E só posso dizer que ele tem uma boa razão para isso — disse o centurião com quem conversávamos —, da mesma maneira que quando ele abandonou a *agri decumates* ao sul daqui e retirou todos os soldados de volta para o Rhenus. Os rios dão fronteiras boas e claras. Talvez Aureliano acredite que os bárbaros estarão ocupados demais lutando uns contra os outros para nos causar problemas. Mas irrita do mesmo jeito quando penso em todo o sangue que derramamos para assegurar aquela terra...

Constâncio tinha ficado muito quieto.

— Nasci na Dacia Ripensis. É estranho pensar que se tornará uma fronteira. Imagino que os godos lutarão com o que resta dos carpos, bastarnas e vândalos por ela agora.

— Não os vândalos — corrigiu o centurião. — Aureliano os trouxe como federados e os recrutou como auxiliares.

Constâncio franziu o cenho, pensativo.

— Pode dar certo. Só os deuses sabem como os germanos geram bons guerreiros.

***

A barca nos levou até Borbetomagus. De lá, nos juntamos a um grupo de mercadores que levavam as mulas carregadas ao longo do Nicer e através das colinas até o Danuvius. Quanto mais longe viajávamos, mais forte se tornava minha consciência da densidade da terra ao nosso redor. Em toda minha vida, jamais morara a mais que um dia de viagem do oceano, mas agora a terra sólida me cercava, e até mesmo os rios poderosos não eram mais que sangue correndo pelas veias do solo.

Aquelas terras até poderiam ter sido abandonadas pelas legiões, mas ainda não tinham se revertido ao governo bárbaro. As grandes casas e fazendas que os romanos haviam encrustado na floresta ainda prosperavam, e ficamos felizes pela hospitalidade. E, para mim, aquela viagem vagarosa através da Germânia trouxe o benefício inesperado da atenção total de meu marido. Quando entrou no Exército, Constâncio fora postado nas *limes* germânicas e as conhecia bem. Ouvir suas histórias do forte e das batalhas me dava uma imagem de quem ele realmente era, e isso me seria útil dali em diante.

Mas a cada légua que viajávamos meu próprio passado ficava mais distante de mim. Eu me tornei apenas e totalmente Julia Helena, e as memórias daquela Eilan que fora uma sacerdotisa de Avalon se dissolveram até não terem mais substância do que um sonho.

***

Uma lua de viagem nos levou aos limites superiores do Danuvius, onde encontramos outra embarcação que nos levaria para baixo. Ali o grande rio corria para o leste entre as montanhas dos suevos e as terras baixas da Récia. Quando a névoa do outono se dissipou, foi possível ver os Alpes nevados brilhando no horizonte ao sul, ficando gradualmente mais próximos e baixos até que o rio atravessava uma falha nos montes e, no ponto em que estávamos, fazia uma curva fechada para o sul através da larga planície da Panônia.

Na verdade, o rio era bem mais longo que o Rhenus, mas, seguindo a corrente, navegamos rápido. Viramos para o leste em direção ao mar Euxino. Ao sul, ficavam as terras da Grécia, ao norte, a Cítia e o desconhecido. A própria terra me disse que realmente tínhamos ido longe. Conforme a estação avançava para o inverno, ventos frios sopravam das montanhas, e as árvores e plantas eram diferentes das que eu conhecia.

Tinha pensado que ficaríamos no barco o caminho todo até o Euxino, mas, quando paramos em Singidunum, Constâncio se apresentou ao comandante do forte e descobriu que ali lhe esperavam ordens caso passasse por aquele caminho. O imperador, tendo resolvido a questão dos bárbaros, se preparava para marchar até Palmyra, onde Zenóbia tinha tentado libertar seu reino desértico do governo romano.

Aureliano queria Constâncio, e queria naquele momento. Portanto, a autorização para usar os cavalos do posto estava anexada, bem como recibos para alojamento nos mansios do governo ao longo do caminho. Deixando Philip e Drusilla para seguir com nossos bens, Constâncio e eu saímos a cavalo ao longo da boa estrada militar que passava pela Mésia e pela Trácia até Byzantium. Dali, uma balsa nos levou pelos estreitos de Mármara até a província da Bitínia e à cidade de Nicomédia, onde o imperador e sua corte residiam no momento.

***

— Espere até o verão. Esta pode ser uma bela região — disse Constâncio. Seu tom era animador, como se eu fosse um recruta com saudade de casa. Não estava longe de ser verdade, pensei, enrolando o xale pesado em torno de mim. Estávamos ali havia quatro meses, grande parte dos quais Constâncio passara indo e voltando entre Drepanum e Nicomédia, onde o imperador se preparava para a campanha em Palmyra. Zenóbia, que se autointitulava rainha do Oriente, reivindicava não apenas sua Síria natal, mas o Egito e partes da província da Ásia também. Em mais uma lua, partiria o exército enviado para puni-la.

— É fevereiro — eu o lembrei. Embora estivéssemos perto demais dos estreitos para que nevasse ali, o frio tinha se instalado em meus ossos. O casarão que ele alugara para mim era úmido e cheio de correntes de ar, uma casa construída por pessoas que se recusavam a acreditar que um dia faria frio. Não era de se admirar, pensei sombriamente, já que a cidade de Drepanum, logo abaixo da costa da Nicomédia, atravessando o estreito de Byzantium, era uma estância popular para onde a corte escapava durante o calor do verão. No inverno, seu único atrativo era o spa com fontes de águas termais.

— A Britânia é mais fria — ele começou, as placas de sua armadura rangendo enquanto se virava. Eu ainda não tinha me acostumado com a aparência dele de uniforme, mas para mim ficava claro que o mercador que ele interpretara em Eburacum era apenas metade do homem que Constâncio estava destinado a ser.

— Na Britânia — retruquei —, as casas são construídas para manter o frio lá *fora*!

— É verdade que era verão quando estive aqui antes — ele capitulou, olhando através das janelas abertas para a chuva que ondeava as águas do tanque de lírios-d'água no átrio. Chovera pela maior parte dos dois meses anteriores. Ele se virou para mim de novo, subitamente sério.

— Helena, cometi um erro ao tirá-la de sua terra natal e arrastá-la até aqui? Estava tão acostumado com o exército, sabe, e com todas as esposas de oficiais que viajavam com eles de posto a posto por todo o império, nunca pensei que você talvez não tivesse nascido para esse tipo de vida, e pudesse… não… — Ele encolheu os ombros de modo desamparado, os olhos fixos em meu rosto.

Engoli em seco, buscando as palavras.

— Meu amor… não leve a sério as minhas reclamações… Não entende? *Você* é meu lar agora…

O olhar sombrio dele se iluminou, como o sol surgindo das nuvens. Admirei-o por um segundo, e então ele me tomou nos braços, cuidadosamente, pois já aprendêramos que a armadura podia deixar hematomas, e, naquele instante, deixei de sentir frio.

— Preciso ir… — ele disse, murmurando as palavras contra meu cabelo.

— Eu sei...

Com relutância, afastei-me de seu calor, tentando não pensar em como ele logo iria embora de fato, para a campanha de Palmyra. As placas sobrepostas da armadura rasparam levemente umas nas outras quando ele se dobrou para pegar o casaco pesado. Notei com uma satisfação amarga que era um *byrrus*, o tipo felpudo com capuz que fazíamos na Britânia.

— Quando chegar à cidade, estará completamente molhado — falei, não com total empatia.

— Estou acostumado — ele sorriu de volta para mim, e percebi que não apenas era verdade, mas que ele de fato *gostava* de desafiar o tempo.

Acompanhei-o até a saída e abri a porta. Nossa casa ficava na metade do caminho colina acima, sobre a parte principal da cidade. Os telhados e as colunas de mármore do fórum brilhavam através do véu oscilante da chuva. Philip segurava o cavalo de Constâncio, um velho manto de lã sobre a cabeça para proteger-se da chuva.

— Sinto muito, rapaz. Não quis fazê-lo esperar! — Constâncio pegou as rédeas. Quando começou a montar, houve um guincho, e a montaria, um cavalo castanho arisco, jogou a cabeça e se esquivou. Constâncio o segurou, e Philip ofereceu as mãos enlaçadas como degrau, para que seu mestre pudesse passar uma perna sobre o animal e se acomodar entre os chifres da sela militar.

Mas eu já não estava mais observando. Aquele barulho estranho de guincho surgira de novo, e talvez fosse um gemido. Meu olhar se fixou em uma pilha de detritos varrida contra o canto do muro pela calha inundada. Havia se movido ou era apenas o vento? Peguei um graveto derrubado pela tempestade e me curvei para cutucar a pilha. Ela estremeceu, e eu me vi diante de um par de olhos escuros brilhantes.

— Helena, tome cuidado! Pode ser perigoso! — Constâncio aproximou o cavalo. Dos detritos, veio um rosnado baixo, mas inconfundível. Curvando-me mais para perto, a pilha se revelou um monte de pelos encharcados, como se alguém tivesse perdido uma capa de pele na chuva.

— É um filhote! — exclamei, quando um focinho preto em forma de botão apareceu sob os olhos. — Coitadinho!

— Para mim parece uma ratazana afogada — murmurou Philip, mas ele já estava tirando o manto de lã e passando-o para mim, para que eu não tivesse que usar meu próprio xale.

Com cuidado, tirei as folhas e o barro que envolviam o filhote e o levantei. Não havia sinal de calor sob minha mão – teria pensado que estava morto se não fossem aqueles olhos brilhantes e desesperados. Murmurando suavemente, eu o aninhei contra o peito, e, imperceptivelmente, um vazio que estivera ali desde que eu perdera Eldri começou a se preencher.

— Tenha cuidado — disse Constâncio. — Ele pode estar doente, e com certeza tem pulgas.

— Ah, sim — respondi, embora na verdade eu me perguntasse se até mesmo uma pulga se interessaria pelo monte de pele e ossos em minhas mãos. Mas sentia o palpitar do coração. — Cuidarei bem deste pequenino...

— Então vou partir — disse Constâncio, enquanto o cavalo ia para os lados nervosamente.

— Sim, claro. — Olhei para ele, e algo que estava tenso em seu rosto relaxou. Seu sorriso era como uma carícia. Ele então puxou o capuz de seu *byrrus*, virou o cavalo e saiu trotando estrada abaixo.

Quando ele se foi, ajeitei o filhote firme contra o peito e o levei para dentro. Um banho e uma boa refeição melhoraram sua aparência, embora a raça fosse tão misturada quanto a população do império. As orelhas eram caídas, o pelo, uma mistura de branco e preto, e havia uma sugestão de penacho na cauda. O tamanho das patas sugeria que, se as privações no começo da vida não o atrofiassem, poderia se tornar um cão bem grande.

A ansiedade com que ele tomou a vasilha de caldo que Drusilla lhe preparou demonstrou uma vontade louvável de viver.

— Como vai chamá-lo? — perguntou Philip, menos desconfiado agora que o cão estava limpo.

— Estava pensando em Hylas, como o amante de Hércules que as ninfas afogaram no lago. É uma lenda popular por estas bandas.

Na verdade, era em Chios, a poucos dias de viagem para o leste pela costa, que Hylas supostamente se perdera quando os Argonautas pararam por ali no caminho para a captura do Velo de Ouro.

— Certamente parece que *alguém* tentou afogá-lo — concordou o rapaz, e assim o cão foi batizado.

Naquela noite, Hylas dormiu em meus aposentos, e, embora minha cama ainda estivesse vazia, confortava um pouco meu coração, naquele momento e nos meses solitários depois que Constâncio seguira o imperador até a Síria, ouvir novamente o barulho de patas atrás de mim.

***

Constâncio estava certo sobre o clima. Com a chegada do verão, o sol brilhava triunfantemente em um céu sem nuvens e dourava a grama nas colinas. As janelas, que permitiam a entrada de tantas correntes de ar em fevereiro, ficavam abertas para a brisa do mar pela manhã e para o vento que vinha do lago à tarde. O povo local dizia que o clima estava um tanto moderado para a estação, mas, depois das brumas da Britânia, eu achava o calor de fato opressivo.

Durante o dia, vestia as gazes mais finas e ficava sob a sombra de um para-sol de linho ao lado da fonte do átrio, com Hylas ofegando ao meu lado. À noite, às vezes caminhava pelo lago, o cão correndo à minha frente, e Philip segurando um porrete e olhando com suspeita em torno dele, um passo atrás. De tempos em tempos, recebia uma carta de Constâncio, que marchava, de armadura, por uma terra que fazia Drepanum parecer fria como a Britânia em comparação a ela. Quando soubemos da vitória em Ancyra, os magistrados ordenaram que uma grande fogueira fosse acesa no fórum, e novamente depois das boas notícias sobre a Antióquia.

Com o verão, diversas famílias nobres de Nicomédia tinham se mudado para Drepanum. Havia muitas mulheres cujos maridos também estavam com o imperador, mas tínhamos pouco em comum. Drusilla, que escutava todo tipo de fofoca no mercado, me contou o boato de que eu não seria a esposa de Constâncio, mas uma moça que ele tinha encontrado em uma estalagem e tomado como concubina. Não era de se espantar que as mulheres tivessem agido de modo tão distante! Drusilla estava cheia de indignação, mas eu mal podia me ressentir de uma opinião que, do ponto de vista legal, era verdadeira. Não houvera um contrato de casamento, nenhuma troca de presentes ou aliança de parentes para oficializar nossa união, apenas a bênção dos deuses.

Na verdade, eu estava feliz por me ver livre de obrigações sociais, pois com os nobres tinham vindo também alguns filósofos do imperador. Um deles tinha um aprendiz jovem e magrelo chamado Sopater, que, em troca de algum dinheiro que eu conseguisse economizar do orçamento da casa e de algumas iguarias de Drusilla, estava disposto a me ensinar.

O grego que eu aprendera na infância estava enferrujado, e naquele país eu precisava da língua comum para falar com mercadores; já a língua mais refinada dos filósofos era necessária para ler os trabalhos de Porfírio e de outros que andavam causando alvoroço.

Sopater era jovem e sério, mas quando relaxou o suficiente para me olhar no rosto durante as lições, nos demos bem; se, durante aqueles longos dias de verão, estava quente demais para mover meu corpo, ao menos minha mente estava ativa. Precisava de distração, pois, depois da grande batalha em Emesa, não tinha recebido nenhuma palavra de Constâncio, ou sobre ele.

Mas bem no pôr do sol de um dia logo após o solstício de verão, quando tinha terminado meu banho e estava pensando em dar uma caminhada pela beira do lago, ouvi uma comoção lá fora e, acima dos latidos furiosos de Hylas, uma voz que me fez perder o fôlego. Enfiei o vestido mais próximo pela cabeça e, com o cabelo desgrenhado e a túnica fina sem cinto, corri para a entrada.

Sob a luz da lamparina pendurada vi Constâncio, afinado pela campanha a ossos e músculos, os cabelos descoloridos até um dourado pálido e a pele vermelha como tijolo por causa do sol. Ele estava vivo! Apenas nesse momento admiti a mim mesma o quando temera a morte dele naquelas areias desérticas. Pelo olhar no rosto dele, percebi que, com a luz atrás de mim, eu estava praticamente nua. Mas o que vi no olhar dele era algo mais que desejo, era assombro.

— *Domina et dea...* — ele sussurrou, um título que nem mesmo a imperatriz usava, e no entanto entendi, pois naquele momento eu o vi como o vira no rito de Beltane em Avalon, como o deus.

Fiz um gesto para que os servos nos deixassem e então, estendendo a mão, o puxei atrás de mim para nosso quarto. Hylas, depois da primeira enxurrada de latidos, tinha ficado em silêncio; talvez o cão tivesse reconhecido o cheiro de Constâncio como algo que pertencia àquele quarto. Enquanto íamos para a cama, ouvi o cão se deitar diante da porta.

Depois daquilo, deixei de pensar no cachorro ou em qualquer coisa além da minha necessidade daquele homem em meus braços.

Nos unimos em um primeiro encontro frenético como andarilhos no deserto que encontram um oásis. Atrapalhados com as roupas um do outro, caímos sobre a cama. Mais tarde, encontrei minha túnica em um canto, rasgada em duas. Quando estremecemos na completude, abracei Constâncio, esperando que seu coração disparado desacelerasse.

— A luta foi muito ruim? — perguntei, enquanto o ajudava a tirar o resto das roupas.

Constâncio suspirou.

— Os árabes nos atormentaram por todo o caminho até a Síria, acertando homens com flechas, tentando saquear a caravana com a bagagem. Quando chegamos a Palmyra, Zenóbia estava pronta para nós. Não podíamos tomar o lugar de assalto, e o próprio imperador estava ferido, então tivemos de fazer um cerco. Aureliano ofereceu condições, mas acho que ela pensou que os persas a salvariam. Mas o rei deles, Sapor, morreu. Estavam muito ocupados lutando entre eles para se preocuparem com Roma. Então Probo terminou a campanha no Egito e veio para nos dar reforço. Estava tudo acabado, e Zenóbia sabia. Ela tentou fugir, mas a pegamos e a trouxemos de volta, acorrentada.

— Então você venceu. Deveria estar triunfante — falei, lembrando-me de Boudicca, a rainha britânica que tinha lutado contra Roma, e reprimindo minha empatia instintiva.

Ele balançou a cabeça, esticando-se e ajeitando minha cabeça repousada em seu braço.

— Zenóbia tinha jurado se matar caso fosse capturada, mas entrou em pânico, colocou toda a culpa em Longino e nos outros homens que a serviram. Então Aureliano os executou. No fim das contas, ela ainda andará na procissão de triunfo dele... Entendo por que os generais precisavam morrer — ele completou, embora seus olhos mostrassem dor com aquela memória —, mas ainda assim ficou um sabor amargo. Ao menos o imperador... não pareceu gostar daquilo.

Ah, meu pobre amor..., pensei, virando-me para aconchegar a cabeça dele contra o peito, *você tem um temperamento fino demais para ser usado nessa carnificina.*

— Quando conquistamos a cidade... os outros oficiais pegaram mulheres — ele então sussurrou. — Não consegui fazer isso, não com toda aquela morte ao redor.

Intensifiquei o abraço, irracionalmente feliz, não importava o motivo, por ele ter sido fiel. *Não era algo que eu tivesse o direito de pedir, mas certamente*, pensei nisso com um secreto divertimento, *explicava a intensidade do desejo dele.*

— Você é vida... — murmurou Constâncio.

Os lábios dele roçaram um mamilo. Senti ambos endurecendo com o toque dele, e o fogo entre as minhas coxas foi reavivado.

— Vi tanta morte... deixe-me fazer vida em você...

As mãos dele se moveram sobre meu corpo com uma certeza e uma necessidade mais envolventes que sua compulsão inicial, e me abri ao toque dele mais profundamente do que já tinha feito. No momento do auge, ele se levantou sobre mim, e vi seus traços contra a luz do fogo, concentrados no êxtase.

— O sol! — ele arquejou. — O sol brilha à meia-noite!

Naquele momento, minha própria completude me alcançava, e não consegui dizer a ele que era apenas a luz da fogueira que tinham acendido para celebrar a vitória do imperador.

Na hora silenciosa antes do amanhecer, o único momento naquela estação que era realmente fresco, me levantei para me aliviar. Quando voltei da latrina, fiquei de pé por um minuto, olhando pela janela e aproveitando o toque do ar gelado na pele nua. O fogo no fórum tinha se apagado, e o sono, que ao lado da morte era o maior dos conquistadores, tinha tomado conta dos que festejavam. Até Hylas, que se agitara quando me movi, tinha se deitado novamente.

Um som vindo da cama me fez virar. Constâncio agarrava a roupa de cama, gemendo. Enquanto eu observava, lágrimas começaram a cair, embora as pálpebras estivessem fechadas com força, e a escorrer por seu rosto. Corri de volta e me deitei ao lado dele, envolvendo-o nos braços.

No passado, pensei, *era eu que tinha pesadelos, mas, desde que saíra da Britânia, não sonhava mais.*

— Está tudo bem — murmurei, sabendo que era o tom da minha voz que chegaria a ele, não as palavras. — Você está bem agora, eu estou aqui.

— O templo queima! — ele gemeu. — Apolo! Apolo chora!

Eu o confortei, perguntando-me se era algo que ele tinha visto na campanha. A deidade pessoal do imperador era o deus sol. Eu não acreditava que ele destruiria um santuário por vontade própria, mas na guerra a destruição às vezes saía de controle.

— Fique calmo, meu amor, e abra os olhos. Já é de manhã, vê? Apolo dirige sua carruagem sobre a borda do mundo. — Com as mãos e os lábios comecei a acordá-lo, e fui recompensada quando ele se excitou com o meu toque novamente. Dessa vez nosso amor foi lento e doce. Quando finalmente acabamos, Constâncio estava acordado outra vez, e sorrindo.

— Ah, minha rainha, trouxe presentes para você. — Nu, ele apalpou a sacola que alguém tinha acabado de colocar porta adentro. — Pensei em vesti-la com isso para nossa primeira noite juntos novamente, mas você está ainda mais bela vestida apenas com seus cabelos, escuros como a noite...

Ele fuçou na sacola e tirou algo envolvido em linho cru. Quando o tecido grosseiro caiu, uma chama de luz acertou os olhos. Constâncio balançou um quíton de seda tingido do verdadeiro púrpura imperial e o estendeu para mim.

— Meu amor! É esplêndido demais — exclamei, mas peguei a roupa, deslumbrada com o tecido fino, e a passei pela cabeça. Estremeci quando a seda acariciou minha pele e balancei, sentindo as dobras suaves se moldarem ao meu corpo.

— Pelos deuses, púrpura lhe cai muito bem — ele exclamou, o olhar acendendo.

— Mas jamais posso usá-lo — recordei-lhe.

— Não lá fora — ele concordou —, mas em nosso quarto você é minha imperatriz e minha rainha!

E, na cama ou fora dela, você, meu amado, é meu imperador!, pensei, admirando o equilíbrio poderoso do corpo dele, mas nem ali ousava dizer aquelas palavras em voz alta.

Constâncio passou os braços em torno de mim e me levou para a janela que dava para o oeste. Suspirei, repleta de amor, sentindo no corpo uma satisfação que jamais experimentara antes. *Certamente*, pensei, *deveria sair de uma noite como aquela grávida.*

Ficamos observando juntos o sol, como um imperador vitorioso, se levantando sobre o horizonte e expulsando os mistérios da noite do mundo.

NOVE

272 d.C.

Na Britânia, setembro era um mês de sol enevoado, mas o fórum ali em Naissus ardia em luz sob um céu azul brilhante. Sob a sombra do toldo erguido para abrigar as famílias dos oficiais imperiais, eu sentia as ondas de calor levantando-se das pedras do chão da praça. Tinha esperado, quando Constâncio me contou sobre o novo posto, que a Dácia, sendo bem mais ao norte, fosse mais fresca; mas, no verão, a cidade no interior parecia ainda mais quente que Drepanum, que ao menos às vezes recebia uma brisa do mar. O suor se acumulava sob a fita que usava para esconder a lua crescente tatuada em minha testa. Respirei fundo, esperando não desmaiar. Grávida de três meses, ainda ficava enjoada pelas manhãs e em alguns intervalos ao longo do dia.

Talvez a tontura fosse provocada pela fome, pensei então, *pois não ousara comer nada antes da cerimônia, ou talvez pelo cheiro forte de incenso.* Dois sacerdotes agitavam incensórios ao lado do altar; a cada balanço, mais fumaça rodopiava pelo ar. A fumaça se movia como uma cortina fina diante das colunas que formavam o lado oeste da praça. Além dos telhados, um brilho de água, campos dourados com restolhos e montes azuis baixos ondulavam no ar quente, insubstanciais como um sonho.

— Sente-se mal? — alguém indagou perto de mim.

Pisquei e me concentrei no rosto ossudo e avermelhado da mulher ao meu lado. Com um esforço, recordei que ela se chamava Vitellia, esposa de um dos companheiros *protectores* de Constâncio.

— Vou ficar bem — respondi, corando. — Não estou doente, é apenas... — Senti que ficava vermelha novamente.

— Ah, claro. Tive quatro filhos e fiquei enjoada como uma cadela com três deles. Não que os cães normalmente tenham enjoo matinal... — ela completou, mostrando os grandes dentes ao sorrir. — O primeiro tive quando estávamos em Argentorate, o segundo e o terceiro, em Alexandria, e meu último menino nasceu em Londinium.

Eu a mirei com respeito. Ela tinha seguido as Águias por todo o império.

— Venho da Britânia... — falei então.

— Gostei de lá — Vitellia assentiu decisivamente, balançando os brincos. Um peixinho dourado piscava em seu peito, suspenso em uma corrente fina. — Ainda temos uma casa lá, e talvez voltemos quando meu marido se aposentar.

A procissão estava quase chegando ao fim. Os flautistas tinham se espalhado para um lado do altar, e as seis donzelas, tendo jogado as flores, assumiram suas posições no outro lado. A sacerdotisa que andava atrás delas parou diante do altar e jogou um punhado de cevada no fogo que ardia ali, evocando Vesta, que vivia na chama.

— Tinham me dito que você era da ilha — disse Vitellia. — Seu homem voltou do exílio lá e foi tão bem na campanha da Síria que foi nomeado tribuno.

Assenti, apreciando aquela aceitação pragmática de meu status marital um tanto ambíguo.

Desde a promoção de Constâncio, algumas mulheres que tinham me ignorado enfaticamente se tornaram efusivamente respeitosas, mas Vitellia me parecia o tipo de mulher que se comportaria da mesma maneira com uma vendedora de peixe ou com uma imperatriz.

Voltei o olhar para o fórum. O imperador presidia de um estrado coberto atrás do altar, com os oficiais do alto escalão ao lado. Sentado em seu trono, Aureliano parecia a estátua de um deus, mas, quando Constâncio me apresentou a ele, fiquei surpresa ao ver que era um homem pequeno, com cabelos rareando e olhos cansados.

Automaticamente, meus olhos se moveram para o fim da linha, onde Constâncio estava de pé, bem na extremidade da cobertura. Quando ele se moveu, o peitoral de sua armadura refletiu a luz do sol. Pisquei – por um momento ele parecia envolto por uma auréola de luz.

A armadura brilhou de novo quando ele se endireitou, e vi que os sacerdotes passavam pelos arcos com o touro sacrificial. O animal era branco, com os chifres e o pescoço envoltos por guirlandas de flores. Movia-se lentamente; sem dúvidas tinha sido drogado para prevenir que qualquer luta inauspiciosa arruinasse a cerimônia. A procissão parou diante do altar, e o sacerdote começou a entoar as rezas. O touro ficou imóvel, a cabeça baixa como se o encantamento monótono fosse um feitiço para dormir.

Um segundo sacerdote foi para a frente, os músculos duros aparecendo no braço quando ele levantou o cabo do machado. Houve um momento de imobilidade, então ele avançou. O "tunc" ecoante do crânio do animal sendo atingido reverberou pelas colunas. Mas o touro já estava de joelhos. Enquanto ele caía, um sacerdote pegou os chifres, segurando-os por tempo suficiente para que o outro enfiasse uma faca na garganta do animal e a deslizasse de um lado a outro.

O sangue corria pelas pedras em uma maré vermelha. Vários dos homens que assistiam desviaram os olhos, cruzando-se com o sinal cristão contra o mal. *O mal é apenas para o touro*, pensei, com tristeza, *ou talvez nem para ele, se tiver consentido em ser a oferenda*. Certamente os cristãos, que veneravam um deus crucificado, sabiam que a morte podia ser santa. Parecia um tanto tacanho da parte deles negar a santidade do sacrifício a todas as demais religiões que não a sua.

Poderia ser sagrado, mas, quando o cheiro adocicado do sangue sobrepujou o incenso no ar, senti engulhos. Puxei o véu sobre o rosto e me sentei bem quieta, respirando cuidadosamente. Seria imprudente e também um azar me desgraçar durante a cerimônia. Um cheio pungente de ervas clareou minha cabeça, e abri os olhos. Vitellia segurava um ramalhete de lavanda e alecrim. Respirei profundamente mais uma vez e agradeci a ela.

— É seu primeiro filho?

— O primeiro que carreguei todo esse tempo — respondi.

— Que a Santa Mãe de Deus a abençoe, então, e a leve ao fim da gravidez em segurança — disse Vitellia, olhando de volta para o fórum com uma careta.

Não era uma cena a ser apreciada, pensei, mas não entendia muito bem a reprovação dela. Tentei lembrar se o marido dela era um dos homens que fizera o sinal da cruz quando o touro foi morto.

O animal tinha quase parado de sangrar àquela altura, e os sacerdotes menos importantes lavavam o sangue em direção à sarjeta. Os outros tinham aberto a cavidade abdominal e colocado o fígado sobre uma vasilha de prata, para que o arúspice pudesse examiná-lo. Até mesmo o imperador se inclinava para a frente para ouvir os murmúrios dele.

Para mim, treinada na tradição oracular de Avalon, vaticínio pelas entranhas sempre parecera um método desajeitado de divinação. Quando a mente tinha sido preparada de modo apropriado, o voo de um pássaro ou a queda de uma folha podia ser um augúrio, despertando a inspiração da profecia. Mas não podia me permitir ficar lamentando a vida que tinha abandonado, um mundo em que tudo parecia ser mágico.

Ao menos o touro fora morto de modo limpo e com reverência. Quando nos banqueteássemos com sua carne naquela noite, aceitaríamos nosso próprio lugar no ciclo da vida e da morte, ao mesmo tempo que dividíamos sua bênção. Coloquei a mão na barriga, que começava a endurecer conforme a criança dentro de mim crescia.

O arúspice limpou os dedos em uma toalha de linho e se voltou para o estrado.

— Toda a honra ao imperador, favorecido pelos deuses — ele declamou. — Os Brilhantes falaram. O inverno que virá será ameno. Se entrar em batalha, terá vitória sobre seus inimigos.

Percebi como a multidão estava tensa apenas quando ouvi o murmúrio dos comentários. Vários homens fortes arrastavam o touro para ser preparado para o banquete. As donzelas se adiantaram, levantando os braços para os céus, e começaram a cantar.

*"Salve, ó, Sol resplandecente e soberano,
Ó, sagrado, tua glória adoramos!
Ajuda-nos, cura-nos, até que, como acima,
Abaixo tudo seja beleza e Teu amor conheça..."*

Senti lágrimas nos olhos enquanto as vozes doces e puras se entrelaçavam, relembrando como costumava cantar com as outras donzelas em Avalon. Fazia muito tempo desde que tinha invocado a Deusa, mas o canto despertou um anseio do qual tinha quase me esquecido. O canto era para Apolo ou qualquer que fosse o nome usado para o deus sol nas terras do Danuvius. Cada imperador exaltava a deidade que era seu patrono, mas dizia-se que Aureliano queria proclamar o sol como emblema visível de um só Ser todo-poderoso que era o maior deus de todos.

Em Avalon eu também tinha encontrado tal ideia, embora fosse a Grande Deusa quem víamos como Mãe de tudo. Mas também aprendera que qualquer impulso honesto de devoção encontraria a Fonte por trás de todas as imagens, não importando por qual nome fosse chamada, e então coloquei as mãos sobre a barriga, fechei os olhos e enviei uma súplica para que pudesse chegar ao fim da gravidez e dar à luz aquela criança saudável e viva.

— Venha, senhora Helena — disse Vitellia. — A cerimônia acabou, e não quer deixar seu senhor esperando. Dizem que Constâncio é um homem que tem futuro. Você deve causar uma boa impressão na celebração.

***

Tinha esperado que eu e Vitellia pudéssemos ficar em assentos próximos no banquete, mas Constâncio me acompanhou até um divã logo abaixo do estrado enquanto ela e o marido ficaram no fim do cômodo. *Ela estava certa*, pensei ao me acomodar e estender a saia modestamente sobre os tornozelos enquanto observava Constâncio conversando com o imperador. O fato de que meu marido tinha caído nas graças de Aureliano se tornava aparente para todos. Tentei ignorar o murmúrio de especulação das mulheres por perto. Constâncio não teria me trazido ali sem a bênção de Aureliano, e o que era aprovado pelo imperador nenhuma mulher fofoqueira, não importava quão elevado fosse seu status, poderia negar.

No divã ao lado, estava sentado um dos maiores homens que eu já tinha visto. Era claramente germano, do cabelo louro aos culotes com ligas cruzadas, os braços musculosos aparecendo sob a túnica de mangas curtas. Mas em torno de seu pescoço havia um torque de ouro, e os braceletes nos punhos e braços também eram dourados.

— É a senhora Helena, sim? — ele perguntou. Corei, percebendo que o homem tinha me flagrado a observá-lo, mas ele não parecia se importar. *Com um físico daqueles*, pensei, *devia estar acostumado a chamar a atenção*. — Constâncio fala muito sobre você.

O sotaque dele era gutural, mas falava latim bem o suficiente, o que me fez concluir que servia nas legiões havia um bom tempo.

— Esteve na campanha?

— No deserto. — Ele fez uma careta, estendendo um braço amarronzado, onde a pele clara tinha queimado no sol até ficar quase da cor de um tijolo.

Assenti em entendimento. Aprendera rapidamente que não era modéstia, mas necessidade que fazia as mulheres saírem usando véus para caminhar ao ar livre naquela terra.

— Sou um líder dos auxiliares, de lanças alamanas. Vocês, romanos, não conseguem falar meu nome — ele sorriu. — Então sou chamado de Crocus. Seu homem salvou minha vida em Ancyra, mais que a obrigação dele. Fiz um juramento a ele, eu e minha família.

Assenti, minha criação britânica permitindo que eu o entendesse melhor que, talvez, um romano teria sido capaz, compreendendo também que a lealdade dele se estendia à família de Constâncio.

— Obrigada. Meu pai era um príncipe entre as tribos britânicas que comandava guerreiros, e sei o que isso significa para você. Aceito seu serviço, para mim e para minha criança. — Coloquei a mão sobre a barriga.

Crocus curvou a cabeça com ainda mais reverência que antes.

— Vejo que é verdade o que ele diz sobre a senhora. — Ele fez uma pausa enquanto eu levantava uma sobrancelha e então continuou. — Entre meu povo, sabemos que as mulheres são sagradas, então, quando ele diz que a senhora é como uma deusa, sei que é verdade.

Não me surpreendia que Constâncio pensasse assim, mas uma conversa como aquela era para a privacidade do quarto. Não podia deixar de imaginar em que perigo extremo ele e aquele homem se viram para que ele revelasse tanto do que se passava em sua mente. Mas já tinha percebido que havia coisas sobre as quais um soldado não falava em casa, coisas que Constâncio lutava para esquecer quando se deitava em meus braços, e eu provavelmente nunca viria a saber delas.

— À senhora e à sua criança — ele repetiu minhas palavras —, faço a promessa de defendê-las e protegê-las contra todos os inimigos.

A balbúrdia de conversa tinha diminuído, deixando-nos em um grande silêncio. Curvei a cabeça, os olhos borrados por lágrimas. Tinha a impressão de que fazia um longo tempo desde que usara os sentidos pelos quais o espírito vê de verdade, mas, ainda que não houvesse ali sacerdote ou sacrifício, eu sabia que a promessa de Crocus fora testemunhada pelos deuses.

— Vejo que vocês dois se conheceram — Constâncio disse ao meu lado, e olhei para cima, piscando para espantar as lágrimas.

— Crocus me contou que você salvou a vida dele — falei rapidamente, para que ele não entendesse mal minha emoção, e me movi para que ele pudesse se reclinar no divã ao meu lado.

— Ele contou que salvou a minha também? — O sorriso dele para Crocus era um aviso para não assustar as mulheres com histórias de soldado.

— Ela não precisa saber.

As sobrancelhas de Constâncio estremeceram, mas ele pensou melhor antes de insistir. Reclinou-se sobre um cotovelo e acenou em direção ao estrado.

— Aureliano está honrando todos os heróis da campanha. Vejo que Maximiano está ali com ele.

Olhei para onde ele apontava e vi um homem robusto com um topete de cabelo castanho agrisalhado, formidável como um touro. Parecia um fazendeiro, como, de fato, seus pais tinham sido, mas tinha um dom para a guerra.

— E ali está Docles, ao lado dele — continuou Constâncio. Ao lado de Maximiano, estava sentado um homem grande com um cabelo avermelhado que começava a rarear sobre a testa larga. Rugas profundas, indicando um controle rígido, marcavam seus traços apesar da cor violenta de seu cabelo, ou talvez justamente por causa dela.

— Ali está um homem que deve ser observado. O pai dele era apenas um pastor na Dalmácia, a não ser que algum deus o tenha gerado. Em todo caso, parece ter nascido com um gênio para a luta e é também um bom administrador, atributo ainda mais valioso em um general.

— E mais raro? — perguntei. Mas bem naquele momento os escravos começaram a nos servir o primeiro prato do banquete, e ele evitou a resposta.

***

Constâncio tinha sido postado na Cohors Prima Aurelia Dardanorum, que estava perto da junção do Navissus e do Margus. Eu esperava que ele fosse viajar diariamente entre o forte e a casa que tinha alugado para mim em Naissus, mas, no começo de novembro, os dardânios receberam ordens de auxiliar na perseguição aos godos que batiam em retirada, e Constâncio, com a bagagem cheia de roupas de lã contra o tempo subitamente gelado, marchou para o norte e me deixou sozinha.

Apenas uma linha fina de colinas protegia Naissus dos ventos que assolavam a planície aberta do Danuvius, ventos nascidos nas estepes da Cítia que se aqueciam apenas o suficiente para acumular umidade na passagem pelo Mar Euxino. *Logo*, pensei enquanto colocava um xale nos ombros, *teríamos neve*. Mas naquela região as construções eram preparadas para o tempo frio, e a casa não só tinha um hipocausto que mantinha o calor subindo do chão azulejado como havia uma lareira de verdade no cômodo grande que Constâncio escolhera para ser nosso quarto. Tinha sido por isso que Constâncio alugara aquela moradia, ele me disse, para que o calor de um fogo aberto me lembrasse de casa.

Conforme minha gravidez progredia, eu passava muito tempo naquele aposento. Parecia injusto que Constâncio, que me confortara durante os primeiros três meses, precisasse partir bem quando os enjoos estavam terminando e a barriga começava a se arredondar com o crescimento da criança. Já passara da fase em que as mulheres sofriam abortos com mais frequência, e agora tinha certeza de que a gravidez iria até o fim. Na verdade, jamais me sentira tão bem. Quando o tempo permitia, caminhava com Drusilla até o mercado no centro da cidade, e Philip, que tinha se tornado muito protetor desde que eu engravidara, vinha meio passo atrás de nós, com Hylas andando à nossa frente.

Comida boa e afeição tinham transformado o cão, que agora quase batia em meus joelhos, com uma pelagem branca e preta sedosa e uma cauda em pluma que se agitava loucamente. Para Hylas, o mercado era um lugar de infinitas possibilidades, cheio de aromas fascinantes e objetos ainda mais interessantes e odoríficos. Era tarefa do pobre Philip evitar que o cachorro tentasse levar os itens para casa. Para os membros humanos da casa, o mercado era fonte de fofocas que nos mantinham informados sobre o progresso da campanha.

Os godos que estavam sendo combatidos naquele momento eram os últimos sobreviventes da grande incursão que chacoalhara o império dois anos antes. Mas, mesmo nos dias em que Roma ainda reclamava a Dácia, as montanhas do norte tinham resistido à penetração das legiões. Os godos haviam sumido nas florestas como neve no verão. Mas agora era inverno, e um estoque minguante de comida os deixaria em desvantagem diante das legiões bem-alimentadas.

Ou pelo menos esperávamos que sim. Pensar em Constâncio em marcha, molhado e faminto, enquanto eu me sentava aquecida diante da minha lareira, era algo que gelava minha alma. Mas não havia nada que eu pudesse fazer para ajudá-lo. Só meu espírito ansioso ultrapassava as léguas que nos separavam, como se assim eu pudesse lhe dar algum conforto.

Cada vez mais, conforme o inverno seguia, parecia que eu de fato tocava o espírito dele. Tentara fazer isso quando Constâncio estava na Síria, mas sem sucesso. Seria porque agora eu carregava aquela criança que a ligação se fortalecera, ou talvez porque o sucesso de minha gravidez tivesse restaurado a confiança que perdera ao ser exilada de Avalon?

Não ousava questionar demais. Era suficiente, nas longas noites de inverno, sentar-me diante do fogo da lareira, cantarolando baixo enquanto penteava o cabelo, e permitir que uma visão de Constâncio tomasse forma entre as brasas.

Em uma dessas noites, pouco antes do solstício em que os soldados celebram o nascimento de Mitra, percebi que as visões nas brasas assumiam uma estranha claridade. Um pedaço de madeira chamuscado se transformou em uma encosta, e, abaixo dela, num afloramento de rochas, gravetos brilhantes se tornaram a paliçada quadrada de um acampamento de marcha romano, com fileiras bem-organizadas de tendas do lado de dentro. Sorrindo, deixei-me levar pela fantasia. Constâncio poderia estar recolhendo-se para a noite em um acampamento como aquele no mesmo momento. Curvei-me para a frente, desejando ver a tenda na qual ele se deitava...

... e subitamente estava lá no acampamento, olhando para as barracas que caíam e para os homens correndo, iluminados pelas chamas da paliçada enquanto os godos invadiam. Pontas de lanças brilhavam como centelhas que explodiam quando os romanos se agrupavam, espadas entrando e saindo como línguas de fogo. Frenética, procurei Constâncio; encontrei-o de pé, com as costas encostadas nas de Crocus. Ele se defendia com um pilum legionário, enquanto o grande germano lutava com uma lança mais comprida, e a coragem de ambos tinha aberto um círculo de segurança em torno deles.

Mas, mesmo juntos, não podiam derrotar todo o exército godo, e o resto dos romanos estava levando a pior. Eram tantos! Agora outro contingente vinha na direção de Constâncio. Instintivamente saltei para a frente com um grito inarticulado. Não sei o que os godos viram, mas se encolheram de terror.

Subitamente me recordei do fragmento de um ensinamento de Avalon. Nos dias antigos, as sacerdotisas dos druidas aprendiam magia de batalha, feitiços para proteger seus guerreiros, e o grito da Deusa Corvo que tinha o poder de abater um inimigo.

Era aquele grito que sentia crescendo em meu peito naquele momento. Estendi os braços, e eles se transformaram em asas negras, levantando-me enquanto aquela fúria me tomava, corpo e alma.

Os godos olharam para cima, as bocas abertas, os dedos flexionados no sinal contra o mal quando fiz um voo rasante sobre eles. Não eram como os romanos, que transformavam abstrações em divindades e suas deidades em princípios abstratos. Sabiam que o mundo dos espíritos era real...

— *Waelcyrige! Haliruna!* — gritaram quando desci sobre eles. E então abri a garganta, e o grito que saiu de meus lábios os apartou de seus sentidos, e a mim, da consciência.

Quando abri os olhos de novo, Drusilla e Philip estavam curvados diante de mim, os rostos brancos de medo.

— Minha senhora, minha senhora! O que foi? Ouvimos um grito...

Olhei para eles, pensando que não queria que o amor com que me serviam se transformasse em medo.

— Um pesadelo, creio — murmurei. — Devo ter adormecido diante do fogo.

— Está bem? A criança está...

Alarmada, coloquei a mão sobre a barriga, mas senti que ele chutava. Tudo estava bem.

— Ele é filho de um soldado. — Consegui sorrir para eles. — Vai ser preciso mais que um pouco de barulho para assustá-lo.

Os godos que tinham ficado assustados, pensei com satisfação. Pela primeira vez desde que deixara Avalon, vira algo que não era nem sonho nem fantasia, mas uma verdadeira visão de poder.

***

Depois daquilo, mandei Philip ao mercado todas as manhãs em busca de notícias, até que chegou uma carta de Constâncio dizendo que estava bem e que eu não deveria me preocupar se ficasse sabendo que tinha acontecido uma batalha. Não tinha sido ferido, e na luta o rei godo Canabaldo fora morto. E a propósito – e nesse ponto quase pude ouvir o riso desconfortável com que os romanos respondiam sempre que pensavam que os poderes que veneravam podiam ser de fato reais –, Crocus dissera que o inimigo fora derrotado por uma deusa cuja face era uma visão da minha...

Quando nos unimos pela primeira vez no Grande Rito, Constâncio tinha me visto como a Deusa, e também na noite em que concebi meu filho. *Por que*, me perguntei, *ele deveria se surpreender?*

Os romanos, refleti enquanto me envolvia no xale, *eram suscetíveis a um equívoco ou ao oposto dele: ou acreditavam que o mundo visível era apenas um reflexo imperfeito do Ideal, que o filósofo buscava transcender, ou viviam em um mundo de forças imprevisíveis que precisavam ser constantemente propiciadas*. Um desprezava o mundo enquanto o outro o temia, e os cristãos, fiquei sabendo, faziam as duas coisas, invocando o deus deles para salvá-los de seu próprio julgamento.

Mas todos acreditavam em augúrios. Se Constâncio não me sustentasse, eu poderia ter uma boa vida como vidente, usando as habilidades que aprendera em Avalon. *E que augúrio*, então me perguntei, *deveria ver em minha visão da batalha?* Pousei a mão na barriga, sorrindo ao sentir a vibração de movimento ali dentro.

Foi seu espírito valente que me inspirou, meu pequeno? Com certeza será um grande general se ajuda a vencer batalhas antes mesmo de nascer!

E no que, então me perguntei, *eu acreditava?* Não temia o mundo, mas tampouco o rejeitava. Aprendêramos um terceiro caminho, em Avalon. Meu treinamento lá tinha me ensinado a sentir o espírito em tudo e a reconhecer que, na maior parte do tempo, o mundo seguia seu caminho com pouco interesse pela humanidade. O corvo que crocitava no telhado não sabia que o homem que o ouvia entenderia uma mensagem – era a mente do homem que precisava ser alterada para encontrar significado nisso, não o pássaro. O espírito se movia por todas as coisas; aprender a viver em harmonia com aquele movimento era o Caminho da Sabedoria.

O bebê se mexeu de novo em minha barriga, e ri, entendendo de uma nova forma por que víamos a Deusa quando buscávamos dar um rosto ao Poder Supremo. Cheia e satisfeita, estava muito consciente de meu corpo, ao mesmo tempo que era uma só com a força vital que fluía de tudo.

***

Conforme o inverno progredia e a barriga ficava ainda maior, minha euforia foi moderada pelo entendimento do motivo de a Deusa às vezes querer deixar suas criaturas tomarem conta de si mesmas. Seria um alívio se pudesse colocar minha barriga fértil de lado às vezes. Quando Constâncio e os dardânios voltaram da campanha, no começo do segundo mês do ano, tive a impressão de que eu poderia posar para uma estátua de Taueret, a deusa hipopótamo egípcia da gravidez.

Ao saberem de minha condição, as esposas dos colegas oficiais de Constâncio se apressaram a contar cada história traumática de parto que puderam encontrar no que era obviamente um rico folclore, enquanto me ofereciam alegremente os serviços de médicos egípcios e parteiras gregas. Durante meu tempo em Avalon, partos nunca tinham sido minha especialidade, mas felizmente nós os estudávamos como parte do treinamento em cura. Quando acordava no meio noite, tremendo por causa de algum pesadelo com um parto malogrado, sabia o suficiente para aquietar meus piores medos.

A parteira escolhida por mim foi uma mulher que Drusilla encontrara, chamada Marcia, que tinha uma boa reputação entre as esposas da cidade. De alma robusta e prática, com uma nuvem de cabelo castanho-avermelhado e um grande busto, ela insistia em fazer consultas com as grávidas bem antes do parto, e trabalhava apenas para quem seguisse suas orientações a respeito de dieta, exercícios e descanso.

Quando mediu minha barriga e calculou a data de parto, Marcia recomendou atividade. A criança já era grande, ela me disse, e o parto seria mais fácil se eu conseguisse dar à luz mais cedo. Entendi o que ela não disse. Quando uma criança era grande demais, a escolha era entre cortar a mãe, como diziam que o grande César tinha nascido, ou desmembrar a criança para extraí-la do útero. Foi então que comecei a fazer oferendas a Eilythia pedindo um parto seguro. Estava disposta a morrer pelo Filho da Profecia das visões de Avalon, mas, se chegasse a uma escolha entre nós, sabia que Constâncio desejaria me salvar.

E assim, enquanto fevereiro seguia, eu andava com Drusilla para o mercado pelas manhãs, depois descia até o rio e voltava colina acima todas as tardes, ignorando a careta preocupada de Constâncio. Caminhava nos dias de sol úmido, desconsiderando as pontadas conforme meu útero se preparava para sua tarefa, e nos dias de chuva, mesmo quando ela se transformava em granizo e neve.

— Você não treina seus soldados para a batalha deixando-os ociosos no acampamento — disse a Constâncio. — Esta é minha batalha, e desejo enfrentá-la tão em forma quanto puder.

No vigésimo sétimo dia daquele mês, voltando da colina para nossa casa, escorreguei em uma pedra molhada e caí sentada. Enquanto Drusilla me ajudava a ficar de pé, senti o fluxo de água morna do útero misturando-se à água fria que ensopava meu vestido, e a primeira pontada intensa quando o trabalho de parto começou.

Todos na casa corriam e matraqueavam em pânico ao meu redor, mas eu vinha torcendo por um acidente daqueles. Depois que uma das moças saiu correndo para encontrar Marcia, e Philip pegou o cavalo para avisar Constâncio no forte, deitei-me sobre a cama com um sorriso de triunfo, até que a próxima contração chegou.

***

A hora do parto tinha chegado antes, mas meu útero, assim que começou a trabalhar, não parecia ter pressa de expelir seu conteúdo. Pelo resto do dia e pela noite que se seguiu, as contrações continuaram. A amnésia misericordiosa que permite que uma mulher que deu à luz enfrente de novo essa perspectiva obscureceu minhas memórias da maior parte daquele tempo. Na verdade, às vezes são os pais que se lembram tão vividamente que relutam em deixar que as esposas sofram tanto de novo.

Se eu não estivesse em tão boas condições, duvido que tivesse sobrevivido, e mesmo assim, conforme o segundo dia se arrastava e minhas pontadas, em vez de ficarem mais frequentes, começaram a desacelerar, as mulheres que me ajudavam começaram a parecer sérias, e eu me lembro de ter dito a Marcia que se fosse necessário escolher, ela deveria me cortar e salvar a criança. A chuva tinha parado, e a luz do sol que ia para o oeste, atravessando a janela, ardia em seu cabelo.

— Não — ela então disse. — É verdade que uma vez que a bolsa se rompeu o parto não pode atrasar muito, mas não tenha medo de deixar seu corpo descansar um pouco. Ainda tenho um truque ou dois na manga que podem fazer as coisas andarem novamente.

Em minha exaustão, achei difícil acreditar nela. Fechei os olhos, contraindo-me quando a criança dentro de mim chutava. Aquilo deveria ser difícil para ele também, preso em uma bolsa que o empurrava para uma passagem estreita demais para seu corpo. Mas ele não tinha escolha sobre aquilo agora, nem eu.

Deusa, foi tão terrível para Você quando deu à luz o mundo?, veio meu grito silencioso. *Vi a paixão que leva Suas criaturas a perpetuarem a espécie. Ajude-me a parir este bebê! Eu Lhe darei qualquer coisa que pedir!*

E tive a impressão de que, das profundezas da minha dor, veio uma resposta.

O que Eu pedir? Mesmo que isso signifique perdê-lo?

Desde que ele fique vivo!, respondi.

Você ficará com ele e o perderá. Ele pisoteará seu coração em busca do próprio destino. As mudanças que ele trará você não pode nem prever nem controlar. Mas não deve se desesperar. Mesmo quando elas trouxerem dor, crescimento e mudança são parte de Meu plano, e tudo que é perdido um dia voltará...

Estava sentindo muita dor e não conseguia entender. Sabia apenas da necessidade de dar à luz meu filho. Abruptamente estava em meu corpo outra vez. Marcia colocou em meus lábios uma xícara de chá cuja amargura era perceptível mesmo com o mel que tinham misturado nele. Tentei identificar as ervas, mas percebi apenas o gosto adstringente de mil-folhas e cedro-vermelho.

Fosse lá o que fosse, quando atingiu meu estômago vazio, começou a funcionar imediatamente. As contrações voltaram com uma agonia lancinante que sobrepujavam minha intenção de não gritar. Embora ficasse cada vez mais destruída pela dor, conseguia discernir um tipo de ritmo nela. Marcia me colocou no banco de dar à luz e me deu um pedaço de pano para morder. Drusilla se postou atrás de mim e duas moças seguraram meus braços, uma de cada lado. Soube depois que tinha apertado os pulsos delas com tanta força que deixei hematomas, mas não tive consciência de fazer isso no momento.

Senti o sangue morno escorrer e o óleo quente com que Marcia me massageava.

— Está indo bem — ela me disse. — Quando o ímpeto vier, empurre com toda sua força!

Então a mão gigante apertou mais uma vez, e eu empurrei, já sem me importar se alguém ouviria meu grito. Veio de novo e de novo, até que pensei que fosse me partir em duas.

— Peguei a cabeça — disse Marcia, e então uma última convulsão me tomou, e o resto da criança deslizou livre. Uma forma meio púrpura que se debatia cruzou minha visão quando ela o levantou, inconfundivelmente homem, e então o quarto ressoou com um rugido de protesto que certamente era tão alto quanto qualquer um dos meus.

Tive uma vaga consciência de ser levantada para a cama mais uma vez. Mulheres se agitavam em torno de mim, embrulhando-me com panos para estancar o sangramento, lavando-me, trocando a roupa de cama. Não prestei atenção à conversa delas. Que importava se estivesse rasgada demais para ter outro – aquela criança vivia! Ouvia os gritos fortes dele até mesmo do outro quarto, para onde o levaram para ser mostrado ao pai. *Constâncio*, pensei, *olhe o que lhe dei.*

Um rosto surgiu sobre mim. Era Sopater, acompanhado de um homem com as vestes de um sacerdote caldeu, que deveria ser o astrólogo que pedi para ele trazer. A visão de Heron tinha profetizado grandeza para o filho de Constâncio – as estrelas de seu nascimento confirmariam a profecia?

— Seu filho nasceu na quinta hora depois do meio-dia — disse Sopater. — Já temos um horóscopo preliminar. Marte está em Touro e Saturno está em Leão. Será um guerreiro, obstinado na derrota e inflexível na vitória. Mas Júpiter reina no signo de Câncer, onde também está a lua dele. Seu filho cuidará muito da família. Mas, acima de tudo, Aquário regerá, levantando-se com sua Vênus e seu Sol.

Assenti, e o astrólogo se virou, ainda excitado pelos augúrios que vira. Ouvi o barulho de copos e percebi que bebiam em homenagem à saúde do bebê no cômodo ao lado. *Que injusto*, então pensei. *Todo o trabalho fora feito por mim! Mas aquele era o costume, quando um homem reconhecia seu filho, e eu deveria ficar feliz por isso.*

Pela estimativa dos romanos, eu era uma filha ilegítima, e, embora meu pai tivesse me reconhecido ao modo britânico, jamais se importou em fazer os documentos de adoção formal, pois sempre tivera a intenção de me enviar para Avalon. Pela lei romana, eu era a *concubina* de Constâncio, um relacionamento reconhecido legalmente, mas com status inferior ao do casamento formal. Mas mesmo se fôssemos casados no mais formal e antigo estilo patrício, ainda caberia a meu marido reconhecer a criança como sua e decidir se ela deveria ou não viver.

Deitada ali na cama, exausta demais para abrir os olhos, e ainda assim tensa de excitação, me pareceu errado que um homem tivesse tal poder. Não era ele que formava a criança de sua própria carne, nem seria ele que a amamentaria. Uma memória de Avalon veio a mim, ouvindo com as outras donzelas enquanto Cigfolla nos ensinava as habilidades de uma parteira.

A mulher dos tempos antigos tinha possuído uma força que já não reivindicávamos. Se tivesse muitos filhos, ou não tivesse força suficiente para criar mais um, ou se alimentá-lo fosse desprover a tribo no momento errado do ano, ela podia olhar para o rosto da criança, estender a mão e enviá-la de volta ao nada e ao lugar nenhum, como se jamais tivesse nascido.

Ouvindo o murmúrio de conversa dos homens no cômodo ao lado, entendi o que ela queria dizer de um jeito que não tinha compreendido quando menina. Percebi então que uma mulher nunca está livre para parir uma criança a não ser que seja livre também para abortá-la. Um homem deveria saber que respira porque a mãe olhou para seu rosto e viu que era bom e decidiu voluntariamente nutri-lo. Aquele menino, que vivia porque eu tinha desistido de tanta coisa para concebê-lo e carregá-lo, jamais deveria esquecer que devia sua vida a mim.

E então os homens voltaram ao quarto, e meu filhinho foi colocado em meus braços. Constâncio nos mirava. O rosto dele tinha as marcas de uma angústia que, suponho, deveria ser o eco de minha própria dor, mas os olhos brilhavam de alegria.

— Eu lhe dei um filho — sussurrei.

— É um belo menino — respondeu Constâncio —, mas o teria considerado uma péssima troca por você! Vamos chamá-lo de Constantino.

Olhei para a penugem dourada na cabeça do bebê, cuja curva repetia o arredondado do peito no qual ele fuçava, já faminto. Pela lei, ele podia ser o pai da criança, mas era eu, por cuidado ou negligência, quem determinava sua sobrevivência.

E ele sobreviveria! Pelo bem daquela criança eu tinha sofrido as dores do parto e abandonado Avalon, assim como todos lá que eu amava... Ele deveria ser digno de ser salvo para cumprir a profecia e justificar minha dor! Todavia, ao colocá-lo no peito, tive uma satisfação secreta em lembrar que cada mulher tinha dentro de si esse poder tremendo de dar a vida... ou de negá-la.

dez

282 d.C.

Quando Constantino fez dez anos, fomos morar no velho palácio de Sirmium. Desde seu nascimento, tínhamos nos mudado regularmente à medida que Constâncio era enviado de um posto para outro, conseguindo não apenas sobreviver, mas subir de patente durante o tumulto que se seguiu ao assassinato do imperador Aureliano, quando Constantino tinha dois anos. Aquela primeira morte imperial me chocou, pois eu começara a respeitar o homenzinho cuja ordem nos arrancara da Britânia para aquela nova vida. Mas quando Aureliano foi sucedido por Tácito, e Tácito por Floriano, e Floriano por Probo, todos aprendemos a destinar ao usuário vigente do manto púrpura não mais que uma cortesia cautelosa.

Probo demonstrava ser um imperador eficaz, reprimindo as invasões bárbaras na Gália e recrutando os burgúndios e vândalos derrotados como forças federadas, que então enviou à Britânia para pôr fim a uma rebelião liderada pelo governador de lá. Eu entendia a necessidade militar, mas meu coração chorava ao pensar que um romano tinha enviado uma horda bárbara contra minha terra nativa. Quando Probo escolheu Constâncio como um de seus tribunos e ordenou que fôssemos para Sirmium, achei difícil de me alegrar.

Constantino ficara empolgado ao saber que viveríamos em um palácio. Mas àquela altura eu já tinha experiência com a administração de uma casa, e teria ficado bem mais feliz com uma pequena propriedade acolhedora nos arredores da cidade. Uma propriedade recém-construída. O palácio que Probo escolhera como quartel-general tinha sido originalmente construído por Marco Aurélio um século antes. Era impossível dizer quando fora a última vez que passara por reformas. Os afrescos das paredes estavam desfigurados por manchas agourentas onde a umidade entrara, e os tecidos pendurados nas paredes tinham buracos feitos por ratos.

Mas ali, decretara o imperador, era onde ele e sua equipe morariam, e já que Constâncio era o mais alto oficial acompanhado da mulher, cabia a mim tornar o lugar habitável para todos. Limpei o suor da testa – pois era um dos dias mais quentes em um verão excepcionalmente tórrido – e instruí as servas a trocarem a água com a qual esfregavam a paredes

— No dia que eu for um homem, vou construir palácios *novos* — disse-me Constantino quando nos mudamos. Acreditei nele. Se quando pequeno ele construía fortalezas com a mobília, naqueles dias que corriam ele obrigava as crianças de outros oficiais a ajudá-lo a erguer construções nos jardins. Pavilhões e casas de brinquedo protegidas por fortificações foram dispostas com precisão militar.

Eu ouvia o som das vozes jovens se levantando em risos, e o urro de comando do meu filho ultrapassando todas elas. Atticus, o grego que tínhamos comprado para ser professor de Constantino, dera a eles uma tarde de folga, dizendo que estava quente demais para lições dentro de casa. Mas pelo visto o calor não prejudicava a brincadeira. Os meninos pareciam trabalhar com mais disposição que os soldados a serviço do imperador, que cavavam valas pelos pântanos abaixo da cidade.

— Talvez ele se torne um engenheiro para as legiões — Constâncio comentara ao voltar para casa na noite anterior, observando o projeto com um olhar experiente.

Mas eu não achava que nosso filho fosse se satisfazer apenas com a tarefa de erguer muros seguindo especificações militares, tampouco drenando pântanos. Qualquer coisa que Constantino criasse refletiria sua própria visão do mundo.

As portas da sala de jantar estavam escancaradas para o jardim na esperança de deixar entrar um pouco de ar. Ao menos ali, na parte mais alta do lado sul da cidade, podíamos esperar uma brisa. Além do muro, o terreno descia até o rio Savus. Lá embaixo, onde várias centenas de legionários suavam ao sol, devia estar sufocante. Ao menos Constâncio não precisava trabalhar com uma pá, mas eu sabia que estaria sedento e com calor quando voltasse.

Até os meninos talvez ficassem gratos de parar a brincadeira para beber algo fresco. Falei às servas que podiam descansar um pouco e pedi a uma delas que trouxesse o jarro de barro com água de cevada da cozinha.

Constantino estava perto do muro traseiro do jardim, orientando dois outros meninos que levantavam uma armação de vime para servir como telhado da estrutura que tinham feito. Como sempre, a visão súbita de meu filho podia me fazer perder o fôlego, e naquele momento, com o sol forte batendo em seus cabelos loiros, ele era como um jovem herói dos tempos antigos. Seria alto, como meu pai, mas tinha os ossos robustos de Constâncio – já era maior que quase todos os meninos de sua idade.

Seria um homem magnífico. Drusilla tinha tentado me consolar quando ficou claro que eu jamais teria outro filho. Mas, com o tempo, vendo mulheres da minha idade envelhecidas pelas gestações constantes, percebi que deveria ser grata. E por que desejaria outra criança, com um filho daqueles?

— Não, não está certo. — Constantino estava de pé com as mãos nos quadris, a cabeça pendida para um lado. — Precisamos tirar.

— Mas, Con — protestou o mais jovem dos ajudantes, Pollio, filho de um dos centuriões —, acabamos de colocar isso ali em cima!

Sorri ao ouvir o apelido. Era uma óbvia abreviação do nome em latim, mas em minha própria língua "*con*" era o termo para cão de caça.

— E está calor — completou o outro menino, Marinus, que vinha de uma família de mercadores da cidade. — Podemos descansar na sombra até o pôr do sol e depois acabar de arrumar.

— Mas não está *certo*... — Constantino olhou para eles sem conseguir entender. — A inclinação precisa ser na diagonal, ou vai ficar desequilibrada...

Senti empatia. Ele via o resultado desejado com tanta clareza na mente, e a realidade seguia aquém de seus sonhos. Bem, a vida logo lhe ensinaria que não se pode sempre ordenar o mundo de acordo com o próprio gosto, pensei, lembrando-me de minha própria infância. Que ele aproveitasse as ilusões enquanto podia.

Mas *estava* calor. Até Hylas, que normalmente se agitava aos meus pés como um filhote quando saíamos, tinha se deitado à sombra do trabalho de vime que era alvo do debate e arfava.

— Trouxe um pouco de água de cevada para refrescar vocês — interrompi, ficando com pena dos outros dois meninos mais novos. — Depois que tiverem bebido, talvez a tarefa pareça mais fácil.

Servi o líquido do jarro suarento de terracota em taças para os meninos e levei a minha até o muro do jardim, fazendo uma pausa para derramar algumas gotas diante da imagem da ninfa do jardim em seu santuário. Precisei de um tempo para me acostumar com a preocupação romana com imagens, como se necessitassem de marcas para dizer se algo era sagrado. Mas o santuário me servia como um lembrete, e às vezes, à noite, eu ia até o jardim e passava meia hora na companhia dela.

Do outro lado do muro, o terreno descia em um emaranhado de verde. Entre a encosta e a curva brilhante do rio, o pântano cintilava com a névoa do calor, distorcendo as formas dos homens que trabalhavam nas valas e a coluna alta da torre de cerco, que o imperador mandara trazer para poder observar o progresso deles. Naquele clima, a torre de ferro não oferecia muito conforto.

Imaginei Probo ali, magro, intenso e tão obcecado pelo projeto nos pântanos como meu filho pelo trabalho no jardim. Outro idealista – todos sabiam do plano do imperador de contratar auxiliares estrangeiros para proteger as fronteiras. Se Probo conseguisse o que queria, o império não teria necessidade de cobrar impostos de seus cidadãos para manter um exército a postos. Não era surpresa que as legiões não apoiassem seu plano.

Sob a sombra da tília, os azulejos que cobriam o muro estavam frios o suficiente para que eu me encostasse, embora o sol que passava pelas folhas me fizesse suar sob o vestido fino. *Nem escravos deveriam ser obrigados a trabalhar em um calor daqueles*, pensei, protegendo os olhos com a mão. Eu me perguntei como Probo tinha persuadido seus homens a trabalhar.

Mas os homens nos pântanos se moviam com um vigor surpreendente – era difícil de ver com clareza, mas parecia haver algum tipo de comoção ao redor da torre. Meu coração disparou, embora eu não pudesse ver nada de errado. Enquanto observava, o balanço da torre ficou mais pronunciado, ela se inclinou por um momento, e então a poeira subiu em uma nuvem parda quando a torre despencou.

— O que foi? — perguntou Constantino ao lado de meu cotovelo, como se o sentido que nos conectava desde seu nascimento tivesse comunicado minha inquietação.

— Ouça.

O barulho das placas de ferro que cobriam a torre ainda reverberava no ar pesado. Mas outro som crescia, um urro de muitas gargantas que eu já tinha ouvido na vez que acompanhara Constantino aos jogos de gladiadores no anfiteatro de Naissus, o som que a multidão faz quando um homem cai. Os legionários por fim tinham se rebelado.

Tive a impressão de que a turba de homens se movia em direção à estrada. Virei-me abruptamente.

— Pollio, Marinus, há problemas lá nos pântanos. Quero que voltem para suas casas *agora*!

Sem pensar, usei a voz de comando que tinha treinado em Avalon. Meu filho me olhou quando os meninos, arregalando os olhos, baixaram seus copos e foram embora correndo.

— Não podemos ficar aqui — falei a Constantino, pensando alto. — Eles sabem onde o imperador mantém a arca do pagamento. Vá. Pegue uma muda de roupas e os livros que conseguir carregar em um embrulho. — Eu já estava chamando Drusilla e as servas.

— Mas por que estamos fugindo? — protestou Con, enquanto eu guiava os empregados da casa pela estrada. As servas choravam, apertando seus embrulhos nos braços, mas Drusilla parecia sombria. — Com certeza o imperador vai parar o motim antes de chegar até aqui.

— Meu palpite é que o imperador está morto, e é por isso que os soldados se amotinaram — respondi. Philip fez o sinal da cruz, e me lembrei de que ele andara frequentando a igreja cristã na cidade.

Constantino parou de repente, olhando, e eu me estiquei para arrastá-lo. Em teoria, ele sabia que a maior parte dos imperadores não governava por muito tempo, mas Probo era o único imperador do qual ele se lembrava, um homem que, nos raros momentos de lazer, brincara de jogos de tabuleiro com a criança.

— E o meu pai? — ele perguntou.

Agora era ele quem me empurrava para a frente. Meu filho era tão próximo de mim quanto o bater do meu coração, mas era Constâncio quem ele idolatrava.

Consegui sorrir, mesmo sabendo que aquela era a pergunta que revirava meu estômago desde que eu percebera o que estava acontecendo.

— Não foi ele que ordenou que trabalhassem nesse calor. Tenho certeza de que não lhe farão mal — respondi cheia de coragem. — Vamos agora. As paredes da basílica são robustas, e não há muita coisa ali que valha a pena ser pilhada. Estaremos seguros lá.

***

Chegamos quase a tempo. O motim que vi começar explodiu com rapidez vulcânica, e, quando chegamos ao fórum, os primeiros bandos de soldados enlouquecidos já arrasavam a cidade. Alguns deles deviam ser do comando de meu marido – homens de quem eu cuidara quando a disenteria varrera o acampamento no inverno anterior. Mas já tinham invadido ao menos uma taverna, e o vinho concentrado das garrafas que carregavam afogaria rapidamente qualquer razão que a sede de sangue pudesse ter lhes deixado.

Quando meu grupinho surgiu do claustro de colunatas que cercava a praça, um bando de cerca de vinte homens veio descendo a rua principal, as sandálias de tachas ressoando nas pedras do calçamento. Em um instante, estávamos cercados. Hylas começou a latir furiosamente, agitando-se nos braços de Drusilla.

Deveríamos ter ficado no palácio!, pensei em desespero. *Poderíamos ter nos escondido nos estábulos...* Foi então que vi Con buscando o punhal da Pártia, que o pai lhe dera no último aniversário, e me enfiei diante dele.

— Não se mova! — sibilei quando um dos soldados tentou me pegar, rasgando minha túnica da fíbula que a prendia no ombro, de modo que ela caiu, deixando um seio nu.

Os homens imediatamente ficaram imóveis, olhando, transfixados pela luxúria como se atingidos por um raio. Em mais um segundo, matariam meu filho e me jogariam de pernas abertas no chão. Eu podia suportar o estupro, mas não a perda daquela criança pela qual tinha aberto mão de Avalon!

— Deusa! — gritei na língua britânica —, salve seu Escolhido!

E quando meus braços se levantaram em invocação, foi como se um grande vento passasse e varresse minha consciência para longe.

Como se observasse de uma grande distância, ouvi uma voz muito ressonante para ser humana gritando maldições, vinda de uma figura que parecia meio corpo mais alta que os pequenos seres que a cercavam, uma figura que irradiava luz. Um grande cão estava ao lado dela, rosnando como trovão. Ela baixou as mãos, e seus agressores insignificantes se encolheram, caindo uns sobre os outros na pressa de fugir. A Deusa fez um gesto para seus protegidos e os levou em direção à basílica. Quando chegou à porta, ela se virou, desenhando um círculo no ar como se reclamasse aquele lugar para si.

No momento seguinte, senti que caía, todo o poder deixando meus membros quando voltei para meu corpo e fui ao chão.

Exclamando, os empregados me levaram, meio carregada, meio arrastada, para dentro. Levei um tempo para retomar o fôlego e acalmá-los o suficiente para poder falar com Constantino.

— Eles iam matar a *minha* mãe! — ele disse com voz rouca, agarrando-se a mim como não fazia desde que era pequeno.

— Está tudo bem — eu o confortei. — Estamos todos a salvo agora…

— Ninguém está a salvo se o imperador perde o controle… — ele murmurou. — Isso não deveria ter acontecido. Sou jovem, e eles eram fortes demais para mim, mas eu juro, mãe, coisas assim não serão permitidas quando eu for um homem!

Balancei a cabeça, pensando no quanto ele tinha a aprender. Nem o profeta que os cristãos adoravam fora capaz de trazer a paz ao mundo, e isso porque era filho de um deus. Mas Con *precisava* acreditar, naquele momento, que poderia mudar os corações dos homens. Então passei um braço em torno dele e o abracei forte.

— Quando você for um homem, vai acertar todas as coisas! — murmurei para confortá-lo.

***

A noite chegou e, com ela, o resto dos integrantes da legião, procurando afogar a consciência do que tinham feito sob os efeitos do vinho e da violência. Se os oficiais haviam sobrevivido, como nós, tinham encontrado algum esconderijo. Certamente Constâncio estava entre eles! Certamente eu saberia se a morte tivesse quebrado a ligação entre nós. Para o sul, onde os ricos construíram suas casas em torno do palácio, era possível ver chamas, e pensei que acabara acertando ao levar as pessoas até aquele local. Alguns dos vendedores e clérigos que trabalhavam na basílica estavam ali quando chegamos, então éramos cerca de trinta pessoas, no total.

Quando houve uma breve pausa nos sons de destruição e farra, ouvi o canto vindo da igreja cristã.

"Kyrie eleison, Christe eleison…"

— Senhor, tenha misericórdia — sussurrou Philip, atrás de mim.

Eles não tinham mais defesas que o cordeiro sobre o qual tanto cantavam, mas até soldados bêbados sabiam que não havia nada que valesse a pena ser saqueado ali. Senti pena das pobres almas que não tinham nenhum refúgio, pois o legionário romano, que podia lutar como um herói sob disciplina, sem ela era mais próximo do animal selvagem que qualquer bárbaro.

Ao longo da noite, nos encolhemos na basílica, sentados com as costas contra as paredes, e, embora fosse a estação com as noites mais curtas, para nós a madrugada pareceu longa demais. Devo ter por fim cochilado, o torso sólido de Constantino deitado em meu colo, como se, naquela situação extrema, ele tivesse se tornado uma criancinha de novo. Abri os olhos e vi uma luz pálida entrando pelas janelas altas. A cidade lá fora estava, finalmente, silenciosa.

Con se agitou em meus braços e sentou-se, esfregando os olhos.

— Estou com sede — ele disse, piscando para os outros, que começavam a acordar também.

— Eu vou — disse Philip, e, quando abri os lábios para impedi-lo, ele balançou a cabeça. — Os soldados terão desmaiado de tanto beber e estarão dormindo, ou desejando que estivessem. Por que alguém me incomodaria?

Suspirei e assenti. Com seu nariz torto e seu topete de cabelo crespo avermelhado, era pouco provável que Philip atraísse qualquer tipo de ataque.

— Ainda está com medo dos soldados, mãe? — perguntou Con. — Estive pensando e agora tenho certeza de que ficaremos em segurança. Uma Deusa a protege, como eu vi, e sei que não estou destinado a morrer aqui, pois você não me disse várias vezes que sou o Filho da Profecia?

Olhei para meu filho, imaginando naquele momento se isso tinha sido prudente. Quando os agitadores nos cercaram no dia anterior, subitamente me recordara de que as visões mostravam apenas como as coisas *poderiam* acontecer. Fora meu próprio desespero, não o Destino, que invocara o poder da Deusa. Ainda acreditava que Constantino tinha nascido com potencial para a grandeza, mas seus próprios feitos deveriam determinar se e como aquele potencial seria concretizado.

Quando Philip retornou, a maioria dos outros estava acordada. Ele pegara uma ânfora vazia e a enchera na fonte, e encontrara uma taça para acompanhar. A água tinha um gosto fraco de vinho.

— Estou surpresa que tenha encontrado algo que não foi quebrado — falei ao passar a taça para Drusilla. — Como está lá fora?

— Como a manhã depois de uma batalha, exceto que a maior parte do vermelho não é sangue, mas vinho. Um tribuno em sua primeira campanha poderia comandá-los, envergonhados como estão agora. Ouvi um homem soluçar dizendo como Probo tinha sido um bom general, e que precisavam construir um monumento a ele — Philip balançou a cabeça, enojado.

Pelo meio da manhã, os vendedores sentiram coragem o suficiente para começar a varrer os destroços, e os encarregados das barracas de comida, cujos produtos não eram tão fáceis de quebrar, retomaram os negócios. Muitos dos legionários tinham terminado seu motim no fórum e estavam acordando naquele momento. Conforme a manhã seguia, mais se juntaram a eles, reunindo-se em grupos que discutiam. Eu ainda não estava pronta para voltar para casa, porém sempre supondo que o palácio continuava lá para voltarmos a ele, e por isso estávamos sentados nos degraus da basílica comendo linguiças enroladas em pão ázimo. Foi quando o passo rítmico e o retinir dos soldados marchando em formação fez com que todos – tanto os amotinados quanto o povo da cidade – prestassem atenção.

Não era um oficial novato que os reunia, mas o prefeito pretório, Caro. Quando ele cavalgou em direção ao fórum, meu coração bateu mais rápido, pois, atrás dele, com um rosto que parecia entalhado na pedra, vinha Constâncio. Fiquei de pé com nosso filho ao meu lado, e seu olhar, movendo-se pela multidão, passou pela entrada da basílica e me encontrou. *Vocês estão bem*, por um momento seus traços se contorceram. *Posso viver de novo*. Então Constâncio controlou o rosto, mas não parecia mais ser feito de pedra.

Senti o controle de ferro que me sustentara pela noite dissolvendo-se em lágrimas, mas não importava mais. Todos os olhos estavam fixos em Caro, que cavalgava calmamente como se estivesse a caminho do Senado, onde servira antes de retomar a carreira militar. Aparentemente ele viera pegando retardatários ao atravessar a cidade, pois mais soldados o seguiram e aglomeram-se na praça, em cujo centro havia uma fonte elevada em três degraus. Caro deslizou do cavalo e, quando o animal foi levado embora, subiu na grossa beirada de pedra da fonte, onde podia ver e ser visto.

Ele devia estar beirando os sessenta anos, mas ainda era forte e estava em forma, com uma careca protegida por um chapéu sem formato e uma preferência pelo vestuário simples da velha república.

— Soldados de Roma — começou Caro —, que deus os enlouqueceu? Mataram o imperador que era seu bom pai, tornaram a si mesmos órfãos, desonraram os espíritos de seus irmãos caídos e os emblemas que carregam...

Ele continuou por algum tempo, falando com uma elegância contida. Logo os homens, que tinham começado a ouvir em um silêncio emburrado, estavam chorando. Mas Con deixou o abrigo de meu braço e, com os olhos brilhantes, deu um passo à frente para assistir.

— Centuriões! Um passo adiante, e o resto de vocês, reúnam-se com seus comandantes! — gritou Caro, e a cena caótica lentamente se arrumou em algo parecido com uma formação militar. — Voltarão às suas tendas, limparão os equipamentos e a si mesmos e se apresentarão em formação na praça de armas na segunda hora após o meio-dia.

Imagino que mesmo ficar de pé com o uniforme completo sob o sol ardente seria melhor que cavar na lama, mas felizmente uma brisa vinda do norte começava a baixar a temperatura. O tempo mais fresco seria suficiente para acalmar os homens? Meu estômago se retesou quando ouvi um murmúrio entre as fileiras. Vi Constâncio puxar as rédeas de um cavalo subitamente agitado, e Caro franziu o cenho.

Um dos centuriões deu um passo à frente.

— Senhor! — Ele bateu o braço no peito em saudação. — Como diz, somos órfãos, que precisam da mão forte de um pai. Quem será nosso comandante agora?

— O Senado, em Roma — começou Caro, visto que Probo não tinha nomeado um herdeiro, mas a voz dele soava menos segura.

— À merda com o Senado — disse alguém nas fileiras, e houve um eco de risos.

Con balançou a cabeça, e inclinei a minha para ouvir seu sussurro.

— O Senado não tem poder, só o Exército. Por que ele não percebe?

Pensei que talvez Caro percebesse, pois havia uma tensão em sua postura enquanto esperava pelo silêncio que não estava ali antes. Seria esperança ou resignação? Eu não conseguia dizer.

— Meu senhor, precisamos de um imperador. — O centurião levantou o braço em uma saudação. — Ave, César!

— Ave, César! — responderam os homens, com um rugido alto. — Caro será imperador!

Subitamente avançaram, cantando o nome dele de tal modo que as colunas da entrada da basílica tremeram com o som. Tive certeza de que os amotinados tinham saqueado o palácio ao vislumbrar o tecido púrpura no momento em que colocaram sobre os ombros dele uma das togas do imperador morto. Ao menos um dos homens estava com um escudo, e a multidão que cercou Caro o colocou sobre ele e o levantou.

— Desejam realmente que eu seja o imperador de vocês? — Caro podia até ter inclinações republicanas, mas sabia que, caso recusasse, podiam derrubá-lo tão rapidamente quanto haviam matado Probo.

— Ave! Ave! — gritaram —, Caro augusto, Caro imperador!

— Não vou tratá-los com gentileza. Punirei os responsáveis pela morte de Probo e então retomarei a velha batalha na Pártia, que espera há tanto tempo...

A ovação dobrou de volume.

Por que estão tão felizes?, me perguntei. *Ele acabou de prometer que vai levá-los para a batalha em uma terra ainda mais quente que a Dalmácia!* Mas as terras do Oriente tinham riquezas, e, se o calor os matasse, não morreriam como escravos, e sim, soldados.

O barulho enquanto carregavam Caro em procissão em torno do fórum não ensurdecia apenas os ouvidos, mas a mente. Os outros oficiais tinham se recolhido ao abrigo da colunata. Caro agora pertencia aos legionários.

— Ave, Caro! — veio um novo grito do meu lado. Constantino estendera o próprio braço em uma saudação rígida e observava a figura do novo imperador com o olhar de um visionário.

***

O novo imperador, cuja ascensão não foi marcada por mais que um anúncio sucinto ao Senado em Roma, ocupou-se de estabelecer sua autoridade. Os romanos se amotinaram em protesto, mas, desde que o Exército o apoiasse, Caro não parecia se importar. Probo valorizara tanto as habilidades de Caro que pedira ao Senado para conceder a ele um palácio de mármore e uma estátua equestre. Agora, com exceção do palácio de Sirmium, que era uma ruína chamuscada, ele tinha muitos palácios, e sem dúvida já havia estátuas sendo fabricadas, juntamente a panegíricos que o louvavam de cada canto do império.

Caro não tinha tempo para lê-los. Prometera a glória em Pártia ao exército, mas antes que a expedição pudesse partir havia muito a fazer. Embora fosse grato aos legionários de Sirmium por elevarem-no ao púrpura, isso não o impediu de executar os homens que primeiro atacaram Probo. Esse ato aparentemente não o desabonou aos olhos dos sobreviventes, pois naquele outono o seguiram voluntariamente para a batalha contra uma horda de sármatas que descera sobre a Ilíria e conseguiram uma vitória retumbante.

A sucessão também estava decidida. Caro tinha dois filhos, ambos já adultos, a quem ele elevou ao posto de césar. Carino, o mais velho, foi enviado para lidar com os mais recentes saques bárbaros na Gália e então tomar posse em Roma, enquanto o irmão, Numério, tornou-se o segundo em comando do imperador na campanha da Pártia.

Não ousei falar sobre meu medo de que o imperador fosse arrastar Constâncio com ele, mas a Deusa deve ter ouvido minhas preces, pois, pouco antes da partida do exército, meu marido voltou a Sirmium com a notícia de que Caro o nomeara governador da Dalmácia.

***

Em meu sonho, eu seguia pelo Caminho Processional em Avalon. Sabia que era um sonho porque parecia ver tudo de um ponto privilegiado vários pés acima do chão e porque, quando falava, ninguém me notava. Mas em tudo mais estava totalmente presente. Sentia o frio úmido do ar noturno e o cheiro da resina nas tochas. Tremi com a reverberação do grande gongo, usado para convocar iniciados para as grandes cerimônias.

O som havia me convocado, percebi, lá longe em Sirmium. Aquilo não era sonho, mas uma jornada espiritual. Mas qual era a cerimônia?

Cobertos por mantos encapuzados, sacerdotisas de negro e sacerdotes de branco passavam por entre os últimos pilares e começavam a subida em espiral do Tor. Levada por eles, não podia me atrasar ou me apressar. Reconheci Cigfolla e algumas das outras, e percebi que estava no lugar da fila no qual teria marchado se meu corpo estivesse lá. Soube então que nas profundezas de meu espírito jamais deixei de ser uma sacerdotisa de Avalon, e era por isso que atendia àquele chamado.

Chegamos ao topo, e no meio do círculo de pedras vi os troncos entricadamente empilhados de uma pira funerária. O corpo estava envolto em panos, mas parecia pequeno para ser o centro de tanta cerimônia. No entanto, apenas uma grã-sacerdotisa ou um arquidruida teriam um funeral como aquele.

Vi Ceridachos segurando uma tocha ao lado da pira, usando o torque de ouro dos arquidruidas. Ele ensinava música aos rapazes quando eu estava em Avalon. Não era o arquidruida que estava na pira, mas a Senhora de Avalon.

Por um momento, fiquei pasma com o fato de que Ganeda afinal fosse tão pequena, ela, cujo espírito fora uma presença tão altaneira, dominando todos nós. E agora ela se fora. Eu me perguntei quem tinham escolhido para seu lugar.

Eu tinha justificativas! Vê, tive meu filho e meu homem ainda me ama! Quis gritar, como se ainda estivéssemos disputando, mas jamais teria a chance de dizer isso a ela, a não ser que seu espírito pudesse ouvir.

O soar do gongo cessara. Ceridachos afastou-se da pira, virando de frente para ela, e vi outra tocha do lado oposto. Uma sacerdotisa a levava – não, era a nova Senhora de Avalon, pois sob a frente aberta do manto brilhavam os ornamentos de pedra da lua e pérolas de água doce. Então seu capuz caiu para trás, e reconheci o cabelo vermelho ardente de Dierna.

Mas ela é só uma criança! Então olhei novamente e, pensando melhor, percebi que Dierna devia ter vinte e cinco anos. Quando a vira pela última vez, era uma criança, mas ambas seríamos mulheres se nos encontrássemos naquele momento. Ela levantou os braços em invocação.

— Salve, Mãe Negra, que é a Senhora das Almas! Nesta noite recordamos diante de Ti Ganeda, que passa por Teu reino. O sangue dela flui nas águas, o hálito é um com o vento. O Tor sagrado receberá suas cinzas e a centelha de vida voltará ao fogo que dá vida a tudo...

Os guerreiros e reis que tivessem sido guardiões de Avalon eram enterrados na Colina de Vigia, mas os grandes sacerdotes e sacerdotisas, cujos espíritos ascendentes poderiam ser constritos pelo excesso de adulação, eram enviados aos deuses pelo fogo.

Ceridachos levantou a tocha.

— Que o fogo sagrado transforme o que era mortal e o espírito voe livre!

Uma fita brilhante de faíscas fazia uma trilha conforme ele levava a tocha em torno da pira, tocando-a em intervalos nos troncos cobertos de óleo. A madeira pegou fogo rapidamente, e em instantes a forma envolta em panos foi escondida sob um véu de chamas.

— Nenhuma parte dela será desperdiçada, nada será perdido — disse Dierna, enquanto seguia o arquidruida em torno da pira. A voz dela estava calma, como se tivesse colocado a si mesma em um estado alterado para a cerimônia, no qual nenhuma dor poderia perturbar sua serenidade. — Mesmo seu espírito, ensinado pelas dores da vida, ainda evolui em direção à sua verdadeira identidade. — Da bolsa na cintura, ela tirou um punhado de incenso e o jogou sobre a pilha de troncos.

Ceridachos ficou de frente para os demais.

— Mas nós, lembrando-nos daquela combinação particular de corpo e espírito na qual ela andava pelo mundo, rezamos a Ti para guiá-la e protegê-la no caminho que segue agora. — A voz dele estava rouca como se ele tivesse chorado, e percebi que, como arquiduira, devia ter trabalhado muito próximo da Senhora ao longo dos anos. Ele pigarreou e continuou.

— Não nos esquecemos... Leva nosso amor e pede que ela reze por nós com a sabedoria que agora tem. E quando, em nossa hora, também formos a Ti, nos receba com gentileza, ó, Mãe Negra, como uma criança é ninada até dormir, e nos desperte para a luz.

Cabeças se curvaram em todo o círculo. Também curvei a minha, embora ninguém pudesse ver. Por tantos anos temera minha tia e brigara com ela, e até, no fim, tentara esquecê-la. No entanto, ela fizera o trabalho de Avalon, e o fizera bem. Tendo gerenciado minha própria casa e meus criados por mais de dez anos àquela altura, eu podia, de certa maneira, apreciar o que ela tinha realizado. Haveria coisas que Ganeda poderia me ensinar?

Dierna passou a bolsa de incenso para Ceridachos, e ele jogou um punhado no fogo, que agora estava bem vivo.

— Os mortos têm sua libertação e respostas para todos os questionamentos — ela disse de modo sério. — São os que permanecem que sofrem agora, com a perda, com a memória, com arrependimento das coisas que não foram ditas ou feitas... Façamos uma prece pelos vivos que ficaram para trás. — Ela fez um círculo largo com a mão para abarcar a nós todos.

Reze por mim!, pensei sombriamente, assombrada por descobrir que até meu espírito era capaz de derramar lágrimas.

— Ó, Senhora da Escuridão, levanta a escuridão que cobre nossas almas. Como Tu cortaste o fio da vida, quebra as amarras que prendem nossos espíritos, para que nossos sentimentos não prendam quem desejamos libertar.

Naquele momento, me ocorreu que eu não era a única que poderia ter sentimentos contraditórios pela Senhora de Avalon, e o espírito de qualquer adepto poderia se tornar um fantasma perigoso. A comunidade tinha as melhores razões para certificar-se de que nada a prendesse ali.

O incenso era passado pelo círculo. Cada um que jogava uma pitada nas chamas dizia as palavras "assim eu a liberto", seguidas às vezes por uma mensagem murmurada com um adeus mais pessoal. Fumaça e faíscas subiam para se juntarem às estrelas. E embora meus dedos não pudessem pegar o incenso, eu também me aproximei da pira e, com toda a sinceridade de meu ser, ofereci à mulher que tinha moldado minha vida de tantas maneiras meu perdão e minhas despedidas.

— A Senhora vincula a vida com a morte, e da morte cria vida nova — disse Dierna, quando todos tinham terminado. — Somos os filhos da terra e do céu estrelado. Como resposta a esta perda, que as transcendamos. — Ela respirou fundo. — Agora uso os ornamentos da grã-sacerdotisa. Rezo à Deusa pela força e a sabedoria necessárias para guiar Avalon!

Conforme a noite seguia, os outros faziam seus votos e então se colocavam de lado para observar enquanto a pira se tornava uma estrutura de linhas brilhantes, e o centro, que fora feito com combustível que queimava mais rápido, caía em cinzas. Assim que o céu começou a empalidecer com o nascer do sol, me aproximei da pilha de brasas e cinzas que restava.

— *Senhora, foi você quem me exilou, mas a Deusa foi quem me mostrou meu caminho. Por meio do exemplo ou da oposição, você me ensinou muito. Embora agora eu caminhe no mundo além das brumas, o farei como uma sacerdotisa de Avalon!*

Recuei, pois subitamente o mundo estava cheio de luz, à medida que o sol recém-nascido se levantava sobre as colinas a leste. E, naquele momento, o vento da aurora, subindo, levantou as cinzas como um redemoinho de fumaça e as varreu para caírem como uma bênção sobre a grama verde do Tor.

Depois de ter aprendido sobre aquele costume, tinha me arrepiado às vezes ao pensar que poderia estar caminhando sobre o que havia restado de Caillean, Sianna ou uma das sacerdotisas lendárias que as haviam seguido. Mas, na verdade, a terra do Tor era tão sagrada quanto elas. A poeira delas o consagrava assim como ele as abençoava. Eram um e o mesmo.

Os sacerdotes e sacerdotisas se agitaram na calma de sua vigília, como se libertos de um feitiço. Quando Dierna olhou para cima, seus olhos se arregalaram, e eu soube que ela, apenas ela naquele grupo, podia me ver de pé ali.

— Este deveria ser o *seu* lugar — ela sussurrou, tocando os ornamentos que usava. — Voltará para nós agora?

Mas balancei a cabeça, sorrindo e com a reverência imperial completa, com a qual sempre honrei a Senhora de Avalon, me curvei.

***

Fiquei em silêncio durante o desjejum, ainda pensando nas visões da noite. O palácio queimado no motim fora reconstruído, e na maioria das manhãs tomávamos a primeira refeição em um aposento agradável que se abria para o caminho coberto que cercava o jardim. Constâncio, ao terminar seu mingau, perguntou se eu estava bem.

Balancei a cabeça.

— Não é nada... tive sonhos estranhos...

— Bem, então há algo que preciso discutir com você. Deveria ter falado sobre isso antes.

Forcei minha atenção para longe de minhas próprias preocupações, imaginando o que poderia ser. Mais de um ano tinha se passado desde a acessão de Caro. As notícias do Oriente eram gloriosas – as cidades de Selêucia e Ctesifonte tinham se rendido quase sem resistência, e o inimigo, distraído por guerras em suas próprias fronteiras orientais, aparentemente era incapaz de resistir ao avanço romano. Parecia possível que os pártios, uma ameaça iminente desde os dias do primeiro augusto, fossem finalmente derrotados. Mas o que tudo aquilo tinha a ver comigo e com Constâncio?

— O imperador acha que você pode de algum modo conter Carino?

Nos meses anteriores, ficara claro que o dom do poder imperial na cidade dos césares tinha subido à cabeça do jovem. Ele havia executado os conselheiros que seu pai lhe dera e os substituíra por companheiros de bebedeira. Em poucos meses, casara-se e divorciara-se de nove esposas, deixando a maioria delas grávida, além de outras diversões. Se Constâncio tentasse aconselhá-lo, acabaria no mesmo caminho dos outros. Certamente, nenhuma devoção ao dever exigiria aquele sacrifício inútil.

— Não... o imperador sempre foi um homem da justiça, mais que da misericórdia, e temo que ele tenha desistido de esperar que o filho mais velho se prove digno. Então ele procura um substituto... — ele desacelerou, girando a colher em torno da tigela vazia. — Ele quer me adotar.

Eu o olhei. Aquele era meu Constâncio, a linha do cabelo de algum modo mais recuada e o corpo mais robusto do que os daquele jovem que roubara meu coração treze anos antes, mas os olhos cinzentos e honestos ainda eram os mesmos. Mirei os traços daquele homem, que era meu companheiro havia anos, sobrepostos pelo esplendor que ele usava na cabeça ao vir até mim pela primeira vez na luz da fogueira de Beltane. Se ele se tornasse césar, tudo mudaria.

— Não é uma honra que se possa recusar com facilidade.

Assenti, pensando que soubera desde o começo que Constâncio tinha potencial para a grandeza. Seria aquele o significado de meu voto ao espírito de Ganeda? Jamais seria Senhora de Avalon, mas na verdade poderia me tornar imperatriz um dia.

— Mas por que você? — deixei escapar subitamente. — Ninguém poderia ser mais digno, mas quando ele teve a chance de conhecê-lo tão bem?

— Na noite do motim, depois que Probo morreu. Caro e eu nos escondemos em uma cabana de pescador na margem do pântano enquanto os soldados se amotinavam, e, como os homens fazem quando a situação é desesperadora, desnudamos nossas almas. Caro queria trazer de volta as velhas virtudes da república sem perder a força do império. E eu... falei sobre o que acho que está errado conosco agora, e o que, com um governo honesto, Roma poderia vir a ser...

Eu me estiquei para pegar a mão dele, aquela carne morna que eu conhecia como a minha própria.

— Oh, meu querido, eu entendo! — Com os poderes de um césar, ele poderia fazer tanto!

— Não terei que decidir até que o imperador volte da Pártia — disse Constâncio, conseguindo sorrir. Mas ambos sabíamos que havia apenas uma decisão possível quando chegasse a hora.

Ouvi um barulho de sandálias nas lajotas do caminho, e então a porta se abriu. Por um momento, Con ficou ali, arfando.

— Pai, soube das notícias? — ele gritou assim que recuperou o fôlego. — Dizem que o imperador está morto na Pártia, atingido por um raio em uma tempestade, e Numério está trazendo o exército para casa!

ONZE

284-85 d.C.

Enquanto o império lamentava a morte de Caro, eu também o fazia, embora minha tristeza fosse mais pela oportunidade perdida por Constâncio de alcançar a grandeza do que pelo imperador, que eu conhecera por pouco tempo. Ele tinha morrido durante uma tempestade, e, quando sua tenda pegou fogo, os soldados pensaram que ele tinha sido morto por um raio, o pior dos augúrios. Nossas forças estavam a ponto de conquistar finalmente a Pártia, mas havia profecias, diziam, de que o rio Tigre sempre marcaria os limites da expansão de Roma no Oriente. De fato houve muitos sinais, augúrios e presságios aos quais o povo se agarrou naquelas primeiras semanas horrorizadas após a chegada da notícia.

Os soldados aclamaram Numério como coimperador, junto ao irmão Carino, mas se recusaram a continuar a guerra. E então o Exército do Oriente voltava lentamente para casa enquanto Carino agia com rédeas soltas em Roma. Eu temia o que ele pudesse fazer caso descobrisse que Caro queria Constâncio como substituto. Subitamente a Dalmácia parecia próxima demais da Itália, e quando Maximiano, que agora governava a Gália, pediu a Constâncio que se juntasse à equipe, concordamos que seria prudente ele se demitir do posto de governador da Dalmácia e aceitar o convite.

Nosso novo lar era um casarão nas colinas sobre Augusta Treverorum, mais conhecida como Treveri. Não era a Britânia, mas o povo ali falava uma língua não muito diferente do idioma britânico, e, mesmo dois séculos depois de Júlio César os ter reprimido, os druidas ainda eram lembrados. Algum dos servos que tínhamos empregado para ajudar os escravos da casa devia ter reconhecido o crescente azul desbotado em minha testa, pois logo percebi que me tratavam com um respeito que ia além da obrigação. Quando andava pelo campo, as pessoas se curvavam diante de mim, e de tempos em tempos oferendas de frutas e flores apareciam na porta.

Constâncio achava divertido, mas aquilo deixava Constantino desconfortável, e várias vezes eu o flagrava observando-me com olhos perturbados sob o topete de cabelo claro. Era coisa da idade, dizia a mim mesma, fingindo despreocupação. Ele estava com doze anos e tinha pernas compridas como um jovem galgo e os ossos largos fora de proporção, de modo que a coordenação soberba que tivera durante a infância o deixava na mão em certos momentos. Teria sido mais fácil se ele conseguisse rir de si mesmo, mas Constantino jamais tivera muito senso de humor. Com a chegada da adolescência, ele começou a passar mais tempo sozinho, com medo de se expor ao ridículo.

Mas não havia nada de errado com a mente dele, e Atticus descobriu de repente que tinha um aluno com boa vontade, ávido para cravar os dentes na carne da filosofia e da literatura gregas. No momento, estavam estudando os trabalhos de Luciano. Enquanto eu orientava as moças que limpavam o mosaico de Dionísio com os golfinhos no chão da sala de jantar, ouvia o murmúrio de vozes vindo do escritório, o tenor incerto de Constantino levantando e baixando enquanto ele traduzia a passagem designada pelo professor.

No dia seguinte, começaria o mês batizado pelos romanos em homenagem a Maia, a mãe de Mercúrio. *Na Britânia*, pensei sorrindo, *os preparativos estariam sendo feitos para o festival de Beltane. Se eu lera os sinais corretamente, o festival também seria celebrado ali.* O tempo, que estivera frio e chuvoso, subitamente esquentara, e flores selvagens estrelavam as colinas verdes.

Respirei profundamente o ar doce, e então fiz uma pausa para ouvir quando as moças abriram uma porta e a voz de Con ficou de repente mais alta.

— Eles viram que... a coisa de que tanto os que têm medo quanto os que têm esperança mais precisavam e, uh... mais queriam era saber sobre o futuro. Essa foi a razão pela qual Delfos, Delos, Claros e Didyma eras atrás se tornaram ricos e famosos...

Fiz uma pausa para ouvir, curiosa para saber o que liam e o que meu filho entenderia daquilo.

— Não entendo — disse Constantino. — Luciano diz que esse homem Alexandre era uma fraude, um enganador, mas parece que ele considera Delfos e o resto dos oráculos tão ruins quanto ele.

— Deve tomar a declaração em contexto — disse Atticus, de modo tranquilizador. — É verdade que Luciano foi um dos principais sofistas do século passado, e naturalmente preferia basear suas conclusões na razão em vez de superstição, mas o que despertou a ira dele neste ensaio foi o fato de que Alexandre intencionalmente quis enganar as pessoas, fingindo descobrir uma serpente no ovo e substituindo outra, maior, com a cabeça escondida por uma máscara. Então disse a todos que era Esculápio renascido e que ele lhe dera oráculos escritos de próprio punho. Mas é verdade que ele enviava clientes aos grandes templos para evitar que o denunciassem.

Eu me lembrei então de ter ouvido algo sobre aquela história. Alexandre, o Profeta, tinha sido muito famoso uma época, e Luciano não tinha apenas escrito sobre ele, mas tentado desmascará-lo.

— Quer dizer então que nenhum oráculo é verdadeiro? — perguntou Constantino, desconfiado.

— Não, não. Meu ponto é que você deve aprender o pensamento crítico, assim será capaz de julgar por si mesmo se algo é razoável, em vez de aceitar cegamente o que lhe dizem — respondeu Atticus.

Assenti. Era mais ou menos o que havíamos aprendido em Avalon. Negar que oráculos poderiam ser falsificados era tão tolo quanto acreditar neles cegamente.

— Isso não faz sentido — protestou Constantino. — Os sábios deveriam decidir o que é verdade e acabar com isso.

— Não se deve permitir que cada homem decida por si mesmo? — disse Atticus, de modo sensato. — Aprender a pensar deveria ser parte da educação de todos, assim como aprender a cuidar de um cavalo ou a usar os números.

— Para coisas simples, sim — respondeu Constantino. — Mas, quando o cavalo fica doente, você chama um curandeiro e emprega um matemático para computações mais elevadas. Certamente no reino do sagrado, que é tão mais importante, deveria ser o mesmo.

— Muito bom, Constantino, mas considere isto: a carne é tangível, e seus males podem ser percebidos pelos sentidos. Números simbolizam itens que podem ser fisicamente contados, e são sempre os mesmos em todos os lugares. Mas cada homem experimenta o mundo de modo diferente. Seu nascimento é governado por estrelas distintas, e ele tem uma história única. É tão insensato lhe permitir a própria percepção dos deuses? Este mundo é tão rico e variado, certamente precisamos de uma miríade de modos de entendê-lo. Assim, há os sofistas, que duvidam de tudo, e os seguidores de Platão, que acreditam que apenas arquétipos são reais, os pitagoristas místicos, e os lógicos aristotélicos. Cada filosofia nos dá uma ferramenta diferente para entender o mundo.

— Mas o mundo continua o mesmo — argumentou Constantino —, e os deuses também!

— Continuam? — Atticus parecia estar se divertindo. Ele tinha sido vendido como escravo pelo tio, e eu suspeitava de que ele se sentia mais confortável não acreditando em deus algum. — Como, então, conciliamos todas as histórias sobre eles, as alegações de todos os diferentes cultos, cada um declarando que sua deidade é suprema?

— Descobrimos qual é o mais poderoso e ensinamos a todos como venerá-Lo — disse Constantino, sem rodeios.

Balancei a cabeça. Como aquilo tudo parecia simples para uma criança. Quando eu tinha a idade dele, não havia outra verdade que não a de Avalon.

— Veja — Atticus respondeu —, mesmo os judeus, cujo deus não permite que se venerem outros, não fingem que os demais deuses não existem.

— Meu pai é amado pelo maior dos deuses, cujo rosto é o sol, e, se eu provar que sou digno, Ele estenderá sua bênção a mim.

Levantei uma sobrancelha. Sabia que Constantino tinha ficado impressionado com o culto solar da Dalmácia, ao qual a maioria dos colegas oficiais de Constâncio pertencia, mas não havia percebido quão longe sua tentativa de se espelhar no pai tinha chegado. Precisava encontrar uma maneira de ensiná-lo sobre a Deusa também.

Constantino continuou:

— Há apenas um imperador na terra e um sol no céu. Parece-me que o império seria muito mais pacífico se todos venerassem da mesma maneira.

— Bem, você certamente tem direito à sua opinião, mas lembre-se, Alexandre, o Profeta, entregava seus oráculos em nome de Apolo. Só porque um homem fala em nome de um deus não significa que ele fale a verdade.

— Então as autoridades deveriam impedi-lo — respondeu Constantino, obstinadamente.

— Meu querido garoto — disse Atticus —, o governador Rutiliano foi um dos apoiadores mais devotados de Alexandre.

— Ainda acho que as pessoas deveriam ser protegidas de falsos oráculos.

— Talvez, mas como fazer isso sem lhes tirar o direito de decidir por si mesmas no que acreditar? Vamos continuar a tradução, Constantino, e talvez a questão fique mais clara...

Pela primeira vez, me perguntei se fora prudente deixar Constantino estudar filosofia. Ele tendia a tomar as coisas literalmente. *Mas a flexibilidade intelectual que caracterizava a cultura grega seria boa para ele*, pensei para me reassegurar, secretamente aliviada por ser tarefa de Atticus explicar a questão, não minha. *Ainda assim*, disse a mim mesma ao abrir a porta para deixar o ar da primavera entrar, *estava chegando a hora em que eu deveria falar a meu filho sobre Avalon.*

Eu o ninara com as músicas de ensinamentos que aprendera quando criança e o divertira com lendas maravilhosas. Ele sabia como os cisnes voltavam ao lago no começo da primavera e como os gansos selvagens cantavam nos céus de outono. Mas sobre o significado por trás das histórias e o grande padrão ao qual tanto os cisnes quanto os gansos pertenciam, eu nada dissera. Tais coisas eram ensinadas apenas aos iniciados nos Mistérios. Se Constantino tivesse nascido em Avalon, como Ganeda planejara, teria aprendido essas coisas como parte de seu treinamento. Mas eu desejara outra coisa.

Constantino era uma criança, pensei enquanto ouvia as duas vozes. Era natural que se concentrasse na superfície das coisas. Mas era a face externa do mundo a mais variada e cheia de contradições. Na superfície, havia verdade em todos os diferentes cultos e filosofias. Apenas em um nível mais profundo era possível encontrar uma só verdade por trás delas.

"Todos os deuses são um Deus, e todas as deusas são uma Deusa, e há um Iniciador." Eu ouvira aquela frase mais vezes do que poderia contar quando estava em Avalon. De algum modo, precisava fazer seu significado chegar a Constantino.

***

A brisa que soprava pelas portas abertas vinha carregada de todos os aromas da primavera, e de repente eu já não conseguia mais permanecer dentro de casa. Deslizei pela porta aberta e pisei no caminho que levava, entre duas fileiras de bétulas, à rua principal. Deveria dizer a Atticus para dar uma folga ao aluno – era um dia belo demais para se ficar preso na própria cabeça, debatendo filosofia. Aquele era o erro que alguns pitagóricos, apensar do entendimento dos Mistérios, tinham cometido – focar a mente tão firmemente na eternidade que perdiam a Verdade proclamada por esse mundo verde e belo.

De nossa colina, eu via os campos e as vinhas, além do brilho do Mosella. A cidade se aninhava ao longo do rio, protegida por muralhas. Treveri era um lugar de alguma importância, centro de produção cerâmica e tecido de lã, que se comunicava bem tanto com a Germânia quanto com a Gália. Póstumo a transformara na capital de seu império Gálico, e agora Maximiano também a tornara sua base de operações. Estavam consertando a ponte novamente; a pedra avermelhada local brilhava sob o sol forte, mas o templo de Diana, mais acima na encosta, era uma cintilação branca entre as árvores que o abrigavam.

Uma boa estrada subia a colina e passava por nossa casa. Um cavaleiro se movia rapidamente por ela, ultrapassando a carreta de um fazendeiro e seguindo colina acima. Meu interesse aumentou assim que ele chegou perto o suficiente para que eu reconhecesse o uniforme e percebesse que vinha em minha direção.

Acontecera algum desastre? Eu não via nenhuma agitação incomum na cidade. Esperei, franzindo o cenho, até que o homem se aproximasse e amarrasse de novo o lenço com o qual tinha enxugado a testa. Reconheci-o como um dos membros mais jovens da equipe de Constâncio e respondi à saudação dele.

— Meu marido o enviou para cá nessa pressa toda para dizer o quê? Há alguma emergência?

— Não, de modo algum. O senhor Docles chegou, minha senhora, e seu marido me pede para avisá-la que haverá um jantar com ele aqui esta noite.

— Como assim, todos eles? — balancei a cabeça. — É uma emergência para mim! Estávamos planejando passar o dia fazendo uma boa limpeza, não preparando um banquete.

O jovem sorriu.

— Isso mesmo... Maximiano virá também! Mas ouvi falar de seus jantares, senhora, e tenho certeza de que sairá vitoriosa.

Nunca tinha me ocorrido a ideia de ver um jantar como um embate militar, mas ri ao acenar para ele, que seguia de volta. Então corri para dentro para consultar Drusilla. Apesar de minhas palavras, uma refeição para três homens acostumados à comida dos acampamentos militares não colocaria nenhuma demanda incomum sobre minha cozinha. Talvez não fossem tão austeros como fora Caro, mas eu sabia por experiência que os três prestariam mais atenção ao que diziam do que ao que comiam. Era Drusilla quem achava que a preparação dos pratos e o serviço deveriam ser, se não elaborados, realizados com perfeição controlada.

Felizmente aquela era uma estação com abundância de comida fresca. Quando Constâncio e nossos convidados chegaram cavalgando colina acima, estávamos preparadas para eles com uma salada de folhas de repolho temperadas com azeite de oliva, ovos cozidos e pão fresco, e cordeiro assado acompanhado de ervas e servido em uma cama de cevada.

A noite estava amena, e abrimos as grandes portas da sala de jantar para que nossos hóspedes pudessem apreciar os canteiros de flores e a fonte no átrio. Enquanto eu andava para lá e para cá entre os comensais e a cozinha, supervisionando o serviço, ouvia o ribombar grave das vozes masculinas ficando mais suave à medida que o vinho branco ácido do interior era servido.

Estava claro que seria um jantar de negócios, não um acontecimento social, e eu não me sentara com eles. Na verdade, ainda que não celebrasse a Noite de Beltane havia anos, ainda jejuava pela força do hábito. Os homens falavam da força das tropas e de lealdade nas cidades, mas, conforme a noite seguia, eu sentia as energias que fluíam pela terra ficando mais intensas. Drusilla reclamava sobre o desaparecimento de alguns dos servos da cozinha assim que o primeiro prato fora servido. De certa forma, eu sabia para onde tinham ido, pois, ao andar pelo silêncio do jardim, senti a pulsação da terra e ouvi os tambores que ecoavam, e o topo da colina acima da cidade brilhava com a fogueira de Beltane.

Meu sangue se aqueceu em resposta aos tambores. Sorri, pensando que se nossos hóspedes não ficassem até muito tarde, Constâncio e eu poderíamos ter tempo de honrar o feriado da maneira tradicional. O riso na sala de jantar aumentara. Talvez os homens não reconhecessem a energia da noite, mas tive a impressão de que reagiam a ela mesmo assim. Quanto a mim, o aroma do ar noturno já me deixara meio embriagada. Quando ouvi Constâncio me chamar, joguei uma pala nos ombros e fui encontrá-los.

Meu marido se moveu no divã para que eu pudesse me sentar e me ofereceu um pouco de vinho.

— Então, cavalheiros, decidiram o futuro do império?

Maximiano sorriu, mas as sobrancelhas pesadas de Docles, sempre surpreendentes sob aquela careca alta, baixaram.

— Para isso, senhora, precisaríamos de uma vidente como Veleda para prever nossos destinos.

Levantei uma sobrancelha.

— Um oráculo?

— Uma mulher santa das tribos perto da foz do Rhenus no reino de Cláudio — respondeu Constâncio. — Um príncipe batavo chamado Civil, que tinha sido oficial dos auxiliares, começou uma rebelião. Dizem que as tribos não faziam um movimento sequer sem o conselho dela.

— E o que aconteceu com ela?

— No fim, acho que tínhamos mais medo de Veleda que de Civil — Constâncio balançou a cabeça com tristeza. — Ele era o tipo de inimigo que podíamos entender, mas ela se comunicava com os poderes eternos. Acabou sendo capturada e terminou seus dias no Templo de Vesta, segundo me disseram.

Na pausa que se seguiu, o som dos grilos pareceu subitamente muito alto. Sob aquele ritmo audível, mais sentia do que ouvia as batidas dos tambores.

— Fiquei sabendo — disse Docles, no silêncio — que você mesma tem algum treinamento no ofício da vidência.

Olhei para Constâncio, que encolheu os ombros, como se dizendo que não fora ele quem espalhara aquilo. Não deveria ser uma surpresa saber que Docles tinha suas próprias fontes de informação. Seus pais eram escravos libertos que se tornaram clientes do senador Anulino, seu antigo mestre. O fato de Docles ter subido de origens tão humildes até o comando da guarda pessoal do jovem imperador indicava que ele era um homem de habilidades incomuns.

— É verdade que fui treinada como sacerdotisa na Britânia... — respondi, imaginando se aquilo era apenas conversa fiada ou se havia algum significado mais profundo implicado.

Maximiano se levantou, apoiado em um cotovelo. Ele mesmo tinha nascido no interior, e notei seus dedos se movendo com o bater dos tambores, embora ele provavelmente não percebesse o que fazia.

— Senhora, sei dos poderes que viajam por esta noite — ele disse solenemente. — É uma noite em que as portas se abrem entr'os mundos. Não desperdicem o momento, rapazes. — Ele fez um gesto um pouco embriagado com a taça, e percebi que tinham parado de colocar água no vinho. — Que a *strega* use seus poderes p'ra nós e nos mostr'o caminho na confusão que nos metemos!

Recuei, surpresa com a linguagem que ele usava – na minha terra, o povo não se dirigia assim a uma sacerdotisa de Avalon –, e Constâncio colocou uma mão protetora em meu braço.

— Tome cuidado, Maximiano. Helena não é uma bruxa de vila para lhe ferver uma panela de feitiços.

— Nunca disse que era. — Ele fez um gesto com a cabeça me pedindo desculpas. — Devo chamá-la então de sacerdotisa druida?

Todos se retorceram com aquilo, recordando-se de como César tratara os druidas da Gália.

Mas eu tinha me recuperado – não era mais que a verdade, por fim, e era melhor pensarem em minha arte como uma sobrevivente da sabedoria celta perdida do que suspeitarem da existência de Avalon. Constâncio apertou meu braço, mas de repente perdi o medo. Talvez fosse o poder da Noite de Beltane, como um fogo no sangue. Senti a cabeça flutuar como se já tivesse aspirado a fumaça das ervas sagradas. Fazia tanto tempo desde que trabalhara com transe. Como uma mulher reencontrando um amante após muitos anos, estremeci com um desejo que voltava a despertar.

— Senhora — adicionou Docles, com sua dignidade costumeira —, seria uma honra e um privilégio se concordasse em profetizar para nós agora...

Constâncio ainda parecia incerto, e percei que ele também se acostumara a me ver como sua companheira, mãe de seu filho, e se esquecera de que antes eu havia sido algo mais. Mas os outros dois eram seus superiores. Depois de um momento, ele suspirou.

— Cabe à minha senhora decidir...

Eu me endireitei, olhando de um para o outro.

— Não garanto nada. Faz muitos anos desde a última vez que pratiquei essa arte. Tampouco vou instrui-los sobre como interpretar o que possam ouvir, ou mesmo se o que ouvirão serão meus próprios delírios ou a voz de algum deus. Prometo apenas que vou tentar.

Os três homens observavam, como se, ao conseguir o que pediram, se perguntassem se afinal queriam mesmo aquilo. Mas a cada respiração as amarras que prendiam meu espírito ao mundo desperto se afrouxavam. Toquei o sininho para chamar Philip e pedi que ele pegasse a bacia de prata que ficava no escritório de Constâncio, a enchesse de água e a trouxesse para nós. Hylas, que tinha escapado do meu quarto de algum jeito, ajeitou-se aos meus pés, como se entendesse que eu precisaria de uma âncora enquanto viajasse entre os mundos.

Quando a bacia foi trazida e as lamparinas foram posicionadas de modo que a luz girasse em um brilho líquido na superfície da água, instruí Philip a garantir que não fôssemos perturbados. O olhar dele foi de desaprovação, e lembrei que os cristãos eram proibidos de consultar oráculos pagãos, embora dissessem que, em seus encontros, às vezes rapazes e moças tinham visões e proclamavam profecias.

Depois que ele foi embora, soltei o fitilho que escondia o crescente em minha testa e desfiz o coque do cabelo, deixando-o cair até os ombros. Maximiano engoliu em seco, arregalando os olhos conforme entendia. *Este ainda é próximo da terra*, pensei, baixando os olhos. *Sua alma se recorda dos velhos costumes.*

Os olhos de Docles estavam velados, os traços impossíveis de serem lidos. Admirei seu controle. Mas Constâncio me olhava como fizera quando o encontrei pela primeira vez na fogueira de Beltane. *Olhe bem*, falei silenciosamente. *Por quase quinze anos, venho cuidando de sua casa e dividindo sua cama. Esqueceu-se de quem e do que sou?* Envergonhado, ele desviou os olhos, e eu sorri.

— Muito bem, cavalheiros, estou pronta. Depois de benzer a água, vou mirar suas profundezas, e quando eu começar a oscilar, podem fazer suas perguntas.

Joguei um pouco de sal na água, consagrando-a na velha língua dos magos que tinham chegado a Avalon das terras afundadas no mar. Então me inclinei para a frente, de modo que meu cabelo caísse em torno da bacia como uma cortina, e deixei que os olhos perdessem o foco, olhando para dentro.

A luz ondulava na superfície escura conforme minha respiração a agitava. Com esforço controlei a respiração, para dentro e para fora, cada vez mais lentamente, afundando no ritmo do transe. Agora a luz na água bruxuleava de acordo com a entrada e a saída do ar. A consciência se estreitou naquele círculo de luz e escuridão, água e fogo. Imagino que, com o tempo, meu corpo tenha começado a se mover também, pois ouvi alguém me chamar do que parecia uma imensa distância.

— Diga então, vidente, o que acontecerá com o império nos tempos vindouros. Numério e Carino serão bons governantes?

A luz na água brilhou.

— Vejo chamas... — falei lentamente. — Vejo exércitos saqueando a terra. Irmão contra irmão, uma pira funerária de um imperador... Morte e destruição resultarão do reinado deles.

— E o que vem depois? — perguntou Docles.

Mas o cenário diante de mim já mudara. Onde eu vira derramamento de sangue agora havia campos pacíficos. Palavras vieram a mim.

— Todos saúdam o imperador abençoado pela Fortuna. Um se torna quatro, e ainda assim o primeiro é ainda maior. Por vinte anos reinará em glória, Júpiter e Hércules ao seu lado, e Marte e Apolo a seu serviço.

— O filho de Júpiter está aqui, mas terá outro nome. Seu forte braço direito é testemunha, e outro, que brilha como o sol. Falta apenas Marte, mas quando for preciso, ele aparecerá. Não tema aproveitar o momento quando ele chegar. Governará em esplendor, augusto, e morrerá com muitos anos, tendo por fim passado o cetro a mãos mais jovens...

— E o que virá depois? — Essa voz era dourada, brilhando em minha mente com luz própria.

— O filho do sol governa em esplendor, mas se põe cedo demais. E, no entanto, uma aurora mais brilhante se seguirá, e surgirá um novo sol que brilhará pelo mundo.

A luz brotava em minha visão, moldando-se em um rosto que eu conhecia. *Constâncio*, pensei, pois uma barba loura franjava a linha forte do queixo. Mas o rosto tinha no geral uma estrutura mais maciça, com um nariz longo e olhos fundos na curva da sobrancelha, um rosto cuja força obstinada me causou um pouco de medo.

Então essa visão também desapareceu. Caí para a frente e meu cabelo tocou a água. Constâncio me tomou nos braços, segurando-me enquanto eu estremecia com a reação. Abri os olhos, e, enquanto tentava focá-los, um resquício da imagem de minha visão se sobrepôs a uma forma que emergia da escuridão da porta.

Pisquei e percebi que era Constantino. Fazia quanto tempo que ele estava ali? Quanto ouvira? Eu me endireitei, subitamente consciente de como devia parecer para ele, com os cabelos soltos, os olhos confusos do transe. Estendi a mão na direção dele em uma súplica muda para que entendesse. Por mais um momento, ele ficou ali, em seu rosto uma expressão meio ávida e meio horrorizada. Acharia que eu era como Alexandre, o Profeta? Meus olhos se encheram de lágrimas quando ele se virou e desapareceu.

— Senhora — disse Docles, em sua voz grave —, está tudo bem? Deu-nos uma grande bênção.

O rosto dele tinha a calma costumeira, mas seus olhos brilhavam. No rosto de Maximiano, vi algo mais parecido com medo. Olhei de um para os outros, sabendo que os três vestiriam púrpura um dia.

— Apenas se fizerem com que seja assim... — murmurei, lembrando-me de como os dois últimos imperadores tinham morrido. A visão passara e eu me sentia vazia.

— Disse-me o que eu precisava saber — respondeu Docles. — Constâncio, leve sua senhora para o quarto. Ela nos prestou um bom serviço esta noite e deve descansar.

— E o que você fará? — perguntou Maximiano.

— Voltarei até Numério e esperarei. Júpiter me sorri e vai clarear meu caminho.

***

Nos meses que se seguiram, o significado de minha profecia começou a se desenrolar. Em novembro daquele ano, Numério morreu. Docles aproveitou a oportunidade e acusou o prefeito pretoriano de tê-lo envenenado, executando-o no local. Em seguida, ficamos sabendo que o Exército aclamara Docles imperador. Mas ele mudara de nome e passara a se chamar Diocleciano.

Carino, que era um bom comandante quando se dedicava a isso, emergiu de sua libertinagem para defender o trono, e novamente romanos guerrearam contra romanos. Maximiano e Constâncio tomaram o lado de Diocleciano e se preparam para defender o Ocidente contra Carino. Mas quando a estação das campanhas começou, na primavera seguinte, os deuses, ou talvez Nêmesis, decidiram contra outra longa guerra civil. Na confusão de uma batalha, um tribuno que tivera a mulher seduzida por Carino aproveitou a oportunidade para matar seu comandante e executar a própria vingança.

Diocleciano agora era supremo. Seu primeiro ato foi nomear Maximiano como seu colega júnior. Naquele verão, tendo nomeado Constâncio como prefeito pretoriano e estando ocupado com a última incursão dos germanos, o novo césar enviou uma carta pedindo que Constantino fosse morar em sua casa em Nicomédia.

***

O quarto de Constantino estava cheio de equipamentos e vestimentas. Fiz uma pausa na porta, os braços carregados com roupas de baixo de linho recém-lavadas. Naquela confusão, parecia impossível que tudo estivesse empacotado e pronto até o amanhecer. Uma breve fantasia de um assalto à meia-noite para roubar a bagagem passou pela minha imaginação. Mas nenhuma tentativa de atrasar a partida de meu filho conseguiria mais que uma confusão momentânea, e Constantino estava na idade de se envergonhar dos pais, mesmo quando se comportavam de modo sensato. O novo imperador podia ser nosso amigo, mas ainda assim requisitava um refém. Mesmo Constâncio, se estivesse em casa, não poderia se opor a uma ordem imperial.

— Seu criado empacotou as perneiras de lã? — perguntei, passando as túnicas para a serva para serem adicionadas à pilha.

— Ah, mãe, não vou precisar daquelas coisas velhas. Pareceria um camponês desfilando pelos salões de mármore de Diocleciano.

— Lembro-me vividamente de como fazia frio na Bitínia no ano em que vivemos em Drepanum, e os salões imperiais tendem a ter correntes de ar. Se estiver frio o bastante para usar as perneiras, garanto que você vestirá roupas suficientes para escondê-las.

O jovem gaulês, que tínhamos comprado para ser o servo pessoal de Constantino quando ele fez treze anos, olhou de um de para o outro, comparando as caretas para ver qual de nós deveria obedecer, e então se virou para a arca com as coisas que seu mestre tinha intenção de deixar para trás.

— Venha comigo, Constantino, vamos deixar que os servos façam o trabalho deles. Aqui, apenas vamos ficar no caminho. — Na verdade, teria preferido eu mesma empacotar as coisas, com uma bênção a cada roupa que incluísse, mas aquilo era algo que outras pessoas *poderiam* fazer. Ninguém mais poderia dizer ao meu filho o que estava em meu coração.

O cascalho rangeu suavemente sob nossos pés quando o levei para o jardim e sentei-me em um banco entalhado, feito da pedra avermelhada local. O verão fora bom, como se os deuses abençoassem o reinado de Diocleciano, e o jardim brilhava de flores.

Mas logo desvaneceriam. E pela manhã meu filho iria embora. Eu tinha pensado que teria mais cinco anos antes de perder Constantino para o Exército, tempo suficiente para que Atticus treinasse sua mente e eu despertasse sua alma. Con era alto para a idade, os músculos desenvolvidos pelo exercício. Seria capaz de enfrentar qualquer demanda física que viesse.

Mas ele ainda via o mundo com as convicções rígidas de uma criança a respeito do certo e errado. Diocleciano bem poderia ser o imperador mais virtuoso desde Marco Aurélio, mas sua corte seria uma incubadora de intrigas. Como poderia blindar meu filho sem comprometer sua inocência?

— Não fique triste, minha mãe...

Não me dera conta do quanto meu rosto me traía. Consegui dar um sorriso.

— Como posso não ficar? Sabe o quanto o amo. Você é um homem, e eu sabia que me deixaria um dia, mas parece muito cedo. — Escolhia minhas palavras cuidadosamente, pois não adiantava assustar o garoto, já que precisava deixá-lo partir.

— Quando a carta chegou também fiquei assustado, porém agora quero ir — disse Constantino. — Mas não me esquecerei de você, mãe. Escreverei toda semana, e isso é certo como o sol brilha lá em cima! — Ele levantou uma mão como se pedisse a Apolo que fosse testemunha.

Olhei para ele surpresa, pois aquela promessa fora feita com sinceridade adulta.

— Não será fácil — eu disse a ele. — Haverá muitas coisas e pessoas novas, coisas excitantes para fazer...

— Eu sei — ele fez uma pausa, buscando as palavras —, mas a família é importante, e, já que não tem outros filhos, preciso ser toda a sua família.

Meus olhos se encheram de lágrimas.

— Gostaria de ter tido irmãos e irmãs?

Constantino assentiu.

— Quando for um homem, quero uma família grande.

— Sinto muito por não poder providenciá-los — eu disse com dificuldade. — Mas sempre achei que o propósito para o qual os deuses me colocaram neste mundo era trazê-lo à vida.

Os olhos dele se arregalaram, pois eu jamais falara daquilo de modo tão explícito antes.

— Acredita que minhas estrelas decretaram algum grande destino?

Assenti.

— Acredito. Por isso me preocupei tanto com sua educação.

— Talvez viver na corte de Diocleciano seja parte dela — disse Constantino, sério.

— Ah, tenho certeza de que será. — Tentei esconder a amargura em meu tom. — Mas será a educação de que precisa? Esperava ensinar-lhe um pouco dos Mistérios nos quais eu mesma fui treinada quando jovem.

Constantino balançou a cabeça.

— Não creio que eu tenha nascido para o sacerdócio. Quando crescer, vou entrar no Exército e comandar soldados ou talvez até uma província, com o tempo. Acho que me sairia bem, não acha?

Reprimi um sorriso. Certamente não lhe faltava confiança. Eu me perguntei se ele também se via usando o púrpura algum dia. Carino fora um exemplo horrendo dos perigos de dar os poderes imperiais a um homem despreparado. Meu filho poderia estar certo ao pensar que podia aprender muita coisa com o imperador se aquele fosse seu destino.

— Mesmo que suba alto, Constantino, jamais esqueça que os deuses ainda estão acima de você, assim como o *Theos Hypsistos*, o Poder que está além dos deuses. Precisa tentar cumprir a vontade deles em nome do povo que governar.

— Entendo isso — ele disse confiante. — O imperador zela por seu povo como um pai governa a família.

Levantei uma sobrancelha. Aparentemente o menino pensara sobre aquilo, e talvez tivesse razão. Seu pai quase se tornara o herdeiro do império, afinal. Constantino bem poderia sonhar com um diadema imperial.

— O Sol zela por mim, assim como Ele zela por meu pai — Constantino deu tapinhas em meu ombro. — Não tema por mim.

Peguei a mão dele e a coloquei contra o rosto. Meu filho certamente acreditava em si mesmo o suficiente para trilhar seu caminho no mundo. Só mais tarde me ocorreu desejar que ele tivesse um pouco mais de humildade.

doze

293-96 d.C.

"A corte se tornou ainda mais esplêndida", esparramava-se a letra grande de Constantino na página. Nos oito anos desde que se juntara à casa do imperador, ele sem dúvida aprendera muitas coisas, mas caligrafia não tinha sido uma delas. Mudei a página de lugar de modo que a luz bruxuleante da lamparina caísse em cheio sobre ela. A casa que Constâncio alugara para mim em Colonia Agrippinensis era elegante, mas não exatamente protegida dos ventos de uma primavera germana.

"Uma simples saudação já não é mais suficiente quando alguém aborda o imperador. Nosso deus et dominus, Diocleciano, agora exige prostração total, como se fosse o grande rei de Pártia em vez do augusto de Roma. Mas devo admitir que é tudo muito impressionante, e os embaixadores estrangeiros parecem estar apropriadamente deslumbrados."

Maximiano, graças aos deuses, permanecia o mesmo soldado franco e cordial que sempre fora, mesmo depois de se tornar coaugusto com Diocleciano. Mas ninguém poderia duvidar de qual era o parceiro sênior. As moedas de Diocleciano traziam a imagem de Júpiter, enquanto as de Maximiano eram adornadas com a forma musculosa de Hércules.

Mas, mesmo se Maximiano fosse dado a cerimônias, teria estado ocupado demais para isso. No ano em que ele se tornou augusto, Caráusio, o almirante designado para defender a Britânia dos saqueadores saxões, foi acusado de se apropriar indevidamente de espólios. Em vez de ir a julgamento em Roma, ele se rebelou e proclamou a si mesmo imperador da Britânia. O homem era um marinheiro brilhante, que tinha derrotado não só os piratas saxões, mas a frota de navios que Maximiano enviou contra ele. Depois daquilo, nossas forças haviam ficado totalmente ocupadas com incursões bárbaras, sem tempo a ser dedicado à Britânia.

Eu sentia falta de meu jardim em Treveri, mas embora Colonia, nas margens do Rhenus na Germânia Inferior, tivesse muros fortes o suficiente para desencorajar os invasores, era perto o bastante da batalha para que Constâncio me visitasse entre as campanhas. Nossa casa ficava perto do muro oriental, entre o Pretório e o templo de Mercúrio Augusto, e tinha sido ocupada pelas famílias de muitos comandantes antes de nós.

Ao menos no momento, eu não tinha de me preocupar com a segurança do meu marido, pois ele fora convocado a Mediolanum, que Maximiano transformara em sua capital, para conferenciar com ele e Diocleciano. Às vezes me perguntava se, durante os meses que passava longe de mim, Constâncio permanecia fiel, mas, na verdade, se eu tinha uma rival, não era outra mulher, e sim o império. Quando nos conhecemos, eu me apaixonei por seu lado sonhador. Não tinha do que reclamar, porque agora ele tinha uma oportunidade de tornar alguns deles realidade. Ainda assim, com meu marido em batalha e meu filho longe com o imperador, eu não tinha muita coisa a fazer.

Certa manhã, Drusilla veio até mim com uma história que ouvira de um comerciante britânico no mercado. Caráusio tinha reforçado sua reivindicação como imperador da Britânia casando-se com uma princesa chamada Teleri, cujo pai governava Durnovária.

— Mas há umas histórias estranhas sobre ela. Dizem que era algum tipo de sacerdotisa nas terras onde estão as minas de chumbo... — Drusilla me olhou com curiosidade, sem dúvida se lembrando de que Constâncio me trouxera do sudoeste. Tinha visto o suficiente das minhas habilidades para suspeitar de que eu também tivesse sido "algum tipo de sacerdotisa".

Mas ela jamais ousara me perguntar diretamente, e o velho hábito me fez voltar as costas para que ela não lesse a confirmação em meus olhos. Mas, ao fazer isso, questionei por que deveria me prender pelas inibições que Ganeda incutira em mim. Era ela quem temia contato com o mundo exterior. Se não a tivesse desafiado, eu poderia tê-la sucedido, e seria eu quem estaria decidindo o papel de Avalon em um mundo em rápida transformação.

Mas era Dierna quem tomava aquelas decisões, pois certamente seu consentimento para o casamento fora necessário. *Gostaria de encontrar essa Teleri*, pensei então, pois havia muitas similaridades entre a situação dela e a minha. E, pela primeira vez em muitos anos, me permiti desejar que pudesse voltar e visitar Avalon.

Será que tinha feito a escolha certa tanto tempo antes? Meu filho já não precisava mais de mim, e meu marido viajava com tanta frequência... Mas, ao pensar em Constâncio, me flagrei sorrindo. Minha respiração ainda se acelerava quando pensava nele, e em vinte e três anos ele jamais me fizera duvidar de seu amor.

***

Em um dia claro no meio de março, quando o vento, lépido como um lobo caçador, perseguia as pequenas nuvens pelo céu, Constâncio voltou da Itália. No começo, vendo seu rosto rígido como vira certa vez após uma batalha perdida, pensei que o imperador pudesse ter lhe dado alguma reprimenda, embora não entendesse por que Diocleciano pudesse estar descontente. Certamente, se alguém tivesse que levar a culpa por não ter se livrado de Caráusio, seria Maximiano. *Se Diocleciano estava descontente*, pensei com raiva, enquanto dava ordens para o desempacotamento da bagagem, *ele poderia vir até a Gália e tentar lidar com a situação pessoalmente.*

Mas os germanos, liderados por Crocus, que tinha se tornado o guarda-costas permanente de Constâncio, enchiam o pátio com seu riso alto. Certamente estariam mais tristes se algo estivesse errado. A maioria deles estava aquartelada no Pretório, é claro, mas sempre havia uma dúzia ou mais pela casa quando Constâncio estava ali.

Tinha me acostumado com o tamanho deles e com o senso de humor às vezes cruel. Fiquei um pouco surpresa, de fato, que Crocus não tivesse vindo me cumprimentar, já que ele me tratara com a deferência devida às próprias videntes de seu povo desde nosso primeiro encontro. Será que havia acontecido algo com ele, e Constâncio ainda não tinha me encontrado a sós por que temia me dizer?

Eu estava em nosso quarto, separando as túnicas na bagagem de Constâncio para ver quais precisariam de conserto, quando o próprio apareceu na porta. Olhei para cima, sorrindo, e vi que ele se retesou. Seu rosto ficou mais triste quando olhou ao redor do quarto.

— Constâncio — senti minha barriga se torcer de medo —, o que há de errado?

— Venha para um passeio comigo — ele rebateu apressadamente. — Precisamos conversar, e não posso fazer isso… aqui…

Poderia ter assegurado a ele que nenhum de nossos servos nos bisbilhotaria, mas me pareceu melhor trocar os chinelos por sandálias mais robustas e pegar um capote quente sem discussão, e, na verdade, não ficaria triste com a oportunidade de sair de casa em um dia luminoso e agitado como aquele.

Colonia sempre fora uma cidade fronteiriça. Outras cidades poderiam negligenciar suas defesas, mas os muros de Colonia erguiam-se altos e fortes, pontuados em intervalos regulares por torres de guarda. Ali, as margens do rio eram sempre altas, e as muralhas proporcionavam uma visão espetacular da ponte sobre o Rhenus e a Germania Libera mais além.

Segui Constâncio pelas escadas de pedra. Ele subia sem pausa para respirar, os músculos duros de suas panturrilhas flexionando-se a cada passo. Quando finalmente chegamos ao passeio, eu estava ofegante, e tive de parar para recuperar o fôlego. Constâncio estendeu a mão para me dar apoio, e então foi para o muro, onde ficou, os braços pousados nas crênulas, e olhou para o norte, onde os barcos se moviam suavemente rio abaixo, até que me juntei a ele.

Àquela altura, sentia meu estômago se retorcer de apreensão. Depois de tantos anos, conhecia os humores de Constâncio como se fossem os meus, e uma confusão raivosa de emoções emanava tão fortemente dele que parecia estar envolto em sombras, mesmo sob o sol. Assim que comecei a falar, ele saiu andando, e eu o segui, percebendo que precisaria deixá-lo chegar lá do seu jeito e no seu tempo.

Os muros do forte do outro lado da ponte brilhavam, e a luz do sol relanceava e cintilava nas águas azuis do rio, muito largo naquele ponto, fluindo com força em direção ao mar. Nas noites dos festivais, eu derramava um pouco de vinho no rio, pedindo aos deuses da água para levá-lo à Britânia. Ao passarmos da torre do canto e virarmos em direção ao Pretório, ficamos contra o vento vindo do rio, e apertei meu xale.

Os passos de Constâncio desaceleraram, e percebi que ali, no meio do caminho entre a torre e o portão onde a estrada de pedra entre o muro e os claustros do Pretório era mais larga, deveria ser o melhor lugar em Colonia para falar sem ser ouvido por terceiros.

— Certamente — falei alto —, você não me trouxe aqui para falar de traição ao imperador! — Parei subitamente, surpresa pelo modo como a ansiedade afiara meu tom.

— Não tenha tanta certeza! — respondeu Constâncio com dureza. — Ele me colocou em uma posição na qual terei de trair alguém. A única escolha que tenho é quem...

— O que quer dizer? — Toquei o braço dele, e sua outra mão cobriu a minha, apertando com tanta força que me encolhi de dor. — O que ele lhe disse?

— Diocleciano teve uma ideia... uma maneira de estender o poder imperial igualmente pelo império e assegurar uma sucessão pacífica. Ele promete que, quando ele e Maximiano tiverem reinado por vinte anos, vão se aposentar em favor dos césares, que então tomarão o título de augusto e nomearão mais dois.

Eu o fitei, pasma com a ideia de que um homem abriria mão do poder supremo voluntariamente. Mas poderia funcionar, se todos os quatro imperadores permanecessem leais uns aos outros... A ideia de um império que não fosse destroçado por guerras civis de sucessão parecia uma fantasia.

— Então ele quer nomear dois césares... — eu disse, depois que o silêncio se tornou longo demais.

Constâncio assentiu.

— Para o Oriente, seria Galério. É outro homem da Dalmácia, um guerreiro forte. Eles o chamam de "Pastor" porque seu pai criava vacas. — Ele percebeu que estava desviando o assunto e fez uma pausa. — Para o Ocidente... ele quer que seja eu...

Tive a impressão de que sabia daquilo antes que ele falasse. Era a realização de um sonho, por fim recebido como presente do imperador. Ou talvez não fosse um presente, já que Constâncio estava tão infeliz. Olhei para seu rosto querido, permanentemente avermelhado pela exposição às intempéries, o cabelo loiro, agora desbotando para prateado e recuando na testa larga. Mas, para mim, ele ainda era o belo rapaz que eu encontrara na Britânia.

— Mas há um preço — ele respondeu à pergunta que eu não podia fazer. — Ele exige que tanto eu quanto Galério nos casemos com membros das famílias imperiais.

Senti a cor sumindo de meu rosto e me apoiei na pedra para não cair. Constâncio tinha os olhos fixos no horizonte, como se temesse enxergar. Eu tinha ouvido que, quando um homem é gravemente ferido, sente primeiro o choque e só depois a dor. Na pausa entre o golpe e minha própria agonia, encontrei um momento para sentir pena de Constâncio, que tivera de carregar consigo aquela informação desde Mediolanum. E agora entendia por que Crocus não tinha ido me ver. Ele era um homem cujo rosto refletia claramente os pensamentos, e eu teria lido aquele desastre em seus olhos.

— Galério se casará com a filha de Diocleciano, Valéria — ele disse, em voz monótona. — Querem que eu me case com a enteada de Maximiano, Teodora.

— Eu nem sabia que ele tinha uma enteada... — sussurrei, e então: — ... eles *querem* que você se case com ela? Quer dizer que ainda não concordou?

Ele balançou a cabeça violentamente.

— Não sem conversar com você! Nem o imperador poderia me pedir isso. E Maximiano se recorda de você com bondade. Ele me deu ao menos esse alívio, que pudesse contar a você pessoalmente antes que tudo fosse arranjado. — Constâncio perdeu o fôlego em um soluço. — Jurei meu sangue ao serviço de Roma, mas não o coração! Não você!

Por fim ele se virou para mim, agarrando meus ombros com tanta força que no dia seguinte achei hematomas ali.

Pousei a cabeça no peito dele, e por um longo momento simplesmente ficamos entrelaçados. Por mais de vinte anos, minha vida girara em torno daquele homem. Às vezes me perguntava se era porque abrira mão de tanta coisa por ele que acreditava amá-lo e pensava que ele, com tantas coisas para ocupar a mente, devia ser menos dependente de mim do que eu era dele. Mas agora percebia que não era assim. Nas questões da mente e da vontade, a vida o tornara forte, mas ele não tinha experiência nas batalhas do coração. Toda sua capacidade de amor estava centrada em mim.

— No fim daquele rio fica o mar — ele murmurou contra meu cabelo —, e do outro lado está a Britânia. Poderia levá-la para lá, oferecer meus serviços a Caráusio, e que o resto do império vá para Hades! Pensei nisso à noite, enquanto tentava dormir nas hospedarias a caminho de casa...

— Constâncio... — sussurrei —, essa é a oportunidade com que sonhou. Por toda a vida, veio se preparando para ser imperador...

— Com você ao meu lado, Helena, não sozinho!

Meus braços se apertaram em torno dele, e então, como uma lança no coração, a percepção veio.

— Terá de fazer isso, meu amor. Não pode desafiar Diocleciano... — Minha voz falhou. — Ele tem Constantino... — E, com isso, o gelo que me protegia rachou subitamente, e chorei nos braços dele.

A noite caía quando voltamos para casa, os olhos inchados de chorar, mas naquele momento vazios de lágrimas. Puxei minha pala e virei o rosto quando disse à minha serva para levar uma refeição ao nosso quarto.

Drusilla teria sabido imediatamente que algo estava errado, mas Hrodlind era nova, uma moça germana que ainda estava aprendendo latim.

Constâncio e eu nos deitamos juntos em nossa cama, enquanto a comida ficou intocada. Não removi a pala, pois me sentia gelada até a alma. *Se eu me matasse*, pensei sem emoção, *não melhoraria as coisas para Constâncio, mas ao menos Constantino deixaria de estar sob ameaça, e eu seria poupada da dor.* Não expressei esses pensamentos, mas Constâncio tinha sido a outra metade de minha alma por tempo demais para não perceber o que eu sentia, ou talvez ele também sentisse o mesmo.

— Helena, você precisa viver — ele disse em voz baixa. — Em cada campanha, quando o perigo ameaçava, foi a certeza de que você estava segura em casa que me deu a coragem para seguir. Só poderei cumprir o dever que é colocado sobre mim agora se você ainda estiver viva em algum lugar.

— Você é injusto. Estará cercado de pessoas, distraído constantemente por responsabilidades. Quem precisará de mim quando você for embora?

— Constantino... — O nome pairou no escuro entre nós, minha esperança e minha ruína. Pelo bem dele eu tinha saído de casa para seguir Constâncio e para o bem dele deveríamos nos separar.

Ficamos deitados juntos em silêncio por um longo tempo, enquanto Constâncio acariciava meu cabelo. Não teria pensado que, com os espíritos tão exaustos, os corpos fariam qualquer demanda, mas depois de um tempo, apesar de meu desespero, o calor familiar dele me relaxou. Eu me virei nos braços dele, e Constâncio tirou o cabelo de meu rosto. Quase hesitante, me beijou.

Meus lábios ainda estavam rígidos de dor, mas, sob o toque gentil, senti que eles se suavizavam, e, naquele momento, meu corpo inteiro se aqueceu e se abriu, ansiando para recebê-lo uma última vez.

***

Pela manhã, quando acordei, Constâncio tinha partido. Na mesa ele deixara uma carta.

Amada,
Chame-me de covarde se quiser, mas apenas assim, quando seus belos olhos estão fechados pelo sono, posso deixá-la. Informarei aos serviçais sobre a mudança em nossa situação, para lhe poupar da necessidade de explicar a eles o que parece, até para mim, um pesadelo.
Ficarei um tempo no Pretório, mas acho que será melhor, pela paz de ambos, se não nos encontrarmos novamente. Vou transferir esta casa para o seu nome, com todos os escravos. Além disso, meus banqueiros foram instruídos

a permitir que você continue fazendo retiradas de minha conta para o que precisar e, caso deseje se mudar para outro lugar, eles irão transferir-lhe os fundos necessários.

Vou me comunicar com nosso filho, é claro, mas espero que você possa escrever a ele também. Será por você que o coração dele sofrerá, mesmo que, suponho, a lealdade o leve a me congratular. Mas na verdade ele deveria sofrer por mim também.

Espero que, se a generosidade de seu coração permitir, encontre uma maneira de me avisar para onde vai e se está bem. Não importa o que aconteça, acredite que, enquanto bater, meu coração é seu...

A assinatura normalmente cuidadosa saía da linha, como se, no fim, sua resolução tivesse falhado. Deixei o pedaço de papiro cair, olhando para a cama vazia, o quarto vazio e a infinita sucessão de dias vazios pelos quais teria que aprender, de algum modo, a viver sozinha.

Durante a maior parte da semana, mal saí do quarto, devastada como havia ficado depois de perder meu primeiro filho. Não vieram mais notícias de Constâncio, embora uma nota com erros de ortografia tivesse chegado da parte de Crocus, jurando sua eterna lealdade. Comia quando Drusilla forçava a comida, mas não deixava Hrodlind pentear meus cabelos ou trocar a roupa de cama, que para mim ainda parecia ter a impressão gravada do corpo de Constâncio, o cheiro de sua pele.

A devoção silenciosa de Hylas era a única empatia que eu conseguia suportar, e agora acho que foram o corpo quente do cão enrodilhado contra o meu e o cutucão de um focinho gelado quando ele queria carinho que me impediram de perder totalmente o contato com o mundo externo. O focinho já havia ficado branco, e ele se movia rigidamente quando fazia frio, mas seu coração ainda estava quente. Teria sido tão fácil, no choque inicial da perda, me entregar totalmente à loucura. Mas desde que uma criatura precisasse de mim, desde que Hylas ainda me oferecesse seu amor inquestionável, eu não estaria completamente sozinha.

Não tinha consciência de qualquer lógica em meu luto, mas quando Philip, certa tarde, veio me dizer que Constâncio partira de Colonia com destino a Mediolanum para a realização de seu casamento, percebi que aquela era a notícia pela qual vinha esperando. Só então fiquei verdadeiramente sozinha. Foi fácil, no fim das contas, dissolver nossa união. Nenhuma negociação sobre retorno de dote era necessária, pois tudo que eu trouxera a ele foram minhas habilidades como sacerdotisa e meu amor, que não tinham preço; tampouco custódia de filhos, já que nosso único filho estava sob a responsabilidade do imperador. Em Roma, jamais tínhamos sido realmente casados, apenas em Avalon.

Minha mente parecia se mover muito lentamente, mas a certa altura acabei permitindo que Hrodlind me banhasse e me vestisse, e os servos vieram para limpar o quarto. No entanto, não saí da casa. Como poderia sair, quando qualquer passante poderia apontar para a concubina largada do novo césar e rir?

— Senhora — disse Drusilla, colocando na mesa um prato com folhas novas de repolho temperadas com um pouco de azeite, bolos quentes de cevada e um pouco de queijo fresco. — Não pode viver assim. Vamos voltar para a Britânia. Ficará melhor em seu lar!

Lar é Avalon..., pensei, *e não posso ir para lá, onde teria que admitir diante de todos que Constâncio me abandonou.* Mas embora as relações com o império insular de Caráusio estivessem tensas, Britânia e Roma ainda não estavam em guerra. Os navios ainda atravessavam o Mare Britannicum para Londinium. Com certeza, ali seria possível que uma mulher rica vivesse sozinha em respeitável anonimato.

***

Philip arranjou tudo para embarcarmos no porto em Ganuenta pouco depois do primeiro dia do verão. Meu primeiro ato, quando finalmente emergi de meus aposentos, foi conceder liberdade a ele e a todos os outros escravos que Constâncio me deixara. A maioria dos que tínhamos comprado para trabalhar na casa em Colonia aceitou a alforria com agradecimento, mas fiquei surpresa com quantos dos velhos membros de minha casa decidiram ficar. Assim, Philip, Drusilla e Hrodlind, cujo pai a vendera como escrava, junto a Decius, o rapaz que cuidava de meu jardim, e duas das criadas da cozinha tomariam o navio comigo para Londinium.

No dia anterior à partida, andei pela estrada até o velho templo de Nealênia. Hrodlind veio junto, carregando Hylas em um cesto, pois ele não conseguia mais caminhar tanto, mas chorava lastimavelmente quando era separado de mim.

Talvez os líquens cobrissem mais das pedras, e as telhas tivessem um brilho mais suave, mas de resto o lugar parecia igual. E a Deusa, quando a confrontei dentro do templo, olhou para além de mim com a mesma serenidade. Era eu que havia mudado.

Onde estava a jovem mulher que deixara suas oferendas naquele altar, a língua britânica ainda carregando o latim com sua musicalidade, o olhar apreensivo ao mirar aquela nova terra? Depois de vinte e dois anos, meu sotaque tinha se transformado no do continente, e era a Britânia que eu veria com os olhos de uma estrangeira.

Quanto àquele templo, como esperar que ele me impressionasse, agora que tinha visto todos os grandes santuários do império? E como a Deusa poderia falar comigo, agora que tinha perdido minha alma?

Mas eu levara uma guirlanda de flores primaveris para colocar diante dela e, quando o fiz, fiquei de pé com a cabeça baixa. Apesar de minha tristeza, a paz do lugar começou a se infiltrar em minha alma.

O templo estava quieto, mas não totalmente silencioso. Em algum lugar nas calhas, os pardais construíam seus ninhos; seus chilreios e pios eram as notas ornamentais para um murmúrio mais profundo, que por fim identifiquei como o som da fonte. Subitamente não tinha necessidade de descer até as águas, pois o som delas estava ao meu redor, e uma sensação avassaladora da Presença me disse que a Deusa entrara em Seu templo e que eu estava em solo sagrado.

— Onde esteve? — sussurrei, lágrimas escapando de minhas pálpebras fechadas. — Por que me abandonou?

E, naquele momento, enquanto eu esperava, senti uma resposta. A Deusa estava ali, como sempre estivera, e na água corrente, e nas estradas do mundo, para aqueles que desejassem ficar em silêncio e escutar com a alma. Hylas tinha colocado a cabeça sobre a beirada do cesto e mirava um ponto perto da estátua com o olhar que geralmente reservava para mim quando voltava de uma viagem. O local parecia ser bem acima da fonte oculta.

Virei-me, levantando os braços em saudação.

— Elen dos Caminhos, ouça minha promessa. Não sou mais esposa, e fui expulsa de Avalon, mas serei Sua sacerdotisa se me mostrar o que quer que eu faça...

Fechei os olhos, e talvez o sol poente tivesse escolhido aquele momento para brilhar através das janelas altas, ou talvez fosse um dos servos do templo trazendo uma lamparina para o aposento, mas de repente senti uma chama de luz. E embora meus olhos ainda estivessem fechados, aquele brilho ardeu na escuridão que tinha tomado meu espírito desde que Constâncio me deixara; senti meu coração se aliviar e soube que sobreviveria. Londinium era a maior das cidades da Britânia, maior que Sirmium ou Treveri, quem sabe até tão grande quanto Roma. Consegui comprar uma casa confortável na parte nordeste da cidade, perto da estrada principal que seguia em direção a Camulodunum. Pertencera a um mercador de sedas, antes que seus negócios fossem perturbados pelas guerras de Caráusio, e naquela parte da cidade ainda havia terrenos abertos o suficiente para hortas e pastos, então era quase como viver no campo.

Assentei-me na vida quieta adequada à viúva que a maioria dos meus vizinhos pensava que eu fosse. Não me preocupei em corrigi-los e tornei-me frequentadora assídua dos banhos, do teatro e dos mercados. Pouco a pouco, meu tumulto interior cessou. Como um legionário que perdeu um membro em uma batalha, aprendi a compensar, e às vezes até apreciar, as coisas que tinha sem me lembrar imediatamente das que jamais teria novamente.

De tempos em tempos, notícias de Roma nos alcançavam. Constâncio tinha se casado com Flávia Maximiana Teodora nos idos de Maia, um mês que diziam trazer azar para casamentos. Não conseguia evitar uma esperança de que a tradição, nesse caso, se provasse verdadeira. Mas, se Constâncio ainda sofria por mim, isso não o impediu de cumprir suas obrigações de marido, e pelo fim do ano soubemos que Teodora tinha dado à luz um filho, que chamaram de Dalmácio.

Teodora não era apenas mais jovem que eu, mas parecia ser o tipo de mulher que engravida assim que o marido pendura o cinto no encosto da cama, pois, depois de Dalmácio, outro filho, Júlio Constâncio, e duas filhas, Constância e Anastácia, nasceram em rápida sucessão. Jamais vi Teodora, então não sei se ela era, como são obrigados a dizer os panegiristas, bela.

Eu havia sido cortada das fofocas do Exército, mas acabava escutando as conversas no mercado, e a situação política se degenerava. Depois de engravidar Teodora, Constâncio voltou ao Exército e usou sua nova autoridade como césar para montar um ataque em Gesoriacum, o porto de onde Caráusio mantinha sua base para o norte da Gália. O forte naval era impenetrável, mas, ao construir um dique na entrada do porto, Constâncio conseguiu cortar o ponto de apoio pelo mar, e pouco depois do solstício de verão os soldados se renderam.

Seu próximo movimento foi atacar os francos, aliados de Caráusio, na foz do Rhenus. O comércio já sofria, e naquele momento, pela primeira vez, as pessoas começavam a murmurar contra o imperador arrivista. Diziam que sua esposa, Teleri, que fora treinada em Avalon, voltara para a casa do pai, o príncipe de Durnovária. Ela teria amado o marido romano, eu me perguntava, ou o casamento fora um arranjo político do qual ela estava feliz em se libertar? Teleri tinha a mesma idade que Becca teria se tivesse sobrevivido. Teria gostado de conversar com ela.

E então, pouco antes do festival que dava início à colheita, os homens vieram chorando pelas ruas com a notícia de que Caráusio estava morto, e que seu ministro das Finanças, Aleto, tinha reclamado o trono, recompensando generosamente os auxiliares francos do velho mestre para que apoiassem sua reivindicação. Quando foi anunciado que ele se casaria com Teleri, balancei a cabeça. Aleto podia chamar a si mesmo de imperador, mas claramente ele queria ser um grande rei à moda antiga, casando-se com a rainha, e com ela, herdando a terra.

Estive entre as multidões que os observavam a caminho do banquete de casamento. Aleto acenava com uma alegria febril, embora houvesse tensão na maneira como ele segurava as rédeas. Quando a carruagem que levava Teleri e o pai passou, consegui um vislumbre de um rosto branco sob uma nuvem de cabelos escuros, e pensei que ela parecia uma mulher a caminho da execução, não do leito nupcial.

Com certeza, pensei, *Constâncio logo poria fim às pretensões de Aleto*. Mas um ano se passou, e então mais um, sem desafios de Roma. Aleto fez uma edição de moedas cunhadas às pressas e então baixou os impostos. Eu poderia ter dito a ele que a popularidade de curto prazo seria uma troca ruim pelos reparos às fortificações quando os pictos atacassem ou Roma decidisse recuperar sua província errante.

Mas eu tomava cuidado para que ninguém descobrisse minha identidade. Constantino escrevia regularmente, cartas cheias de uma alegria robusta, mas com poucas opiniões pessoais, como se suspeitasse de que alguém na casa do imperador estivesse lendo sua correspondência. Eu duvidava de que alguém lesse a minha. Afinal, não era incomum ter um filho servindo fora do país. Não era minha conexão com Constantino o perigo.

Não tivera uma palavra de Constâncio desde que ele me deixara, mas às vezes o via em sonhos. De algum modo, não achava que ele tinha me esquecido. Teria sido uma refém valiosa se Aleto soubesse que eu vivia na capital.

No terceiro ano desde o retorno à Britânia, no começo do outono, tive uma série de sonhos. No primeiro, vi um dragão que emergia das águas e coleava pelos penhascos brancos de Dubris, protegendo a costa. Uma raposa veio e o bajulou até que o dragão parou de prestar atenção, e então ela pulou e mordeu a garganta dele, e o enorme animal morreu. Então a raposa ficou grande e se enfeitou com um manto púrpura e uma guirlanda de ouro, e andou em uma carruagem dourada sobre a terra.

O sonho não era difícil de interpretar, embora eu me perguntasse por que os deuses me mandariam uma visão de algo que já tinha acontecido. Ainda assim, pensei que talvez alguma mudança estivesse chegando e enviei Philip com mais frequência ao fórum para ouvir as notícias.

O sonho seguinte veio com mais urgência. Do outro lado do mar, vi dois bandos de águias se aproximando. O primeiro foi mandado de volta pelo vento, mas o segundo usou névoa e nuvens para esconder sua chegada, e elas revoaram pela terra. Um bando de corvos se levantou para combatê-las, e vi que protegiam a raposa, mas as águias os sobrepujaram e mataram a raposa, e os corvos se retiraram, gritando, em direção a Londinium. Então o primeiro grupo de águias reapareceu, descendo bem a tempo de derrotar os corvos definitivamente. E quando acabaram, um leão apareceu entre eles, e o povo da cidade saiu para saudá-lo, em júbilo.

Quando despertei, uma tempestade castigava os telhados. *Mau tempo para os marinheiros*, pensei com sono, e me sentei rapidamente, com a convicção súbita de que Constâncio estava naquela tempestade. Mas ele ficaria seguro, se meu sonho fosse verdadeiro. Era Londinium que provavelmente estaria em perigo se os soldados francos fossem derrotados e atacassem a cidade.

Disse a Drusilla para estocar comida suficiente para vários dias. Ao anoitecer, soubemos que o Exército Romano por fim estava a caminho. Alguns diziam que as legiões atacariam Portus Adurni, onde a frota de Aleto esperava por eles, enquanto outros achavam que iriam até Rutupiae e marchariam para Londinium. Mas, se meu sonho fosse verdade, Constâncio estaria dividindo suas forças e atacaria os dois lugares. Naquela noite, dormi mal, esperando pelo que a manhã traria.

Durante o dia seguinte, relatos e rumores circulavam pela cidade. A tempestade tinha enviado os romanos de volta, diziam uns, enquanto outros falavam de um avanço ao norte de Clausentum e uma batalha perto de Calleva. A escuridão já tinha caído quando Phillip voltou do fórum para nos dizer que um cavaleiro viera com a notícia de que Aleto estava morto e que seus bárbaros francos, que haviam sofrido a maior parte das baixas, estavam descendo para Londinium, jurando fazer a cidade pagar por seus prejuízos. As ruas estavam cheias de pessoas assustadas repassando boatos.

Philip me implorou para fugir, tendo vivido o saque de uma cidade quando era criança, mas até então tudo que eu sonhara tinha acontecido, e tinha fé de que Constâncio chegaria a tempo de salvar a cidade. Ainda não tinha decidido o que faria quando ele viesse. Será que conseguiria resistir à tentação de vê-lo mais uma vez, e, se o visse, o que seria de minha serenidade conquistada a tão duras penas? Fui para a cama naquela noite como sempre fazia, em parte para reassegurar meus servos, e, para minha surpresa, sonhei novamente.

A raposa jazia morta no campo de batalha. Do lado dela, se levantou um cisne negro que batia as asas desesperadamente no ar tempestuoso, perseguido tanto pelas águias quanto pelos corvos. Quando por fim pousou na terra, ao lado do Palácio do Governador, foi o leão que o ameaçou. Mas de uma das ruas laterais apareceu um galgo, que segurou o leão até que o cisne tivesse forças para escapar.

Quando acordei, a primeira luz da manhã atravessava as cortinas do dossel da cama. Do lado de fora, ouvi gritos, mas alguém teria me despertado se houvesse perigo imediato. Deitei-me quieta, repassando detalhes de meu sonho até ter certeza de que podia me lembrar deles.

Quando me levantei, encontrei os servos reunidos na cozinha.

— Ah, senhora — exclamou Drusilla —, houve uma batalha fora da cidade! A frota do mestre veio de Tanatus para nos salvar dos bárbaros francos!

Ele está aqui, pensei, *ou logo estará*. Senti o coração acelerar, e o muro que me protegia das memórias começava a desmoronar. *Se nos encontrássemos, ele ainda me acharia bonita?* Já tinha passado dos quarenta, o corpo ficara mais sólido com o tempo, e meu cabelo havia prateado.

— Parece que pela tarde a legião dele entrará na cidade — disse Philip. — Os soldados que Aleto tinha deixado aqui já fugiram, e seus ministros, escrivães e o resto dos empregados da casa correm para lá e para cá, pegando seus pertences e se preparando para fugir antes que Constâncio chegue. — Ele riu.

Mas em meu sonho, então pensei, *o cisne não podia voar*. Constâncio não iria querer machucá-la, mas, com Caráusio e Aleto ambos mortos, Teleri era a única que restava para ser feita prisioneira. Parecia-me sacrilégio que uma mulher que fora sacerdotisa de Avalon fosse obrigada a andar no triunfo de um general romano.

Terminei meu mingau e baixei a tigela.

— Philip, quero a carruagem em uma hora, com você e Decius caminhando atrás dela. Tragam os bastões para desencorajar qualquer problema com as multidões.

O rosto dele demonstrava surpresa, mas tinha aprendido que ordens dadas naquele tom não estavam abertas a discussões. Um pouco antes do meio-dia, estávamos saindo de nosso portão para a estrada. O veículo era mais adequado para transporte no campo, mas o topo tinha cortinas de couro que podiam ser fechadas. Pelo espaço entre elas eu via que as ruas estavam cheias de pessoas em um clima de feriado. Algumas já começavam a construir um arco de folhagens através da rua principal, que levava ao fórum, adornando-o com flores.

Dedilhei o tecido de meu vestido nervosamente. Eu o comprara havia muitos anos, porque era quase do azul de Avalon, e pela mesma razão o usara poucas vezes. A pala fina de lã, de um azul mais escuro, sombreava meu rosto como um véu. Philip não ousava me questionar. Se voltássemos de mãos vazias, ele pensaria que eu estava louca, embora talvez duvidasse mais de minha sanidade caso tivéssemos sucesso.

Não havia ninguém vigiando os portões para o palácio. Orientei meu condutor para nos levar até uma porta lateral, que me lembrava de ter visto uma vez quando acompanhei Constâncio em uma visita à Britânia, e então desci e entrei. Os corredores mostravam sinais de uma partida apressada. Fui rapidamente para o conjunto de cômodos que era normalmente ocupado pelo governador, que suspeitava ter sido o que Aleto tinha tomado para si.

E ali, sentada sozinha na grande cama, seminua e com o olhar fixo, encontrei meu cisne negro.

Como esperava, ela era muito bela, com pele branca e cachos negros caindo até os ombros. E não tão jovem como parecera num primeiro momento, pois havia rugas de amargura nos cantos dos lábios cheios e sombras sob os olhos escuros.

— Teleri...

Um longo momento se passou, como se o espírito dela estivesse vagando, antes que ela se agitasse. Mas seu olhar vago se concentrou ao ver meu vestido azul.

— Quem é você?

— Uma amiga. Precisa vir comigo, Teleri. Pegue o que puder levar.

— Os servos levaram minhas joias... — ela sussurrou —, mas não eram minhas, eram *dele*. Eu não tenho nada... não *sou* nada sozinha.

— Então venha como está, mas rápido. O césar não lhe faria mal, mas não acho que você gostaria de ser um troféu da vitória dele.

— Por que deveria confiar em você? Todos os outros me traíram, até Avalon...

Fiquei feliz por ela ter algum senso de autopreservação, mas não era o momento de vacilar. Ouvia a distância um som como a arrebentação na costa, e sabia que o povo de Londinium celebrava. Puxei minha pala de modo que ela pudesse ver o crescente desbotado em minha testa.

— Porque eu também um dia fui uma sacerdotisa. Em nome da Grande Mãe de todos nós, imploro que venha comigo.

Por um tempo, ficamos nos olhando. Não sei o que ela leu em meu olhar, mas, quando estendi a mão e me virei para ir embora, Teleri pegou uma das cobertas para usar como manto e me seguiu.

Chegamos bem em tempo. Enquanto minha carruagem saía rangendo pelo portão e virava pela rua lateral, da direção do Fórum, ouvi o soar de clarins militares e a batida rítmica das sandálias de tachas. Apertei o assento de madeira do vagão com tanta força que as articulações de meus dedos ficaram brancas. O povo gritava, e as palavras ficavam mais claras à medida que seguíamos...

"*Redditor Lucis, Redditor Lucis!*"

Restaurador da Luz...

Meus olhos fechados não conseguiam barrar o brilho que desabrochava em minha consciência. Constâncio estava vindo, sua presença uma luz radiante em minha alma. Será que ele sentia que eu estava próxima ou as responsabilidades de seu cargo e o tumulto em torno dele eram distrações suficientes?

Enquanto o povo de Londinium gritava para receber seu salvador, meu rosto se umedeceu com lágrimas silenciosas.

TREZE

296-305 d.C.

Durante as semanas que Constâncio passou na Britânia, permaneci fiel à minha promessa e não tentei vê-lo, mas a autodisciplina teve um preço. Minhas regras de mulher, que jamais foram regulares, tinham quase cessado, e agora uma variedade de outros sintomas, de coração palpitante a ondas de calor que me deixavam encharcada como se meu corpo chorasse, contribuía para a infelicidade.

Enquanto isso, a cidade se rejubilava com a notícia de que Teodora tinha dado a Constâncio outra criança. Sabia que ele tinha ficado devastado com nossa separação, mas agora devia estar apreciando as vantagens de uma mulher que era da realeza, jovem e fértil. Constantino me escreveu para dizer que seguiria com Diocleciano em direção ao Egito, para lutar com alguém chamado Domício que tinha começado uma rebelião lá, de modo que eu podia acrescentar aos meus outros problemas a ansiedade pela segurança dele.

Nos primeiros dias Teleri perambulava pela casa como uma aparição, beliscando a comida e respondendo em monossílabos quando insistíamos em falar com ela. Na quarta manhã a encurralei no átrio, onde ela contemplava o altar para a Grande Mãe.

— Todas as manhãs ofereço a ela uma flor. Ainda fazem isso em Avalon?

Ela se virou para mim, os olhos escuros buscando os meus antes que cílios grossos os velassem novamente.

— Não sei, mas já era adulta quando cheguei à ilha, e a Senhora... me mandou embora... antes que eu completasse meu treinamento lá. — Seus dedos finos tiraram o cabelo da testa, como se para enfatizar que não havia um crescente azul tatuado ali. — Mas você era uma sacerdotisa. Por que deixou Avalon?

Dei um passo defensivo para trás, intensamente consciente da marca em minha testa. Como aquela criança ousava virar minha própria pergunta contra mim? Mais uma vez, em memória, eu estava na margem do lago enquanto as sacerdotisas viravam as costas e Ganeda me expulsava de Avalon.

— Fui exilada por desafiar a vontade da Senhora, e você, porque a obedeceu — respondi grosseiramente. — Nós duas tivemos de viver com nossas escolhas. Mas *você* pode voltar.

Teleri balançou a cabeça, puxando a pala em torno de si como se estivesse com frio.

— Ela não me quer de volta… não me mandou nenhuma mensagem…

Fomos as duas expulsas, pensei amargamente, *e ainda sonhamos com Avalon…* Seria pior, me perguntei, não ter ninguém mais para amar, ou ser separada de seu amado por um golfo do tamanho do mar, embora ele estivesse naquele momento a menos de uma milha de distância?

— Então ficará comigo — eu disse, tentando esconder minha própria dor atrás de uma aparência calma.

***

No fim daquele mês, Constâncio deixou a Britânia, e eu não conseguia mais nem fingir que estava alegre. Dessa vez sequer o vira, e ainda assim era como se tivéssemos acabado de nos separar mais uma vez. Um desespero negro como o rio Estige me envolvia. Deitada no quarto com as cortinas fechadas, eu me recusei a me levantar e a me vestir, e nem as receitas mais delicadas de Drusilla ou os pedidos de Hrodlind conseguiam me persuadir a comer.

Fiquei deitada a maior parte daquela semana, sem aceitar nenhuma companhia exceto a de Hylas, que estava tão velho que passava os dias cochilando ao lado do braseiro, embora, quando eu estivesse em casa, ele ainda insistisse em me seguir a cada cômodo. Eu me rejubilei em minha fraqueza crescente, pois, embora tivesse prometido a Constâncio que não me mataria, aquela descida suave ao esquecimento me parecia um bem-vindo fim para o meu sofrimento.

Conforme a fraqueza afrouxava os grilhões de minha mente, uma visão veio.

Tive a impressão de que vagava em uma paisagem enevoada como as fronteiras de Avalon. Tinha ido confrontar a Deusa, descobrir o próximo passo em minha própria passagem, ir além da Mãe e encontrar a Anciã. Antes, jamais conseguia ver além da Mãe. Certamente aquele deveria ser o rosto central da Deusa, e as duas de cada lado, Ninfa e Anciã, apenas Suas aias.

Mas o que enfrentava naquele momento era o parto final, o teste extremo de força e coragem. Confrontando minha própria transição do ponto de vista da maternidade, era forçada a ver a tragédia mundial das mães. Até Jesus, de acordo com os cristãos, tinha uma mãe, e repetidamente o vi apoiado no braço dela, e quando a vida o deixou e o derrotou, ele a chamou também. Falei:

— Bem como um homem; foi lá e morreu corajosamente, deixando para as mulheres a tarefa de reunir seu trabalho novamente depois.

O medo pelo meu próprio filho me sobrepujou, e gritei amargamente:

— A Mãe precisa deixar seus filhos partirem apenas para serem crucificados?

Perguntei o que estava além. Repetidamente recebi apenas a sensação de ser a figura de proa de um navio fendendo as águas em direção ao desconhecido.

Então tive a impressão de perceber a tragédia central da mulher. Perdera minha própria mãe antes que pudesse ao menos conhecê-la, e fui deixada sozinha, perdida, desesperada, gritando por conforto. Era uma situação em que nós mulheres continuávamos a nos encontrar por toda a vida. Somos obrigadas a dar força aos homens, a parir e alimentar nossos próprios filhos. Estranhos me viam como alguém forte, mas eu era uma criança chorando no escuro para ser confortada, e minha mãe tinha ido embora e jamais estaria ali para mim novamente.

E então a estocada final. Quando mal tinha idade para ficar de pé sozinha, antes que tivesse tempo ou forças para saber quem eu era, uma mão menor fora enfiada na minha e A Voz dissera: "Aqui. Esta é sua priminha. Cuide dela".

E esse é o confronto com a Vida, a primeira consciência de que talvez devêssemos gritar "não" e golpear aquela pequena forma e espancá-la até que estivesse morta e fria e não mais exigente, e correr livres, sem entraves, gritando: "Mamãe, espere, há apenas eu".

Caso contrário, precisamos fazer a outra escolha, sermos privados da Mãe para nos *tornarmos* a mãe, e pegar a pequena quando ela cai, e enxugar suas lágrimas e niná-la até dormir, abraçadas contra o escuro porque ela tem tanta necessidade de conforto quanto você, que é a mais forte, então lhe cabe dá-lo...

E aquilo, percebi conforme as imagens brilhantes se enevoavam, foi o que eu fiz, primeiro para Becca e Dierna, e depois para uma sucessão de criadas e mulheres de soldados e oficiais iniciantes sob o comando de meu marido. E para Teleri, embora tivesse fracassado com ela, por fim.

Com aquele pensamento, percebi que havia alguém comigo no quarto. Tinha dado ordens rígidas para não ser perturbada, mas agora estava fraca demais até para a raiva. Abri os olhos.

Teleri estava sentada ao lado da minha cama, um pouco jogada na cadeira, como se estivesse ali por algum tempo. Uma tigela de mingau de aveia estava apoiada em seu colo. Ainda fumegava, e o aroma me trouxe memórias do Salão das Sacerdotisas em uma manhã gelada, quando nos reunimos para comer nossa refeição do dia em torno da lareira central. Era aquele aroma, percebi, que me trouxera de volta da minha visão, a fragrância do mingau de aveia com mel e maçãs secas como faziam em Avalon.

— Seus criados não ousam perturbá-la — ela disse em voz baixa —, mas não vou somar aos pecados que já tenho o fardo de deixá-la morrer quando há algo que eu posso fazer.

Busquei a segurança sombria do desespero, mas meu estômago roncava. Aparentemente meu corpo decidira viver, e não adiantava discutir. Com um suspiro, estendi a mão para a tigela.

— Quando estiver bem — disse Teleri —, vou deixá-la. Voltarei a Avalon. Jamais deveria ter saído de lá, e se Dierna me expulsar, vou vagar até que a morte me leve para a bruma entre os mundos.

Aquilo era o que eu estivera fazendo, pensei sombriamente, *e sem me dar ao trabalho de viajar para o País do Verão*, mas tive a impressão de que perdera o direito de criticá-la.

— Venha comigo, Helena. Seja você quem for, e seja qual for a razão pela qual foi exilada, este mundo não tem mais felicidade para você do que para mim...

Engoli um pouco do mingau, pensando. Será que tinha sido esquecida? Ganeda bem poderia ter ficado amarga o suficiente para apagar meu nome do registro de sacerdotisas. Mas talvez a explicação fosse mais simples.

— Quando morava na Ilha Sagrada, eu era chamada de Eilan — falei lentamente, e os olhos dela se arregalaram.

— Você é a que fugiu com um oficial romano! Desde os dias da primeira Eilan, que foi grã-sacerdotisa em Vernemeton, que não havia um escândalo daqueles. Mas Dierna disse que você era boa para ela quando criança, e sempre falou bem de você. O romano está morto, então? Seus criados não falam sobre ele.

— Não está morto, a não ser para mim — falei entre lábios rígidos. — Ele é Constâncio Cloro, pai de meu filho Constantino.

Os olhos de Teleri se encheram de lágrimas.

— Fui casada com Caráusio, que era um bom homem, embora jamais o tenha amado, e com Aleto, a quem amei, embora ele não fosse bom nem para a Britânia nem para mim.

— Era a vontade de Dierna? — No fim, parecia que Ganeda tinha treinado bem a neta.

— Ela queria ligar o Defensor da Britânia a Avalon...

Assenti, compreendendo que era a mesma esperança que originalmente me enviara à procura de Constâncio.

— Dierna é uma boa sacerdotisa, não importa o quanto as coisas tenham terminado mal para mim — disse Teleri com sinceridade. — Tenho certeza de que ela a receberia...

E então tentaria me usar, tudo pelo bem de Avalon..., pensei amarga. Um dia eu poderia ter reivindicado tanto quanto ela o posto de Senhora da Ilha Sagrada, mas ficara longe por tempo demais, e embora Constâncio tivesse me abandonado, seu filho, cuja carta mais recente estava sobre a mesa de cabeceira naquele momento, precisava mais de meu aconselhamento do que as sacerdotisas de Avalon.

— Para Dierna, e somente para ela, pode dizer que ainda estou viva e que envio meu amor. Mas acho que a Deusa ainda tem trabalho para mim no mundo.

***

Uma semana depois, quando desci para o café da manhã, disseram-me que Teleri tinha partido. Ela tinha o que sobrara do dinheiro que eu lhe dera para comprar roupas, e tudo que podia fazer por ela naquele momento era pedir que a Senhora abençoasse sua viagem.

A primavera chegara a Londinium. O Tamesis estava cheio por causa das chuvas, e folhas novas brotavam de cada galho, recebendo os pássaros que voltavam. A vida voltou aos meus membros, e subitamente precisava ficar lá fora, andando pelos pastos e ao longo do córrego que dividia a cidade. Outras vezes passava pelo fórum até os banhos, ou ia até mais longe, ao Templo de Ísis que tinha sido erguido perto dos portões no oeste da cidade. A cada dia me sentia mais forte e menos contente em ficar emburrada em casa, ruminando minha infelicidade. Sentia falta do barulho de patas atrás de mim, mas, logo que comecei a me recuperar, Hylas morreu, deitado em seu lugar de costume ao pé da minha cama, como se seu espírito ainda fosse me guardar. Por semanas, esperei ouvir o ruído de patas nos azulejos do chão ou de arranhões na porta. Ele tivera uma vida longa para um cão, mas eu não conseguia pegar outro.

Um escultor de pedra tinha seu ateliê entre o Isaeum e o Templo de Diana, e tive a ideia de pedir a ele um relevo das *Matronae*, o trio de mães ancestrais que honrávamos em todo o império. Mas me ocorreu que minha escultura precisava ser diferente, e então, além das três figuras costumeiras, duas segurando cestos de frutas, e a terceira, uma criança, pedi ao escultor para fazer uma quarta Mãe segurando um cão no colo.

Talvez as Mães tenham ficado gratas, pois em uma lua conheci três pessoas que fariam uma profunda diferença em minha vida durante o resto dos anos que passei em Londinium.

Encontrei a primeira imediatamente depois de terminar as negociações quanto à escultura. Estava procurando uma venda de comida onde pudesse comer um pouco de pão e linguiça antes de voltar para casa. Mas, ao virar a esquina, quase tropecei em algo peludo, e, olhando para baixo, me vi cercada de gatos. Se aquilo foi um presságio, não o entendi. Deviam ser mais de vinte, de todas as cores e formas, esperando impacientemente na frente de um edifício um tanto decrépito, que fora adicionado ao fundo do Templo de Ísis.

Ouvi uma onda de palavras em uma língua estrangeira e vi uma mulher baixa, arredondada, vestindo várias túnicas e uma pala de cores brilhantes que contrastavam, apoiada em uma bengala. O cabelo escuro estava em parte coberto de púrpura, e ela carregava um cesto que cheirava forte a peixe mesmo daquela distância.

Ela olhou para cima e me viu.

— Oh, sinto muito — falou em latim. — Eles são muito insistentes, os gatinhos gulosos, mas sou a única que os alimenta, sabe.

Quando ela abriu a bolsa e começou a distribuir cabeças de peixe, vi que seus olhos escuros tinham sido alongados com kohl, e sua pele tinha um brilho quente que jamais viria do sol britânico. Em volta do pescoço, havia um pingente de gato no estilo egípcio.

— É uma sacerdotisa? — perguntei.

— Sou Katiya, e sirvo à Senhora Bast. — Ela começou a levar a mão em direção à testa em sinal de homenagem, percebeu que segurava um pedaço de peixe, riu e o jogou para um grande gato laranja que esperava do lado.

— Para o leste contemplamos Bast, a Rainha Gata — ela cantou suavemente —, no leste buscamos a alma de Ísis, a Portadora da Luz, Mãe Lua, protetora gentil. Ao santuário de Per-Bast dirigimos nossas preces... Mas sou a única em Londinium que faz isso — ela completou, balançando a cabeça. — No Egito, todas as pessoas sabem que o gato é sagrado para a Deusa, mas os mercadores trazem gatos para a Britânia e os deixam, e ninguém parece se importar. Só as sacerdotisas de Ísis me deixam ficar aqui porque sabem que Bast e Ísis são irmãs. Faço o que posso.

— Minha deusa favorece os cães — respondi —, mas suponho que Bast seja irmã *dela* também. Aceita uma oferenda?

— Em nome de minha Senhora — ela disse e, do meio dos panos que a cobriam, tirou uma bolsa de rede, um pouco menos recendente a peixe do que o cesto, no qual eu poderia colocar algumas moedas. — Alimento meus pequenos e faço canções. Venha a mim quando estiver triste, nobre senhora, e eu a alegrarei.

— Acho bem provável que alegre! — respondi, rindo sem vontade. E dali por diante, pelo tempo que vivi em Londinium, visitava Katiya a cada semana para fazer minha oferenda. Só para manter a balança em equilíbrio, no entanto, fiz uma doação ao Templo de Diana, que ama cães, para o cuidado dos cães de rua da cidade. De tempos em tempos, levava um desses órfãos comigo, mas embora gostasse do barulho de patas pela casa, com nenhum deles formei o laço que tivera com Hylas e Eldri.

O segundo encontro ocorreu um dia quando notei o nome "Corinthius" em uma placa sobre uma porta e parei, lembrando-me do velho grego que fora meu professor na infância. De dentro, vinha o som de jovens vozes conjugando verbos gregos. Corinthius me dissera que queria estabelecer uma escola. Pedi a Philip, que estava comigo, para bater e perguntar, e logo eu estava bebendo vinho com um jovem que me disse ser o filho de meu velho professor, que se casara ao chegar a Londinium e gerara aquele filho, herdeiro da escola.

— Ah, sim, minha senhora, meu pai falava sempre de você — disse Corinthius, o Jovem. Ao sorrir, mostrou dentes tortos. — Ele costumava dizer que você era mais inteligente que qualquer menino que ensinara, especialmente quando eu não ia bem em minhas lições.

Não consegui deixar de sorrir em resposta.

— Ele era um bom professor. Gostaria de ter estudado com ele por mais tempo, mas tive sorte por meu pai acreditar que as garotas também deveriam ser educadas. — Não disse a ele que meus estudos com o velho grego tinham sido seguidos por uma educação muito mais extensiva em Avalon.

— Ah, de fato — Corinthius assentiu. — Fico triste, às vezes, quando vejo meus rapazes com suas irmãs, por não poder ensinar as meninas também. Acho que alguns dos pais estariam dispostos a lhes dar uma educação, mas não desejam enviar garotas para um professor homem, e é claro que não há tantas mulheres educadas aqui como em Roma ou Alexandria… — Ele serviu mais vinho.

— Sabe — falei por fim —, sempre quis ter uma filha a quem pudesse passar algo das coisas que sei. Poderia sugerir às mães de alguns desses meninos com irmãs que me visitem. Meu marido me deixou dinheiro suficiente para viver, mas eu me sinto um pouco solitária e ficaria feliz com um… círculo… de amigas.

— Será como Safo entre as donzelas de Lesbos — exclamou Corinthius —, amada pelos deuses!

— Talvez não exatamente como Safo — respondi sorrindo, pois quando morávamos em Drepanum eu lera alguns dos poemas dela que meu professor jamais me mostrara. — Mas dê o recado às mulheres, e veremos.

Corinthius cumpriu a palavra, e quando a escultura das *Matronae* estava terminada e instalada em um santuário, um grupo de mulheres ia com as filhas à minha casa nas luas nova e cheia. Se o que ensinava a elas vinha mais de Avalon do que de Atenas, não era da conta de ninguém além da nossa. Mas nem mesmo a elas, as primeiras irmãs em espírito que tivera desde que havia deixado a Ilha Sagrada, confidenciei de quem tinha sido esposa.

O terceiro encontro aconteceu nos banhos, onde se acabava encontrando todos da cidade, durante as horas reservadas para as mulheres. Através das nuvens de vapor, todas pareciam misteriosas, mas eu tinha a impressão de que aquela voz que reclamava tão alto do preço do trigo era familiar, e o rosto avermelhado de ossos largos também.

— Vitellia, é você? — perguntei, quando ela por fim parou para tomar fôlego. Através do vapor, vi que o peixe dourado ainda pendia da corrente em seu pescoço.

— Pelas bênçãos do céu, é Helena! Quando ouvi sobre... o casamento de Constâncio... eu me perguntei...

— Quieta! — falei levantando a mão. — Não falo sobre isso aqui. Estou bem suprida, e o povo pensa que sou uma viúva rica com um filho servindo no exterior.

— Bem, então sejamos viúvas juntas! Venha, vamos comer algo, e você me conta tudo o que aconteceu desde que seu filho nasceu!

Fomos nos secar e saímos pelo pórtico de mármore. Ao passarmos pela estátua de Vênus, percebi que Vitellia a olhou nervosamente, mas não havia nada para justificar sua repulsa, apenas uma guirlanda de flores que alguém colocara no pedestal.

— Tenho certeza de que as pessoas não fariam isso se soubessem como é difícil para nós, cristãos — ela murmurou quando entramos na rua. — Sei que não é da fé verdadeira, mas nos dias em que nossos maridos serviam juntos, todos os oficiais honravam o Deus Maior, então talvez você possa entender. Somos comandados a evitar a idolatria, percebe, e ainda assim somos cercados de imagens esculpidas e sacrifícios.

Ela fez um gesto mostrando o resto da rua mais abaixo, e vi, como tinha visto centenas de vezes sem pensar em nada disso, que estávamos cercadas por deuses. Uma imagem de Netuno se levantava de uma fonte, ninfas e faunos riam nas mísulas das casas, e a encruzilhada era marcada por um santuário de algum espírito local que tinha recebido recentemente um prato de comida e um buquê de flores como oferenda. Eu me lembrei de ter ficado impressionada pelo arranjo opulento quando chegara de Avalon, onde sabíamos que a terra toda era sagrada, mas não víamos motivo para enfatizar a questão com todas aquelas decorações; mas tinha me acostumado àquilo, depois de mais de vinte anos.

— Mas ninguém espera que você os honre — falei lentamente. A não ser, é claro, o espírito guardião do imperador, e fazia anos desde que alguém tentara de fato reforçar essa exigência.

— Mesmo tocá-los, *vê-los*, é uma poluição — suspirou Vitellia. — Apenas na igreja que construímos na mata além dos muros podemos nos sentir verdadeiramente livres.

Levantei uma sobrancelha. Tinha caminhado pela estrada ao norte durante uma noite de Beltane, quando até os campos dentro de Londinium tinham parecido confinados demais para mim. Agora achava que me recordava da construção, uma estrutura modesta de taipa com uma cruz simples sobre a porta. Mas a mata que a cercava zunia com o poder dos espíritos que estavam por ali naquela noite, e trechos de grama amassada mostravam onde jovens casais tinham honrado o Senhor e a Senhora do modo deles na noite anterior. Como os cristãos podiam imaginar que fugiriam dos velhos deuses saindo da cidade?

De qualquer modo, não cabia a mim abrir os olhos deles para o que tão abertamente não desejavam ver. Vitellia ainda falava:

— ... e um de nossos membros mais antigos doou um prédio perto do cais que transformamos em um refúgio para os pobres. Nosso Senhor nos mandou cuidar da viúva e do órfão, e então nós cuidamos, e não perguntamos que fé eles seguem, desde que não pronunciem o nome de nenhum demônio entre nossas paredes.

— Parece um trabalho digno — eu disse a ela. Com certeza era mais que os magistrados faziam.

— Sempre precisamos de ajudantes, para cuidar dos doentes e servir a comida — disse Vitellia. — Eu me lembro de ter ouvido que você tinha algum conhecimento sobre ervas quando estávamos na Dalmácia.

Sufoquei um sorriso. Ensinar tinha sido uma bênção, mas não preenchia completamente meus dias. *Poderia ser interessante*, pensei, *trabalhar com aqueles cristãos por um tempo.*

De fato foi, e pelos sete anos seguintes minha vida foi rica e cheia, e mais útil, imagino, do que quando minhas únicas responsabilidades eram cuidar da casa de Constâncio e dividir a cama com ele. Foi no fim de fevereiro do terceiro ano do novo século que as notícias que mudariam tudo chegaram. Estava voltando para casa de minha visita semanal à sacerdotisa de Bast quando ouvi uma confusão no mercado. Quando me virei naquela direção, Philip, que tinha me acompanhado naquele dia, me impediu.

— Se houver um tumulto, senhora, posso não ser capaz de protegê-la. Fique aqui — ele sorriu ao perceber que estávamos em frente ao Mithraeum —, onde estará segura, e vou ver qual é a causa dessa agitação!

Sorri de leve ao observá-lo descendo a rua, lembrando-me do menino magrelo que ele era ao chegar à nossa casa. Ainda tinha uma construção esbelta, mas sua presença se tornara bastante sólida. Tentei me recordar se aquela mudança acontecera quando ele se tornara cristão ou quando eu o alforriara. Concluí que tinha sido o primeiro que libertara seu espírito, mesmo antes que sua condição legal fosse alterada. Talvez fosse por esse motivo que, ao receber sua liberdade, tivesse escolhido ficar comigo.

Tive a impressão de que um longo tempo se passou até que ele voltasse. Sentei-me em um banco diante do Mithraeum, contemplando o relevo do deus matando o touro. Imaginei se Constâncio tinha visitado aquele lugar quando estivera na Britânia. Sabia que ele tinha continuado a subir de posição no culto, pois me recordava de vezes em que estivera ausente para iniciações adicionais, mas é claro que na adoração a Mitra não havia lugar para mulheres, e ele era proibido de me dizer o que acontecia. Ainda assim, sentar ali era como estar sob sua proteção. Fiquei feliz ao perceber que aquele pensamento fazia meu coração doer só um pouco.

Então ouvi passos rápidos e vi Philip chegando, o rosto branco de choque e raiva.

— O que aconteceu? — Levantei-me para encontrá-lo.

— Um novo édito! Diocleciano, que Deus o amaldiçoe, começou as perseguições novamente!

Franzi o cenho, correndo parra alcançá-lo enquanto ele descia a rua novamente, pois o burburinho da multidão começava a ficar feio. Recordei-me de rumores que ouvira alguns anos antes, quando se dizia que a presença dos cristãos tinha estragado o ritual do imperador. Alguns oficiais do Exército tinham sido executados por se recusarem a participar dos sacrifícios, e outros foram expulsos, mas nada mais acontecera. Na maioria dos lugares, os cristãos, embora considerados peculiares, davam-se bem o suficiente com os vizinhos.

Como Diocleciano podia ser tão estúpido? Eu convivera com cristãos por tempo suficiente para saber que, longe de temerem o martírio, eles o acolhiam como um jeito fácil de cancelar todos os pecados e conseguir o favor do deus sombrio deles. O sangue dos mártires, diziam, era a nutrição da igreja. Matá-los apenas reforçava a crença deles em sua própria importância e tornava o culto mais forte.

— O que *diz* o édito? — repeti ao alcançar Philip.

— O cristianismo foi declarado ilegal. Todas as cópias das Escrituras devem ser entregues e queimadas, todas as igrejas devem ser tomadas e destruídas — ele cuspiu as palavras.

— Mas e quanto ao povo?

— Até agora, apenas padres e bispos são mencionados. Terão que oferecer um sacrifício na presença de um magistrado ou serão presos. Preciso levá-la para casa, senhora. Os soldados estão saindo, e as ruas não estarão seguras.

— E você? — perguntei, entre tomadas de fôlego.

— Com sua permissão, vou para a igreja oferecer minha ajuda. Talvez algo possa ser salvo se chegarmos a tempo.

— Você é um homem livre, Philip — eu disse —, e não quero comandar sua consciência. Mas imploro, em nome de seu deus, tome cuidado!

— Só se também fizer isso! — Ele conseguiu sorrir enquanto nos aproximávamos de minha porta. — Mantenha o resto dos empregados dentro de casa. Embora ainda seja uma veneradora de demônios, o Grande Deus a ama!

— Obrigada, acho! — murmurei, vendo-o correr rua abaixo. Em todo caso, bênçãos deveriam ser bem-vindas, de qualquer lugar que viessem. Balançando a cabeça, entrei.

Por um dia e uma noite, destacamentos do forte andaram pelas ruas, buscando propriedades e líderes cristãos. Quando tinham acabado, o bispo da igreja de Vitellia estava sob custódia, e a igrejinha na mata perto da estrada do norte fora totalmente queimada. Os livros santos, no entanto, tinham sido escondidos em segurança, e uma pilha de papéis com relatos escritos da igreja foi entregue para ser destruída pelas autoridades.

***

A fumaça dos incêndios foi levada pelo vento, mas o fedor, tanto físico quanto metafórico, permaneceu por mais tempo. Diocleciano tinha governado com sabedoria por quase vinte anos, mas, em suas tentativas de preservar a sociedade, nosso imperador estava efetivamente dividindo-a. Conforme eu tinha previsto, a perseguição só tornou os cristãos mais obstinados, e havia mais deles do que a maioria de nós tinha percebido.

Naqueles dias, os cristãos se reuniam em segredo em suas casas. Philip me disse que cartas vindas da parte oriental do império falavam sobre prisões e execuções. Para meu alívio, Constâncio não fez mais que instituir a nova lei nas porções do império sob seu controle. E assim que a excitação inicial acabou, a população em geral demonstrou pouco entusiasmo para perseguir os vizinhos. Como aqueles vizinhos cristãos deviam ver o resto de nós não era uma questão que parecia ter importância naquele momento.

Ainda assim, eu tinha a impressão de que em tempos como aqueles, precisava oferecer às moças que ensinava algo mais relevante que Homero e Virgílio, e então, de tempos em tempos, levava nossas discussões para questões que dividiam os homens no momento em que vivíamos.

— É necessário — falei uma manhã — que a pessoa educada entenda não apenas no que acredita, mas por que acredita nisso. Então pergunto a vocês, quem é o Deus Supremo?

Por um longo momento, as garotas olharam umas para as outras, como se não estivessem bem certas do que eu perguntava, muito menos de como isso se aplicava a elas. Finalmente, Lucretia, cuja família exportava lá, levantou a mão.

— Júpiter é o rei dos deuses, é por isso que os imperadores colocam sua imagem nas moedas...

— Mas os cristãos dizem que todas as deidades, exceto o deus dos judeus, são demônios — ofereceu Tertia, a filha do fabricante de sandálias.

— Isso é verdade, e então pergunto, quantos deuses há?

Isso iniciou um murmúrio de discussões, até que levantei a mão pedindo silêncio novamente.

— Vocês estão todas corretas, de acordo com seu modo de pensar. Cada terra e distrito tem as próprias deidades, e, no império, nossa prática foi honrá-las todas. Mas considerem isto: nossos maiores filósofos e poetas falam de uma divindade suprema. Alguns chamam esse poder de "Natureza", outros, de "Aether", e outros ainda, de "o Grande Deus". O poeta Maro nos diz:

"Desde o princípio instrínseco almo espírito
Céus e terra aviventa, e o plaino undoso
O alvo globo lunar, titâneos astros,
E nas veias infuso a mole agita
E ao todo se mistura: homens e brutos,
Voláteis gera e anima, e o que de monstros
O cristal fluido esconde."

— Mas e quando à Deusa? — perguntou a pequena Portia, apontando para o altar no canto do cômodo ensolarado que usávamos como sala de aula, onde uma lamparina era sempre mantida acesa diante do relevo das Mães. Às vezes, quando ninguém mais estava presente, eu acariciava a cabeça do cão no colo da quarta Mãe, e a sentia quente e macia sob minha mão como se Hylas tivesse voltado para mim.

Sorri, pois já esperava que alguém levantasse aquele ponto.

— Certamente faz mais sentido ver o Poder Maior como mulher, se é preciso dar um gênero à Deidade, pois é a mulher que dá à luz. Até mesmo Jesus, que os cristãos dizem que era filho de Deus, ou mesmo que era Deus em si, teve de nascer de Maria antes que pudesse tomar a forma humana.

— Bem, é claro! — respondeu Portia. — É de onde os heróis e semideuses vêm. Hércules, Eneias e o resto deles.

— Mas os cristãos dizem que o Jesus deles era o único... — observou Lucretia. As outras moças contemplaram aquela falta de lógica e balançaram as cabeças.

— Vamos voltar à questão original — falei quando a discussão terminou. — Pitágoras nos diz que o Poder Supremo é "uma alma que passa para lá e para cá, difusa através de todas as partes do universo e de toda a natureza, da qual todas as criaturas vivas que são produzidas derivam suas vidas...". Esse é praticamente o mesmo ensinamento que recebi entre os druidas, exceto, como disse, que tendemos a pensar nesse Poder como sendo mulher quando lhe damos um gênero.

— Sendo assim — fiz um gesto para as *Matronae* novamente —, por que nos sentimos impelidos a fazer imagens do que não pode, na verdade, ser retratado, e a dividi-lo em deuses e deusas e a dar-lhe nomes e histórias? Mesmo os cristãos fazem isso, dizem que o Jesus deles é o Deus Supremo, e, no entanto, as histórias que contam sobre ele são exatamente como nossas lendas de heróis!

Houve um longo silêncio. *De certa maneira*, pensei, *era injusto pedir que aquelas moças respondessem uma pergunta cuja solução tinha eludido teólogos e filósofos. Mas talvez, apenas por serem mulheres, pudessem achar mais fácil de entender.*

— Vocês têm bonecas em casa, não têm? — acrescentei. — Se sabem que não são bebês de verdade, por que as amam?

— Porque... — Lucretia disse hesitantemente, depois de outra pausa — posso abraçá-las. Finjo que são os bebês que terei quando crescer. É difícil amar algo que não tem rosto ou nome...

— Acho que essa é uma boa resposta, não acham? — perguntei, olhando em torno do círculo. — Em nossas mentes, conseguimos entender o Grande Deus, mas enquanto estivermos em corpos humanos, vivendo neste mundo rico e variado, precisamos de imagens que podemos ver, tocar e amar. E cada uma delas nos mostra uma parte daquele Poder Supremo, e todas as partes juntas nos dão um vislumbre do todo. Então, o povo que insiste que há apenas Um Deus está certo, assim como os que honram muitos deles, mas estão certos de maneiras diferentes.

Elas assentiam, mas em alguns olhares eu via a incompreensão, e outros miravam o jardim como se encontrassem mais verdade no jogo de luzes sobre as folhas. Ainda assim, esperava que algo do que fora dito ficasse com elas. Rindo, eu as dispensei para sair e brincar.

***

O édito de Diocleciano permaneceu válido na Britânia por mais dois anos. No ano depois do édito, quando todos foram ordenados a fazer um sacrifício, um soldado chamado Albano fora morto em Verulamium por se recusar a fazê-lo, e um dia encontrei Vitellia chorando por ter ouvido que o sobrinho de catorze anos, Pancrácio, tinha sido morto em Roma. Em Londinium não houve execuções, embora o bispo tivesse sido preso e permanecesse sob custódia.

Os cristãos continuaram a se encontrar secretamente em suas casas, e quando até isso se tornou perigoso demais, permiti que fizessem serviços na minha. Ou melhor, no átrio, já que, mesmo com véus sobre as imagens e altares, o interior era considerado muito poluído para que expusessem as coisas santas do deus deles. Ficavam felizes, no entanto, em me receber nas partes do serviço abertas aos não iniciados.

Nathaniel, o fabricante de cordas que, sendo apenas um diácono na igreja, escapara da prisão com os outros, falava longamente para sua congregação, homens de um lado do jardim e mulheres do outro, cabeças cobertas e olhos baixos em piedade.

— *Oh, Deus, as nações invadiram tua herança* — ele entoou, movendo o dedo ao longo da linha escrita.

Vitellia estava sentada na primeira fileira, de olhos fechados, movendo os lábios. Por que não permitiam que ela falasse, me perguntei, já que obviamente ela sabia a escritura sagrada tão bem quanto ele?

— *Profanaram teu sagrado templo; fizeram de Jerusalém um monte de ruínas, deram os cadáveres de teus servos como pasto às aves do céu...*

Conforme ele continuava, refleti sobre a pertinência das palavras, que tinham sido escritas, segundo me disseram, por um dos reis judeus ancestrais.

— *Tornamo-nos o riso de nossos vizinhos, divertimento e zombaria daqueles que nos cercam...*

Aparentemente, os que serviam ao deus dos judeus sempre haviam tido dificuldades na boa convivência com os vizinhos. Era por estarem errados ou, como acreditavam, por estarem além de seu tempo? Eu tinha sugerido que, já que os cristãos não acreditavam em nossos deuses, não haveria problema em simular uma oferenda, mas Vitellia reagira com horror. Foi quando percebi que os cristãos *acreditavam* nos deuses, mas os consideravam malignos. Não entendia a lógica dela, mas tive de admirar sua integridade.

— *... que a tua compaixão venha logo em nosso encontro, pois estamos muito enfraquecidos. Socorre-nos, ó Deus salvador nosso, por causa da glória de teu nome...*

Nos últimos minutos eu vinha percebendo um murmúrio distante. Quando Nathaniel fez uma pausa, o barulho ficou mais alto, o som de muitos pés e muitas vozes. Os cristãos também ouviram.

Baixinho, uma das mulheres começou a cantar:

*"Os dons eternos do Cristo Rei,
Do mártir cantamos os gloriosos feitos;
Com o coração em júbilo, entoamos todos
Os hinos devidos de amor e louvor..."*

Cruzei o olhar com o de Phillip e assenti, e ele se levantou e atravessou a casa em direção à porta.

Então ouvimos batidas fortes, e até a voz de Nathaniel falhou. Algumas das mulheres choravam, mas outras estavam eretas e com os olhos ardentes, como se esperassem pelo martírio. E continuaram a cantar.

*"Na terra sem esmorecer,
Lutaram sempre até morrer,
E entraram na eternal mansão
Lá onde os santos sempre estão."*

Levantei-me.

— Não tenham medo. Vou sair para falar com eles.

Quando cheguei à porta, Philip a tinha aberto, e estava confrontando a multidão. Passei por ele e, quando o primeiro homem abriu a boca para falar, eu o olhei de cima.

— Sou Julia Coelia Helena. Por vinte anos fui mulher do Constâncio, que hoje é seu césar, e sou a mãe do primogênito dele. E garanto que será a ira dele que enfrentarão se ousarem invadir minha casa!

Atrás de mim, os cristãos ainda cantavam.

*"A nós concede, ó, Redentor,
Teu povo implora com fervor,
Que junto aos santos nós, ó, Deus,
Reinemos todos lá nos céus."*

— Ah, senhora! — O líder balançou a cabeça, e vi que ele ria. Agora percebia que muitos na multidão tinham guirlandas na cabeça, ou carregavam odres de vinho, e comecei a notar que as almas ferventes que cantavam atrás de mim teriam seus desejos de martírio frustrados.

— Isso nunca foi nossa intenção! Em nome de Júpiter e Apolo, não queremos morte, mas celebração! Não soube da notícia? Diocleciano e Maximiano abdicaram em favor dos césares, e Galério e seu Constâncio agora são imperadores!

CATORZE

306 d.C.

Em meu sonho, eu caminhava com Constâncio ao longo das margens de um rio. Não sabia se era o Rhenus ou o Tamesis, pois o céu era de um cinza opaco, monótono. Pouco importava, já que meu amado estava comigo. Os traços estavam cobertos pela sombra, mas meu corpo conhecia o aperto forte de sua mão. Era inesperadamente doce, depois de tantos anos em que negara até minhas memórias, ter a companhia dele.

— Para onde está me levando? — perguntei.

— Para me ver partir para minha jornada.

— Não de novo! — Parei, tentando abraçá-lo, mas seu avanço firme me arrastava. — Por favor, não me deixe novamente!

— Desta vez — ele falou —, só ao deixá-la de novo posso estar com você mais uma vez.

— A noite está caindo? — perguntei entre lágrimas.

— Não, minha amada, olhe, é a manhã!

Pisquei, pois o rosto dele ficava cada vez mais radiante conforme o sol se levantava no horizonte. E então ele era todo luz, escorregando entre meus dedos enquanto eu esticava os braços para abraçar a aurora...

***

A luz brilhava através de minhas pálpebras, e alguém batia na porta. Eu me livrei dos lençóis, esfregando os olhos enquanto a realidade ordinária de meu quarto, com afrescos mostrando cenas de ninfas da floresta e da fonte, tomavam o lugar do brilho enevoado de meu sonho. Não poderia ser perigo. Vitellia ainda morava comigo, em uma nova ala que construíramos na casa onde ninguém jamais honrara os deuses, mas, desde que Constâncio se tornara augusto, até mesmo o fingimento da perseguição aos cristãos havia cessado. A luz do sol da primavera atravessava as janelas. Claramente não dormiria mais, e estava na hora de começar o dia.

Enquanto tirava a camisola e começava a me lavar na bacia, ouvia vozes lá embaixo. Meu cabelo mostrava alguns fios prateados nas têmporas, mas eu ainda andava para todos os lugares em vez de tomar uma carruagem ou liteira, e meu corpo era firme. Hrodlind apareceu na porta e, vendo que eu estava de pé, apressou-se para estender uma nova camisa e uma de minhas melhores túnicas, a de seda cor de açafrão com bordados de espigas de trigo na barra.

Ao ver a surpresa em meu rosto, sorriu.

— Tem um visitante, senhora! Vai querer estar com a melhor aparência hoje!

Considerei forçá-la a me contar a verdade, mas aparentemente não era nenhum desastre. Estendi os braços para que ela prendesse o vestido, sufocando um sorriso com sua expressão. Ela não esperava que eu cedesse tão fácil.

Quando me aproximei da sala de jantar, ajeitando sobre os ombros uma pala leve, de lã clara, contra o frio da manhãzinha, senti o aroma tentador de creme de nozes, que Drusilla costumava fazer como prato de festa quando Constantino era criança. E, com isso, parei subitamente, entendendo quem, além de todas as minhas esperanças e expectativas, deveria ser o visitante.

Meu coração disparou no peito e inspirei fundo, grata pelo sentido do olfato, a chave da memória, que tinha me dado aquele aviso. *Constantino não traria más notícias*, pensei, *ou os servos não estariam tão alegres*. Esperei um pouco mais, reunindo coragem para enfrentar aquele filho que não via desde que ele fizera uma visita aos dezoito anos. Ele tinha escrito, é claro, mas com reservas, como se suspeitasse de que suas cartas eram interceptadas. Eu não sabia mais onde estava seu coração, e me perguntava se os treze anos passados o teriam mudado mais do que a mim.

Então arrumei a pala e fiz minha entrada na sala de jantar.

Um oficial estranho estava sentado ao lado da janela, posicionado de forma que sua armadura moldada de bronze pegasse o sol da manhã. Ao menos, tivera a cortesia de remover o elmo. Notei o cabelo louro, um tanto longo e ligeiramente cacheado, e minha visão dele subitamente se duplicou: a imagem de um estranho e o reconhecimento de que aquele era Constantino. Ele tinha aberto a janela e observava os pássaros na água da banheira que eu colocara para eles no átrio. Claramente não tinha me ouvido entrar.

Por mais um instante desfrutei da imagem dele. Uma túnica de mangas compridas de lã branca com barras vermelhas aparecia sob a armadura, e culotes surrados de camurça marrom. Na verdade, tudo o que ele vestia, embora fosse da melhor qualidade, demonstrava os efeitos do uso intenso. Talvez Constantino não tivesse a intenção de se mostrar, mas viera até mim de armadura porque não tinha nada mais decente para vestir. *Mas eu preciso*, então pensei, *permitir que ele tenha seu orgulho*.

— O uniforme lhe cai bem, meu filho — falei em voz baixa.

Ele se virou rapidamente e ficou de pé, a surpresa mudando rapidamente para uma alegria que iluminou seu rosto como se o sol tivesse se levantado na sala. No momento seguinte, fui esmagada em um abraço forte, afastada para que ele pudesse olhar meu rosto, e abraçada de novo.

— Espero que a armadura seja mais confortável por dentro — sorri de modo pesaroso, esfregando a carne onde as beiradas da armadura tinham se enterrado.

— A gente se acostuma — ele disse, distraidamente, ainda segurando minha mão. Depois de um momento, senti-me corar sob aquele olhar intenso. — Ah, minha mãe, sabe o quanto sonhei com este dia? E você não mudou nada!

Não era verdade, pensei, sorrindo de volta para ele. *Será que ele tinha uma imagem tão forte de mim que não conseguia enxergar minha aparência, ou a maioria das minhas mudanças teriam sido internas?*

— Sente-se e deixe que Drusilla traga o café da manhã que está preparando para você — por fim eu disse. — O que está fazendo aqui, e até quando pode ficar?

— Um dia apenas — ele respondeu a última pergunta ao sentar-se.

A cadeira rangeu sob o peso, pois ele tinha se tornado alto e de ossos largos como meu pai, tudo nele um pouco maior e mais sólido que nos outros homens. *Certamente*, pensei com satisfação ao observá-lo, *ele é digno de ser o Filho da Profecia!*

— Meu pai me deu uma permissão especial para desembarcar aqui em vez de em Eburacum, e amanhã preciso seguir para o norte e me reunir à minha legião. Os pictos não vão esperar pelo meu prazer.

Senti o coração disparar subitamente no peito. Constâncio estava na Britânia! Imaginei que deveria ter esperado por isso. Depois de vários anos em paz, as tribos selvagens do norte tentavam novamente atravessar a fronteira, e em vários pontos tinham sobrepujado os soldados que guarneciam o muro. Era responsabilidade do governante do Ocidente defender a Britânia.

Balancei a cabeça, tentando negar o desejo súbito e traiçoeiro de que Constâncio tivesse vindo com o filho para Londinium.

— Mas como veio parar aqui? Pensei que estava servindo no Oriente com Galério...

O rosto de Constantino ensombreceu, mas ficou óbvio que ele tinha aprendido a controlar o gênio.

— Ah, eu estava — falou sombriamente. — Estava na marcha horrível através da planície a leste de Carras. Menos de um décimo dos nossos homens voltou para casa daquela campanha. Fiquei surpreso por Galério ter sobrevivido à ira de Diocleciano quando chegou à Antióquia. Sabia que ele teve de andar por uma milha atrás da carruagem de Diocleciano como punição?

Balancei a cabeça. Fiquei feliz por não ter sabido nem que meu filho estava envolvido naquele desastre.

— Você não me escreveu sobre isso.

Constantino levantou uma sobrancelha, um hábito que reconheci como meu.

— Querida mãe, meu pai é um homem honrado, e sempre houve confiança entre ele e Maximiano quando ele ainda era imperador. As coisas são bem diferentes na parte oriental do império. Mesmo quando servi na casa de Diocleciano, um de seus homens libertos lia nossa correspondência, e agora que Galério é imperador do Ocidente e rival de meu pai, ele tem ainda menos razões para confiar em mim.

Suspirei, percebendo que minhas próprias cartas, talvez em resposta a uma moderação dele, tinham ao longo dos anos se tornado cada vez mais superficiais, com o resultado de que nenhum de nós realmente conhecia o outro.

Drusilla trouxe o mingau e Constantino se levantou para abraçá-la. Havia lágrimas nos olhos dela quando ele a soltou.

— Você foi com Galério na segunda campanha também? — perguntei depois que ele tinha comido um pouco.

— A essa altura, eu estava servindo na guarda pessoal dele. Tenho que dizer que Galério aprende com seus erros. O imperador deu a ele um exército de veteranos ilírios e auxiliares godos, e tomamos a rota norte, através das montanhas da Armênia, onde as pessoas são nossas amigas. Também admito que o homem tem coragem. Ele fez o reconhecimento do acampamento inimigo à noite com apenas dois homens para protegê-lo, e liderou o ataque quando fomos para cima deles. Naquele dia, houve glória suficiente para todos. Narses foi posto para correr, e o tratado que finalmente fizemos parece capaz de assegurar nossas fronteiras orientais por ao menos uma geração.

— Galério deve ter gostado do seu serviço, para mantê-lo na guarda pessoal. — Baixei minha colher. Constantino sorriu.

— Ah, eu sei lutar. Não vou lhe contar sobre minhas escapadas por um triz porque elas apenas a assustariam, mas sei que os deuses me protegem, pois saí das duas campanhas quase sem um arranhão. Ainda assim, acho que Galério me queria por perto para poder ficar de olho em mim.

Ele acha que vai viver mais tempo que meu pai e governar sozinho, e sou uma ameaça a seus planos. — De repente, seu olhar ficou sombrio. — Quanto das notícias sobre a abdicação de Diocleciano e Maximiano correram pelas províncias, mãe?

Eu o olhei surpresa.

— Apenas que tinha acontecido, e que dois homens de quem nunca ouvi falar foram nomeados césares.

— Galério fez essas escolhas — Constantino disse entre lábios rígidos. — Não sei que pressão ele colocou sobre Diocleciano para conseguir isso. Talvez tenha ameaçado uma guerra civil. Sabia que a casa da moeda em Alexandria chegou a cunhar uma moeda com meu nome? Eu estava pronto para perguntar a Maximiano se ele marcaria a data de meu casamento com sua filha Fausta, que foi prometida a mim quando meu pai foi feito césar e que finalmente está na idade de se casar. Todos tinham certeza de que as escolhas seriam Maxêncio, filho de Maximiano, e eu. Ficamos esperando naquela colina maldita, sob a coluna de Júpiter, e Diocleciano cambaleava e reclamava de como estava se sentindo fraco, e falava de como buscava descanso depois de seus anos de trabalho, e que meu pai e Galério se tornariam os augustos, e para auxiliá-los ele nomearia Maximino Daia e Severo como césares! As pessoas murmuravam, perguntando se eu tinha mudado meu nome, até que Galério me deixou de lado e puxou Daia, filho de sua irmã!

— Alguns disseram que você e Maxêncio foram descartados justamente por serem filhos de imperadores, para evitar estabelecer uma monarquia hereditária... — eu disse brandamente.

Constantino engoliu uma blasfêmia.

— Posso enumerar uma dúzia de homens que seriam mais dignos dessa honra! Homens aos quais eu teria orgulho de servir. Severo é o melhor amigo de Galério e nem ele nem Daia comandaram nada maior que um destacamento. Galério não quer colegas, mas servos, e Diocleciano só quer paz e sossego para continuar acreditando que salvou o império! — ele disse furiosamente. — Galério foi um bom servo, mas, pelos deuses, será um mestre ruim. Ele continua a atormentar os cristãos em seus domínios, quando claramente a perseguição não funcionou.

Respirei fundo.

— Estou surpresa por ele tê-lo deixado partir.

Constantino começou a rir.

— Ele também ficou! Meu pai tinha escrito para ele, afirmando que estava mal de saúde e pedindo minha presença. Galério não teve pressa para responder, e é impressionante como fiquei propenso a acidentes depois disso. Minhas patrulhas sofriam emboscadas, os batedores que deviam segurar um javali quando estávamos caçando de algum modo falhavam, salteadores me atacavam do lado de fora de tavernas. As coisas ficaram tão ruins que comprei um escravo para provar minha comida.

Mordi o lábio. Não adiantava perguntar por que ele não tinha me escrito para contar sobre os perigos. A carta jamais teria chegado. Mas a cada manhã desde que ele me deixara eu rezava pela sua segurança ao fazer minha oferenda diária.

— Até que, por fim, Galério me deu permissão — continuou Constantino. — Isso foi no fim do dia, e ele obviamente esperava que eu partisse na manhã seguinte. Mas àquela altura eu já não sabia se viveria até lá. Naquela noite, pedi que um amigo no escritório do escrivão me desse a permissão para os cavalos dos correios e fiz o máximo para escapar da perseguição e ficar à frente das notícias que correriam, especialmente porque viajava pelas terras de Severo. — Ele sorriu de um modo astuto e se dedicou à comida.

Recostei-me com um longo suspiro, revisitando a história dele enquanto esperava que o ritmo de meu coração desacelerasse.

— E então veio até seu pai — falei. — Espere, foi um truque quando ele disse que precisava de você por estar mal de saúde?

Constantino se recostou com uma careta.

— Bem, não sei. Ele diz que foi, mas fica sem fôlego com facilidade e não parece muito bem. Esta é a outra razão pela qual insisti em vir encontrá-la. Ele não permite que médicos o examinem, e pensei que talvez você...

Balancei a cabeça.

— Meu querido, esse direito pertence a outra mulher. Apenas traria dor para nós dois se eu fosse ver seu pai agora.

— Teodora? — ele franziu o cenho. — Ela é uma boa mulher, à própria maneira, mas jamais houve nada além de simples bondade entre ela e meu pai, e é claro que ela não tem seu treinamento como curandeira.

— Curandeira! — ecoei, mordida. — Se ele precisa de uma enfermeira, certamente o Exército tem médicos de sobra...

A ruga no cenho de meu filho ficou mais profunda, e percebi que, apesar de ele ter precisado fazer o papel de um subordinado leal por tanto tempo, ou talvez até por isso, não gostava de ser contrariado. Mas uma mãe tinha certas vantagens. Enfrentei seu olhar cinza, e no fim foi ele quem desviou os olhos.

Depois daquilo, as coisas ficaram mais fáceis, e quando ele acabou de comer, mostrei-lhe a casa e o apresentei a Vitellia, e então, de braços dados, fizemos o circuito da cidade. Constantino foi quem mais falou, e me deliciei em redescobrir aquele jovem glorioso que os deuses haviam destinado a ser meu filho. Quando voltamos para o jantar mais suntuoso de Drusilla, a noite caía. E dessa vez Constantino esperou até a manhã antes partir mais uma vez.

***

Naquele verão, segui as notícias militares com mais interesse do que nos dias em que era uma esposa de militar na Dalmácia, e a guarnição de Londinium, que tinha ficado bastante impressionada com Constantino, me fornecia as novidades. Asclepiodoto, o prefeito que servira Constâncio tão bem na campanha contra Aleto, era de novo o segundo em comando de seu exército. Eu me recordava dele como um jovem oficial sério quando moramos em Sirmium.

O homem que fora meu marido sempre tinha sido capaz de inspirar devoção. Eu, afinal, o tinha seguido de Avalon. E Constantino ainda idolatrava o pai. Se Galério tivesse nomeado Constantino césar, meu filho o teria apoiado com a mesma devoção. Do modo como as coisas aconteceram, o augusto oriental fizera dois inimigos importantes.

Os soldados que Constâncio trouxera da Germânia desembarcaram em Eburacum e se juntaram a destacamentos selecionados entre os soldados do muro. Conforme a primavera se tornava verão, forçaram caminho em direção ao norte através dos territórios dos votadinos, seguindo o inimigo que recuava por todo o caminho além do Bodotria até as proximidades de Mons Graupius, onde Tácito tinha derrotado os ancestrais deles pouco mais de dois séculos antes. E ali, diziam os relatórios, o imperador conseguira uma grande vitória.

Essa notícia foi proclamada no fórum e afixada nos portões do Palácio do Governador. O povo celebrou, mas não creio que tenha ficado surpreso. Constâncio era um sucesso como imperador. Dele, esperavam a vitória. A sacerdotisa de Bast, uma das pessoas a quem apresentei Constantino, ofereceu congratulações. Eu agradeci a ela, mas, apesar da alegria geral, sentia-me desconfortável, e segui até o Templo de Ísis para fazer uma oferenda.

A deusa do santuário era retratada à moda romana, com uma coroa de trigo e flores encimada por uma lua crescente e drapejados soltos. Os sons do comércio lá fora pareceram se dissipar quando joguei incenso de olíbano sobre as brasas vivas no braseiro diante do altar.

— Deusa — sussurrei —, em nome de seu próprio filho Hórus, o guerreiro poderoso que é o Falcão do Sol, zele por meu filho e traga-o em segurança de volta para casa. — Esperei um momento, contemplando o jogo das luzes das lamparinas nos traços de mármore, e então joguei um segundo punhado nas brasas. — E zele pelo imperador também, como zelou pelo faraó.

Qualquer cidadão podia fazer oferendas em nome do imperador, mas eu não tinha mais o direito de rezar por ele como meu marido, e, mesmo se tivesse, a fidelidade de Ísis é relembrada porque Osíris morreu. Fui para casa, mas ainda me sentia inquieta. No entanto, as notícias continuavam a ser positivas. *Estou me tornando uma velha*, disse a mim mesma. *Não há razão para se preocupar tanto...*

No fim de junho, recebi uma carta de Constantino.

"Meu pai desmaiou no caminho de volta de Alba. Está de pé novamente e agora chegamos a Eburacum, mas ele parece sofrer com dores constantes. Os médicos pouco dizem, e estou preocupado com ele. Por favor, venha. Ele pergunta por você..."

Constantino havia enviado com a carta um pedido para cavalos dos correios. Viajando de carruagem e trocando de cavalo a cada mansio do governo, eu levei um pouco mais de uma semana para viajar para o norte, até Eburacum. Um corpo de cinquenta e cinco anos não era feito para aquele tipo de viagem. Quando cheguei ao forte, estava cheia de hematomas e exausta do balanço e dos trancos constantes da carruagem. A notícia sobre a doença do imperador se espalhara pelo campo, e vi muitos rostos preocupados, mas a cada parada me diziam que Constâncio ainda estava vivo, e então a esperança me deu apoio durante a viagem.

Percebia naquele momento que a tristeza por nossa separação tinha sido um pouco aliviada pelo conhecimento de que Constâncio ainda estava no mundo. E, no entanto, enquanto viajava, não conseguia parar de pensar em como Ísis havia chorado por seu marido. Até os deuses perdiam os seus amados, então por que eu deveria pensar que estava imune?

***

A notícia de que eu estava chegando tinha corrido à minha frente. Constantino saiu do Praesidium enquanto passávamos pelo portão, e quando a carruagem parou, ele me levantou. Por alguns momentos, me agarrei nele, obtendo força.

— Como ele está? — perguntei quando consegui ficar de pé sozinha.

— Todo dia ele insiste em se vestir e tentar trabalhar um pouco. Mas se cansa com facilidade. Eu disse a ele que você vinha, e praticamente a cada hora ele me perguntou onde eu achava que você estava no momento. — Constantino conseguiu sorrir. — Mas nós o convencemos a se deitar pouco tempo atrás, e agora ele está dormindo.

Ele me acompanhou para dentro da construção e me mostrou o quarto reservado para mim, bem como a escrava que me atenderia. Após me lavar e trocar de vestido, vi Constantino esperando no cômodo adjacente, onde uma mesa com vinho e bolos de mel fora preparada.

— E como está você? — perguntei, notando as manchas escuras sob os olhos dele. Fisicamente, eu podia ser a mais exausta, mas ele também sofria.

— É estranho. Quando vou para a batalha, não sinto medo. Mas este é um inimigo que não posso confrontar, e estou assustado.

É verdade, pensei com tristeza, *até mesmo a força de um jovem que não acredita que pode morrer fica indefesa diante de alguns inimigos.*

— Eu me lembro... — ele disse lentamente, sem me olhar nos olhos — de quando era criança... você é capaz de fazer coisas estranhas às vezes. Precisa ajudá-lo, mãe, ou estamos perdidos.

— Você me chamou aqui como sua mãe ou como uma sacerdotisa?

Ele olhou para cima, e por um momento pensei que fosse aninhar a cabeça em meu peito, como fazia quando era pequeno.

— Eu preciso de minha mãe, mas meu pai precisa da sacerdotisa...

— Então é como sacerdotisa que vou lhe responder. Farei o que posso, Con, mas precisa entender que há um ritmo natural em nossas vidas que nem os deuses podem negar.

— Então são deuses malignos! — murmurou Constantino.

— Meu coração grita contra isso tão alto quanto o seu, mas é possível que tudo o que eu possa fazer seja ajudá-lo a partir.

A cadeira fez um barulho alto quando ele ficou de pé e pegou minha mão.

— Venha. — Ele me puxou, mal esperando que eu envolvesse a pala em meus ombros, e me conduziu para fora do cômodo.

— Ele se agitou há pouco — disse o médico que o observava quando aparecemos na porta. — Acho que logo vai acordar.

O imperador estava deitado em sua cama, a parte superior do corpo levantada por travesseiros. Parei, fazendo um esforço para recuperar o controle. Constantino estava certo. A esposa e a mãe se dissolveriam em lágrimas vendo seu amado deitado tão quieto. Era a sacerdotisa quem era necessária naquele momento.

Fui até o lado da cama e estendi as mãos sobre o corpo de Constâncio, expandindo minha consciência para sentir o fluxo de energia. Sobre a cabeça e a testa, a força vital ainda fluía com força, mas a aura sobre o peito oscilava fracamente, e mais abaixo, embora fosse contínua, não era forte. Curvei-me mais para ouvir a respiração dele e escutei o arranhar da congestão lá dentro.

— Ele tem febre? — perguntei.

Parecia que não, pois a pele não estava avermelhada, mas anormalmente pálida. Tinha esperado que pudesse ser febre pulmonar, pois, embora séria, era uma doença contra a qual eu sabia lutar. O médico balançou a cabeça, e eu suspirei.

— É o coração, então?

— Fiz uma infusão de dedaleira para quando ele sente dor — disse o médico.

— Isso é bom, mas talvez exista algo que possamos fazer para fortalecê-lo. Tem um homem de confiança que possa mandar buscar as seguintes ervas?

Quando ele assentiu, comecei a ditar minha lista: agripalma e pilriteiro, urtiga e alho. O aspecto sombrio de Constantino se suavizou.

Então o homem na cama se agitou e suspirou, e me ajoelhei ao lado dele, friccionando suas mãos frias entre as minhas.

De olhos ainda fechados, Constâncio sorriu.

— Ah, a Deusa retorna...

— A Deusa sempre esteve com você, mas agora estou aqui também. — Tive que me esforçar para manter a voz firme. — O que andou fazendo, para ficar nesse estado? Não é papel do augusto ficar sentado em seu palácio e deixar a luta para os homens mais jovens?

— Nem abri meus olhos ainda e ela já está me dando uma bronca! — ele disse, mas na verdade acho que não tinha certeza de que eu era real.

— Talvez isto compense a irritação. — Curvei-me para beijar seus lábios, e, quando o soltei, ele me olhou.

— Senti saudades — ele disse simplesmente, e leu a resposta em meus olhos.

***

Durante a semana que se seguiu, mediquei Constâncio com minhas poções, mas embora Constantino exaltasse sua melhora, comecei a suspeitar de que o imperador usara as últimas forças para aguentar até minha chegada. Constantino e eu nos revezávamos para ficar com ele, segurando sua mão enquanto ele descansava ou falando dos anos que passáramos separados.

Um dia, enquanto o banhava, notei uma cicatriz lívida na lateral da coxa e perguntei quando ele tinha se arriscado de maneira tão tola.

— Ah, isso foi na Gália, três verões atrás, e lhe asseguro que não era minha intenção correr tamanho perigo!

Três anos, pensei, *e a cicatriz ainda estava avermelhada e irritada.* Não tinha cicatrizado rápido nem bem, um sinal de que sua circulação falhava já então. Poderia ter dado a ele remédios para fortalecer o coração, se soubesse. Mas talvez não tivesse adiantado. Não era Teodora minha rival. Constâncio tinha dado o coração ao império antes mesmo de oferecê-lo a mim.

***

Julho se arrastava, e mesmo em Eburacum os dias eram quentes. Abrimos as janelas para deixar entrar ar fresco e cobrimos Constâncio com uma manta leve de lã, e o cricrilar dos grilos se mesclava ao barulho da respiração dele.

Uma tarde, estava sozinha com ele no quarto quando Constâncio acordou de um breve sono e chamou meu nome.

— Estou aqui, meu querido — falei pegando a mão dele.

— Helena... acho que esta é a batalha que não vou vencer. O sol brilha forte, mas ele está declinando, e eu também. Fiz a maior parte das coisas que quis neste mundo, mas temo pelo império, à mercê de Galério e de seus césares títeres.

— Sem dúvida Augusto pensou a mesma coisa, mas Roma ainda está de pé — respondi. — A segurança dela, no fim, depende dos deuses, não de você.

— Imagino que esteja certa. Quando um imperador recebe honras divinas, fica difícil saber a diferença, às vezes. Mas os deuses não morrem. Diga-me, minha senhora, este corpo pode se curar?

Por um momento o observei, piscando para afastar as lágrimas. Seu olhar era claro e direto, e sempre existira verdade entre nós. Eu não podia negar isso a ele naquele momento.

— Faz muito tempo desde que estudei as artes da cura — falei por fim. — Mas a cada dia você passa mais tempo dormindo. Se continuar assim, acho que pode ficar conosco por uma semana, não mais que isso.

Espantosamente, seu rosto se iluminou.

— Isso é mais do que consegui fazer meus médicos dizerem. Um bom general precisa dessa informação exata tanto para buscar a vitória quanto para planejar um recuo ordenado.

Não teria pensado no assunto daquela maneira e, apesar de minhas lágrimas, sorri de volta.

— Constantino pediu que você me curasse, mas agora eu lhe peço algo mais difícil, minha amada sacerdotisa. Passei muito da minha vida tentando ficar vivo em campos de batalha, e é difícil me libertar. Agora você precisa me ensinar a morrer.

— Só posso fazer isso se me tornar totalmente a sacerdotisa, e quando o fizer, a mulher que o ama não estará aqui.

Ele assentiu.

— Entendo. Quando liderei Constantino em batalha, era o imperador, não o pai, que ordenava que ele corresse perigo. Mas temos um pouco de tempo, minha querida. Seja minha amada Helena hoje, e vamos saborear nossas memórias.

Apertei a mão dele.

— Eu me lembro da primeira vez que o vi, em uma visão que me veio quando tinha apenas treze anos. Você brilhava como o sol, e ainda brilha.

— Mesmo agora, quando meu cabelo perdeu a cor e minha força se foi? — ele brincou.

— Um sol de inverno, talvez, mas você ilumina o mundo para mim da mesma maneira — eu o reassegurei.

— Na primeira vez que vi *você*, estava parecida com um gatinho molhado — ele então disse, e eu ri.

Passamos o resto do dia conversando, revivendo cada encontro nosso na luz gentil da memória. Constantino sentou-se conosco por um tempo, mas claramente seu papel era apenas periférico naquela situação, e ele saiu para descansar antes de seu turno. Quando voltei ao meu quarto naquela noite, chorei por um longo tempo, sabendo que tinha sido nossa despedida.

Pela manhã, fui até Constâncio vestida de azul e envolta pela majestade invisível de uma sacerdotisa. Quando ele abriu os olhos, reconheceu a diferença imediatamente. Outros responderam à mudança sem entender, exceto Constantino, que me mirou com um pânico infantil da perda da mãe familiar que ele pensara conhecer.

Você é adulto agora, tentei dizer a ele com meu olhar firme. *Deve aprender a ver seus pais como companheiros de viagem na estrada da Vida.* Mas imagino que não fosse nenhuma surpresa que ele ainda nos visse com olhos de criança, tendo sido separado de nós quando tinha apenas treze anos.

— Senhora, eu a saúdo — disse Constâncio em voz baixa. — O que tem para me ensinar sobre os Mistérios?

— Todos os homens nascidos de uma mulher devem chegar um dia ao fim da vida — murmurei —, e sua hora chega agora. De alma para alma, deve escutar e não permitir nenhuma distração. Seu corpo lhe serviu bem e se desgastou nesse serviço. Precisa se preparar agora para deixá-lo, partir dele, ascender do reino físico, que é sujeito à mudança e à degradação, para aquele lugar onde tudo é Luz, e as naturezas verdadeiras e eternas de todas as coisas são reveladas...

Fazia muitos anos desde que eu aprendera aquelas palavras, e as dissera apenas uma vez, quando as outras noviças e eu nos revezamos para lê-las a uma velha sacerdotisa que morria, mas a necessidade as trouxera, completas e perfeitas, naquele momento.

Durante todo o dia, repeti as instruções, explicando como o corpo se tornaria um peso muito grande para ser movido e todas as sensações desapareceriam. Quando isso acontece, a alma precisa estar pronta para desejar sair pela coroa da cabeça, buscando união com a Fonte de Tudo. As preocupações do mundo e a afeição por aqueles que amamos conspiram para puxar o espírito de volta, mas é preciso ser resoluto em sua determinação para deixá-las para trás.

— Vai atravessar um túnel longo e escuro, como um dia foi forçado para fora da escuridão do útero. Essa é a jornada de nascimento de seu espírito, e ao fim você sairá não à luz do dia, mas naquele brilho que é a verdadeira fonte do sol...

Constâncio tinha pegado no sono, mas continuei a falar, sabendo que alguma parte de seu espírito ainda ouvia. Tinha a impressão de que os deuses queriam lhe dar uma morte gentil. De um desses sonos, ele não acordaria, a alma partiria do corpo, e a carne, sem um espírito para dirigi-la, também desistiria.

Àquela altura era aparente a todos que o imperador estava morrendo. Na cidade, segundo me disseram, o clamor no mercado tinha silenciado, e incenso era queimado em todos os altares. As pessoas de Eburacum sempre consideraram Constâncio como um dos seus; ele os salvara dos pictos, e por isso eram gratos. No forte, os soldados faziam guarda em torno do Praesidium, e Crocus e seus guerreiros mais experientes estavam aglomerados no corredor ao lado do quarto do imperador, esperando com a paciência inocente dos bons cães.

Naquela noite, Constâncio ficou acordado por tempo suficiente para falar um pouco com Constantino. Exausta, eu tinha ido para a cama, mas na hora cinzenta antes da aurora um soldado veio me chamar. Joguei água no rosto, lutando para me concentrar, mas, na verdade, não estava surpresa. Tinha dado a Constâncio permissão para partir e instruções de como fazê-lo. Não havia razão para que ele se demorasse.

— A consciência dele vai e volta — sussurrou o médico quando cheguei à porta. — E tem dificuldade para respirar...

— Aqui está minha mãe para vê-lo — disse Constantino, de modo um pouco desesperado, enquanto me sentei no banco ao lado da cama. Constâncio lutava para respirar, engasgou por um segundo, e então exalou.

— Coloque mais travesseiros debaixo dele — falei, destampando o frasco de óleo de rosa que pendia de uma corrente em meu pescoço. Vi as narinas dele se agitarem, e a respiração seguinte veio com mais facilidade. Então ele abriu os olhos, e seus lábios se torceram em uma tentativa de sorriso.

Por um momento, foi difícil para ele até respirar. Então reuniu suas forças e virou o olhar para Constantino.

— Lembre-se... — sussurrou. — Cuide... de sua mãe... e de seus irmãos... e irmãs... — Com os olhos focados em concentração, ele inspirou novamente. — Reze para o Deus Maior... para que ele preserve o império...

Seus olhos se fecharam, mas ele ainda estava claramente consciente, ainda lutando. As janelas estavam fechadas, mas eu senti uma mudança no ar. Fiz um gesto para um dos médicos.

— Abra as janelas!

Assim que as persianas foram abertas, uma luz pálida encheu o quarto. A cada momento ficava mais forte. O sol se levantava; nos rostos de homens fortes, eu via as marcas brilhantes de lágrimas. Momento a momento, o rosto de Constâncio ficava mais brilhante. Eu me curvei para a frente e coloquei as mãos dele juntas sobre seu peito.

— O mundo se dissipa ao seu redor... — sussurrei. — Está na hora de ir para a Luz...

Seu olhar se virou para mim, mas eu não tinha certeza do que ele olhava, pois naquele instante suas feições foram transfiguradas por uma expressão de alegria assombrada.

— Deusa...

A palavra pairava no limite do som. Então seus olhos se arregalaram, sem enxergar, e o corpo lutou por uma última respiração e falhou, e ele ficou imóvel.

***

Nos oito dias entre a morte de Constâncio e sua cremação, Constantino não saiu do quarto, comendo pouco e sem falar com ninguém. Para mim, aqueles dias se passaram como um pesadelo, no qual as memórias que me vinham na vigília eram piores que meus sonhos. Mas quando o oitavo dia terminou, coloquei as roupas brancas de luto e saí para seguir o corpo de meu marido até a pira.

Se Teodora estivesse ali, seria seu privilégio, mas ela e os filhos estavam em Treveri, provavelmente recebendo a notícia da morte dele apenas naquela hora. Constâncio fora um bom homem, e sem dúvida tratara a mulher romana com cortesia. Mas, embora tivesse cumprido seu dever na cama, não a levara com ele em campanha. E jamais a teria trazido para a Britânia. Ali, em minha própria terra, eu era sua verdadeira esposa, e foi como esposa de Constâncio que Crocus e outros oficiais que me conheceram nos velhos dias me honraram.

Eles me saudaram quando saí pelo pórtico. Constantino esperava, banhado e de barba feita, envolto em uma toga branca como neve, e, embora seus olhos estivessem profundamente ensombrecidos, era evidente que ele tinha recuperado seu autocontrole.

Hoje me recordo daquela noite como uma série de imagens – tochas flamejando ao vento, pálidas no pôr do sol, e o mármore branco da tumba recém-construída brilhando fracamente sob a luz das chamas. Um enterro na estrada fora da cidade não era para Constâncio: os magistrados de Eburacum tinham-no reivindicado, e se ele não podia mais protegê-los em vida, as honras feitas em uma tumba no fórum poderiam persuadir seu espírito a conceder uma bênção.

Tenho outra imagem: o corpo de Constâncio, envolto em púrpura e coroado com a guirlanda de ouro, deitado sobre uma pira, um amontoado alto de bom carvalho britânico, salpicado de especiarias. Lembro-me da luz da tocha nos rostos sombrios de Asclepiodoto e Crocus, que nos acompanharam, e do brilho de suas armaduras. E do silêncio de Constantino, como se ele fosse entalhado do mesmo mármore usado no túmulo.

Há um som, um lamento que sobe do povo quando Constantino enfia a tocha entre os troncos. Os soldados que lotam um lado inteiro da praça murmuram, mas sua disciplina os segura, e enquanto a fumaça gira em direção ao céu, escondendo a forma imóvel do imperador, há novamente silêncio, exceto pelo choro das mulheres. Tinha visto aquilo antes, na visão de minha passagem para a idade adulta, mas vira a mim mesma usando púrpura, e isso jamais aconteceu, então como poderia ser verdade?

Eu me lembro da pira começando a ceder em brasas quando as primeiras estrelas furaram a mortalha de veludo do céu, e da voz grave de Asclepiodoto, dizendo a Constantino que ele deveria falar com o povo. Como um sonâmbulo, Constantino se vira, e agora seus olhos ardem. Ele levanta os braços, e tudo fica totalmente quieto.

— Meus irmãos e irmãs, irmãos de armas e camaradas filhos do império. Meu pai, e pai de vocês, está morto, e sua alma sobe aos céus. Estamos órfãos de nosso protetor, e quem zelará por nós?

Um choro se levanta entre as mulheres, logo subjugado pelo grito grave das gargantas de muitos homens.

— Constantino! Constantino nos protegerá! Constantino imperador!

Constantino levanta as mãos novamente, como se para aquietá-los, mas os gritos só ficam mais fortes, e então os soldados vêm para a frente, Crocus na dianteira, um deles com uma túnica púrpura, e Asclepiodoto pega meus braços e me puxa para longe.

Não me lembro de como voltamos ao Praesidium. Mas, durante aquela noite, tive a impressão de que os céus ecoavam o grito.

Constantino imperador!

PARTE III
O caminho para a sabedoria

~ QUINZE ~

307-12 d.C.

Em todos os anos em que viajei pelo império como mulher de Constâncio, jamais estive na Itália. Não conhecia Roma, mas se dizia que a nova cidade de Maximiano, Mediolanum, no planalto setentrional italiano, era quase tão magnificente quanto ela. Naquele dia, com as ruas recém-lavadas pelas chuvas de primavera e quase todos os arcos enfeitados com flores, bem poderia acreditar, enquanto os mestres do império tentavam forjar mais uma aliança pelo casamento de Fausta, a jovem filha de Maximiano, com meu filho Constantino.

Eles estavam comprometidos desde o ano em que Constâncio se tornara césar. Naquele tempo, Fausta era apenas uma criança. Nos longos anos em que Constantino foi refém, primeiro de Diocleciano e depois de Galério, não seria surpresa se o relacionamento em potencial tivesse sido esquecido por todos, inclusive por meu filho. Mas eu começava a perceber que Constantino jamais se esquecia de nada que tivesse reivindicado como seu. Esperei que aquele interesse o predispusesse ao afeto e que o fato de Fausta ter crescido como sua futura esposa a inclinasse ao respeito, mas era demais esperar muito companheirismo da união de uma moça de catorze anos com um homem de trinta e cinco.

Certamente, os últimos nove meses tinham sido desconcertantes. Embora os soldados, liderados por Crocus, tivessem aclamado Constantino como augusto, meu filho tinha considerado mais político reivindicar não mais que a posição de césar quando informou a Galério que ele tinha um novo colega no governo. Enquanto isso, o filho de Maximiano, Maxêncio, decidira seguir seu exemplo, e o próprio Maximiano deixara a aposentadoria para ajudá-lo. Eles todos se chamavam de augusto agora.

Eu teria ficado bem contente em esperar no palácio, mas Constantino insistira que toda a família, incluindo as meias-irmãs e meios-irmãos, filhos de Teodora, que trouxéramos conosco de Treveri, deveria participar da procissão. E por isso eu estava vendo Mediolanum de cima de uma carruagem triunfal, envolta em guirlandas e enfeitada e sombreada com uma seda rosa que contrastava com a pala púrpura que eu usava, embora soubesse que favorecia minha pele.

Pelo som da celebração, Maximiano e Constantino, cavalgando juntos, tinham passado pelo arco triunfal que levava à praça principal. Mais celebrações atrás de mim proclamavam a chegada da noiva, em uma carruagem puxada por quatro pôneis brancos como leite que tinham sido enfeitados com asas, de modo que cada um parecia um Pégaso em miniatura, o rosto dela escondido pela seda flamejante do véu.

Ainda não sabia se a aclamação de Crocus pegara Constantino de surpresa, ou se ele mesmo a tinha planejado. Em retrospecto, era inevitável que o filho mais velho de Constâncio reclamasse o império. Se não o tivesse feito, imagino que Galério teria dado algum golpe preventivo, e por que deveria culpar meu filho por fazer o que ele tinha nascido para fazer?

Na verdade, Constantino agira com sabedoria e decisão, estabelecendo-se na capital de seu pai, Treveri. Até onde se sabia, governar os territórios de seu pai era a extensão de sua ambição, e agora todos o cortejavam.

Havia dias em que tudo parecia um sonho. Com Constâncio, eu poderia ter desfrutado de tudo aquilo, mas tinha problemas para acreditar que pertencia àquele lugar, com um filho que amava, mas que mal conhecia. Ainda assim, havia alugado minha casa em Londinium e trazido todos os serviçais para Treveri, onde Drusilla assumira o comando de minhas cozinhas, e Vitellia, o gerenciamento de tudo mais, como se tivessem nascido para morar em palácios. Sentia falta de minhas estudantes, de Katiya e de meus outros amigos em Londinium, mas o entusiasmo de Constantino era contagioso. Constâncio tinha cumprido seu dever, mas Constantino *gostava* do exercício do poder.

Minha cabeça começava a doer com o clamor quando chegamos ao palácio, e eu estava mais que pronta para sentar-me em algo que não se movesse. Vi Constantino observando o revestimento de mármore no salão como se considerasse copiá-lo em sua nova basílica. Era magnífico – placas rosa e cinza polidas dispostas em padrões na parte mais baixa das paredes e no chão. Mas, embora a construção em si fosse impressionante, um exame mais próximo deixava claro que fora colocada em uso de modo um tanto apressado. As mesas longas tão belamente envoltas em brocado eram de madeira simples, e os encaixes onde as tapeçarias deveriam cortinar as janelas ainda estavam vazios.

Os convidados ricamente vestidos que se sentavam àquelas mesas não pareciam notar. Crocus estava ali, com dois de seus oficiais seniores e um homenzinho rotundo chamado Ossius, que era o bispo de Corduba. Embora o casamento tivesse sido um evento tradicional romano, Constantino pedira ao bispo sua bênção, o que sem dúvida agradara os cristãos ali.

Todavia, depois de feito o sacrifício, lidos os presságios e assinado o contrato de casamento, o banquete para qual nos sentamos foi memorável, ainda que a noivinha não tivesse ainda perdido as dobrinhas da adolescência e corasse de modo pouco atraente – de excitação, eu esperava, e não por causa do vinho. Fausta tinha olhos cinzentos e um cabelo fino e avermelhado, que suas aias tinham cacheado um pouco demais. Quando chegasse ao auge de sua aparência, poderia ser bela, mas naquele momento, com as bochechas cheias de guloseimas, lembrava um esquilo de olhos brilhantes.

Durante uma das pausas no entretenimento, quando os convidados perambulavam pelo local, Constantino veio até meu divã.

— Meu querido — Olhei para ele —, você ofusca sua noiva! — Com certeza nenhuma mulher jamais tinha sido abençoada com um filho tão esplêndido.

Constantino sorriu. Sua túnica era cor de creme, feita de seda oriental com bainhas e faixas de ouro que destacavam seu cabelo lustroso.

— Ela é bonita o bastante quando não está cheia de ornamentos como uma novilha em um festival. Mas é verdade que ainda é muito jovem. Vai cuidar da minha casa, mãe, até que Fausta tenha idade suficiente para a tarefa?

Fingi pensar sobre aquilo, mas ele sabia que eu não podia recusar, e tomou minha mão e a beijou quando sorri.

— E há outro pedido que lhe faço, ainda mais caro ao meu coração. — Ele fez uma pausa, como se buscasse as palavras. — Quando estava no Ocidente, eu formei uma... conexão... com uma mulher chamada Minervina, e há dois anos ela me deu um filho.

Levantei uma sobrancelha, entendendo por que ele poderia não desejar tocar no assunto, pois de seu ponto de vista a história de Minervina se parecia um tanto com a minha.

— E o que fez com ela, agora que tem uma noiva legítima? — perguntei acidamente, e vi o vermelho delator manchar sua pele.

— Ela morreu de febre há um ano — ele respondeu com alguma dignidade. — Não tive escolha a não ser deixar o menino com o tio quando escapei de Galério. Mas agora mandei buscá-lo. O nome dele é Crispo, mãe. Cuidaria dele para mim?

— *Paterfamilias* — eu o provoquei gentilmente. — Colocando todos os parentes sob sua asa.

Ele me deu um sorriso doce que me relembrou dos dias em que era garoto. Um neto! Fiquei surpresa com o quanto essa ideia me animava.

— Traga seu rapazinho para mim. Se ele sorrir para mim desse jeito, tenho certeza de que o amarei muito.

***

— *Avia! Avia!* Veja. Boreas pula para mim!

Eu me virei, sorrindo, enquanto o menino de cabelos dourados segurava o galho. O filhote macho de galgo, de um par que Constantino me enviara recentemente, tinha pulado sobre ele, e a fêmea, Favonia, saltitava em torno de ambos, latindo.

— Eles ainda são jovens, meu amor, não os deixe muito agitados — avisei, embora na verdade fosse a natureza de um filhote viver em estado de empolgação, tanto quanto era a de um menininho.

Crispo era curioso em relação a tudo e encantava todos ao seu redor. Constantino nunca falava sobre a mãe do menino, mas era evidente que ela tinha criado o menino por tempo suficiente para dar-lhe a certeza de que era amado. Mesmo Fausta, embora tivesse idade mais para ser sua irmã, brincava com ele como se fosse um boneco e jurava que iria adotá-lo.

Nos três anos desde que Crispo chegara a Treveri, eu havia me acostumado com o grito de "*avia!*", "avó!". Durante aqueles primeiros anos do reinado de Constantino, às vezes tinha a impressão de que vivera três vidas, e a terceira era a mais feliz de todas.

Na minha primeira, fora uma donzela de Avalon, lutando para sobreviver à hostilidade de Ganeda e encontrar meus próprios poderes. A segunda me dera a alegria das realizações e a dor das paixões de uma mulher, mas, mesmo durante os anos em que estivemos separados, como uma flor que se volta eternamente para o sol, minha identidade fora determinada por meu relacionamento com Constâncio. Mas agora meu corpo encontrara um novo equilíbrio, não mais à mercê da lua, e eu tinha uma nova existência como imperatriz-mãe, a identidade mais inesperada de todas.

Cansado de sua brincadeira, Crispo veio correndo para subir em meu colo, e os cães, ofegando, deitaram-se ao nosso lado. Tirei um figo açucarado do prato pintado sobre o banco ao meu lado, coloquei-o na boca do garoto e aninhei-o contra o peito.

Pela primeira vez na vida, não precisava economizar e tinha muitos criados para fazer o verdadeiro trabalho na casa imperial. Estava livre para passar a maior parte do tempo com Crispo, que tinha o brilho do pai e, me parecia, ainda mais doçura, embora isso pudesse ser a parcialidade de uma avó, que pode amar os netos mais abertamente, pois os sucessos ou fracassos deles não se refletem tão diretamente sobre ela.

— Conte-me uma história de quando *pater* era pequeno! — murmurou Crispo, com o figo na boca.

— Bem — pensei um momento —, quando ele tinha a sua idade, amava figos, como você. Naquele tempo, morávamos em Naissus, e tínhamos um vizinho que sentia muito orgulho da figueira no jardim dele. Também tínhamos um cachorro chamado Hylas, que amava frutas e até subia nas árvores para pegá-las. Então Constantino fez uma focinheira para Hylas, e um dia, bem de manhãzinha, o jogou por cima do muro no jardim do vizinho e o encorajou a subir na figueira para derrubar os figos maduros. Então ele entrou no jardim com um cesto, recolheu os frutos e os levou para a casinha que tinha feito no nosso jardim para comê-los.

— Ele comeu todos? — perguntou Crispo. — Não deu nenhum ao cachorrinho?

— Ah, deu, e esfregou figo na focinheira de Hylas também, e quando o vizinho percebeu a perda e foi até lá balançando o punho e exigindo que castigássemos nosso filho, Constantino apontou para o cachorro e jurou por Apolo que Hylas tinha feito aquilo, o que era, é claro, verdade. Quando o homem não acreditou, ele insistiu em ir até a figueira e deixar Hylas subir novamente, e daquela vez é claro que o cão não estava usando a focinheira, e conseguiu pegar um figo que tinha deixado passar antes.

— E o que o vizinho disse?

— Bem, primeiro ele queria que matássemos o cachorro, mas concordou com a promessa de que o animal seria impedido de entrar em seu jardim de novo. Então também juramos por Apolo, e pagamos a ele o valor dos figos em prata, e ele voltou para casa.

— Fico feliz porque o cachorro ficou bem — disse Crispo. — Mas *pater* não se encrencou?

— Ah, sim, porque, veja, tinha sido treinado para não subir naquele muro. Constantino pensou que Hylas tinha sido muito esperto, até que explicamos a diferença entre dizer a verdade e ser honesto, e o fizemos ajudar o jardineiro a cavar os canteiros de flores até que tivesse trabalhado pelo valor que pagamos.

Vi os olhos da criança se arregalarem ao contemplar a ideia de que seu pai um dia fora menos que perfeito. Nos últimos anos, Constantino tinha desenvolvido um gosto distinto pelo esplendor divino, e achei que não faria mal a Crispo perceber que seu pai também era humano.

Se eu tinha uma preocupação, era o contínuo turbilhão político enquanto Constantino lutava com seus adversários por supremacia. Eu não tinha dúvidas de que ele eventualmente triunfaria, pois não era o Filho da Profecia? Ainda assim, esperava ansiosamente pelas cartas de meu filho, e vendo na mãe sua confidente mais segura, Constantino me escrevia com frequência.

Quando Crispo desceu para brincar um pouco mais com o cachorro, peguei a última carta, enviada de algum lugar perto de Massília. Depois do casamento, Maximiano havia discutido com o filho e se refugiado conosco por um tempo. Galério, sem conseguir retificar a situação pela força, havia instituído um homem chamado Licínio como seu césar.

E agora Maximiano, que em minha opinião demonstrava sinais de senilidade, tinha tomado o tesouro e se retirado para Massília. Mas antes escreveu uma carta a Fausta proclamando que logo seria novamente o único governador do Ocidente.

Constantino estava revistando as tropas no Rhenus, e Fausta, que o idolatrava, escrevera prontamente para informá-lo do que acontecia. Àquela altura, ele poderia estar lutando contra o sogro. Não havíamos recebido notícias desde esta carta, escrita no templo de Apolo em Grannum, onde ele ficara três noites antes:

"Grannum estava em nosso caminho, então aproveitei a oportunidade de dormir no templo aqui. E o deus me deu um sonho. Apolo veio em pessoa até mim, acompanhado de Vitória, e me ofereceu quatro guirlandas de louro. Talvez saiba interpretar esse presságio melhor que eu, mas creio que cada um representa um ano pelo qual reinarei. O Sol Poderoso sempre favoreceu nossa família, então peço a proteção Dele. Se Apolo me der a vitória no conflito que se aproxima, escreverei 'soli invicto comiti' na próxima cunhagem de moedas em nome Dele. Reze por mim, mãe, para que meu sonho seja verdadeiro, e para que eu de fato consiga a vitória..."

Um som como o murmúrio distante de árvores em uma tempestade chamou minha atenção, mas não havia vento – o som vinha da cidade. Os jardins anexos ao palácio eram extensos. Se eu ouvia o barulho da rua além de nossos portões, onde a nova basílica subia acima das árvores, só podia ser alto. Senti meu estômago se retesar ao ficar de pé, mas dobrei a carta de Constantino cuidadosamente e coloquei-a no peito de meu vestido, na parte que se estufava sobre o cordão da cintura.

Crispo e os cães ainda estavam correndo atrás uns dos outros pelo jardim. Se fosse boa notícia, disse a mim mesma, poderia esperar para saber, e não precisava apressar a tristeza se fosse ruim.

No entanto, não foi um mensageiro militar coberto de poeira, mas Fausta quem saiu correndo do palácio como se as fúrias estivessem em seu encalço. O aperto em meu estômago piorou ao ver o rosto dela, contorcido e manchado por lágrimas.

— *Mater! Mater!* Ele se matou, e é tudo minha culpa!

Meu próprio terror cessou abruptamente. Meu filho acreditava com força demais em seu destino para tirar a própria vida, não importava o desastre que pudesse ocorrer. Tomei a moça nos braços e a abracei até que seus soluços ficassem mais leves.

— Quem, Fausta? O que aconteceu?

— Meu pai — ela gritou. — Eles o pegaram em Massília e agora ele está morto, e isso tudo porque eu disse a Constantino o que ele me escreveu!

— Seu dever é para com seu marido, sabe disso — murmurei, acariciando-a —, e Constantino logo teria descoberto de qualquer jeito, então no fim daria no mesmo.

Era um suicídio bastante conveniente, observei em silêncio, imaginando se algum dos soldados de Constantino tinha "ajudado" Maximiano a expiar seu crime. Enquanto confortava Fausta, me vi triste pelo soldado franco que ele fora quando o conhecera na Gália. Havia sido um bom subordinado de Diocleciano, mas claramente o velho imperador estava certo quando fizera Maximiano se juntar a ele na aposentadoria. Não tinha nem a audácia nem o discernimento para agir sozinho com sucesso. Com Maximiano, o último da geração mais velha que poderia reclamar o império se fora. Era com Licínio no Oriente e o filho de Maximiano, Maxêncio, em Roma, que Constantino teria de dividir o poder. *Mas Constantino,* pensei sombriamente, *era um homem com a vontade e a habilidade de governar sozinho.*

Gradualmente, os soluços de Fausta cessaram.

— Lamente por seu pai, Fausta, pois em seus dias ele foi um grande homem, e teria odiado viver até ficar velho e debilitado. Vista branco por ele, mas não esteja com os olhos vermelhos e inchados de choro quando Constantino voltar para casa.

Ela assentiu. Constantino gostava de todos felizes à sua volta. Às vezes eu me perguntava se as incertezas da infância dele teriam sido a causa daquele desejo por uma família perfeita, ou se ele simplesmente acreditava que aquilo era necessário para cumprir adequadamente seu papel como imperador.

***

Quando Constantino estava em casa, era seu costume sentar-se comigo por uma hora no fim de tarde. Às vezes falávamos sobre família, e às vezes sobre o império. Imagino que eu fosse a única conselheira em quem ele pudesse confiar totalmente, mas mesmo para mim ele quase nunca se abria por completo. Às vezes eu lamentava a perda do menino de coração aberto que ele fora antes de partir para a corte de Diocleciano, mas sabia que a inocência jamais teria sobrevivido aos perigos e intrigas que cercavam um imperador.

Eu tinha uma pequena sala de estar entre meu quarto e os jardins, com portas que podiam ser abertas no auge do verão, e uma lareira à moda britânica para os dias de inverno e o frio outonal. Agora, no fim do verão, eu me sentava ao lado da lareira fiando. O trabalho não era mais a necessidade que fora em Avalon, mas achava que concentrava e acalmava a mente.

— Como faz o fio tão fino e uniforme, mãe? Não importa o quanto a observe, quando tento, a lã sempre se quebra nas minhas mãos desajeitadas! — Constantino estava sentado com as longas pernas estiradas em direção à lareira, os olhos profundos semicerrados enquanto ele observava o fuso girando.

— É uma boa coisa, então, que não tenha nascido menina — respondi, pegando o fuso com o pé enquanto puxava mais lã da roca e ajustava a tensão. Então uma volta hábil o fez girar novamente.

— Ah, sim — ele riu. — Mas as parcas que decidiram meu caminho desde o berço não teriam errado tanto em uma questão tão fundamental. Nasci para ser imperador.

Levantei uma sobrancelha. Havia algo um pouco perturbador em tamanha certeza, mas eu não podia discordar do que também acreditava ser verdade.

— E pai de uma dinastia? Crispo está crescendo um belo rapaz, mas um filho não é uma grande família. Fausta agora tem dezenove anos, está madura para ir para a cama. Ela vai se envolver em encrencas se você não lhe der filhos.

— Ela reclamou? — Ele riu. — Está certa, é claro, mas não terei mais filhos até ter certeza de que posso estar em casa com frequência supervisionando a criação deles. A morte de Galério mexeu com o balanço do poder. Tenho razões para acreditar que Maximino Daia fez uma aliança com Maxêncio. Eu mesmo me comuniquei com Licínio, que também reivindica o Oriente, e ofereci a ele a mão de minha irmã Constância.

Ele me lançou um olhar rápido, como se estivesse se perguntando como eu receberia a menção à sua meia-irmã, mas eu aceitara havia muito tempo o fato de que Constâncio pedira a Constantino para cuidar dos filhos de Teodora. Ela podia ter nascido mais nobre que eu, mas meu filho era o imperador.

— Então as linhas foram traçadas...

— Maxêncio desfigurou minhas estátuas. Ele diz que é porque destruí imagens do pai dele, Maximiano, mas ele morreu como um rebelde, enquanto eu deveria ser o irmão imperador de Maxêncio. Terei de ir contra ele, e logo, antes que a neve feche as passagens alpinas. É uma desculpa tão boa quanto qualquer outra.

— Se os rumores que ouvi são verdadeiros, o Senado o aplaudirá. Ele tomou liberdades com muitas esposas e filhas de patrícios, e instituiu muitos impostos. Mas você tem uma força à altura dos homens que ele juntou à Guarda Pretoriana, e dos soldados trazidos da África?

— Em qualidade, sim — ele deu um sorriso branco. — Em quantidade? Não, mas sou o melhor general. Números superiores não importam se não forem bem liderados.

— Que as bênçãos de todos os deuses estejam com você — falei, franzindo a testa.

O resto do riso sumiu do rosto dele.

— Se eu soubesse qual deus poderia me garantir uma vitória, prometeria a ele um templo, tornaria seu culto o principal no império. Preciso lutar com Maxêncio, e isso precisa ser feito agora, mas está certa em pensar que o resultado depende dos favores divinos. Reze por mim, mãe. A você os deuses escutam!

— Você está sempre em meus pensamentos e minhas preces — respondi quando o silêncio ameaçou tornar-se longo demais. Eu amava Constantino. Ele era o centro de minha vida. Mas, naqueles dias, ele parecia precisar de mais do que eu sabia como lhe dar.

***

No dia seguinte, ele havia partido, reunindo seus soldados leais do Rhenus, imaginei, embora nenhum anúncio tivesse sido feito para não avisar o inimigo. Mais tarde saberia que Maxêncio, antecipando alguma ação da parte de Constantino, tinha deixado a defesa do norte a encargo de um de seus generais, ficando em Roma caso Licínio terminasse de lidar com os persas em tempo de atacá-lo. Mas, na época, não pude nem apreciar as notícias que recebemos, pois Crispo contraíra algum tipo de doença do filho do jardineiro, e, embora tivesse se recuperado rapidamente, eu, que tinha cuidado dele, a contraíra também.

Primeiro veio a irritação avermelhada na pele, e então a febre, que parecia queimar em meus ossos. Se aquela era uma doença que tínhamos na Britânia, minha criação em Avalon me protegera dela. E como frequentemente acontece quando um adulto contrai uma doença de infância, fiquei bem pior do que Crispo ficara.

Fiquei deitada alternando estupor e delírio enquanto outubro seguia para seu fim. Em meus momentos de clareza, ouvia os nomes das cidades: Segusio, Taurinorum, Mediolanum, e depois Verona, Brixia, Aquileia, Mutina. Mais tarde soube que eram as cidades que Constantino conquistara. Ao impedir que seus soldados pilhassem a primeira delas, conseguira a rendição rápida das seguintes. Mas eu lutava minha própria batalha, e conforme os dias passavam, sentia que estava perdendo.

Os acontecimentos em torno de mim passavam como um sonho atribulado, mas naquele estado intermediário em que eu pairava, nem no mundo humano nem no espiritual, sentia as marés das estações girando em direção a Samhain, quando os britânicos acreditam que termina o velho ano e começa a gestação do novo, quando há um momento em que uma porta se abre entre os mundos e os mortos retornam.

Uma boa época, pensei sombriamente, *para minha própria passagem.* Lamentava apenas não poder me despedir de Constantino. No entanto, não era minha vida, mas uma era que terminava, embora ainda fosse levar muitos anos até eu entender claramente o significado daquele Samhain.

Chegou um dia em que a febre subiu novamente, e meu espírito, livre de um corpo enfraquecido, viajou entre os mundos. Parecia ver a terra debaixo de mim, e o amor me levou para o leste, onde meu filho estava a ponto de dominar o inimigo. Vi uma grande cidade ao lado de um rio e soube que devia ser Roma. Mas as forças de Maxêncio tinham cruzado o Tibre acima da cidade, e se reuniram em formação, enfrentando o número menor de soldados liderado por Constantino. O inverno chegava cedo, e no ar fresco o sol parecia se estilhaçar, enviando uma refração pelo horizonte que raiava como uma cruz luminosa.

As forças de Constantino atacaram o inimigo, sua cavalaria gaulesa escapando dos cavaleiros italianos, mais fortemente armados, e dominando os númidas, que tinham armas mais leves. Eu via Constantino em sua armadura dourada e sua escolta pessoal, todos com um Chi Rho grego pintado nos escudos para atrair sorte.

Os pretores de Maxêncio morreram na hora, e o resto de seu exército fugiu. A ponte quebrou sob aquele peso súbito, jogando homens e cavalos nas rápidas águas cinzentas. Os agressores os perseguiram feito um enxame, brevemente reparando o dano na ponte, e ao pôr do sol entraram em Roma.

Conforme a sombra tomou a terra, também caí na escuridão. A doença chegara ao fim naturalmente, mas eu estava terrivelmente enfraquecida. Comia e bebia quando me acordavam, mas dormia a maior parte do tempo. Às vezes, semiconsciente, ouvia conversas em torno de mim.

— Ela não melhora — vinha a voz do médico grego. — O imperador precisa ser avisado.

— Não ousamos distraí-lo. Se Constantino for derrotado, nenhuma de nossas vidas valerá um denário. Maxêncio vai nos tratar como Maximino fez com a mulher e a filha de Galério.

Aquela era Vitellia. Soava como se tivesse chorado. Queria dizer a ela que Constantino tinha triunfado, mas não conseguia fazer meu corpo obedecer minha vontade.

— Mesmo se enviássemos uma mensagem agora, meu senhor não chegaria a tempo — disse Fausta. Por ser irmã de Maxêncio, poderia esperar ser poupada se ele vencesse, a não ser que ela a culpasse pela morte do pai. Os primeiros imperadores não haviam hesitado em matar a própria família. Por que eu deveria lutar para voltar à vida em um mundo onde aquelas coisas existiam?

Fui despertada na manhã seguinte por um murmúrio no corredor em frente ao meu quarto. Tentei chamar, mas até a escrava que cuidava de mim à noite tinha sumido. Constantino fora derrotado? As vozes lá fora não soavam temerosas... Então a porta se abriu de repente e Crispo entrou correndo no quarto, o cabelo claro ainda desgrenhado do sono, a excitação ardendo nos olhos. Quando me viu, parou de repente, obviamente chocado com a minha aparência, pois enquanto eu estivera doente não haviam permitido que ele me visitasse.

Sussurrei o nome dele, e, mais lentamente, ele veio se ajoelhar ao lado da minha cama.

— *Avia! Avia!* — Crispo me abraçou com cuidado. — Nós vencemos!

Estiquei o braço para tocar a bochecha dele, sentindo a energia daqueles braços jovens e fortes fluindo para mim.

— *Pater* mandou um mensageiro. Houve uma grande batalha, e Maxêncio morreu!

Sorri, percebendo que minhas visões não haviam mentido.

— Vai ficar boa agora, não vai, *avia*? Assim pode receber *pater* em casa? — Os olhos cinzentos dele estavam luminosos de confiança.

— Sim, amor — por fim encontrei minha voz, sabendo que os deuses afinal não me levariam naquele Samhain. — Agora tudo ficará bem.

***

Foi depois do festival da Saturnália que Constantino voltou a Treveri. Àquela altura, eu já recuperava minhas forças; apenas uma ocasional falta de ar me recordava da luta para respirar, mas meu cabelo, que até então tinha apenas uns fios cinzentos, embranquecera durante minha doença. Fiquei confiante de que aquilo distrairia meu filho de notar quaisquer outras mudanças, pois não tinha permitido que contassem quão perto eu chegara da morte.

Escolhi recebê-lo em minha sala de estar, onde a luz refletida nas paredes pintadas de vermelho me daria uma cor mais saudável. Ainda assim, fiquei feliz em estar sentada quando ele veio me ver, pois a aura de poder que brilhava em torno dele era como a rajada de calor de um fogo crepitante.

— Ave, *Sol Invictus*! Certamente é o Sol em seu esplendor agora!

Levantei uma mão em boas-vindas, ou talvez para afastá-lo, pois naquele momento ele era um gigante, deixando tudo mais no quarto pequeno. Mais tarde, quando vi a estátua que ele tinha encomendado em Roma, cuja cabeça era do tamanho de um homem alto, percebi que o escultor tinha sentida, como eu, aquele mesmo atributo de algo além da escala da humanidade.

Constantino sorriu, curvou-se para me beijar e então começou a caminhar pelo cômodo, como se o poder que o preenchia não o deixasse ficar quieto. Não fez nenhum comentário sobre minha aparência; talvez ainda estivesse muito fascinado para se concentrar realmente no mundo externo.

— Ah, mãe, gostaria que tivesse estado lá, pois certamente o Deus da Luz estava comigo naquele dia! — Ele deu outra volta no quarto e voltou para o meu lado.

— Ouvi que ocorreram muitos sinais e maravilhas. O que aconteceu, Constantino? O que você viu?

— Ah, sim, agora todos dizem que minha vitória foi prevista, mas na época os profetas de ambos os lados diziam que seus próprios exércitos venceriam. Os Livros Sibilinos profetizaram que um inimigo de Roma morreria no dia da batalha, e é claro que Maxêncio concluiu que devia ser eu, e os astrólogos murmuravam sombriamente sobre uma conjunção de Marte, Saturno e Júpiter, com Vênus em Capricórnio. Mas estou destinado a governar e soube como fazer até meus inimigos me servirem!

Olhei para ele espantada. Constantino sempre fora confiante, mas agora falava com o fervor de um sacerdote em transe.

— Maxêncio tinha se tornado um tirano, e Roma acabaria me vendo como um libertador. Ele estava na ponte quando ela caiu, o peso de sua armadura o puxou para baixo na lama e ele se afogou. Quanto às estrelas, na noite anterior à batalha, sonhei que uma figura brilhante me mostrava um pergaminho com as letras gregas que os escribas usam para dizer que uma passagem é boa, e me falou que era o Sinal com o qual eu conquistaria. Quando acordei, disse aos forjadores para colocar o Chi e o Rho em um estandarte militar, e ordenei à minha guarda que desenhasse o Sinal nos escudos, e então o sol se levantou e se dividiu em uma cruz luminosa, e eu soube que conseguiria a vitória. Sopater acredita que vi Apolo, mas o bispo Ossius me assegura que minha visão me foi dada pelo Cristo.

— E no que acredita? — perguntei.

— O Jesus judeu, que crucificamos, é um deus para os escravos — disse Constantino. — Mas o grande Pai que os cristãos veneram, o Rei e o Criador de todo mundo, é o mesmo que o deus dos filósofos, e digno de ser patrono de um imperador. Não acho que importa o nome que o povo use para Ele, desde que reconheçam que um Deus Único é supremo nos céus, e na terra, um imperador.

— O Senado pode tê-lo aclamado augusto sênior — observei gentilmente —, mas, no Oriente, Licínio ainda governa, e logo será seu cunhado...

— Isso é verdade — Constantino franziu o cenho. — Não sei como o deus arranjará as coisas, mas, em meu coração, sei que o que disse é verdade. É meu destino.

— Acredito em você — respondi baixo, pois naquele momento, banhado em um brilho dourado da última luz do sol de inverno, ele de fato parecia tocado por um deus. E com certeza, depois das desordens civis dos últimos anos, uma única mão firme nas rédeas do império seria bem-vinda.

As profecias de Avalon tinham previsto uma criança que mudaria o mundo, e a cada ano ficava mais claro que Constantino era o prenunciado. Minha rebelião contra Ganeda tinha sido vingada. Ainda assim, me perguntava por que sentia aquela centelha de inquietação mesmo enquanto me rejubilava com a vitória de meu filho.

***

A primavera que se seguiu foi uma das mais belas de que podia me lembrar, como se o mundo todo celebrasse a vitória de Constantino. Uma boa mistura de sol e chuva fez desabrochar todas as flores, e o trigo do inverno produziu uma colheita abundante.

Eu estava no jardim, falando com o homem que cuidava das rosas, quando Vitellia veio correndo do palácio, segurando um pergaminho, o rosto marcado por lágrimas.

— O que foi? — gritei, mas conforme ela se aproximava, vi que seus olhos brilhavam de alegria.

— Ele nos deixou a salvo! — ela exclamou. — Seu filho, abençoado por Deus, nos preservou!

— Do que está falando? — Peguei o pedaço de papiro da mão dela.

— Isso veio de Mediolanum. Os imperadores estabeleceram uma política a respeito da religião...

Abri o pergaminho, buscando as palavras que se referiam ao édito anterior de tolerância de Galério e adicionando:

"... a ninguém negaremos a liberdade de seguir a religião dos cristãos ou qualquer outro culto de sua livre escolha que achar melhor adaptado para si, para que a Divindade suprema, a cujo serviço prestamos livre obediência, possa nos conceder em tudo seu favor e sua benevolência de costume".

— Entende o que isso significa? — balbuciou Vitellia. — Ele está dando de volta tudo o que perdemos durante as perseguições. Podemos construir novas igrejas e celebrar nossos dias santos. Podemos fazer serviços abertamente, sem temer que os soldados estejam vindo nos prender quando ouvimos uma batida na porta. Louvado seja Cristo, pois certamente foi Ele que inspirou seu filho e fez esse milagre!

Os parágrafos que se seguiam restauravam aos cristãos propriedades e direitos que haviam sido tirados nas perseguições, estipulando que todos os cultos deveriam ter uma liberdade de religião igualmente desimpedida. *Não era de surpreender que Vitellia chorasse*, então pensei. A sombra que fora colocada sobre ela e sua igreja tinha sido levantada, e os cristãos poderiam emergir para ficar lado a lado com os seguidores das religiões tradicionais na luz abençoada de um novo dia.

Jamais vira tal reconhecimento de uma Verdade que estivesse além de qualquer culto ou credo em todos os meus anos entre os romanos, cujos deuses pareciam disputar o favor de seus adoradores como os magistrados disputavam a eleição, ou entre os filósofos, que denunciavam outras escolas como equívocos, ou entre os cristãos, que simplesmente afirmavam que todas as outras religiões estavam erradas.

Aquele reconhecimento de um Poder em cuja luz todas as fés poderiam ser iguais me recordava dos ensinamentos que aprendera quando era criança em Avalon, e, com aquele pensamento, vi meus próprios olhos se encherem de lágrimas gratas.

dezesseis

316 d.C.

Sentar na praia de Baiae era como estar no âmago do sol. A luz era refletida com intensidade cegante na areia branca que beirava a baía, cujas águas cintilavam um azul claro só um tom mais escuro que o do céu. Para uma filha do Norte, aquela luz era sobrepujante, expulsando cada escuridão não apenas do corpo, mas da alma. Deitada no divã no terraço, que ficava entre o mar e a piscina de banho de água doce, eu sentia o calor expulsando o intermitente estado febril que um inverno em Roma colocara em meus ossos.

Tinha a impressão de que minhas ansiedades dos últimos anos também se dissipavam. Ainda havia os que desafiavam a autoridade de meu filho, mas ele demonstrara ser um general brilhante, e eu não duvidava mais de que um dia ele seria o governante supremo do império.

Por vários anos a casa imperial fora sediada em Roma. Mas a grande cidade, praguejada por um frio cruel no inverno, era do mesmo modo ruim no verão, quando um calor úmido e pegajoso cobria as sete colinas. Fausta, que a essa altura estava na última lua de sua gravidez, reclamara de que o calor a sufocava, e então eu levara a casa imperial para aquele local, o palácio que o imperador Severo construíra ao lado da baía de Puteoli, no golfo de Neapolis, cinquenta anos antes.

Fausta estava deitada em um divã ao meu lado, com dois escravos para abaná-la e um guarda-sol para proteger sua pele clara. Mas eu usava apenas um chapéu para fazer sombra em meus olhos. Para mim, o calor em todos os lugares da Itália era igualmente intenso, mas na costa o ar tinha uma pureza que revigorava ao mesmo tempo que dominava, e então eu passava a maior parte do tempo no sol, ouvindo o sussurro das ondas cintilantes na praia.

Um riso alto ocasional chegava até mim da piscina, onde Crispo brincava com os filhos de famílias nobres romanas que tinham vindo conosco para lhe fazer companhia. Se me virasse, teria um vislumbre de seus corpos macios, dourados pelo sol. Crispo estava com catorze anos, de ossatura grande como o pai, e uma voz que era, na maior parte do tempo, a de um homem. Quando meu filho fizera quinze anos, já estava na corte de Diocleciano havia dois anos. Cada ano que Crispo permanecia comigo era uma bênção, como se os anos em que Constantino estivera perdido para mim fossem restaurados.

O próprio Constantino, eu pouco via. A derrota de Maxêncio o tornara mestre incontestável do Ocidente. Licínio agora era seu cunhado, mas o pacto que os dois imperadores fizeram não durou muito. Em dois anos, começaram uma série de conflitos que continuaria por uma década. Ainda assim, meu filho agora sentia-se seguro o bastante para levar Fausta para sua cama, e na idade de vinte e três anos ela finalmente ficara grávida. Ela jurava que isso não faria diferença em sua afeição por Crispo, e de fato ela o tinha adotado como seu próprio filho, assim como de Constantino. Ainda assim, eu não conseguia parar de pensar se a atitude dela mudaria quando tivesse o bebê.

O barulho da piscina entrou em um crescendo conforme as crianças começaram a sair, brilhando no sol forte. Boreas e Favonia, que dormiam na sombra de meu divã, levantaram a cabeça para observar, batendo gentilmente a cauda peluda no chão de pedra. Escravos correram com toalhas para secar os rapazes, enquanto outros traziam bandejas com frutas, doces e jarros de água de menta com gelo, trazido de lá dos Alpes e guardado em um porão fundo, envolto em palha. Drusilla teria rido de tal extravagância, mas ela morrera um ano depois da grande vitória de Constantino. Cercada por todo aquele luxo, eu sentia falta da comida simples dela.

Ainda rindo, Crispo levou os outros ao terraço e sentou-se, sorrindo enquanto os cães o festejavam a seus pés. À medida que crescia, começava a se parecer cada vez mais com o avô Constâncio, a não pelo fato de que, enquanto a pele de meu amado era tão clara que queimava ao menor toque do sol, Crispo herdara a pele da mãe, e o sol que clareava seu cabelo apenas a tornava mais dourada. Exceto pela toalha jogada sobre o ombro, ele estava nu como uma estátua grega, os músculos treinados ondulando, belo como um jovem deus. *Mas ele é apenas um menino*, disse a mim mesma, flexionando os dedos furtivamente em um sinal contra má sorte, com um medo irracional de que uma daquelas deidades pudesse ouvir meu pensamento e magoar-se.

Estou há tempo demais convivendo com os romanos, falei a mim mesma, pois os deuses de meu povo não eram tão propensos à luxúria pelos mortais ou à inveja deles. Contudo, Crispo se aproximava da idade que, naquelas terras do sul, era considerada como o apogeu do esplendor. Fausta o observava com uma apreciação tão grande quanto a minha, e reprimi um calafrio cuja fonte não conseguia identificar.

— *Avia! Avia!* Gaius diz que o lago do outro lado da colina é o lugar de onde Eneias desceu ao Submundo. Vamos fazer um grupo para procurá-lo. Podemos levar um almoço, fazer piquenique da praia e ler passagens da *Eneida*. Seria educacional.

— Quem vai ler? — Fausta riu. — Não Lactâncio! — Ela tentou endireitar-se, mas foi impedida pela grande circunferência de sua barriga, e estendeu a mão para que a criada pudesse ajudá-la.

Sorri. O eminente retórico se tornara um cristão fervoroso no fim da vida, e recentemente fora mandado por Constâncio para ensinar o filho. O imperador deixara claro que o Cristo agora era sua deidade padroeira, e aqueles que desejavam subir em sua corte acharam que a conversão ao cristianismo seria interessante. Até agora ele não tinha insistido em um compromisso formal de sua família, embora fôssemos esperados nas partes da missa abertas aos não iniciados. Eu sentia falta de Vitellia, que voltara a Londinium para reconstruir a igreja em homenagem a seu sobrinho.

— Não tenha tanta certeza! — retrucou Crispo. — Lactâncio é um grande admirador de Virgílio, e diz que ele foi um dos pagãos virtuosos que previram a vinda de nosso Senhor.

— Então imagino que ele não vá proibir a expedição — afirmei. — Muito bem. Vamos planejar a saída para amanhã cedinho, assim chegamos antes do calor do dia.

***

Para certa surpresa minha, Lactâncio não apenas não fez objeções como decidiu ir junto, segurando firme um pergaminho da *Eneida*. Fausta ficou no palácio, descansando, mas o velho e eu viajamos em liteiras, enquanto os meninos cavalgavam burrinhos de pés firmes da vila sobre o caminho sinuoso. Uma carreta com insumos para o piquenique vinha por último.

Mesmo no norte da Itália eu encontrava cenas que me relembravam de casa, mas ali sabia que estava em outra terra, onde o ar quente era perfumado com o cheiro da artemísia e o aroma das flores que cresciam com tanta profusão no rico solo vulcânico. Quando chegamos ao topo da colina sobre Baiae, pedi uma pausa para que os carregadores e os burricos pudessem descansar e me virei para olhar as brilhantes águas azuis da baía de Puteoli, que iam até Neapolis e o cone perfeito do Vesuvius mais além. Naquele dia, não havia fumaça enrodilhada sobre o cume, embora a encosta do vulcão onde ficava o fórum, a meio dia de jornada dali, soltasse uma variedade de odores repulsivos. Chamavam aquele lugar de "Campos de Fogo", e era possível sentir o fogo da terra sob a superfície, uma advertência constante de que nada era eterno, nem o chão sólido sob nossos pés.

Logo estávamos sacolejando em direção ao espelho azul lá embaixo. As colunas brancas dos banhos curativos, construídos na praia pelos primeiros imperadores, brilhavam no sol de verão, mas paramos em um bosque cheio de sombra em um abrigo da colina, e os escravos começaram a servir nossa refeição. Os meninos já corriam pelo local, descendo para testar a água, desafiando uns aos outros a mergulhar.

— Tem certeza de que este é o lago Avernus? — perguntou Crispo, enquanto Lactâncio e eu nos ajeitávamos em cadeiras de vime. — Olhe, pássaros voam sobre ele sem morrer, e embora a água tenha um cheiro um pouco estagnado, não nos fez mal.

— Virgílio devia saber que não havia problema — disse um dos outros meninos. — Dizem que Júlio César em pessoa frequentava aqueles banhos.

— Bem, talvez as coisas fossem diferentes quando Roma foi fundada — eu disse, sorrindo. — Afinal, faz mais de oitocentos anos. E estamos em um verão ensolarado, lembrem. No inverno, com uma tempestade chegando, este lugar pode parecer muito mais ameaçador.

— Mas onde fica a "espelunca alta e lapídea" de que fala Virgílio? — perguntou Crispo.

— Talvez um dia tenha existido uma falha que agora se fechou — respondeu Lactâncio —, pois dizem que esta é uma terra de mudanças.

Ele esticou um braço na pose de orador. Mesmo naquele calor, usava uma túnica longa, e, com a barba branca ondulando sobre o peito, parecia um sábio ancestral ao desenrolar o pergaminho e começar a entoar:

"De amplo hiato espelunca alta e lapídea,
Fusca selva a munia e lago imano,
Sobre o qual transvoar impune as aves
Nunca puderam, tal das fauces turvas
Odor exala pelo azul convexo..."

— E quando o chão começa a estremecer, era um terremoto e não Hécate chegando? — perguntou Crispo.

Lactâncio assentiu, sorrindo.

— Esses espíritos malignos não passam de sonhos e delírios, tornados demoníacos pelo medo dos homens. Quando a terra estremece, é pela vontade de nosso Senhor Deus que a fez, mas era necessário que Eneias, que viveu muito antes que a luz do Cristo chegasse ao mundo, fosse guiado a fundar Roma.

— No entanto, Virgílio era pagão — observei.

— Ele era — respondeu Lactâncio —, mas com uma alma tão nobre que a luz de Deus era capaz de alcançá-lo, assim como fez com muitos de nossos grandes poetas, homens da maior genialidade. Sêneca, Maro e Cícero, de nossos próprios autores romanos, e Platão, Aristóteles, Tales e tantos outros entre os gregos, todos tocam a verdade em alguns pontos, e apenas os costumes de seu tempo, que pregavam que Deus não era Um, mas muitos, fez com que continuassem a honrar falsos deuses.

— Se havia uma fenda aqui, talvez tenha se fechado quando Cristo nasceu — disse o jovem Gaius, cujo pai era um dos poucos senadores que haviam se convertido verdadeiramente à nova religião.

— De fato, poderia ser — disse Lactâncio, em aprovação.

Àquela altura, a comida estava pronta e os meninos, que estavam naquela idade em que uma refeição é sempre bem-vinda, atacaram-na com sua gana costumeira. Além dos pães duros, azeitonas e queijos, os cozinheiros tinham colocado uma vasilha com o cozido de frutos do mar que era uma especialidade de Baiae, com vários moluscos fervidos com águas-vivas e temperos. Olhei em dúvida, mas os cozinheiros tinham embrulhado o prato com neve do porão, e parecia ser bom.

— Que templo é aquele cujo domo vejo brilhar sobre as árvores? — perguntei apontando para o topo da colina atrás de nós.

— É o Templo de Apolo que coroa a colina de Cumaea — respondeu um dos escravos.

— Cumaea! — exclamou Lactâncio, olhando para cima com interesse. — Mas é claro que seria, pois a sibila disse o oráculo para Eneias de sua caverna, e então o levou para o lago para entrar no Submundo.

— Ainda há uma vidente lá? — perguntei, recordando-me de como Heron profetizara a vinda de Constâncio e me perguntando, com um resquício de curiosidade profissional, como o oráculo era conduzido ali.

— Ah, não — respondeu Lactâncio. — Nunca ouviu a história? No tempo de Tarquínio, o último rei de Roma, a sétima vidente de Cumaea deu a ele nove livros de profecias. Quando ele, pensando que a sibila fosse louca, recusou-se a pagar o que ela pediu, a vidente queimou três dos livros, e depois mais três, e por fim o rei comprou os três que restavam pelo valor que ela pedira desde o começo. Depois daquilo, as palavras de outras sibilas foram reunidas de todas as cidades da Itália e da Grécia, especialmente da Eritreia, e os líderes de Roma vêm sendo guiados por elas assim até hoje.

— Então não há uma sibila residente em Cumaea?

— Não, nobre senhora — respondeu o escravo. — Apenas a sacerdotisa que cuida do templo de Apolo. Mas a caverna em que a sibila dizia seus oráculos ainda está lá.

— Gostaria de vê-la — falei então — se os carregadores tiverem terminado a refeição.

Cunoarda, a pequena garota de Alba que se tornara minha serva depois que libertei Hrodlind, foi até a beira da água, onde os escravos comiam, e voltou com os oito germanos fortes que Constantino me dera. O cabelo vermelho dela me recordava de Dierna, a priminha que amara tanto tempo antes.

— Deve ser seguro o suficiente — Lactâncio disse com seriedade. — Não há vento, e o demônio Apolo estará quieto. E talvez o espírito da sibila que proclamou a unidade de Deus fale a você. Ficarei para cuidar dos meninos.

Contive-me para não levantar uma sobrancelha. Depois de tantos anos, o crescente de Avalon quase se apagara em minha testa, e eu não tinha vontade de explicar ao velho que não temia a voz do *daimon* de Cumaea, fosse ele um espírito ou um deus. Lactâncio jamais me questionara sobre minha fé, mas sabia que eu não era comungante de sua igreja, e Crispo me confidenciara que o velho se preocupava com o estado de minha alma.

Eu jamais me zangara com as preces de qualquer um que me desejasse bem, não importava a qual deus rezasse, e Lactâncio era uma alma bondosa, assim como um homem muito educado. Se meu neto deveria aprender com um cristão, tinha sorte de ter o velho como professor.

Uma hora de viagem nos levou a um penhasco nu de arenito dourado, perfurado por um túnel escurecido que era a entrada para Cumaea.

— Não diga meu nome a eles — avisei Cunoarda enquanto ela me ajudava a descer da liteira. — Diga ao porteiro que sou uma viúva da Gália chamada Júlia e que farei uma oferenda se me mostrarem a caverna da sibila.

Sentei-me em um banco sob um carvalho, feliz por estarmos alto o suficiente para pegar a brisa do mar, e observei a luz do sol brilhar nas tranças avermelhadas da moça enquanto ela ia até o portão. Quando voltou, ela sorria.

— Foram buscar a sacerdotisa de Apolo em pessoa para guiá-la. Acho que já não recebem muitos visitantes ao templo.

Momentos depois, uma mulher de meia-idade com uma túnica branca saiu do túnel. Conforme ela se aproximava, vi que suas vestes estavam puídas, mas escrupulosamente limpas.

— Sagrada, ofereço ao deus este bracelete de ouro em nome de meu marido, que o honrava, mas meu maior interesse é a caverna da sibila. Pode me levar lá? — Eu não tinha levado uma bolsa, mas o bracelete pesado tinha ouro suficiente para alimentar aquela mulher por algum tempo.

— É claro, *domina*. Venha por aqui. — A sacerdotisa se voltou para a sombra fresca do túnel e eu a segui, com Cunoarda atrás de mim. Quando emergimos na luz, ela puxou o véu fino sobre a cabeça, e fiz o mesmo.

Diante de mim, havia um pátio calçado com pedras de arenito gastas e uma base com a estátua da sibila, com braços levantados e cabelos ondeando selvagemente.

— Quando Eneias veio aqui, invocou o oráculo. A sibila estava de pé ali, diante das portas, quando o poder do deus desceu subitamente sobre ela — disse a sacerdotisa.

Ela apontou para uma porta de formato estranho na lateral da colina, como um triângulo alongado do qual alguém tirara a ponta.

— Ela parecia mais alta — continuou a sacerdotisa —, e sua voz ecoava. É da natureza do ser humano resistir quando tal poder tenta tomar posse. Dizem que a sibila corria para lá e para cá como uma lebre assustada até que o deus a dominou. E então, dizem, o poder Dele correu pela caverna como um grande vento, e todas as portas se abriram, levando suas palavras para os homens que esperavam.

— Cem portas, não eram, em Virgílio? — perguntei.

— Não há tantas, mas há aberturas em todo o caminho — disse a mulher, sorrindo. — Venha e verá.

Ela levantou a barra e a puxou, tocou um pedaço da madeira na lamparina que queimava na entrada e a usou para acender uma tocha, então empurrou a porta. Foi quando percebi que não era uma caverna natural, mas uma passagem esculpida na pedra sólida. À direita, uma série de recintos tinha sido talhada na superfície íngreme da colina. Um pouco de luz passava pelas frestas.

À esquerda, uma longa depressão com água corrente seguia ao lado da passagem. Conforme avançávamos, a tocha bruxuleante cintilava na água e fazia sombras estranhas dançarem pelo chão empoeirado. Depois do calor ensolarado lá fora, o ar ali parecia frio, úmido e muito quieto.

Apolo poderia não estar presente, pensei enquanto seguíamos, *mas eu sentia um poder de outro tipo à espreita naquela pedra silenciosa. Fora de fato Apolo quem um dia falara através do oráculo ali*, então me perguntei, *ou Virgílio, escrevendo quinhentos anos depois que a última sibila de Cumaea tinha partido, simplesmente achou que ela servia ao deus que tomara a maioria dos outros oráculos no mundo mediterrâneo?* Expandi sentidos havia muito sem uso, imaginando se a força que um dia vivera ali mantivera conexão suficiente para responder.

Entre uma respiração e outra, senti o mergulho familiar e a mudança de consciência que indicavam o início do transe. Cunoarda me pegou pelo cotovelo quando tropecei, mas balancei a cabeça e apontei para o aposento escuro no fim do túnel.

— Sim, ali é onde dizem que a sibila estava quando deu suas respostas — disse então a sacerdotisa. — Não sabemos que tipo de assento ela usava, mas sempre mantemos um tripé aqui, como fazem em Delfos.

Eu andava para a frente mal sentindo o chão sob os pés, mas o banco de três pernas no fim da passagem parecia brilhar com luz própria. *O credo de séculos o tornou sagrado*, pensei.

— Vou me sentar aqui... — falei em uma voz que não soava como a minha. Tirei o bracelete do outro braço e o estendi à sacerdotisa. Por um momento, ela ficou surpresa, olhando nervosamente para o tripé, mas aquele não era o templo do deus dela, a quem estava obrigada a defender de qualquer possível sacrilégio. Estava claro que ela não podia sentir o poder que começava a fazer minha cabeça girar.

Estremecendo, sentei-me sobre o banco de três pernas, e o véu escorregou, descobrindo minha cabeça. A posição despertava memórias enterradas em meus ossos; os tremores se transformaram em um espasmo convulsivo conforme meu corpo tenta se ajustar ao influxo de poder.

— Senhora, está se sentindo mal? — gritou Cunoarda, esticando os braços para mim, mas a sacerdotisa a impediu, e a parte de minha mente que ainda me pertencia notou com alívio que, embora a mulher não fosse vidente, tinha sido treinada o suficiente para reconhecer o que acontecia comigo.

— Não a toque — ela avisou. — Isso é contra as regras. Ela deveria ter me dito que tinha o dom, assim eu poderia tomar precauções, mas não há o que fazer agora.

Mas, na verdade – e esse pensamento, quando veio, foi rapidamente empurrado para trás –, eu mesma não sabia que as habilidades do transe nas quais fora treinada havia tanto tempo ressurgiriam tão rapidamente ali.

"Então, filha, vai Me deixar entrar?", veio uma voz interior, e, com um longo suspiro, relaxei naquela escuridão brilhante como nos braços gentis de uma mãe.

Tive alguma consciência de que meu corpo se endireitara, o cabelo caindo solto dos grampos. Meus braços se estenderam, os dedos flexionados como se Alguém redescobrisse as sensações de usar a carne mais uma vez. Apenas lamentava que aquele corpo, que tinha aguentado sessenta e sete anos, fosse tudo que tinha para oferecer a ela.

— Quem é você? — sussurrou a sacerdotisa.

— Sou a sibila... — meus lábios se moveram em resposta. — Sou sempre a sibila. Falei na Eritreia e na Frígia, em Samos e na Líbia e em muitos outros lugares sagrados nas terras dos homens. Mas faz tempo, muito tempo, desde que alguém Me deu voz neste santuário.

— Fala com a voz de Apolo? — perguntou a sacerdotisa, cheia de suspeitas.

— Vá para seu templo que fica nas alturas e abra suas portas para o vento e o sol e Ele falará com você. Mas meu poder vem das profundezas e da escuridão da terra, e das águas que brotam eternamente na fonte sagrada. Sou a Voz do Destino. Gostaria de um oráculo?

Houve um silêncio desconfortável, e então o riso da sibila.

— Mulher, serviu aos deuses por toda sua vida. Por que está surpresa que um Poder fale com você? Ah, bem, leio na mente desta velha que me carrega que muitas coisas mudaram. Roma ainda resiste, mas entre seu povo há quem tenha abandonado os deuses ancestrais.

— É culpa dos cristãos! — exclamou a sacerdotisa. — Eles dizem que só há um deus...

Senti minha consciência mudar novamente, aprofundando-se e expandindo-se como se a persona da Vidente que me ofuscara fosse sobrepujada por uma chama de iluminação que varria toda a consciência mortal.

— De fato, a Fonte Divina é uma só deidade de poder notável, que fez os céus, o sol, as estrelas e a lua, a terra fértil e as ondas das águas dos mares. É o Uno, que sozinho foi e é, era após era.

— Está me dizendo que os cristãos estão certos? — A voz da sacerdotisa se aguçou em horror. — E o deus deles é o único?

— Nenhum mortal pode tocar a deidade suprema. Vocês que vivem na carne veem com olhos do mundo, uma coisa de cada vez, e então veem Deus em muitas aparências, assim como imagens diferentes se refletem nas diferentes facetas de uma joia. A cada faceta deram uma forma e um nome. Apolo ou Amon, Cibele ou Hera, que um dia deu oráculos aqui neste santuário. Iahweh dos judeus cuida de seu povo, e esse Jesus abençoa os que o chamam. Eles desejam tocar o Uno, mas suas limitações humanas permitem que vejam apenas uma faceta, que identificam como o todo. Você entende?

Naquele momento, compreendi o que ela dizia e rezei para que me fosse permitido recordar aquelas palavras.

— Então eles estão errados! — exclamou a sacerdotisa.

— Eles fazem bem em servir ao Cristo, se realmente seguirem os ensinamentos dele, como você faz bem em servir ao radiante Apolo. Estão errados apenas em supor que não há verdade além da que eles veem. Mas lhe digo isto, a visão deles é poderosa, e prevejo um tempo em que o templo de seu Apolo será uma ruína derrubada, seu culto esquecido como o da deusa que era honrada aqui antes que ele chegasse.

— Lamentem, ó, grandes deuses, e lastimem-se, moradores do Olimpo, pois chegará o tempo em que seus altares serão derrubados e seus templos estarão sob a Cruz.

A visão se estendeu em um mosaico de cenas nas quais vi a Cruz erguida sobre construções de dignidade e esplendor, ou decorando túnicas de homens que cuidavam dos doentes ou caíam uns sobre os outros com espadas sangrentas. A visão seguiu rolando, conforme a sibila dizia palavras que eu não podia mais ouvir, e a sacerdotisa se agachou aos pés dela, chorando.

A certa altura, as imagens cessaram, e percebi que a sibila tinha voltado o olhar para Cunoarda.

— E você, criança, não há nada que queira perguntar?

O olhar de Cunoarda foi para o chão, e então se levantou com uma centelha de esperança que a transformou.

— Por quanto tempo serei escrava?

— Quando sua senhora se libertar, então você também será livre, e uma terra distante dará refúgio a vocês duas. Mas, antes que isso aconteça, ela terá de aguentar muitas tristezas e fazer uma grande viagem.

— Obrigada — sussurrou a garota. Sua cabeça estava baixa, mas eu via que seu rosto brilhava com lágrimas.

— Há mais que eu poderia dizer, mas este corpo se cansa. É uma tristeza para mim, pois digo que muitos séculos se passarão até que outra pessoa entre e me permita falar através dela.

Minha cabeça caiu, e por um momento existi como dois seres em um corpo: o Oráculo imortal e uma velha mulher, que sentia dores em cada osso. Tentei me agarrar à consciência da sibila, mas era como tentar segurar uma maré vazante. E então a presença vital que me sustinha se foi, e desmaiei nos braços de Cunoarda.

***

Quando voltamos ao palácio em Baiae, eu estava em plenas posses de minhas faculdades de novo, embora meu corpo, forçado além da capacidade normal pelo poder que o tomara, parecesse flácido e vazio como um odre de vinho. Assim que consegui falar, avisei Cunoarda para não dizer nada sobre o que tinha acontecido, mas lembrar-se do que fora dito e escrever, pois os detalhes já sumiam de minha memória como um sonho que se dissipa com o dia. Em relação ao povo liberto do palácio, ela me obedeceu, mas deve ter dito algo aos germanos que carregavam a liteira, pois desde aquele dia eles me tratavam com uma reverência que ia além do dever, e eu ouvia o sussurro "Haliruna", a palavra para mulher sábia na língua deles, quando passava.

Crispo e os outros estavam preocupados comigo, mas atribuíram meu desmaio à fraqueza de uma velha que tinha sobrecarregado suas forças, e pediram desculpas por me arrastar para aquela viagem em um dia tão quente. Eu os assegurei de que aceitara sabendo o risco que corria, embora eles não soubessem quão grande ele fora. E de fato era assim, pois, apesar de meu corpo doer, meu espírito se erguia com a sabedoria de que a habilidade de tocar o Além-Mundo, que fora o deleite de minha juventude, afinal não estava perdida para mim.

Passamos pelos portões do palácio ao anoitecer, mas o local estava cheio de luzes.

— O que é? — perguntei, abrindo a cortina da liteira. — O imperador chegou? Vamos ter um banquete do qual me esqueci?

— Ah, minha senhora! — exclamou o eunuco que era nosso mordomo. — Não o imperador, mas talvez um césar. A senhora Fausta entrou em trabalho de parto nesta tarde! Ela estava chamando pela senhora, *domina*. Eu imploro que vá até ela.

Recostei-me com um suspiro, desejando que aquilo não acontecesse naquele momento, quando já estava tão cansada.

— Não serei útil para ela até me lavar e comer. É o primeiro filho. Haverá tempo.

***

Quando cheguei ao quarto do parto, encontrei Fausta sozinha, gemendo a cada dor.

— Por que mandou os servos embora, minha criança? Eles só querem ajudá-la.

— Eles fizeram tanto reboliço que não pude mais aguentar! Ah, *avia*, dói tanto! Vou morrer?

— Você é jovem e saudável, Fausta — respondi de modo revigorante, tomando a mão dela. — Sei que não é confortável, mas vai levar um tempo até seu útero se abrir o suficiente para soltar a criança.

Tinha tido apenas um filho, mas depois ajudara em diversos trabalhos de parto das esposas de oficiais sob o comando de Constâncio e adicionara essa experiência ao que havia aprendido sobre a arte dos partos em Avalon.

Olhei para a porta, por onde a parteira perambulava, e fiz um gesto para que ela entrasse.

— Ela está indo muito bem — disse a mulher cautelosamente. Eu me perguntei o que Fausta dissera a ela antes.

Os dedos de Fausta apertaram dolorosamente os meus com a chegada de outra pontada. Seu cabelo castanho-acobreado estava escuro de suor, e o rosto, marcado pelo choro acima da barriga distorcida. *Era bom,* pensei então, *que o marido dela não estivesse ali para vê-la naquela hora.*

— Fale comigo, *avia* — ela pediu quando conseguiu falar novamente. — Um poema, uma piada ou uma história sobre Constantino quando ele era criança. Qualquer coisa para me distrair da dor.

— Muito bem — acariciei a mão dela. — Ele nunca lhe contou a história de como conseguiu a primeira láurea? Foi quando Probo era imperador e morávamos em Naissus.

Ela balançou a cabeça.

— Ele às vezes conversa comigo sobre planos para o futuro, mas nunca falou da infância.

— Então suponho que isso caiba a mim, para que você, por sua vez, conte as histórias para os seus filhos. — Esperei enquanto uma nova pontada a atravessava, mas acho que minha presença havia diminuído a tensão, e as contrações dela agora não eram tão difíceis de suportar.

— Constantino tinha acabado de completar seu sétimo ano, embora sempre tivesse sido grande para a idade e parecesse mais velho, e o imperador Probo havia oferecido um prêmio para as corridas na festa de Apolo. — Conforme eu continuava, fui deixando a voz ficar mais grave, fazendo minhas palavras subirem e descerem com as contrações que espremiam o útero de Fausta.

— Constantino começou a treinar, correndo todas as manhãs com Hylas, que era o cão que tínhamos na época. Eu os recebia com o desjejum pronto quando eles voltavam, ofegantes, da corrida.

Gradualmente Fausta relaxou, seguindo meu ritmo para encontrar o seu, até ofegando um pouco com a palavra.

— Ele ganhou aquela primeira corrida com facilidade, pois, entre os meninos de seu grupo, era forte e alto. Mas no ano seguinte ele foi para uma divisão mais elevada, e, embora fosse alto como vários outros, eles eram mais fortes e mais experientes. Ele terminou respeitavelmente, mas não foi o vencedor, e você sabe que meu filho não gosta de perder.

— O que ele fez?

— Eu lembro que ele ficou muito silencioso, com aquela careta teimosa que todos conhecemos. E ele treinou, pela manhã e pela noite, durante toda a primavera. Meu filho sempre foi um sonhador, mas também pragmático, que faz qualquer esforço necessário para tornar os sonhos realidade. Quando o verão seguinte chegou, ele foi novamente o vencedor.

Fausta deu um grande suspiro, e então sorriu, lembrando-se de que sua corrida ainda estava em andamento.

— E no ano seguinte?

— No ano seguinte fomos transferidos para Sirmium, e naquele verão o imperador foi assassinado antes que as corridas pudessem acontecer.

— Conte-me algo mais sobre Constantino — disse Fausta rapidamente. — Que jogos ele gostava de jogar?

Franzi um pouco o cenho, recordando-me. Dizem que a criança é o pai do homem. Me ocorria naquele momento que não devia culpar Diocleciano pelo que ele tinha feito de meu filho. Os sinais do caráter futuro de Constantino já estavam presentes em sua infância, se alguém fosse capaz enxergar.

— Ele gostava de reunir filhos de outros oficiais e desfilar pela rua, fingindo que faziam um triunfo. Lembro que uma vez ele tentou atar dois gatos do estábulo a um carrinho. Foi um dos fracassos que teve, e precisou usar o cachorro no lugar deles. Acho que ele nunca aceitou de verdade o fato de que às vezes você simplesmente não pode conseguir o que quer.

E aquilo, certamente, era um traço que ainda carregava. Agora ele era imperador e tinha poder para impor sua vontade, mas não entendia por que as facções cristãs, que ele havia favorecido, ainda se apegavam às suas inimizades. Os donatistas na África e os seguidores do egípcio Ário em todos os lugares estavam sendo mortos pelos ortodoxos com mais energia do que eles gastaram com os pagãos, mas também estavam atacando de volta.

— Meu marido é corajoso, perseverante e confiante — disse Fausta —, e seu filho será como ele.

— Tem tanta certeza de que será um menino? — Sorri, mas na verdade não tinha o direito de provocá-la, quando eu mesma tivera certeza de que daria à luz o Filho da Profecia. Ouvi o som de persianas sendo abertas e me virei, vendo através da janela as primeiras luzes do amanhecer.

Conforme o dia se firmava, as dores de Fausta começaram a vir mais rapidamente, e seus gemidos se tornaram gritos. A parteira tentava encorajá-la dizendo que não faltava muito agora, mas Fausta chegara ao ponto em que as mulheres em trabalho de parto chamam pelas mães e amaldiçoam os maridos.

— Diga àquela mulher para não mentir para mim! — ofegou Fausta. — Estou morrendo, eu sei. Logo me juntarei ao meu pai e ao meu irmão entre as sombras, e direi a eles que Constantino me enviou para lá! — Ela gemeu enquanto a barriga se retesava mais uma vez. — Mas vai ficar comigo, não vai, *avia*?

— Ficarei com você, querida — Curvei-me para acariciar o cabelo escorrido em sua testa —, e me rejubilarei com você quando sua criança chegar ao mundo. Lembre, as dores que sente são parte do trabalho da Grande Mãe. Não dor, mas poder.

Os olhos de Fausta se fecharam de exaustão, mas continuei a alisar seu cabelo, e jamais estive tão perto de amá-la verdadeiramente como naquela hora. Sentia as forças poderosas que trabalhavam através dela, e invoquei a Deusa, buscando Sua harmonia.

Em mais um segundo, o útero de Fausta se contraiu de novo, mas dessa vez ela abriu os olhos de surpresa.

— *Avia*, quero fazer força. Há algo errado?

A parteira começou a sorrir, e acariciei a mão de Fausta.

— Quer dizer que está tudo bem — falei. — O bebê já está quase pronto para vir. Vamos colocá-la na cadeira de parto, e, quando sentir vontade de empurrar de novo, pressione para baixo...

No instante seguinte, o poder da Mãe a atravessou mais uma vez. Quando passou, colocamos Fausta na cadeira de assento estreito, e a parteira se posicionou entre os joelhos dela enquanto eu a segurava, toda minha exaustão anterior desaparecendo no júbilo do milagre que agora esperávamos.

— Peguem água morna — gritei para as criadas que perambulavam — e certifiquem-se de que os panos para enfaixar estejam prontos. Não vai demorar.

Grunhindo, Fausta se contorcia contra minhas mãos. Agora que chegávamos ao momento decisivo, ela tinha parado de gemer e mostrava a coragem da linhagem de soldados da qual descendia. Ela empurrou uma, duas, três vezes, e então caiu para trás com um suspiro enquanto a criança que se agitava, vermelha de sangue e já chorando em protesto, deslizava para as mãos da parteira.

Continuei a segurar Fausta enquanto as outras mulheres se agitavam em torno dela, cortando o cordão e ajudando-a a expelir a placenta enquanto as criadas lavavam e enfaixavam a criança. Então a nova mãe foi levantada até uma cama limpa, e eu finalmente pude ficar de pé, estremecendo.

— Onde está ele? — pediu Fausta. — Quero ver meu filho.

— Aqui está ele — respondeu a parteira. — Um menino belo como jamais vi. — Ela me passou a criança, que ainda chorava, enrolada nos panos.

Meu neto..., pensei, olhando para o rosto contorcido. Todos os recém-nascidos se parecem com os avôs, mas eu não via traços de Constâncio. Vermelho de frustração sob uma touca de cabelo escuro, a criança que eu segurava se parecia com o outro avô, Maximiano.

Cuidadosamente transferi o bebê embrulhado para os braços da mãe.

— Um filho? — ela perguntou. — E perfeito?

A parteira assentiu.

— Ele é perfeito em todos os sentidos.

Fausta relaxou com um suspiro e o bebê se aquietou, embora seus traços ainda se vincassem em uma careta.

— Meu Constantino... — Ela beijou o topo da cabeça do bebê e o abraçou mais forte. — O primeiro filho legítimo do imperador.

— Há quem questione a validade de meu relacionamento com o pai do imperador — eu disse secamente. — Aconselharia você a não falar nesses termos com Constantino, para não parecer que duvida da legitimidade dele. E, de qualquer modo, a tradição romana é que o homem mais qualificado deve usar o púrpura, não necessariamente um parente, muito menos o filho mais legítimo.

E certamente Crispo, com a vantagem da maturidade e de seu brilho natural, é que será escolhido quando o tempo chegar, então pensei.

Perdida na contemplação da maravilha que tinha produzido, não creio que Fausta tenha ouvido. Recordando-me de histórias persas de lutas entre parentes quando um grande rei subia ao trono, fui eu que senti o primeiro calafrio de medo.

dezessete

321-24 d.C.

— Domina, chegou uma carta de Crispo. — Cunoarda parou na porta da minha sala de estar.

— Feche a porta, por favor, e vamos ver.

O braseiro fazia seu melhor para conter o frio úmido de um fevereiro romano, e eu descansava os pés sobre o flanco de Bóreas, filho do primeiro galgo que batizara com aquele nome. Mas mesmo depois das renovações que tinha mandado fazer quando Constantino me entregara o Domus Sessorianum, o local estava sujeito a correntes de ar. Fizera meu melhor para que tivesse um clima de lar, esperando restaurar a relativa simplicidade da propriedade suburbana que aquele palácio um dia fora, mas os arquitetos estavam contagiados pelas novas noções de grandeza constantiniana, e apenas naquele cômodo, com tecidos britânicos sobre as janelas e tapetes listrados britânicos cobrindo o chão gelado de mosaico, sentia-me aquecida o suficiente para evitar os ataques de falta de ar que me assolavam no inverno.

— Senhora, o que está fazendo? — perguntou Cunoarda, ao me entregar o pergaminho em seu estojo.

— Fiando... — Corei um pouco ao girar a lã solta em torno da roca, ajeitá-la e fazer o fuso descer, consciente de que aquele era um comportamento peculiar para a mãe de um imperador. — Quando era criança, estava sempre com as mãos no fuso. Queria ver se ainda sabia como fiar.

— Eu costumava fiar também, quando era criança em Alba — disse Cunoarda, a voz suavizando-se.

— Então vamos conseguir um fuso para você, e pode sentar-se comigo perto da lareira — respondi. — Mas antes vamos ver o que meu neto tem a dizer.

O pergaminho trazia a escrita cuidadosa do próprio Crispo. Ele agora tinha dezenove anos, com o título de césar, e havia dois anos residia em Treveri como segundo em comando de Constantino, entre campanhas na fronteira da Germânia. No verão anterior, seus soldados tinham conseguido uma grande vitória contra os alamanos. Sentia falta dele, pois Fausta e os filhos viviam com a mãe dela em Mediolanum, e eu raramente os via. Depois de um começo tardio, ela demonstrara ser excepcionalmente fértil. Um segundo filho, Constâncio, havia nascido um ano depois de Constantino, e um terceiro, Constante, nascera naquele ano.

"*Avia nobilíssima*", ele começava. "*Tive marés de grande felicidade. Vou me casar com uma moça encantadora, a filha do magistrado principal de Treveri. O nome dela é Helena também! Não é uma coincidência feliz? Eu a chamo de Lena. Aprendi a amá-la no inverno passado, mas não sabia se teria permissão para me casar com ela. Agora meu pai me deu permissão, e vamos fazer nossa festa no mês que vem, antes que eu retorne para minha legião no Rhenus. Espero que possa estar conosco para a celebração, mas, se não for possível, peço sua bênção.*

"*Que o Deus altíssimo lhe dê boa saúde, querida* avia. *Sigo seu amoroso Crispo.*"

— Minha bênção, de fato, e uma repreenda por se casar com tanta pressa. Ele deve saber que tanto as estradas quanto os mares serão muito difíceis para mim nesta estação para que possa comparecer! — exclamei.

— Bem, é compreensível a pressa, se ele está indo para a guerra. Sem dúvidas vai acomodar a noiva em Colonia ou em Argentoratum enquanto estiver com as tropas — disse Cunoarda, pegando o fuso que eu tinha derrubado do banco em meio à empolgação.

— Como pode meu pequeno Crispo estar se casando? — Balancei a cabeça. — Parece que foi ontem mesmo que ele estava sentado em meu colo.

— Talvez ele a faça bisavó logo — Cunoarda sorriu.

Suspirei. Achava difícil imaginar Crispo como pai, mas naquela estação, quando todas as febres dos pântanos em torno da cidade pareciam se assentar em meus ossos, sentia-me velha o suficiente para bisnetos. Tinha sido um inverno duro, e eu ouvira que havia uma nova peste nos quarteirões mais pobres de Roma.

— Vou presenteá-los com meu palácio em Treveri — falei — e mandar redecorar meu quarto para a noiva. E vou enviar a ela meu colar longo de pérolas. Ficará melhor na pele jovem dela do que fica em mim.

— Ah, minha senhora, não deve falar isso. Não sabe dos rumores que dizem que a senhora ganhou dos deuses uma extensão de sua juventude.

Levantei uma sobrancelha.

— Cunoarda, eu não a tomaria por uma bajuladora! Traga meu espelho. Talvez tenha acontecido algum milagre desde a última vez que olhei minha imagem ali!

Corando um pouco, ela me trouxe o espelho redondo de prata polida cujo cabo tinha a forma das Três Graças, com os braços entrelaçados. Virei o rosto para a luz e o ergui. O rosto que me olhava de volta era emoldurado por cabelo prateado, puxado para trás em um coque com duas asas macias presas no lugar por uma faixa de tecido. A carne que um dia se prendera aos meus ossos fortes de modo tão suave agora era flácida, os olhos fundos e escurecidos sob as sobrancelhas.

— O que vejo, minha querida, é o rosto de uma mulher saudável de setenta e dois anos. Não é bem a imagem de uma bruxa velha porque cuido da minha dieta e me obrigo a fazer exercícios. Mas só porque vivo em um palácio não tenho direito de ignorar as realidades da vida — falei sarcasticamente. — Agora leve esta coisa para lá. Está quase na hora de minhas audiências. Quantas pessoas esperam por mim na sala de recepção?

— Não tantas como de costume, mas uma delas é Silvestre, bispo patriarca da Sé de Roma.

— Muito bem, imagino que esteja na hora de parar de fiar e me transformar outra vez em *Nobilissima Femina*, mesmo sendo uma velha. Vou vestir a túnica de seda verde-floresta, com o pálio verde-mar por cima.

— Sim, minha senhora, e os brincos e a gargantilha de esmeraldas e pérolas?

Assenti, pegando minha bengala, e me levantei, suspirando como se já sentisse o peso dos brocados e das joias.

***

Desde que tomara posse da Sessoriana, era meu costume ouvir peticionários pouco antes da refeição do meio-dia. Sempre ficava assombrada a quantidade de gente que atravessava a cidade até meu Domus, enfiado no ângulo sudeste dos muros que o imperador Aureliano construíra para proteger os subúrbios esparramados de Roma.

Naquele dia, apesar do tempo ruim, o salão estava cheio. Sobre o aroma das ervas colocadas no braseiro eu senti o cheiro de lã molhada, e isso me fez sorrir, pois trazia lembranças da Britânia. Acompanhada por Cunoarda, com os galgos andando ao meu lado, tomei meu lugar na cadeira entalhada no estrado e avaliei a multidão.

Reconheci Iulius Maximilianus, que supervisionava a reconstrução dos banhos nas premissas do palácio. Minha intenção era abri-los ao público quanto estivessem prontos, já que um estabelecimento daquele porte não era necessário apenas para manter uma velha mulher limpa.

Maximilianus sem dúvidas estava ali para falar sobre o progresso na obra, que sofrera atraso pelas chuvas de inverno e doenças entre os trabalhadores. Alguns dos outros eram meus clientes e tinham vindo apenas por cortesia. Mas o que o patriarca cristão da cidade fazia ali?

Silvestre aguardava com uma paciência surpreendente, um homenzinho esguio com uma franja de cabelos avermelhados que desbotavam em torno da tonsura, vestido com uma túnica branca simples e um manto. O único sinal de sua posição era a grande cruz de ouro que usava sobre o peito. Quem se agitava e murmurava por causa do atraso era o jovem sacerdote que o acompanhava.

Se alguns dos outros estavam descontentes com a velocidade com que eu lidava com suas petições, não ousavam dizê-lo, e depois de passada uma hora, restava apenas Silvestre para ser ouvido.

— Meu senhor bispo, tenho certeza de que apenas uma questão de grande importância o traria até mim em um dia como este. Mas sou uma mulher velha, desacostumada ao jejum. Para que tenha um pouco de calma para falar de sua questão, gostaria de compartilhar comigo a refeição do meio-dia?

Dava para ver a diversão brilhando em seus olhos, mas ele assentiu com uma gravidade igual à minha. O bispo Ossius se tornara um dos conselheiros de mais confiança de Constantino, mas eu jamais tinha me afeiçoado a ele. Silvestre parecia diferente. Percebi-me curiosa para saber mais sobre aquele sacerdote que era o herdeiro do apóstolo Pedro e patriarca da Sé de Roma.

Depois que Cunoarda levou o jovem sacerdote para comer na cozinha, Silvestre e eu fomos acompanhados até o *triclinium*. Ao vê-lo olhar para a cobertura de mármore da parte baixa das paredes e para as pinturas acima, senti certa vergonha, embora as cenas retratadas fossem de ninfas e pastores do romance *Dáfnis e Cloé*, e até bastante inocentes.

— Peço desculpas pela opulência e pelo frio — eu disse ao fazer um sinal para que ele se sentasse no divã do outro lado do braseiro. No amplo salão, parecíamos duas ervilhas em uma vasilha grande. — Nunca como aqui quando estou sozinha, mas meus criados ficariam mortificados se eu dissesse a eles para nos servir em minha salinha de estar.

— Estamos todos à mercê dos criados — respondeu Silvestre. — Minha governanta me intimida impiedosamente.

— Se há algo que não possa comer, precisa me avisar — falei um pouco nervosamente, e o vi sorrir.

— Não é dia de jejum, e de qualquer modo o santo Pedro disse uma vez que não é o que entra na boca do homem, mas o que sai, que o contamina.

— Muito verdadeiro — concordei, mas de qualquer modo sussurrei a Cunoarda que pedisse ao cozinheiro algo simples.

Não sei se foi minha ordem ou o respeito pelo patriarca que o compeliu, mas nos foram servidos uma sopa de cevada e um prato de lentilhas e pastinaca com ovos, pão e queijo. O apetite do bispo era bom, e me perguntei se aquela era sua primeira refeição do dia.

— Então — eu disse, quando já tínhamos aplacado a urgência da fome e bebíamos vinho quente e temperado —, o que quer de mim?

— Tem tanta certeza de que vim como peticionário?

— Você é um homem muito ocupado, não teria feito essa viagem em pessoa se uma mensagem ou um representante bastassem.

— É verdade — disse Silvestre com um suspiro. — A necessidade é grande, do contrário não teria vindo até a senhora. Deve ter ouvido que há uma doença na cidade, mas talvez não tenha percebido como a situação se tornou grave. Essa não é uma das febres que nos atacam a cada verão, mas algo novo, em que a vítima tosse sangue ou sufoca até a morte no próprio muco. Alguns dizem que isso é um prenúncio dos Dias Finais e deitam-se em suas camas para esperar Nosso Senhor, mas acho que é apenas outra prova para nos testar.

— Parece horrível — respondi. — O que posso fazer?

— Pelos doentes, não muito. Abri a Igreja de Latrão como hospital, e cuidamos deles como podemos. Mas com tantos doentes ou mortos, há privação em partes da cidade. Já esvaziei meus cofres. Precisamos de autorização para distribuir milho dos armazéns da cidade e pedir outros itens aos mercadores para os pobres.

— E os cônsules não permitem?

Ele assentiu.

— Pensei que talvez a mãe do imperador pudesse persuadi-los de maneira mais eloquente que eu.

— Posso tentar — eu disse atentamente. — Vou me vestir em panos de ouro, isso deve impressioná-los, e visitá-los amanhã. E talvez algumas outras ideias me ocorram depois de ver seu hospital.

Aquele era um homem, pensei, *que raramente se surpreendia com os caprichos da natureza humana, fosse para o bem ou para o mal.* Mas fiquei contente em ver que minha resposta o surpreendera.

***

Meu caminho até o Templo de Saturno, onde me encontraria com os cônsules, passava pelo centro de Roma, e parecia que o coração da cidade de fato estava menos apinhado do que eu lembrava. Ao passar pelas ruas, via portas em que haviam sido pendurados alho, amuletos ou coisas piores em uma tentativa desesperada de evitar o espírito da doença. Pouco além do anfiteatro flaviano, abri as cortinas e pedi que os carregadores fizessem uma pausa no arco que Constantino havia erguido ali, na ancestral rota do triunfo entre os montes Célio e Palatino. Não ficara surpresa ao saber que era o maior dos arcos daquele tipo em Roma.

Mas, embora o tamanho pudesse despertar admiração, a decoração tinha sido motivo de certo riso, pois apenas o friso mais alto de fato se referia a Constantino, celebrando sua vitória sobre Maxêncio. O resto dos painéis, relevos e medalhões fora canibalizado de monumentos a imperadores anteriores, como Adriano, Trajano e Marco Aurélio. O arquiteto justificara esse roubo proclamando que Constantino era a soma e a realização do talento imperial, mas, conforme inspecionava o monumento, ficava claro que o trabalho nos painéis de Constantino era visivelmente inferior ao resto.

Você teve pressa demais, meu filho, observei em silêncio. *Não havia necessidade de roubar a glória de outros homens.* Como Silvestre esperava, a palavra da imperatriz-mãe era uma ordem que nenhum magistrado de Roma ousava ignorar. No caminho de volta ao meu palácio, coloquei um véu para me proteger do contágio e ordenei que os carregadores fizessem um desvio para que eu pudesse ver o hospital.

Constantino não passava muito tempo em Roma, mas fora generoso ao dar igrejas à cidade. Em vez de tomar propriedades da aristocracia, que ainda era majoritariamente pagã, ele tinha construído a maior parte das igrejas em terras imperiais do lado de fora das velhas muralhas da cidade. Mas, no ano de seu casamento com Fausta, ele havia presenteado o palácio imperial de Latrão, onde ela nascera, ao patriarcado de Roma. Após arrasar os quartéis da cavalaria de Maxêncio, ele construíra sua primeira catedral ao lado do palácio.

Eu me recordei do menininho que gostava tanto de erguer fortes em nosso jardim e percebi que, para ele, uma das atrações do cristianismo era a oportunidade de construir algo novo.

Algo novo e em grande escala. Ao entrar, vi a fileira de colunas imensas que sustentavam a nave, bem como os pilares de mármore verde que apoiavam as arcadas mais baixas das passagens. A luz vinha de janelas altas sobre a abside, cintilando na filigrana de prata do painel divisório, e estátuas do Cristo Ressuscitado e de Jesus como Professor, ladeadas por anjos, observavam a cena.

Mas, conforme meus olhos se ajustaram, eu me esqueci do esplendor. A nave em si e os corredores atrás das colunas de ambos os lados agora abrigavam filas e filas de catres grosseiros, e em cada um deles estava deitado um ser humano, a maior parte pigarreando e engasgando de modo horrível, ou então preocupantemente imóvel. Alguns eram cuidados pela família, mas a maior parte deles era assistida pelos sacerdotes e pelas velhas senhoras da comunidade cristã, que se moviam dando água aos que conseguiam beber e confortando os moribundos. O fedor de sangue velho e dejetos humanos agredia as narinas.

Silvestre pareceu duvidar quando falei em tentar ajudar, e agora eu via que não havia ajuda possível até que a coisa tivesse completado seu curso, e nenhum milagre a não ser o fato de que alguém se dispusesse a cuidar daquelas pessoas. Certamente nem todos eram cristãos. Para Silvestre, bastava saber que eram humanos e tinham necessidade. Então entendi como, apesar das lacunas e incongruências de sua teologia, essa nova fé se tornara tão forte.

Não fiquei por muito tempo. O patriarca, que me cumprimentara na chegada, não esperava isso, e já voltara ao trabalho quando saí da basílica. Nada falei durante a curta jornada ao longo da muralha, de volta para o Domus, e me retirei cedo, mas o sono demorou a chegar.

Como a maior parte das classes educadas de Roma, eu tinha desdenhado do fervor simples do cristianismo. Mas aquele povo tinha mais compaixão e coragem que eu, treinada em Avalon. Percebi então que estava envergonhada. Mas, mesmo agora, não sei se foi vergonha ou orgulho o que me impulsionou na manhã seguinte, quando peguei emprestada de uma das escravas da cozinha uma túnica e um pano para o cabelo, e, instruindo Cunoarda a dizer a todos que eu estava descansando, saí para a curta caminhada até a basílica. Mal tinha virado a esquina, no entanto, quando ouvi passos atrás de mim e vi Cunoarda.

Seus traços formaram uma careta teimosa quando comecei a mandá-la de volta para casa.

— Senhora, devo obedecer, mas se me mandar de volta prometo que direi a todos para onde foi! Por favor. Vi seu rosto quando voltou da visita à catedral. Não posso deixar que vá àquele horror sozinha!

Franzi o cenho para ela, já mas aprendera havia muito tempo a aceitar a tirania peculiar que criados podiam ter sobre aqueles que ostensivamente os possuíam, e o bom senso me dizia que poderia ser sensato ter alguém jovem e forte ao meu lado.

Pensei que, se pudéssemos evitar Silvestre, eu não precisaria ter medo de ser reconhecida, pois tinha usado um véu na visita anterior. E naquela segunda ocasião, ninguém perguntou quem éramos – estavam sob muita pressão e gratos por cada par de mãos. Então eu, que por dez anos tinha sido a mulher mais poderosa do império, trabalhei como não fazia desde que era uma garota em Avalon, carregando água e tentando manter os pacientes limpos. E Cunoarda trabalhou ao meu lado.

Fiquei surpresa com o quão rapidamente uma pessoa se acostumava não só com o cheiro, mas com o horror. Sangue e fezes eram coisas a serem limpas, mas isso era tudo. No entanto, a exaustão deixa os ânimos atiçados mesmo entre os melhores homens, e rapidamente ficou claro que, embora pudessem ser altruístas, arriscando as próprias vidas para cuidar dos doentes, já que as autoridades não os obrigava mais ao martírio, nem todos os cristãos eram santos.

Eu lavava gentilmente o peito de um velho que acabara de botar os pulmões para fora quando ouvi uma exclamação vinda de trás de mim. Um homem com um balde aparentemente levara um encontrão de uma mulher que tinha os braços ocupados por pilhas altas de panos limpos, e um pouco da água caíra no chão.

— Quer olhar por onde anda? Só falta alguém escorregar aqui e torcer o tornozelo! — A voz dele estava fraca de cansaço, mas a mulher não parecia muito melhor.

— Quem é você para me repreender? Todos sabem que durante as perseguições você queimou incenso para os demônios que os pagãos chamam de deuses.

— E não fiz penitência por aquele pecado? — Ele fez um gesto mostrando as pessoas que sofriam ao redor. — Não arrisco minha vida aqui todos os dias? Se o Senhor Deus quiser me punir, é bem fácil me derrubar. Mas você era tão desimportante que nem se deram ao trabalho de persegui-la. Cuidado para não ser condenada pelo pecado do orgulho!

— Vocês deveriam ter vergonha de discutir na presença dos moribundos! — falei naquela voz que governara uma casa por cinquenta anos. — Você, mulher, me dê um pano lavado, e você, senhor, um pouco de água para umedecê-lo, para que este pobre homem possa pelo menos passar seus últimos momentos limpo!

Mas àquela altura o corpo do homem doente se arqueava em uma última luta convulsiva por ar antes de ficar imóvel. Encolhendo-me enquanto os músculos endurecidos reclamavam, fiquei de pé e fiz um gesto ao homem que carregava os corpos para levá-lo.

Os primeiros dias foram um horror, e como autodefesa ergui um escudo psíquico contra o sofrimento. Durante o dia, trabalhava insensatamente e, todas as noites, saía e ia para casa lavar o contágio em meus banhos e dormir sem sonhos até a manhã. Talvez por meus pensamentos estarem tão concentrados nas necessidades de outros, tinha pouca atenção para minhas próprias dores.

Gradualmente percebemos que nem todos os nossos pacientes estavam morrendo. Alguns poucos, se conseguissem beber água o suficiente, eram capazes de manter as secreções úmidas o bastante para tossi-las para fora em vez de sufocarem. Eles acabavam se recuperando, mas ficavam tão fracos que qualquer outro contágio era o bastante para levá-los embora. Resignados, redobrávamos nossos esforços, mas os sacerdotes que trabalhavam ao nosso lado ainda tinham que dar a extrema unção a vários deles quando falhávamos. Às vezes eu via Silvestre trabalhando com os outros, usando uma túnica manchada e uma cruz de madeira simples em vez de ouro, mas eu dava um jeito de ficar longe dele. Na verdade, duvido que me reconheceria se eu tivesse me colocado diante dele. A visão da maior parte das pessoas é limitada pelo que esperam ver.

Foi somente no fim da segunda semana, quando a epidemia parecia por fim ceder, que o sofrimento de uma paciente rompeu minha indiferença. Uma menina jovem fora trazida – uma escrava síria chamada Martha, que cuidara de seu senhor e de sua senhora até que morressem, e que então ficara doente sem ninguém para ajudá-la. Era cristã, e, embora ela soubesse o que a aguardava, eu não havia encontrado ninguém que enfrentasse aquele destino com tanta serenidade.

— Nosso Senhor sofreu grandes dores para nos redimir — ela sussurrou quando conseguiu —, e ofereço a Ele este martírio.

Eu acreditava já estar insensível a qualquer emoção, mas quando vi a esperança que brilhava nos olhos dela, percebi que uma determinação obstinada despertava em mim.

— A água do batismo pode ter salvo sua alma — murmurei sombriamente —, mas o que está neste copo vai salvar seu corpo. Beba tudo como uma boa menina. Não vou deixá-la morrer!

Forcei Martha a beber água até que sua urina ficasse limpa novamente, mas sentia seu coração palpitando sob minha mão e sabia que a batalha não estava a meu favor. Para avaliar as condições dela, precisei deixar de lado minhas defesas internas, e, através da ligação de enfermeira e paciente, toquei o fervor puro da alma dela.

A força vital interna oscilava como a chama de uma vela. Dizem que, para os velhos, o passado é mais vívido que o presente, e naquele momento ela não era uma menina escrava síria que eu segurava nos braços, mas minha amada Aelia, que morrera quando eu estava longe. Fechei os olhos, e poderes sem uso havia tanto tempo que pensava estarem esquecidos despertaram dentro de mim.

Respirei fundo e, conforme exalava, extraía força vital de minhas próprias profundezas e a projetava nela. *Senhora!*, rezei. *Dê vida à sua filha!* Fiz isso repetidamente, como se lançasse o sopro da vida em seus pulmões, mas era algo menos tangível e mais poderoso que fluía do meu espírito para o dela.

E com isso a respiração difícil começou a melhorar. Por um momento fui imobilizada pelo medo de que ela estivesse indo embora. Então abri os olhos e fiquei assombrada, pois Martha dormia, e cada respiração sua era profunda e limpa.

Com o coração disparado, endireitei-me. Só então percebi que não estávamos sozinhas.

Cunoarda estava ao meu lado, de olhos arregalados, mas, ajoelhado à minha frente, vi Silvestre. Com ele estava o jovem sacerdote, que aparentemente o chamara ao ver que afinal não precisaria ministrar a extrema unção.

— Quem *é* você? — ele ofegou, apertando sua cruz de madeira. Nossos olhos se encontraram, e vi que o espanto em seu olhar deu lugar ao assombro quando ele me reconheceu. — Senhora, o que faz aqui?

Pensei por um momento, procurando uma razão que ele pudesse compreender.

— Faço o trabalho do Altíssimo — respondi simplesmente, decidindo que ele não precisava saber se eu chamava aquele Poder de Deusa ou Deus.

— Cristo seja louvado, de fato a senhora faz! — ele disse afetuosamente.

— Não diga nada sobre isso! — exclamei. A cerimônia que me cercava como imperatriz-mãe já era limitadora o suficiente, sem adicionar medos ou esperanças supersticiosas.

O ardor no olhar esfriou quando ele também começou a pensar nas implicações políticas.

— Entendo, mas, minha senhora, não pode ficar aqui! Promete que voltará para casa e permanecerá lá? Eu não poderia enfrentar... seu filho... se algo acontecesse com a senhora.

— Não crê que Deus me pouparia? — falei um pouco amargamente, percebendo que sentiria falta de estar ocupada e de ser útil, agora que aquilo tinha chegado ao fim. — Deixe para lá. Farei o que diz. Mas quando esta pequena se recuperar, leve-a para mim. Se seus donos tiverem deixado herdeiros, pagarei o preço, e ela ficará com meus serviçais.

Cambaleei ao ficar de pé, pois tinha gasto mais energia do que percebera, e Silvestre pegou meu braço. As lamparinas tinham sido acesas, e eu sabia que era hora de ir.

— Obrigada. Se puder me ajudar até a porta, Cunoarda pode me acompanhar pelo resto do caminho. Sabe que minha casa é aqui perto.

— Louvarei a Deus hoje em minhas preces — disse Silvestre em voz baixa, enquanto íamos para a porta —, pois Ele me mostrou um milagre.

Suspirei, suspeitando de que ele não se referia à recuperação de Martha. Mas a velha tatuagem em minha testa pulsava, e senti que tinha vivido um milagre também, o de saber, como na ocasião da morte de Constâncio, que depois de todos esses anos eu ainda era uma sacerdotisa.

***

— O patriarca me falou maravilhas sobre você — disse Constantino. Estávamos no alto verão, e os últimos pacientes da peste tinham morrido ou se recuperado meses antes, mas Silvestre e eu continuamos a trabalhar juntos em prol dos pobres da cidade, e acreditei ser àquilo que meu filho se referia.

— Mas não devia ter se arriscado — ele continuou. — Se soubesse, teria proibido. Mas você não percebe o quanto é importante.

Uma velha, importante?, me perguntei. Então percebi que era a mãe do imperador que importava, não a verdadeira Helena. Constantino não via a mim, mas um ícone com meu nome. *Era natural que uma criança visse a própria mãe apenas em relação a si mesma*, então pensei, *mas era uma marca da vida adulta ser capaz de enxergar os pais como pessoas, vivendo vidas próprias*. Naqueles dias, eu começava a entender Ganeda como mulher, não apenas como Senhora de Avalon, embora ainda não a tivesse perdoado. Engoli uma resposta que poderia enfurecê-lo, pensando que deveria ficar grata por Silvestre não ter dito muito mais.

Constantino estivera em campanha na fronteira da Dácia e, na luz forte da manhã, aparentava todos os seus quase cinquenta anos. Meu filho tinha ficado mais maciço com a idade, como se lutasse para igualar as dimensões heroicas da estátua que estava sendo esculpida para sua basílica. Mas seus cabelos claros, embora agora desbotando para um tom entre branco e prata, ainda cresciam grossos e fortes.

— A necessidade era grande — respondi. — Não tive escolha a não ser dar a ajuda que podia.

— Você tinha uma escolha — ele corrigiu. — Quantas das nobres desta cidade estavam trabalhando entre os doentes com você?

Pensei por um momento, e então citei alguns nomes.

— Elas já são cristãs, precisavam apenas de uma chance para oferecer seus préstimos — ele respondeu. — Não se vê essa abnegação entre os pagãos. Agora percebe por que favoreço o Deus cristão?

Assenti, pois entre os romanos aquilo era verdade, mas tentávamos dar a ajuda que pudéssemos a todos que iam a Avalon.

— Faz tempo desde que tivemos a oportunidade de conversar, minha mãe, e tenho muito a lhe dizer — seguiu Constantino. — A cada ano, fica mais claro que os velhos costumes não têm virtude. Devemos obedecer ao Deus Único Verdadeiro se quisermos preservar o império, e a família do imperador é um modelo para todos. Foi por isso que permiti a Crispo casar-se tão cedo.

— Deve estar orgulhoso dele — respondi, pensando nas vitórias contra os germanos no ano anterior. Em Crispo, eu via Constantino renascido, e ainda mais glorioso, sem as suspeitas que meu filho aprendera com Diocleciano.

— Sim. Nomearei Crispo e o pequeno Constantino como cônsules este ano.

— Licínio não vai gostar disso — observei. — No ano passado, você nomeou a si mesmo e Constâncio, sem menção a Licínio ou ao filho dele. E se continuar a passar a maior parte do tempo em Serdica, tão perto da fronteira dele, Licínio vai pensar que você planeja atacá-lo.

Constantino encolheu os ombros.

— Achava mesmo que podíamos dividir o império para sempre? Se os cristãos armênios apelarem a mim, vou ajudá-los, e se os visigodos atacarem a Trácia, vou repeli-los. Licínio sem dúvidas vai se opor a minha interferência em seu território, e haverá outra guerra.

— Espero que possa adiar isso por mais um ano ou dois, até que Crispo tenha experiência para ser um comandante eficiente — respondi.

— Sim... o menino está se desenvolvendo bem...

Tive a impressão de que a resposta tinha sido um pouco relutante, e, naquele momento, a memória aleatória me recordou do ritual da corrida do gamo que o povo pequeno dos pântanos perto de Avalon às vezes fazia, quando havia necessidade. E me pareceu ouvir o eco sussurrado do grito deles: *"O que será do gamo-rei quando o jovem gamo crescer?"*.

Mas aquilo era Roma, falei a mim mesma, e Constantino era um homem civilizado. Com um estremecimento, joguei a memória de volta à escuridão de onde tinha saído.

— ... mas ainda é jovem — Constantino continuava — e sujeito às luxúrias da carne, que levam os homens a embaraços cheios de pecado.

Sufoquei um sorriso.

— Nem todos os chamados embaraços são ilegais, do contrário ele jamais teria nascido. No que diz respeito a isso, eu e seu pai teríamos vivido em pecado.

— Não! — exclamou Constantino. — Você era a verdadeira esposa de meu pai! Ele me disse isso!

Suspirei, percebendo que não havia motivo para tentar explicar que nosso casamento fora válido no mundo espiritual, mas não na lei romana. Eu recordava agora que Constantino sempre fora teimosamente afeito a sua própria versão da realidade.

— Os dias da imoralidade pagã estão terminando! Logo o cristianismo será a única fé, e a família imperial deve dar o exemplo. Estou construindo uma basílica em honra dos mártires Marcelino e Pedro, na rua ao lado das premissas de seu palácio. Você será a patrona dela.

— Constantino! Nem mesmo o imperador pode comandar a consciência de outra pessoa, como Diocleciano e Galério aprenderam na prática. Vai negar seu próprio édito, que concedia tolerância a todos?

— Ah, não perseguirei os pagãos — ele disse com um gesto de desdém. — Quando eles virem a glória da Igreja, vão implorar para entrar! Mas para Deus abençoar meu reino, minha família deve servir apenas a Ele!

— De fato... — Minha voz ficou mais baixa. — E quando você foi batizado? Eu gostaria de ter estado lá...

Ele subitamente ficou imóvel, e me perguntei se o tremor que tinha acabado de sentir seria uma centelha de medo. Aquele era um imperador, e imperadores do passado eram conhecidos por executar parentes próximos, mesmo as próprias mães. No momento seguinte, ele sorriu, e eu disse a mim mesma que fora insano pensar numa coisa daquelas. Aquele era Constantino, o filho que eu tinha dado à luz para mudar o mundo. E realmente ele o fazia, mesmo se o modo fosse muito distante de qualquer coisa que poderíamos ter imaginado em Avalon.

— O batismo é um rito muito sagrado — ele disse em voz baixa como a minha. — Tão sagrado que só pode ser realizado uma vez, para lavar todos os pecados e deixar a alma limpa e pronta para o Paraíso. Mas eu sou imperador e preciso governar em um mundo imperfeito e cheio de pecados...

E suspeita que ainda tem alguns pecados para cometer..., pensei ironicamente, mas não disse aquele pensamento em voz alta.

— Vivo no mesmo mundo — falei em vez daquilo. — Até que você mesmo faça um compromisso, não pode pedir isso de mim. Mas vou colocar sua nova igreja sob minha proteção e receberei instruções na fé como catecúmena.

Inspirada pelo fervor de Martha, Cunoarda já o fazia. Eu havia libertado as duas mulheres quando abriguei Martha em minha casa, pois não podia continuar a tratar a moça de Alba como escrava depois de termos trabalhado juntas como colegas sacerdotisas no hospital.

— Então você é cristã! — Constantino exclamou.

— Chame-me do que quiser — falei de modo cansado. — A Verdade não muda.

Não revelei que não fora o exemplo dele que havia me inspirado, mas a fé simples de uma escrava síria.

— Louvado seja Cristo, cujo Nome nos salvará!

Os olhos fundos de Constantino ardiam de convicção, e me vi recuando, tentando me recordar de onde tinha visto aquele olhar antes. Só à noite, quando me preparava para dormir, foi que me ocorreu. Naquele humor, Constantino tinha sido a imagem de Ganeda, fazendo a lei com uma certeza fanática.

dezoito

325-26 d.C.

— Pelo santo nome de Cristo, por que não chegam a um acordo? — exclamou Constantino. — Convoquei este conselho para que os bispos pudessem *resolver* suas diferenças.

— Sim, augusto — disse o bispo Ossius, o rosto avermelhando —, mas essas questões são sutis e importantes. Uma simples sílaba pode ser a diferença entre a salvação e a danação. Precisamos proceder com cuidado.

O bispo Eusébio de Caesarea, que viera com ele para fazer um relatório das deliberações, estava franzindo o cenho. Os pagãos no cômodo pareciam confusos, e meu antigo professor Sopater, que se tornara um reconhecido mestre em retórica e membro da corte de Constantino, sufocava um sorriso. Apenas um mês depois do início do evento, os dois mil bispos que tinham vindo para o Conselho de Nicaea no começo de maio já discutiam sobre a natureza e o relacionamento de Deus e Seu Filho.

Os ossos de meu quadril começaram a doer, e tentei mudar de posição de modo discreto na cadeira de mármore. Na primeira vez que vira o salão de audiência imperial no palácio de Nicomédia, sentira-me tomada por seu esplendor. Mas aquilo havia sido cinquenta anos antes. Agora que me acostumara às ideias de Constantino sobre o estado adequado a um imperador, a sala do trono de Aureliano parecia clássica e contida. Apenas seus ocupantes humanos ilustravam o gosto da era de Constantino.

Enquanto Aureliano permitia que o púrpura vívido de sua toga o proclamasse imperador e se contentava com uma simples cadeira curul, o trono dourado de Constantino era suspenso por um estrado, e suas túnicas, feitas de pano de ouro sobre púrpura e adornadas com pedras preciosas, o ofuscavam. E ao passo que Aureliano presidia sozinho, Constantino era cercado por suas duas imperatrizes, pois tinha concedido o título de augusta a mim e a Fausta no ano anterior, quando finalmente derrotara Licínio.

Eu fora colocada do lado da mão direita do imperador, resplandecente de ametistas e tecidos de prata, e à esquerda dele estava Fausta, brilhando com esmeraldas e bronze. Aprisionados pelas túnicas pesadas, parecíamos as imagens de Júpiter ladeado por Juno e Minerva no templo de Roma, embora eu soubesse que não devia dizer tal coisa.

— Eles não entendem que a unidade da Igreja é essencial à unidade do império? — Constantino exclamou.

Não adiantou destacar que o império florescera por mais de dois séculos tolerando uma grande variedade de cultos e credos. Os bispos presentes no conselho representavam o povo que preferira morrer do que jogar um punhado de incenso no fogo de um altar pagão. Às vezes me perguntava se eles tinham se acostumado tanto com a perseguição que, agora que eram os favoritos do imperador, sentiam-se impelidos a atacar uns aos outros.

Mesmo depois de vários anos de instrução cristã, eu, como Constantino, achava difícil entender as tênues distinções que os bispos discutiam. O que devia ter importância era o que Jesus tinha dito, não se ele era Deus ou homem.

— De fato — contestou Ossius, suando —, mas, se o império não for fundado sobre a verdade, cairá. Se o Filho e o Pai não forem um e o mesmo, ambos igualmente Deus, não somos melhores que os politeístas.

— Não somos melhores que os tolos se negarmos a lógica! — exclamou Eusébio, o rubor animando a serenidade intelectual de seus traços.

Uma testa alta se mesclava à tonsura, e ele tinha barba longa, como um filósofo. — Se o Pai gerou o Filho, então deve ter existido um tempo em que o Filho não existia.

— Mas eles são da mesma substância! — respondeu Ossius. — *Homoousios* — ele acrescentou o termo em grego —, Luz da Luz, Deus Verdadeiro do Deus Verdadeiro!

— Não poderíamos dizer *Homoiousios*? De substância *parecida*? — sugeriu Eusébio, um tanto desesperado. Eu ouvira dizer que ele era conhecido por seus textos sobre a história da Igreja, um acadêmico que se preocupava com cada nuance de pensamento.

Constantino balançou a cabeça.

— *Consubstantialis*, "da mesma substância", vem sendo bom o suficiente para nós em Roma. Que os homens interpretem como bem entenderem. E então poderemos nos dedicar a algo mais dentro da nossa alçada. Todas essas belas palavras nos distraem da realidade, e não somos melhores que filósofos que argumentam sobre uma coisa sem nem mesmo olharem para ela.

— Se os bispos, que são os pastores do povo, atacarem uns aos outros, o povo vai brigar também — ele continuou. — Não deveriam jamais ter levantado essas questões, e se elas fossem levantadas, não deveriam ser respondidas! Isso é frivolidade filosófica! Com os persas nas nossas fronteiras orientais e os germanos ao norte, tenho o suficiente com que me preocupar sem essas discussões. Rogo a vocês que me devolvam as noites de paz para que eu possa viver na luz pura do Espírito e usar minha energia na proteção do império!

Durante esse discurso, os dois bispos empalideceram um pouco.

— *Consubstantialis*? — Eusébio disse com a voz fraca. — Bem, talvez seja possível fazê-los concordar com isso. Meu senhor, levarei sua palavra ao meu rebanho.

— Não. Eu mesmo vou — respondeu o imperador. — Se pedir pessoalmente, talvez eles entendam!

Os dois bispos se curvaram, tocando as testas no chão de mármore, e se afastaram da presença imperial. Constantino sorriu como se os tivesse persuadido, e imagino que fosse verdade, pois, embora não os superasse em lógica, certamente era seu superior em poder.

Ao menos meu filho não exigia que *eu* me curvasse diante dele. Joguei o peso para o outro lado do quadril e dirigi uma prece ao Filho, qualquer que fosse sua relação com o Pai, pedindo que a audiência imperial não durasse muito tempo.

***

Nenhuma parte do palácio de Nicomédia podia ser chamada de familiar, mas o salão de jantar vermelho era pequeno o suficiente para que nossas vozes não ecoassem quando uma dúzia de pessoas se reunia ali. Fausta estava reclinada em um divã de brocado carmim, que contrastava com a túnica púrpura que ela vestia. Nenhuma das duas cores favorecia sua pele, mas talvez a vermelhidão fosse causada pelo vinho. Depois de dar três filhos a Constantino, ela tivera duas filhas, Constantina e mais uma bebê que batizaram em minha homenagem. Sua silhueta sofrera, e a fofoca no palácio dizia que ela já não dividia a cama com o imperador. Por outro lado, Constantino não dormia com mais ninguém; se era por moralidade ou incapacidade, ninguém ousava especular.

Ocorreu-me que eu estava me tornando cínica na velhice e fiz um gesto para que o criado também me trouxesse um pouco de vinho. Naqueles dias, a dificuldade de me sentar em um divã de jantar e me levantar dele não valia a pena, então pedira uma cadeira confortavelmente almofadada, mas todos nós nos levantamos quando o imperador entrou.

O divã rangeu um pouco quando ele se acomodou sobre ele, mas o porte de Constantino ainda era mais músculo que gordura. Rapidamente os criados arrumaram as mesas diante de nós e começaram a trazer a comida.

— Acha que os bispos vão chegar a um consenso quanto às palavras do credo? — perguntei. Tinha pouco apetite naqueles dias, e umas garfadas de croquete de lula em garo foram suficientes.

— É necessário que concordem. Preciso deixar isso claro — respondeu Constantino.

— Se sabem o que é bom para eles, vão obedecer — riu Fausta. Houve um silêncio desconfortável, pois todos se lembraram imediatamente de Licínio e seu jovem filho, que, apesar do pedido de Constantino para que fossem poupados, tinham sido executados poucas semanas antes.

— Quis dizer, é claro, para o bem de suas almas — adicionou Fausta, e alguém sufocou o riso, pois a imperatriz, diferentemente do resto da família imperial, ainda era pagã convicta. Constantino franziu o cenho, mas continuou a mastigar firmemente o javali selvagem recheado que tinham acabado de servir.

— Chegou alguma notícia dos visigodos? — perguntou Sopater, em uma tentativa de mudar de assunto. Não foi um sucesso absoluto, já que a suspeita de comunicação com os bárbaros fora uma das razões alegadas para a execução de Licínio. Constantino os derrotara no território de Licínio dois anos antes, provocando a última guerra civil.

— Bem, se causarem problemas, pode enviar Crispo para lidar com eles. — Fausta riu um pouco alto demais. — Não o chamam de "Invictus"?

Senti uma pontada de desconforto. Durante a guerra contra Licínio, Crispo fora colocado no comando da frota do Egeu, e, ao derrotar o almirante inimigo, permitira a Constâncio tomar Byzantium. Ainda no ano anterior o imperador fizera um medalhão mostrando Crispo e o jovem Constantino juntos, mas desde então Crispo fora transferido de seu posto de governador de Treveri para a fronteira da Dácia. O velho Crocus havia muito tinha morrido, mas sua tribo continuava a enviar jovens guerreiros para servir como guarda pessoal do césar. Talvez Fausta se referisse a isso, mas havia algo de que eu não gostava em seu riso.

— Esses bispos estão muito preocupados com palavras — disse Constantino, empurrando o prato. Eu me perguntava se ele de fato não tinha ouvido ou se apenas fingia. — Eles se esquecem da necessidade da fé. Palavras dividem, mas os símbolos da religião inspiram a alma.

— O que quer dizer? — perguntou Ossius.

— Os pagãos têm santuários nos quais veneram os tesouros que acreditam terem recebido de seus deuses. Se queremos desacostumar as pessoas de tais delírios, precisamos oferecer a eles algo para substituí-los. Como os crentes verdadeiros podem andar em pureza quando cada bosque ou encruzilhada é dedicado a um deus pagão?

— O que gostaria que venerassem no lugar disso? — perguntou Fausta.

— Os lugares em que nosso Deus revelou-Se ao homem. Por que não temos uma basílica em Hierosolyma para honrar o sepulcro vazio de Cristo?

— Alguém sabe com certeza onde fica? — perguntei.

— É precisamente esse o problema! — exclamou o imperador. — Penso em enviar uma expedição para escavar o local. Sabe o que está na colina do Gólgota hoje? — ele completou, indignado. — Um templo para Afrodite, a prostituta!

— Abominação! — exclamou Ossius.

Mas com certeza, pensei, *a verdadeira abominação era o local de execução*. Eu me perguntei que ironia do destino o transformara em um templo da Senhora do Amor.

— Ah, de fato — murmurou Fausta. — Todos sabemos que *Ela* não tem mais poder...

***

Em julho, o Conselho de Nicaea foi encerrado com a criação de um credo que todos, mesmo Ário, estavam dispostos a seguir, respeitando, se não a vontade de Deus, os desejos do imperador. No começo do ano seguinte, Constantino, eufórico na convicção de que sua liderança tinha levado os cristãos em disputa a um estado de união, moveu a corte para Roma para celebrar o vigésimo ano de seu reinado.

Nossa entrada na cidade foi, se não um triunfo romano no sentido tradicional, certamente triunfante. Havia bandeirolas em cada janela, e guirlandas de flores da primavera em cada arco. Lentamente seguimos pela rota ancestral ao longo da Via Triumphalis, entre o Palatino coroado de pinheiros e o Circus Maximus até o monte Célio, onde viramos em direção ao Anfiteatro Flaviano e ao arco que Constantino erguera vinte anos antes. O desfile fez uma pausa ali para que uma delegação de jovens e moças apresentassem um panegírico e uma canção.

Seguindo a procissão de senadores e um grupo de flautistas, vinham várias coortes de soldados vitoriosos de várias partes do império. O primeiro membro da família imperial a aparecer foi Fausta, entronada com seus filhos menores em uma carruagem baixa que fora decorada como uma representação do império, com uma faixa que a proclamava a saúde e a esperança da república, mesma frase que aparecera na moeda com sua imagem feita no ano anterior. O filho mais velho, Constantino, agora com dez anos, seguia em um pônei branco.

A seguir, vinha uma carreta decorada mostrando a batalha de Helesponto, na qual a frota comandada por Crispo destruíra as forças muito maiores de Licínio. *Era um tanto verossímil*, pensei, *com modelos de navios posicionados sobre um mar prateado*. O próprio Crispo vinha a seguir, resplandecente como Apolo de armadura completa, montado em uma égua ibérica estouvada que dançava e jogava a cabeça a cada onda de celebrações.

Minha própria carruagem se parecia um tanto com um santuário, com colunas e um frontão decorado em dourado, pois eu insistira em algum tipo de cobertura antes de concordar em participar do desfile. Uma inscrição trazia as palavras "*Securitas Respublicae*".

Sentia-me cada vez menos como a Segurança do Estado à medida que a manhã prosseguia, pois o balanço da carruagem fazia cada osso doer apesar das almofadas grossas que cobriam meu trono. Ao menos, por ser o começo do ano, o tempo ainda estava fresco o suficiente para que eu não sufocasse em minhas túnicas rígidas, mas tinha a impressão de que uma estátua pintada teria tido o mesmo efeito.

Em um triunfo tradicional, as carruagens seriam seguidas de animais com guirlandas para sacrifício, mas Constantino substituíra o costume pagão por duas fileiras de jovens e moças vestidos de branco cantando hinos e agitando folhas de palmeira e pelos clérigos cristãos mais importantes da cidade, liderados por Silvestre, em suas túnicas festivas. Os guarda-costas imperiais que os escoltavam carregavam o *labarum*, a lança dourada com uma barra transversal que era ao mesmo tempo bandeira religiosa e estandarte militar. No topo, havia uma guirlanda cravejada de joias em torno das letras gregas "Chi" e "Rho", que nos anos desde a vitória de Constantino na Ponte Mílvia haviam passado a significar o começo do nome de Cristo.

Àquela altura, a primeira parte do desfile tinha descido cuidadosamente a Via Sacra, passado pela basílica que Maxêncio começara e Constantino completara e pelos velhos santuários aninhados na base do monte Palatino, e se movia para cima em torno da colina coroada pelo tempo de Júpiter Capitolino.

Colunas de mármore cuja brancura fora suavizada pelos anos brilhavam suavemente sob o sol de verão; os entalhes gastos dos frontões reluziam com um novo toque de ouro. Quando os trompetes soaram, nuvens de pombos voaram das cornijas onde tinham se refugiado e pousaram nas cabeças esculpidas de heróis esquecidos, seus elmos de bronze esverdeados pela idade. Para aguentar o balanço e os trancos constantes da liteira, percebi que havia me retraído a um estado de transe no qual tinha a impressão de que não era eu que me movia, mas sim todas as glórias decadentes de Roma que passavam diante de meus olhos.

Mas mesmo quando viramos de volta para o palácio no Palatino onde o banquete estava sendo preparado, ouvi uma maré de som erguendo-se atrás de mim conforme o imperador avançava em uma carruagem puxada por dois cavalos brancos, brilhando como o deus-sol em panos de ouro.

— *Constantinus!* — gritavam — *Io Constantino!*

Vinte anos..., pensei sombriamente, *faz vinte anos que Constâncio morreu. Ah, meu amado, olhe de onde está, entre os espíritos abençoados, e rejubile-se no triunfo de nosso filho!*

***

O verão chegara cedo naquele ano, e os rumores brotavam tão fartos quanto o cereal que crescia. Eu me recusei a acompanhar Constantino em seu progresso triunfal pelo resto do império, e ele me deixou como segunda pessoa em comando em Roma, com autoridade para fazer retiradas do Tesouro. Mas, mesmo em meu palácio, eu ouvia as previsões de que o imperador, tendo governado por vinte anos, seguiria o exemplo de Diocleciano e abdicaria em favor de seu glorioso filho mais velho.

Outros negavam, e observavam que Crispo era mantido preso ao lado do pai enquanto o governo da Gália passava para o jovem Constantino. Um patrício chamado Ceionius Rufius Albinus fora preso por seduzir uma moça, e Crispo, que era seu amigo, fora julgado culpado por associação.

Eu achava difícil acreditar naquilo, pois sabia que meu neto ainda era apaixonado pela esposa; ela lhe dera um filho que morreu e depois uma menininha. Mas havia outros sussurros mais perturbadores. O crime de Crispo era ter sucesso demais, ser bom demais. E eu não podia deixar de lembrar que, no dia da procissão, a multidão o aclamara tão alto quanto a Constantino.

E assim, foi com mais choque do que surpresa, como um homem doente ouvindo a sentença do médico, que ouvi a notícia de que Crispo fora preso e levado para a cidade de Pola, na Ilíria, no início do mar Adriático.

A ordem de prisão do rapaz havia sido enviada de Sirmium, mas Constantino era capaz de se mover rapidamente quando estava disposto, e ninguém tinha certeza de onde ele estava naquele momento. Minha resposta imediata foi escrever uma carta fervorosa, pedindo ao imperador para reconsiderar a questão, e enviá-la por um mensageiro de confiança.

Com certeza, pensei, *Constantino não fará mais que manter Crispo sob custódia por um tempo*. Mas por que o rapaz tinha sido preso? Crispo era filho dele, mas eu não esquecia que sua irmã Constantina implorara para que o imperador poupasse as vidas do marido e do filho. Ele prometera a segurança dos dois e os executara mesmo assim. Meu estômago torcia ao considerar a possibilidade de que minha carta não chegasse ao imperador, ou, pior, de que não conseguisse convencê-lo.

Mesmo não sabendo onde encontrar Constantino, eu sabia onde Crispo estava preso, e tinha a Carta de Autoridade Imperial que o imperador me deixara ao sair de Roma. Meus ossos doíam apenas com o pensamento de viajar, mas, quando o sol se levantou na manhã seguinte, eu estava em uma carruagem rápida acompanhada por uma escolta de guardas germânicos que faziam barulho atrás de mim, Cunoarda ao meu lado, indo em direção ao norte de Roma.

No calor do verão, era uma viagem horrível, pois nossa rota mais curta era a Via Flamínia sobre o espinhaço da Itália. Trocando de cavalos a cada posto dos correios, a viagem levou uma semana, e eu cheguei quase morta a Ancona, no mar Adriático. A apresentação da carta imperial e mais algumas peças de ouro me compraram os serviços de uma galé liburna ligeira, e, depois de um dia, uma noite e mais um dia no oceano, a costa rochosa da península da Ístria surgiu à vista.

***

Exigirei ver meu neto e chegarei ao fundo disso, disse a mim mesma conforme a liteira que tínhamos contratado no porto balançava pela estrada. *Se Crispo fez algo que o imperador interpretou mal...* Interrompi esse pensamento. Passara uma semana imaginando coisas que poderiam ter feito Constantino acreditar que seu filho o traía.

Melhor fixar o olhar no que podia ver entre as cortinas da liteira, ocupando a mente com as ruas bem projetadas de uma típica cidade provinciana. A curva do anfiteatro erguia-se acima dos telhados de templos e lojas. Carretas puxadas por bois rangiam a caminho do mercado – caros deuses, rezei, que este seja apenas mais um dia comum! Passamos pelos portões do fórum e abri caminho pela multidão até parar em frente à basílica. O oficial que comandava minha guarda saiu para buscar alguma autoridade.

Um grupo de homens olhava a liteira e fazia caretas, como se eles estivessem discutindo antes. De repente me senti mal ao perceber que estavam envoltos nas togas dos proprietários de terra provincianos, não nas túnicas cor de terra dos camponeses que vinham ao mercado. Uma tensão que não podia ser atribuída à aparição de minha tropa de legionários pairava no ar.

Não permitirei que o medo me domine, disse a mim mesma, *nem chegarei a conclusões precipitadas. Já vim tão longe, posso esperar um pouco mais.*

Meu comandante saiu do prédio com um magistrado suando atrás dele. *É o calor*, pensei, mas, sob a transpiração, o rosto do homem estava branco de medo. Eu tinha colocado o diadema de pérolas com o qual sempre era retratada nas moedas. Abri as cortinas para deixar que ele me visse.

— Sou Flávia Helena Augusta e tenho a autoridade do imperador. Quero ver meu neto. Entendo que ele está sendo mantido aqui.

— Sim, augusta, mas... — ele guinchou.

— Leve-me a ele — joguei as pernas para a beirada da liteira e me preparei para descer.

O rosto dele se contorceu.

— Sim, augusta...

Acompanhada pelo comandante e por Cunoarda, segui o magistrado para dentro das sombras da basílica. Eu me recordo de como minha bengala ressoava alto nos azulejos ao cruzarmos o grande salão central até a fila de escritórios atrás dele. Em tempos assim, a mente se agarra a pequenas coisas.

Um homem montava guarda diante de um dos cômodos, mas a porta estava aberta. O magistrado ficou de lado para me deixar entrar.

Era um escritório convertido em prisão com a substituição da escrivaninha por uma cama de campanha. Crispo jazia ali. Algum poder além da vontade me moveu para a frente, e notei, com um distanciamento estranho, como sua pele dourada já tinha ficado pálida, as bochechas começando a encovar com a transformação da carne. Vista assim, a bela estrutura óssea de seu rosto era ainda mais linda.

Ele estava morto, avaliei, fazia algumas horas.

O vento que senti ao alvorecer foi a passagem de seu espírito, meu amado?, perguntei-me, anestesiada. *Não podia ficar mais um pouco para me dizer adeus?*

Gradualmente tomei consciência de que o magistrado estava falando.

— A ordem veio do imperador, de Sirmium. O jovem césar deveria ser julgado pelos magistrados por traição. A evidência foi providenciada. O imperador... não especificou como deveríamos impor a pena, mas temíamos deixá-lo com uma arma, pois sabíamos de seus feitos em batalha. Ele então pediu a morte que foi dada a Sócrates. Um sacerdote cristão lhe deu os ritos da igreja antes de morrer...

Não sei o que o homem viu em meu rosto, mas ele deu um passo para trás, engolindo em seco. Eu queria me enfurecer como uma mênade, ordenar que os responsáveis pela condenação de meu Crispo fossem mortos. Mas eles não tinham culpa.

— Que fazemos agora, augusta? Não havia ordens...

— Há um escultor na cidade? Diga a ele para trazer sua cera e fazer uma máscara mortuária. Enquanto isso, prepare a pira funerária.

Teria levado o corpo para jogar aos pés de Constantino, mas naquela estação isso não era possível. O choque ainda anestesiava a maioria de minhas emoções, mas alguns pensamentos começavam a despertar. Levaria a imagem de Crispo para confrontar o pai dele, e teria minha vingança, contra o próprio Constantino ou contra quem o levara a destruir o próprio filho.

Quando o magistrado saiu para atender meu pedido, ordenei que me deixassem sozinha com meu neto e permiti que a centelha de tristeza por fim se tornasse uma chama devastadora.

Silenciosamente, enfureci-me com minha própria negação de poder, que é a falha da força dentro de nós quando chamamos por Deus, mas o grande segredo é que, além de nossa força, não há nada. Como eu poderia acreditar em um Deus que permitia a Constantino fazer aquilo? Tinha a impressão de que os homens tinham inventado o Deus masculino para confortá-los no escuro quando a Mãe não estava lá para segurar a mão deles.

Em Avalon, eu havia sido criada para ver o Divino com uma face diferente. Pensei no provérbio "Deus não podia estar em todos os lugares ao mesmo tempo, então inventou as mães" e me pareceu que fosse o contrário: "Mãe não tinha seios para todos, então os homens inventaram deidades o suficiente para que cada um tivesse uma Mãe que jamais o deixaria por outro...".

No entanto, os cristãos afirmavam que a terrível deidade deles era a única. Silvestre tinha pregado o amor de Cristo, mas eu era uma mulher, e sabia que a única força e único deus era a força que está lá para nós quando somos pequenos e indefesos, e era por esse apoio que eu chorava naquele momento.

Recordei-me de Hécuba, velha, afetada pela idade e indefesa, chorando pela morte de Troia, vendo as filhas estupradas, aprisionadas, espalhadas uma a uma pelos cantos mais distantes da terra, destruídas, enlouquecidas, suas próprias filhas tiradas delas... Mas mesmo Hécuba não tivera de suportar a dor de ver um neto amado morto por seu pai, que era seu querido filho. *Aquela era a minha punição*, pensei, *por renegar meus deuses*.

***

Quando alcancei Constantino em Treveri, quase dois meses haviam se passado, e o outono começava a pintar as folhas com tons de bronze e ouro. A cidade crescera desde a última vez que eu a vira. A grande basílica de Constantino estava terminada, assim como os banhos. Ao passarmos sob o grande arco do portão e virarmos para a estrada principal em direção ao palácio, notei as mudanças com uma curiosidade desconfiada.

A essa altura, nossa caravana tinha crescido e incluía uma carroça para a bagagem, na qual ia Cunoarda, e um segundo grupo de carregadores para a liteira, a única forma de transporte que eu conseguia aguentar. Era grande o bastante apenas para uma pessoa, mas eu não estava sozinha, pois a máscara mortuária de Crispo e a urna com suas cinzas eram minhas companhias.

Durante a longa viagem, tivemos muitas conversas, Crispo e eu. Eu sabia que os carregadores diziam entre si que me escutavam murmurar atrás das cortinas. Via como Cunoarda procurava sinais de loucura quando me olhava nos olhos. Mas eles não conseguiam ouvir aquela outra voz que respondia, e Crispo me falava de seu amor por Helena e pela filhinha que lhes restara, de seu orgulho pelas vitórias e das esperanças que tinha acalentado para um futuro que agora jamais se realizaria.

Tinha sido bom, pensei enquanto os portões do palácio se abriam, *que a viagem fosse longa o suficiente para esfriar minha raiva.* Agora, meu propósito estava firme como aço frio. Ninguém estava a salvo se Constantino era capaz de matar o próprio filho, e, embora a vida de uma velha valesse pouco, eu queria viver o suficiente para ver a justiça sendo feita.

Fingi não ouvir os sussurros enquanto os criados me acomodavam em meus velhos aposentos nem os olhares curiosos para o embrulho que levava nos braços. A notícia da execução de Crispo chegara antes de mim. Deveriam estar se perguntando o que eu pretendia fazer agora. Toda a criadagem era nova. Drusilla morrera havia muito tempo, Vitellia se aposentara em Londinium, e a maior parte das pessoas que serviram Crispo e sua Helena também tinha sido vendida. Constantino e Fausta ainda estavam no palácio de verão nas colinas ao norte da cidade. Eu me perguntei quanto tempo ele levaria para ter coragem de me encontrar.

Na manhã seguinte, ordenei aos carregadores que me levassem até a casa dos pais da jovem Helena, onde ela morava nos períodos em que

Crispo estava com o imperador. Lena era tão linda quanto meu neto me dissera, com a pele pálida e o cabelo escuro e macio. Mas aquela pele branca era quase translúcida, e, quando a abracei, pude sentir seus ossos finos, como se a dor a consumisse por dentro.

Em toda sua vida, ela jamais soube o que era sofrimento, pensei, soltando-a. *Ela não sabe como sobreviver.* Então a babá trouxe a pequena Crispa, com quase um ano e meio, brilhante como um raio de sol, e sentei-me para poder pegar minha bisneta no colo. Que futuro aguarda essa criança?, perguntei-me, enquanto aspirava o doce cheiro de seu cabelo.

— Meu Crispo não era nenhum traidor — murmurou Lena, enquanto a criança deslizava de meus braços e corria para ela. — Jamais teria feito o que dizem dele. Ele amava o imperador.

— Eu sei, e juro que vou vindicar a memória dele — respondi. Inscrições e estátuas de Crispo já estavam sendo desfiguradas à medida que os homens buscavam reescrever o passado pela *damnatio memoriae*. — Enquanto isso, você precisa me escrever e me dizer como tem passado. Seja corajosa e tome conta de si mesma pelo bem de sua filha.

Os olhos dela se encheram de lágrimas.

— Vou tentar...

***

Naquela noite, a comitiva do imperador chegou. Esperei por alguma palavra de Constantino, mas, pela manhã, foi o bispo Ossius que veio me encontrar.

— Ele está esperando por você — O olhar do bispo pousou em meu rosto e desviou. — Sei o que veio dizer. Eu mesmo tentei protestar ao imperador contra essa... atrocidade. Mas ele não parece me escutar. Acho que o ato pesa em sua mente, mas ele se recusa a encará-lo. Venha, talvez as palavras de uma mãe o toquem onde as minhas não conseguem.

— Se não tocarem — falei em voz baixa, ao pegar o embrulho de seda que trouxera de tão longe —, tenho algo aqui que talvez toque.

Seguimos por um corredor que havia sido esvaziado pelos rumores de medo. *Eram sábios*, pensei, mancando atrás do bispo Ossius, minhas vestes negras farfalhando como o sussurro de Nêmesis pelos azulejos. Quando os deuses brigam, os mortais devem buscar abrigo para que um raio perdido não os destrua também.

Constantino estava sentado na pequena sala de jantar, cujas paredes pintadas de ocre tinham afrescos com cenas da *Eneida*. A luz da porta que dava para o jardim se projetava como uma barreira através do chão de mosaico, mas o imperador estava sentado na sombra. Havia um garrafão sobre a mesinha embutida, e ele segurava uma taça de vinho. Fiz uma pausa na porta.

— Augusto... — o bispo disse em voz baixa.

— Veio me aborrecer novamente, Ossius? — ele respondeu cansado, sem levantar os olhos. — Você fala das leis do céu, mas sou responsável pelo império. Não tem o direito de me censurar...

Ossius começou a contrapor que ele era responsável pela alma do imperador, mas meu gesto o silenciou.

— Talvez não, mas há aqui alguém que tem. — Puxando o pano de lado, avancei e coloquei a máscara mortuária de Crispo sob a luz.

— Meu filho! — Constantino se encolheu com as mãos estendidas para se proteger, e a mesa virou, fazendo taça e garrafão saírem voando. O vinho derramado se espalhou como uma maré de sangue sobre o piso.

O olhar de Constantino se moveu da máscara para o vinho e, finalmente, para mim. Seu rosto estava pálido, e havia olheiras sob seus olhos.

— Eu precisei fazer isso! Não tive escolha — ele gritou. — Deus me conclamou a sacrificar o filho que amava, como Abraão, mas Ele não me deu substituto, nenhuma ovelha. Então Crispo devia ser culpado! Deus não seria tão cruel.

A cabeça dele balançava para a frente e para trás, os olhos salientes, como se ele não pudesse me ver. Eu me perguntei subitamente se ele algum dia tinha me visto ou se via apenas um ícone que chamava de "mãe", tão semelhante à pessoa que eu realmente era quanto uma imagem santa pintada em uma parede.

— Deus lhe enviou uma visão ou foi algum mortal que o persuadiu, Constantino? O que achou que Crispo tinha *feito*? — Será que ele ao menos sabia quem falava com ele ou minha voz ecoava as acusações de sua própria alma?

— Ele queria que eu abdicasse e, quando eu me recusasse, ele se rebelaria contra mim. Ele tinha consultado um oráculo! Queria tomar Fausta como esposa para legitimar seu governo. Outra guerra civil teria destruído o império. Crispo se associava a pecadores. Ele era adúltero, e Deus teria amaldiçoado todos nós. Um Deus, um imperador... Precisamos de unidade, não consegue entender?

Fausta! Talvez Constantino não entendesse, mas, para mim, uma imagem começava a ficar clara.

— Isso foi o que Fausta lhe disse? — perguntei em uma voz calma. — Ela lhe deu provas claras de tudo isso, ou qualquer prova? Você permitiu que Crispo se defendesse, fez a ele qualquer pergunta ou teve medo de ver o julgamento de Deus nos olhos limpos dele?

Constantino se encolhia a cada pergunta, mas ainda balançava a cabeça em negação.

— Está errada! Você a odeia porque ela é meia-irmã de Teodora, que tirou meu pai de você! Mas a lealdade principal de Fausta sempre foi comigo. Ela me contou quando o pai dela conspirava contra mim e me apoiou contra o próprio irmão...

— Ela traiu o próprio sangue pelo poder, acha que hesitaria em sacrificar o seu? — retruquei. — Ela fez isso pelo interesse dos próprios filhos, não por você, com a intenção de que um dia eles lhe dessem a mesma autoridade que você deu a mim!

— Sua mãe fala com razão, meu senhor — Ossius disse baixo. — Minhas investigações não encontraram evidência de traição.

— Você é um traidor também? — Uma veia saltou na têmpora do imperador quando ele se virou. — Tive de proteger a sucessão — ele então disse. — Crispo era apenas meio-irmão dos filhos de Fausta. Haveria uma guerra entre ele e Constantino... Fausta ficava falando sobre isso, e eu via como o povo o amava...

— Achou que ela fosse envenenar você com um prato de cogumelos como Agripina envenenou o imperador Cláudio, pelo bem do filho dela?

— Ela disse que Crispo tentou se deitar com ela! — ele gritou.

— Você não é Abraão, você é Teseu, e é um tolo — explodi, abanando a máscara na cara dele até que ele se encolhesse. — Mesmo se ele tivesse tentado, coisa em que não acredito nem por um segundo, que tipo de pecado é uma sedução sem sucesso perto do assassinato do próprio filho? Talvez o deus cristão possa perdoá-lo, já que Ele permitiu que seu próprio filho morresse! Nenhuma deidade pagã perdoaria um crime desses!

Como uma grande árvore caindo, Constantino caiu de joelhos.

— Deus me abandonou... — ele sussurrou.

— Deus vai perdoá-lo — Com um olhar de censura para mim, o bispo Ossius foi para a frente e colocou a mão na cabeça do imperador —, mas você precisa se arrepender e fazer a reparação.

— Se foi Fausta quem o persuadiu a cometer esse ato, então você precisa puni-la — ecoei. — Faça isso ou Crispo o assombrará para sempre, e eu também!

— Deus, me abandonaste? — sussurrou Constantino. — Pai, perdoa-me por meu pecado mais grave...

— Deixe-nos — sussurrou o bispo, apontando para a porta. — Vou cuidar dele agora.

Assenti, pois estava enjoada e tremendo, e não tinha desejo de assistir enquanto o mestre do mundo romano se prostrava diante de seu deus.

**

Passei o resto do dia deitada em um quarto escurecido, recusando comida. Cunoarda pensou que eu estivesse doente, mas, se fosse o caso, era uma doença da alma. Eu esperava por alguma coisa, embora não soubesse o que até ouvir os gritos no fim da tarde.

Eu já estava me endireitando quando Cunoarda adentrou correndo meus aposentos, o rosto pálido.

— Senhora! A imperatriz Fausta está morta!

— Como aconteceu? — retruquei. — Foi uma execução? — Eu tinha exigido a punição de Fausta, mas não esperava que Constantino agravasse um crime cometendo outro um pouco menos terrível.

— Ninguém sabe ainda — respondeu Cunoarda. — Ela tinha ido aos novos banhos, e os guardas apareceram para levá-la até o imperador, mas, antes que pudessem prendê-la, ouviram seus gritos. Alguém abrira uma comporta para deixar entrar a água fervendo, e Fausta foi atingida, cozida até a morte no banho! Estão trazendo o corpo de volta agora. Dizem que é horrível de se ver. — A voz dela tremia com um terrível deleite sufocado.

— Crispo, você foi vingado! — Caí de volta sobre a cama, perguntando-me por que a informação apenas aumentava minha tristeza.

Meu filho tinha se tornado um monstro, à mercê dos próprios medos. Mas eu, que o encorajara a cometer um crime igual, era melhor?

Claro que houve uma investigação, mas ninguém jamais soube como o acidente fora arranjado. Na verdade, embora o imperador quisesse puni-la, não tenho certeza de que a maneira como Fausta morreu tivesse sido ordenada por ele. Crispo fora muito popular na cidade que governara por tanto tempo. Eu imaginava se algum servo nos banhos, ouvindo que a imperatriz estava condenada, tinha se aproveitado da oportunidade para dar a ela uma amostra do inferno que ela tanto merecia.

dezenove

327-28 d.C.

— Acho que deveria vê-lo — disse o bispo Silvestre. — Creio que o imperador realmente se arrependeu, mas ainda está perturbado. Dizem que mandou um escultor fazer uma imagem de ouro do filho e que a colocou em uma espécie de oratório. Fica diante dele, lamentando. Talvez possa aliviá-lo...

Olhei para ele espantada. Certamente eu era a última pessoa que poderia oferecer conforto a Constantino naquele momento.

— Sei que ainda está sofrendo e talvez culpe o imperador pelo que aconteceu, mas, se Cristo foi capaz de perdoar seus assassinos enquanto pendia da cruz, quem somos nós para fazer menos?

Teria achado mais fácil, pensei sombriamente, *se meu filho tivesse pecado contra mim.* Passara em Roma os oito meses desde a morte de Fausta, mas nem na nova capela, que fora feita em um dos cômodos do meu palácio, nem na igreja de Marcelino e Pedro eu tinha ido a qualquer missa da fé cristã. Tampouco entrara em nenhum templo da velha religião. Estava carente tanto da Deusa quanto de Deus. Na verdade, desde que voltara, mal me aventurara além de minhas portas.

Dizem que os velhos pensam muito no passado. Com certeza preferia pensar nos dias em que Constâncio e eu tínhamos sido jovens juntos, e cada vez mais os sonhos que povoavam minhas noites eram de Avalon. Sabia que meus criados temiam que eu estivesse morrendo, e não lhes tirava a razão, pois já estava em meu septuagésimo sétimo ano, e a vida não tinha nada que eu ainda desejasse.

Também suspeitava de que, enquanto eu estivera fora, a menina síria, Martha, contara mais do que eu teria gostado sobre a maneira como havia sido curada. Quando saía, as pessoas se curvavam mais do que minha posição exigia, e oferendas de flores eram deixadas com frequência em meus portões.

Constantino, por outro lado, tinha aliviado seus conflitos internos atacando diretamente a religião pagã pela primeira vez. Mandara matar os profetas de Apolo em Dídima e na Antióquia, e destruíra o santuário de Esculápio em Aigai. Mas a maior parte de sua raiva era direcionada para o que ele chamava de imoralidade. Foram adotadas leis mais duras contra sedução, mesmo quando desejada, e os templos em que as sacerdotisas serviam a Afrodite foram destruídos.

Ouvi Silvestre pigarrear e percebi que ele ainda estava esperando.

— O imperador está na sala de audiências, augusta. Não é bom que mãe e filho vivam em distanciamento. Se não se sente bem o suficiente para se levantar, ele poderia vir até aqui para vê-la?

Não tenho filho..., pensei amargamente, mas assenti. Constantino ainda era o imperador.

Cunoarda rearranjou as dobras do meu manto de lã de modo mais atraente. A primavera chegara a Roma, mas eu ainda sentia frio. Naqueles dias, passava a maior parte do tempo naquele quarto pequeno, com enfeites britânicos. Constantino jamais estivera ali antes. Os cães, sentindo minha tensão, se levantaram quando ele entrou, e fiz um gesto para que voltassem para o lugar costumeiro, aos meus pés.

— Não está feliz com seu palácio, mãe? — ele perguntou, olhando em volta. — Certamente tem algum lugar para ficar que seja mais... apropriado...

Bispo Silvestre, cujos aposentos pessoais eram ainda menos luxuosos, encolheu-se um pouco, mas ficou quieto.

— A sala é confortável e fácil de manter aquecida. Deve perdoar as excentricidades de uma velha, meu senhor — respondi.

— Mas sua saúde está boa... — Ele me olhou subitamente preocupado. — Consegue viajar...

Franzi o cenho.

— Para onde pretende me mandar?

Eu estaria prestes a ser exilada? Constantino se endireitou, sua expressão se iluminando.

— Para a Terra Santa, mãe, para a Palestina!

Pisquei olhando para ele, confusa. Sabia que Jesus tinha vivido na Palestina, mas seu próprio país o rejeitara, então por que ele se importaria se o honrássemos? Naqueles dias, era uma das nossas províncias mais pobres. Antióquia e Alexandria eram os grandes centros cristãos do império.

— Nosso Senhor caminhou naquela terra sagrada! Cada pedra que Ele tocou é santa. Mas, tirando Caesarea, há apenas umas poucas igrejas domiciliares em toda a província. Os locais dos milagres Dele, que deveriam estar abarrotados de peregrinos, não têm santuários! — O rosto de Constantino se avermelhou com a excitação.

— É uma pena, mas não entendo...

— Vou construí-los! O trabalho no local do Santo Sepulcro está progredindo. Bispo Macário já me enviou alguns pedaços da Vera Cruz. Eu lhe darei um para sua capela aqui. Embelezar os locais onde Deus se manifestou será minha penitência e minha oferenda. Com certeza Ele então perdoará meu grande pecado!

Uma oferenda, pensei cinicamente, *mas não uma penitência, a não ser talvez para os pagadores de impostos que financiariam aquele ambicioso programa de construção*. Assenti, ainda imaginando por que minha bênção era necessária.

— Quero fazer isso agora, mas os visigodos estão inquietos, e logo teremos de lidar com os persas. Não tenho tempo para visitar a Palestina, mas você poderia ir como minha representante. Saberá como encontrar os locais sagrados e abençoá-los. — Ele tomou fôlego e completou, ingenuamente: — E mostrará ao Oriente que a família do imperador ainda é forte!

— Seria uma viagem difícil para uma mulher da minha idade — falei, tentando esconder meu assombro.

— Eusébio de Caesarea tomará conta de você. A Palestina é uma terra onde corre leite e mel, e o sol é quente... — A voz de Constantino era lisonjeadora, mas seus olhos estavam cheios de sonho.

— Terei de rezar a respeito disso... — Aquela era uma objeção que ele não podia negar.

— Preciso ir agora, mas o bispo Silvestre ainda está aqui. Ele vai explicar tudo. — Constantino começou a me abraçar, e seu sorriso otimista titubeou um pouco quando seus olhos encontraram os meus, como se apenas naquele instante suspeitasse de que eu não o perdoara de fato, e contentou-se em beijar minha mão estendida.

— Ainda está com raiva — disse Silvestre, depois que o imperador nos deixou —, e tem boas razões para tal. Mas mesmo assim peço que faça essa viagem.

— Por quê? — perguntei com a voz áspera. — Que interesse eu poderia ter em visitar os locais santos de uma religião cujo protetor é responsável por atos como os de Constantino?

— Deus em pessoa sofreu como você sofre quando viu o que os homens fizeram a Seu filho, mas Ele não destruiu a humanidade. Considerando o quanto nós, cristãos, estamos longe da perfeição, não é uma prova de nossa religião o mero fato de que ela tenha sobrevivido? Vá à Palestina, Helena, não pelo imperador, mas por você mesma. No deserto, Deus fala claramente. Se há algum propósito nessa tragédia, talvez lá você venha a compreendê-lo.

Murmurei algo sobre pensar no que ele dissera, e Silvestre me deixou a sós. Estava determinada a esperar que Constantino deixasse Roma para então enviar minha recusa, mas naquela noite sonhei que estava em uma terra seca de areias douradas e pedras brancas, ao lado de um mar prateado. Era um lugar de incrível beleza, um lugar de poder. E eu sabia, mesmo antes de olhar para a paisagem esbranquiçada, que já a vira antes.

Foi apenas quando acordei, transpirando, que percebi que não era desta vida que a reconhecia, mas da visão que me viera durante minha iniciação à vida adulta em Avalon. Então entendi que ainda deveria haver algo que me restava fazer, e que essa viagem para a Terra Santa era meu destino.

**

Constantino, tendo conseguido o que desejava, não poupou despesas em meu transporte para Caesarea, o porto que o infame Herodes construíra dois séculos antes. Na metade de agosto, naveguei de Óstia com Cunoarda e Martha. Fizemos um progresso tranquilo em torno da bota da Itália, passando pela costa da Graecia até Creta, onde pegamos comida fresca, e então continuamos direto até a costa asiática.

Chegamos ao nosso destino com o sol poente atrás de nós, iluminando a faixa de terra plana e arada, tão rica em pomares e videiras, e o terreno que se levantava atrás dela com um brilho rico e dourado. O forte se erguia acima de uma península do pequeno porto, com a cidade murada atrás dele. Mais construções caiadas apareciam por entre as árvores ao sul, e quando chegamos mais perto, vi a crescente suave do anfiteatro, com seus assentos em diferentes níveis de frente para o mar.

Desde que a segunda rebelião judaica deixara Hierosolyma em ruínas, Caesarea era a capital da Palestina. Ali o procurador tinha seu palácio, e era ali que Eusébio, o bispo superior da província, tinha sua igreja e sé. Eu entendia por que os romanos gostavam dali – em clima e atmosfera, me recordava muito da área em torno de Baiae.

No terceiro dia após minha chegada, quando estava suficientemente descansada, meus carregadores me levaram do palácio do procurador para jantar com Eusébio em uma casinha que ele tinha entre bosques de oliveira, acima da cidade. Estávamos no fim do verão, e nossos divãs tinham sido colocados em um terraço de onde podíamos assistir ao pôr do sol e esperar pelo alívio da queda súbita de temperatura no fim do dia.

— É um belo país — eu disse, bebendo um pouco do vinho local.

— A faixa litorânea é fértil, se for bem cuidada — respondeu Eusébio —, assim como parte do vale do Jordão, e em torno do lago Tiberíades na Galileia. No interior, a terra fica árida, boa para pasto, e mais ao sul é deserta, boa apenas para escorpiões.

Em seu próprio lar ele parecia mais relaxado, mas era o mesmo intelectual magro de pele pálida que eu tinha conhecido em Nicomédia. Dizia-se que a biblioteca que ele acumulara ali era melhor, especialmente em relação à Igreja, que qualquer outra em Roma, e ele era um destacado apologista e historiador. Estimava que ele tivesse cerca de dez anos a menos que eu.

— Minha senhora não está acostumada ao calor — disse Cunoarda.

— Espero que não seja necessário que ela passe muito tempo no deserto.

Eusébio limpou a garganta.

— Augusta, posso falar livremente? — Fiz um gesto de permissão, e ele continuou. — Se a decisão fosse minha, não precisaria viajar. Identificar os locais associados a nosso Senhor pode ser uma ajuda útil para a fé, mas torná-los locais de veneração e peregrinação, como se fossem santos por si mesmos, é cair no erro dos pagãos e dos judeus. A religião de Moisés foi fundada na Cidade Santa, mas até mesmo o nome de Hierosolyma se perdeu. Sem o templo, certamente a religião deles morrerá. Agora a chamamos de Aelia Capitolina, e nenhum judeu vive ali.

Levantei uma sobrancelha. Havia judeus em todas as grandes cidades do império. Os que eu conhecera em Londinium pareciam prosperar.

Talvez Adriano tivesse reinventado a Judaea e a transformado em Palestina, mas os judeus pareciam ter reinventado sua religião também. Ainda assim, achei melhor não dizer nada.

— Mas há cristãos... — sondei gentilmente em vez disso. Silvestre tinha tomado o cuidado de me avisar sobre a rivalidade entre Eusébio e o bispo Macário de Aelia Capitolina, visto que ambos desejavam ser supremos na Palestina.

Ele deu de ombros.

— Uma pequena comunidade. E a posição de alguns dos locais associados à encarnação do Cristo é conhecida. Já que é uma ordem do imperador, ficarei feliz em acompanhá-la até lá.

— Precisamos todos obedecer ao imperador — respondi delicadamente.

***

Começamos nossa jornada dois dias depois, seguindo a Via Maris em direção ao sul em etapas fáceis através da planície de Sharon. Para mim, havia uma liteira com dois grupos de carregadores treinados, enquanto Cunoarda, Martha e Eusébio cavalgavam mulas. Através da cortina fina, eu via o brilho do sol nos capacetes de meus acompanhantes, enviados para a minha proteção e a dos baús de moedas com os quais eu, em nome do imperador, pagaria a construção de igrejas nos locais que considerasse válidos. O barulho e a marcha rítmica da guarda de retaguarda ecoavam atrás de nós.

Em Roma, eu estava vivendo como uma mulher moribunda e, ao partir nessa viagem que o imperador me impusera, esperava que o estresse me libertasse de minha dor. E realmente isso estava acontecendo, mas, em vez da morte, eu sugava vida a cada vez que aspirava o ar morno e com cheiro de sal. A Palestina era de fato uma Terra Santa ou apenas meu retorno ao caminho de meu destino?

A estrava atravessava florestas abertas nas quais pinheiros-mansos se misturavam a carvalhos e aveleiras. A cada dia, as colinas à nossa esquerda ficavam mais altas e escarpadas, cobertas por arbustos verde-acinzentados e pelos últimos trechos de grama dourada. O calor do ar era aliviado pela brisa vinda do mar. No interior, havia campos de cevada e casas de barro em cujos jardins cresciam videiras e pés de romãs e figos.

À noite, eu dormia em uma cama dobrável bem acolchoada em uma tenda de seda amarela, com cobertores quentes para me proteger do frio à medida que a noite liberava sua umidade no ar. Martha e Cunoarda se revezavam em um catre diante da porta. Naquele lugar, tão perto de sua terra natal, Martha vicejava como uma flor. A pele clara de Cunoarda estava queimada e descascando, mas ela não reclamava.

Ao passar mais tempo em sua companhia, comecei a perceber que o bispo Eusébio era um homem complexo. Sobrevivera às perseguições sem perder a reputação ou a vida, e conseguira se esquivar do lado perdedor da heresia ariana. Agora enfrentava um desafio ainda maior.

Os cristãos no Ocidente haviam tido quase vinte anos para aprender a tirar vantagem do entusiasmo de Constantino, mas no Oriente, embora Licínio lhes tivesse dado tolerância, apenas nos últimos dois anos eles tinham começado a lidar com as tentações do privilégio. A teologia de Eusébio, de um reino que não era deste mundo, deveria ter sido perfeitamente adequada a uma comunidade urbana sitiada, cercada de iconografia pagã. De acordo com todas as opiniões, os romanos haviam feito seu melhor para privar a Palestina de qualquer relevância espiritual. Mas Constantino deixara bem claro que tinha a intenção de reinventar a Terra Santa, substituindo a mitologia das fés mais antigas pela da nova, assim como falava agora de fundar uma nova Roma para substituir a capital ancestral. A noção tinha uma grandeza épica que, mesmo em meu estado de desilusão, eu não podia deixar de admirar. Se isso era realmente cristão, eu não sabia. Mas Eusébio, se quisesse sobreviver, teria de concordar.

Após Joppa, nossa estrada se voltou para o interior, seguindo o leito de um riacho que se reduzia apenas a um fio de água naquela época do ano, até as colinas. O ar era mais seco ali, embora as pessoas da região rissem quando eu o dizia. Isso era nada comparado à terra além do rio Jordão, que fluía para um lago ainda mais salgado que o mar. Felizmente, conforme subíamos, deixávamos para trás o calor úmido da planície costeira e viajávamos mais rápido.

Um dia dourado depois do outro, continuamos pela estrada através das colinas até que uma manhã contornamos um declive e avistamos, na porção alta através do vale que se curvava, Aelia Capitolina, que no passado fora chamada de Hierosolyma.

Os muros eram feitos da pedra local, cor de creme e ouro com manchas em tom de ferrugem, como se todo o sangue derramado naquele local tivesse encharcado o chão. Cabanas se penduravam nas encostas abaixo delas, com os restos de estradas que mostravam que um dia haviam existido mais habitações ali. As coberturas de telha de algumas das principais construções romanas eram visíveis por cima do muro. Aquela era a cidade que Adriano construíra em apoio às tropas depois da última rebelião judaica, duzentos anos antes. Claramente não era mais a Cidade de Davi. Como, eu me perguntava, ela seria mudada ao se transformar na Cidade de Constantino?

Então os carregadores levantaram minha liteira, deixei as cortinas finas caírem, e começamos a etapa final da viagem.

***

Naqueles dias, Aelia era uma cidade militar, cuja função era servir a Décima Legião, que estava ali para proteger a comunidade de rebeliões locais ou de uma invasão do Oriente. Seus comandantes moravam no forte, e a casa do bispo, Macário, era um local modesto e sem espaço para visitantes, localizada fora das muralhas no Monte Sião. No entanto, um dos poucos mercadores ricos da cidade ficara um tanto feliz em esvaziar a casa para a visita da mãe do imperador. Ele mesmo já tinha ido para sua outra casa em Alexandria, então eu não precisava me sentir culpada por tê-lo desalojado.

Na manhã seguinte, o bispo em pessoa chegou para me acompanhar ao local do Santo Sepulcro. Tive a impressão de que ele cumprimentara Eusébio com um traço de triunfo pio, como se já tivesse a primazia da Palestina ao seu alcance. Mas Macário estava ficando frágil, enquanto Eusébio era um veterano da política da igreja. Não importava quais relíquias fossem encontradas ali, eu não acreditava que ele seria destronado tão facilmente.

***

— Pode não parecer que fizemos muito progresso — disse o bispo Macário, justificando-se —, mas de fato o lugar está muito diferente do que era há poucos meses. A abominação do Templo de Vênus se foi, e estamos fazendo um bom progresso removendo o entulho com que cobriram o chão santo.

Entulho de fato, pensei ao olhar em torno de mim. Várias colunas de mármore, que algum arquiteto econômico tinha poupado para serem reutilizadas em outro local, jaziam empilhadas de um lado do fórum, que estava entupido de cordas e outros equipamentos. Trabalhadores subiam da escavação mais à frente como um monte de formigas, curvados sob as cestas de vime cheias de terra e pedras, jogando sua carga em uma pilha que aumentava constantemente. Mulheres, com vestes tão impregnadas de poeira que as faziam parecer criaturas do solo, separavam coisas sobre o entulho.

— Toda noite, carroças levam a terra peneirada ao vale para aumentar os campos — disse Macário. — As pedras grandes são reservadas para construção, e as pequenas serão usadas para reparar as estradas quando as chuvas de inverno chegarem. Às vezes encontram outras coisas, vasilhas de cerâmica ou vidro, uma peça de joia, ou moedas. Acima de tudo buscamos as moedas.

— Para ajudar a custear o trabalho?

Macário balançou a cabeça.

— Não exatamente. Permitimos que os trabalhadores fiquem com o que encontram, do contrário tentariam esconder as coisas, e poderíamos perder alguma relíquia de Nosso Senhor. Enquanto as moedas que encontrarmos forem mais novas que o tempo de Tibério, no qual Nosso Senhor viveu, saberemos que precisamos cavar mais.

Assenti, achando graça, mas também um pouco surpresa por ver que o velho era tão pragmático.

— Os evangelhos — ele continuou — dizem que os soldados disputaram nos dados as roupas de Cristo, ao pé da cruz. Não poderíamos esperar que, quando a terra estremeceu e os céus escureceram, eles pudessem ter derrubado alguns de seus prêmios ali?

Naquele momento, uma das mulheres estendeu algo pequeno, e o bispo mancou até lá para ver.

— Essa conversa de relíquias é superstição, embora a ideia de datar as moedas mostre uma boa compreensão da história — disse Eusébio atrás de mim. — É a tumba vazia, o Sinal da Ressurreição, com que deveríamos nos importar aqui.

Juntos fomos para mais perto da escavação.

— No tempo da Encarnação — ele continuou —, este local ficava logo além das muralhas da cidade. Mas o novo muro construído por Herodes Agripa o incluiu, e quando Adriano reformou a cidade, colocou o fórum aqui, na encruzilhada.

Eusébio era alguém que sempre se atinha aos fatos, pensei ao olhar para a terra mordida abaixo de nós. Uma saliência de pedra parecia emergir de um lado. Ainda assim, havia algo um tanto envolvente no entusiasmo simples de Macário.

— Ouvi dizer que o imperador Adriano colocou o Templo de Afrodite ali de propósito, para escandalizar os cristãos.

Eusébio deu de ombros.

— Talvez, embora ele não tenha sido um dos grandes perseguidores. Foram os judeus que provocaram sua raiva. Suspeito que Adriano tenha colocado o templo ali simplesmente porque era conveniente, e o local foi coberto em uma tentativa de nivelar o terreno.

Entendi o que ele dizia. A cidade fora erguida em um platô cercado por cânions em três lados, e mesmo a parte superior tinha irregularidades. O muro anterior acabava onde uma pedreira descia profundamente no solo, mas além dela o chão subia em uma colina. Vi também o que parecia ser o início de uma vala mais profunda na beira do fórum. Sabia que pensar nos acontecimentos que tinham ocorrido naquele local deveria me emocionar, mas não encontrava significado na cena confusa diante de mim naquele momento.

Eusébio franziu o cenho.

— Até que os escavadores terminem, não há muito para ver aqui.

Talvez devesse olhar alguns dos outros locais. A Galileia, ou talvez Belém, que é apenas a meio dia de viagem para o sul.

— Começar pelo princípio? — Assenti com a cabeça. Para algumas pessoas, como o bispo, a prova de sua religião estava na elegância da teologia. Mas eu vinha de um lugar em que o poder fluía pela terra e se reunia em lagoas sagradas. Se Deus tinha se tornado Homem ali na Palestina, com certeza a própria terra teria testemunhado o milagre de alguma maneira.

***

Era a estação da colheita de uva, e nas vilas o povo pegava a fruta madura nas pequenas vinhas que pontilhavam as colinas. Burros pacientes caminhavam à nossa frente, quase escondidos pelos grandes cestos de uvas que levavam. Na viagem até Aelia, eu tinha sido afastada do contato com o povo, mas nem mesmo o comandante sentia qualquer suspeita ao ser confrontado por moças risonhas que lhe ofereciam copos espumantes de suco recém-preparado ao longo do caminho.

A vila de Belém não mudara muito desde o tempo de Jesus. Um aglomerado de casas de barro com telhados retos se intercalava com currais, e touceiras verdes se espalhavam pelo terreno montanhoso.

— Está vendo como algumas das estruturas são construídas nas encostas? — perguntou Eusébio. — Há cavernas atrás delas, que as pessoas usam como estábulos e para armazenamento, porque são frescas. O azeite das azeitonas é prensado ali também.

— Quer dizer que Jesus nasceu em uma caverna?

— Uma caverna que era usada como estábulo. Ali está, à nossa frente. O local é conhecido há muito tempo. A manjedoura de argila ainda está ali.

Ele não parecia muito entusiasmado, mas àquela altura eu já percebera que o que importava para Eusébio não era o local em si, mas seu valor como prova histórica da Encarnação. Qualquer falta de entusiasmo de sua parte era mais do que compensada pelo povo da vila que enxameava em torno de nós, oferecendo-se para mostrar a caverna sagrada.

Para minha surpresa, o caminho estava parcialmente bloqueado por um bosque de cedros.

— Este é o bosque de Tamuz — disse a menininha que tomara minha mão. — Os pagãos lamentam sua morte na mesma época em que choramos por Jesus na primavera.

Pisquei diante daquela aceitação fácil, mas Eusébio me avisara que alguns dos cristãos no país não eram muito melhores que os pagãos. Não me parecia algo tão ruim, se permitia que vivessem em harmonia.

A caverna estava muito escura em contraste com a tarde ensolarada, mas uma lamparina de óleo ardia, e, quando meus olhos se ajustaram, vi o comedouro de argila onde as paredes se inclinavam abruptamente para o fim da gruta. Dentro da manjedoura, alguém colocara um buquê de flores. Estava tudo muito silencioso.

Eusébio se ajoelhou para rezar, com Martha ao lado dele, mas fiquei de pé, de olhos fechados e pés firmemente plantados no chão. Aos poucos, algo que estava tensionado desde que eu recebera a ordem de fazer aquela viagem começou a relaxar. Sob os aromas de incenso velho e óleo de lamparina e um toque de bode, havia algo mais, que depois de um momento identifiquei como o cheiro limpo de rocha úmida. *Rocha é eterna*, pensei, e fui para o lado, pousando a mão na superfície fria. *Rocha guarda memórias.*

Estendi minha consciência para dentro da pedra, buscando impressões do passado. Por um tempo, tudo o que me veio à mente foram as necessidades elementares dos animais que haviam sido mantidos ali. Então, por um instante, senti a dor de uma mulher, o alívio profundo do parto, e uma chama de êxtase conforme a criança era colocada em seus braços. *O que quer que tenha sido Jesus, posso acreditar que ele nasceu aqui*, então pensei.

Quando abri os olhos, Martha e a menininha olhavam não para a manjedoura, mas para mim, com espanto nos olhos.

— Estou com sede — falei bruscamente. — Há água aqui?

— Um poço, entre as árvores — sussurrou a menininha.

Àquela altura era fim de tarde, e a luz se inclinava dourada através do bosque. Tiras de pano e fitas tinham sido colocadas nos galhos de uma das árvores, que dava para a pequena lagoa.

— Também fazem isso na minha terra. — Pousei a mão sobre o tronco áspero e fechei os olhos, permitindo que minha consciência seguisse a vida da árvore para baixo até as raízes, e para cima de novo até as folhas que extraíam vida do sol.

E então, por um momento, não era uma árvore, mas um corpo feminino o que eu sentia, pés enraizados no solo e braços esticados para o céu. A imagem se transformou, e vi um tronco de árvore esculpido na imagem da Deusa. Mulheres giravam em torno dela com guirlandas de flores. "*Asherah...*", cantavam, "*Asherah...*".

Essas eram as Asherim que os profetas cortaram nos Pátios do Templo!, percebi, espantada. *Tentavam destruir a Deusa. E era Ela, antes de Tamuz, que era honrada neste bosque sagrado!*

Quando a visão me deixou, percebi que a menina ainda falava.

— Árvores são para a Mãe, a Virgem que dá à luz o Filho da Profecia. Em Mamre, que fica logo adiante, há um terebinto ancestral onde Abraão sonhou com seus descendentes. A família do rei Davi é uma árvore, e Jesus está no topo dela... Espero que não cortem essas árvores.

— Quando eu ordenar a construção da igreja neste local, pedirei aos arquitetos para poupá-las — respondi.

Sem dúvidas Eusébio desaprovaria a teologia misturada da menina, mas ela parecia caber naquele momento, e percebi que, de sua própria maneira, as árvores farfalhantes também eram testemunhas de que a Mãe também era adorada ali.

***

Estava escurecendo quando voltamos à estrada. Os habitantes da vila tinham pedido para que passássemos a noite ali e nos juntássemos à celebração deles, mas achei que uma viagem com minha cama no fim seria menos onerosa do que uma noite em um colchão empelotado e com pulgas. Conforme descíamos a última encosta, no entanto, ouvi um guincho, e o cavalo de um dos soldados se assustou de repente.

Acima dos xingamentos do centurião, ouvi um gemido baixo.

— Espere — falei. — Há algo ali.

— Um animal selvagem — disse o comandante, soltando sua lança. — Mas, pelo som, não é nada grande o suficiente para nos ferir. — Ele fez um gesto para que um soldado o seguisse com a tocha.

— Soa como um cão. — Eu observei a luz bruxuleante se mover ao longo do lado da estrada.

— Estava certa, minha senhora — o comandante gritou de volta. — É um dos cães selvagens que vagam pelas colinas, com uma perna quebrada. Vou acabar com seu sofrimento.

— Não o machuque! — gritei. — Deixe que um de nossos homens o envolva em um manto, de modo que não possa morder, e o levaremos de volta para a cidade.

— Augusta, não pode transformar um cão selvagem em bicho de estimação! — exclamou Eusébio.

— Supõe-se no direito de dizer à imperatriz-mãe o que ela pode ou não pode fazer? — perguntou Cunoarda, ameaçadora.

Eu os ignorei, voltando minha atenção para a massa de lã vermelha que se retorcia, de onde emergiu uma cabeça dourada e de pelos curtos, com olhos escuros frenéticos. Falei gentilmente com o animal até que por fim ele se aquietou. Só então ordenei que nossa viagem recomeçasse.

Naquela noite, sonhei que era novamente uma menina em Avalon, curvando-me para beber das fontes da nascente de sangue, onde a água caía de uma rachadura na lateral da colina. No sonho, aquela era de algum modo a mesma caverna de Belém, mas agora eu percebia o quanto a abertura se parecia com um portal para o útero de uma mulher.

Em meu sonho, chorei por tudo que tinha perdido, até que veio uma voz que sussurrou: *"Você é a filha da Terra e do Céu estrelado. Não se esqueça do solo do qual você brotou..."*, e me reconfortei.

***

Meu órfão se revelou uma cadela pouco mais velha que um filhote. Chamei-a de Leviyah, que significa "leoa" na língua hebraica. Ela mordeu dois soldados antes que o médico de cavalos da legião conseguisse botar uma tala em sua perna, mas, quando a coloquei em um cômodo pequeno e escuro, ela se acalmou. Talvez pensasse que era uma toca. Dali em diante, não permiti que ninguém mais lhe trouxesse comida ou água, e, gradualmente, o pânico da cachorra se tornou aceitação, e a aceitação se transformou em confiança, até que ela pegasse a comida da minha mão.

Leviyah permaneceu tímida com os outros, mas desde então me seguia, escondendo-se sob minhas saias quando havia muita comoção, e avançando com os dentes de fora quando pensava que eu estava sendo ameaçada. Ela deixava algumas pessoas de meu séquito nervosas, mas qual era a graça de ser imperatriz se não pudesse satisfazer meus caprichos?

Poucas semanas depois, fizemos outra expedição, ao Monte das Oliveiras, que se erguia a leste da cidade. Com a idade, começara a despertar cedo, embora com frequência precisasse de um cochilo à tarde. Quando Eusébio sugeriu que me levantasse a tempo de ver o sol nascer sobre a cidade, concordei, embora ao sair na escuridão fria da hora antes do amanhecer eu me perguntasse por quê.

Mas estava bem agasalhada dentro de minha liteira, e Leviyah era um calor amigável contra minha coxa. Passamos pelas ruas silenciosas descendo para o vale do Cédron, começamos a subir de novo pelas encostas cheias de cascalho e passamos pelo jardim de Getsêmani, onde Jesus tivera um conflito com sua mortalidade e fora traído.

Quando chegamos ao topo, as estrelas esmaeciam, e, diante de nós, a massa escura incipiente da cidade tomava forma e significado, como se aquela fosse a manhã da Criação e estivéssemos assistindo ao primeiro surgimento do mundo. Como Roma, muito do caráter Hierosolyma era devido a seus montes sagrados. Agora eu distinguia o Monte Moriá, no qual os judeus haviam construído seu templo, e vislumbrava o Monte Sião, pouco além da muralha no lado sul da cidade.

E então, subitamente, o ar se encheu de radiância, e minha sombra se esticou diante de mim como se para alcançar a cidade luminosa além do golfo de sombra que jazia abaixo. Construções que um momento antes pareciam barro, reboco e pedras sem vida brilhavam de repente em mil tons de dourado.

— Nosso Senhor ficou de pé ali — sussurrou Eusébio, a voz rouca de uma emoção atípica. — Ele ensinou seus discípulos na caverna debaixo de nossos pés e profetizou que não restaria pedra sobre pedra de Hierosolyma. E Tito cumpriu a palavra Dele.

E ainda assim a cidade está diante de nós, pensei. Estremeci, reconhecendo a queda e mudança de consciência que estavam alterando minha visão. Ainda via Hierosolyma, mas agora a enxergava como uma série de camadas, seus contornos mudando continuamente enquanto sua essência permanecia a mesma. Palavras ecoavam através de minha consciência.

"Os romanos não foram os primeiros a destruírem esta cidade, nem os judeus serão os últimos a perdê-la. Ela caiu muitas vezes antes, e cairá em sangue e fogo e será reconstruída em pedras limpas de novo e de novo, à medida que um conquistador tomar o lugar de outro nesta terra. Os seguidores de Cristo a tornarão seu centro sagrado, e, no entanto, homens de uma fé ainda não nascida a governarão até que os filhos de Abraão voltem para reclamá-la de novo.

"E repetidamente o sangue fluirá por estas pedras, até que não apenas as três fés de Iahweh, mas todos os cultos cujos altares foram derrubados adorarão aqui outra vez. Pois eu lhe digo que Hierosolyma é de fato um lugar de poder, e não foram os homens que a fizeram assim, mas sim aqueles que foram tocados pela força que se levanta das profundezas da rocha para buscar união com o céu..."

Piscando, voltei a mim. Os contornos fantasmagóricos das cidades do passado e das ainda por vir esmaeciam, e a cidade do aqui e agora jazia revelada com claridade brutal na luz forte do dia. Ainda assim, eu sabia que aquelas outras Hierosolymas ainda estavam presentes, partes da Cidade Santa eterna que sempre existiria.

— Senhora, está se sentindo mal? — sussurrou Cunoarda. Percebi que me apoiava nela. Eusébio ainda olhava a vista, e percebi com alívio que eu não havia falado em voz alta.

— Uma distração momentânea — respondi, endireitando-me.

Eusébio fez um gesto para o topo do monte, onde um afloramento de pedras nuas era cercado por oliveiras.

— E daquele ponto Cristo subiu ao céu. Os cristãos veneram ali desde esse dia.

Curvei a cabeça em reverência, mas sabia que, quando instruísse os arquitetos a construírem uma igreja ali, ela não iria coroar o topo, mas se ergueria acima da caverna na terra onde Jesus tinha revelado aos seus seguidores os mistérios mais profundos.

Naquela noite, sonhei que subia uma montanha. No começo, pensei que escalava o Monte das Oliveiras com um grupo de peregrinos cristãos, mas aquela era uma colina menor e, conforme a luz aumentava, fui me dando conta de que era o Tor. Abaixo, via o grupo de cabanas de pedra e a igreja redonda que fora construída por José de Arimateia, e percebi que aquela era a Inis Witrin dos monges, não Avalon. E, no entanto, conforme eu subia, minha visão se alterava, e eu soube que via ambas ao mesmo tempo. Minha visão se aguçou ainda mais, até que eu conseguia enxergar, abaixo da superfície do Tor, as estruturas cristalinas de cavernas em seu interior.

***

Veio dezembro, e o inverno chegou aos montes da Judaea, com tempestades violentas e um frio úmido perpétuo que gelava os ossos. Tempestades no Mediterrâneo tornavam a volta a Roma desaconselhável, e o trabalho no Sepulcro se tornara quase impossível. Quando desenvolvi uma tosse torturante que piorou meus problemas de respiração costumeiros de inverno, o bispo Eusébio sugeriu que eu me mudasse para Jericó, onde era mais quente, enquanto ele ficava para supervisionar a escavação.

Conforme viajávamos pela estrada de Jericó, fui vendo que o terreno mudava, as árvores que cobriam as colinas em torno de Hierosolyma dando lugar a um matagal, que diminuiu até quase desaparecer nas colinas rochosas. No passo lento que minhas juntas exigiam, levamos três dias para alcançar o oásis envolto por palmeiras, onde construções de barro se aglomeravam abaixo do monte ancestral. O palácio de Herodes estava em ruínas, mas novamente um mercador local ficou feliz em ceder sua casa para uma imperatriz.

A certa altura, comecei a me sentir bem o suficiente para explorar o campo ao redor e dar a Leviyah uma oportunidade para correr. Comparado aos grandes rios da Europa, achei o Jordão um riacho modesto, mesmo quando inchado pelas chuvas de inverno, mas o verde que o ladeava o tornava agradável. Indo mais além, seguimos o rio até as margens do Mar Morto.

A oeste, as nuvens que sem dúvida ainda encharcavam Hierosolyma pendiam sobre os montes, mas ali o céu era de um azul intenso. Naquela estação, as curvas dos montes ainda abrigavam alguma vegetação, mas parecia impossível que as pessoas vivessem ali, até que nosso guia apontava um abrigo no matagal ou um buraco no penhasco, para onde um dos Perfecti tinha vindo escapar das tentações do mundo. Acampamos abaixo das ruínas de um local chamado Secacá, onde uma comunidade de santos judeus vivera no passado.

Naquela terra nua, encontrei uma paz curiosa. Um mensageiro foi enviado para trazer os suprimentos de que precisaríamos para um acampamento mais permanente, e nos acomodamos. Banhava-me na água salina, morna como sangue e tão grossa com minerais que eu flutuava na superfície como uma criança no útero da mãe. E dava longas caminhadas ao longo da margem aquecida pelo sol, com Leviyah saltando ao meu lado.

Foi durante uma dessas caminhadas no meio do dia, quando as rochas, desgastadas pela água ou esculpidas em formatos fantásticos de cogumelos, brilhavam brancas sob o sol, que encontrei o velho. Como eu, ele tinha saído para saudar o meio-dia, de pé com os braços levantados na beira do mar.

Surpreendentemente, Leviyah ficou quieta até que ele terminasse suas devoções. Quando ela dançou até ele, o homem se virou com um sorriso. A vida naquela terra árida o reduzira a ossos e tecido grosso, a pele coriácea demais para que eu pudesse adivinhar sua idade. A não ser por um pouco de pele de cabra atada em torno dos quadris magros, ele não usava roupas.

— Pensei que pudesse ser um daqueles a quem não é permitido falar com uma mulher — eu disse quando ele se virou para olhar a água de novo. As águas cor de chumbo brilhavam sob o sol, e pisquei, tentando identificar a sensação de já ter vivido aquele momento antes.

— O que é o homem ou a mulher quando somos espíritos diante de Deus? No deserto, os opostos verdadeiros são óbvios. A luz se opõe à escuridão, o calor combate o frio — ele respondeu. — É mais fácil enxergar a verdade. Os homens vêm aqui agora para viver como anacoretas porque não podem mais esperar que o martírio de sangue lave seus pecados. Mas não são os primeiros a buscar iluminação neste deserto. Os homens de Secacá viviam uma vida de pureza em suas cavernas, e nosso Senhor em pessoa passou quarenta dias e quarenta noites lutando com ilusões não muito longe daqui.

— Você é um dos que buscam sabedoria? — perguntei, observando Leviyah caçar entre as pedras e os gravetos lançados na margem.

— Desde antes dos dias Dele, sempre houve uma pequena comunidade aqui, passando certos ensinamentos que as religiões estabelecidas tinham esquecido. No passado, as perseguições eram capazes de interromper a tradição. Nos dias de hoje, temo que certos aspectos da sabedoria ancestral sejam inaceitáveis para uma igreja que está aprendendo a viver com riqueza e poder.

— Por que diz essas coisas para mim? — indaguei, por fim focando seu rosto. Subitamente tive certeza de que também o vira antes. — Sou a mãe do imperador.

— Mesmo nesta vida, não é tudo o que você é. — Ele estendeu o braço e tocou o lugar onde um dia o crescente de Avalon abençoara minha testa. Como ele sabia? Minha testa era profundamente enrugada, e minha pele, bronzeada pelo sol; a velha tatuagem não era mais que uma mancha agora.

— Por isso, eu a reconheço como irmã em uma tradição aparentada da minha, uma iniciada nos Mistérios.

Eu o olhei espantada. De tempos em tempos, encontrava algum sacerdote dos deuses mediterrâneos que reconhecia haver, por trás de todos os seus cultos, uma verdade maior, mas jamais esperara ouvir um cristão falar daquela maneira.

— E há algo mais. Eu tive uma visão — ele então disse. — Por um tempo, o santo José, aquele em cuja tumba Cristo foi colocado, viveu entre nós, antes de sair navegando pelo mar. Em minha visão, ele apareceu e disse que você viria. Quando a visse, deveria dizer estas palavras: "*Siga o sol poente para o começo de sua jornada e, através das brumas da manhã, você passará entre os mundos...*". Isso significa algo para você?

Eu me lembrava agora. Sonhara com isso duas vezes. Assenti, chorando, embora o ar seco enxugasse minhas lágrimas antes que elas pudessem cair.

VINTE

327-28 d.C.

Viajamos para a cidade santa pouco antes da festa da Ressurreição. Nas encostas mais baixas, o verde vívido da primavera já amadurecia para o dourado do verão, mas as partes altas em torno de Hierosolyma brilhavam com folhas novas e prados cravejados de ranúnculos vermelhos, orquídeas em um tom de roxo rosado, linhos fibrosos e uma miríade de outras flores. Parecia que todas as aves migratórias daquela parte do mundo voavam sobre a Palestina, e o ar ecoava com seus gritos.

— Alegrem-se! Alegrem-se na primavera — cantavam —, Core retorna do Hades, e o Filho de Deus se levanta do túmulo!

Nas encostas em torno da cidade, colônias densas de estevas estavam cobertas por flores brancas como a neve, assim como os ramos dos espinheiros do deserto. Dentro dos portões, as pessoas subitamente percebiam jardins escondidos quando o trinado de um pássaro e um sopro de perfume pairavam sobre um muro.

O rosto redondo do bispo Macário estava tão alegre quanto as flores. Nos últimos dois meses, os escavadores tinham feito grandes progressos. Haviam desenterrado um afloramento rochoso que claramente era o local da Crucificação e desnudado a encosta além dele, em cujo declive tinham sido cavadas uma série de túmulos. Mas seu sucesso apresentava um novo problema, pois nenhuma das aberturas continha corpos, então como seria possível distinguir de qual deles o anjo tinha rolado a pedra?

Com minha bengala para me firmar de um lado e um jovem sacerdote forte para me segurar do outro, atravessei a vala e passei pelo chão irregular. Um filósofo teria acolhido aquela situação como uma maneira de testar a hipótese de que grandes acontecimentos podem santificar um local, pois aquele lugar, embora histórico, estivera inacessível até então. Em Belém e no Monte das Oliveiras, a devoção de dois séculos deixara uma impressão, e, ali, eu não sabia ao certo se as imagens que percebia vinham dos fatos ocorridos ali ou dos anseios concentrados dos peregrinos que acreditavam neles. Para Eusébio, a mera identificação do local era uma ajuda poderosa para a fé, mas Macário e Constantino queriam um lugar de poder.

Fiz uma pausa, virando-me para a direita para observar o afloramento de pedras.

— Acreditamos que este é o lugar que chamavam de Gólgota, porque parecia com uma caveira. A pedra aqui é mais fissurada que em outros pontos, e imagino que por isso não tenha sido extraída. — Macário apontou para a superfície irregular.

Pousei uma mão sobre a pedra e, depois de um longo momento, afastei-a depressa, estremecendo com os ecos de agonia que ela retinha.

— Com certeza, este foi um lugar de execução. A própria rocha ainda grita de dor — sussurrei, embora não pudesse dizer com certeza de quem fora.

Houve um murmúrio de assombro atrás de mim, e suspirei, percebendo que a história correria toda a cidade antes do anoitecer.

— Acalme-se, minha senhora — disse o jovem sacerdote ao perceber o quanto eu ficara abalada. — Contemple o túmulo vazio!

Havia na verdade duas câmaras na lateral da colina que ainda estavam em boas condições, e várias outras que poderiam ter sido túmulos antes que a pedra desmoronasse. Claramente, nem Eusébio nem Macário ousavam escolher, temendo a oposição do outro. Esperavam que eu, representando o imperador, decidisse.

Mas o corpo de Jesus mal passara tempo suficiente em seu túmulo para deixar uma impressão espiritual. Ao contrário de todos os outros, o túmulo dele só era importante porque *não* havia um corpo nele.

— Precisamos rezar para que Deus nos guie... — eu disse a eles. — Celebrem os serviços divinos para os dias santos neste local, e talvez Ele comunique Sua vontade.

***

O Domingo de Ramos já tinha passado, e a cidade estava cheia de visitantes. O ar pulsava com tensão enquanto a igreja, triunfante no favorecimento do imperador, começava o tradicional ciclo de cerimônias, e a maré de devoção me carregou. Na noite da Sexta-Feira Santa, fui novamente ao local, esperando ter alguma inspiração.

Os túmulos não me ajudaram, mas, ao retornar, notei na vala um broto verde. Um dos trabalhadores o tirou da terra para mim, e eu o levei para meus aposentos, onde Cunoarda, que estava acostumada às minhas excentricidades, achou um vaso para que eu o plantasse. Ficou no parapeito da janela, ao lado da pequena imagem de argila da deusa da árvore que fora retirada da escavação por um dos trabalhadores.

O próprio ar de Hierosolyma parecia escurecer com as emoções da Sexta-Feira Santa, e o povo reunido ao pé do Gólgota se lamentava do mesmo modo como um dia havia chorado por Tamuz, que também morrera na primavera. Durante todo o dia que se seguiu, fiquei na cama, jejuando. E, no estado de semiconsciência que pode resultar da privação, muitos pensamentos se enraizaram em minha imaginação e floresceram ali. Pensando sobre as câmaras das tumbas, a memória me trouxe à mente as outras cavernas que vira. Parecia-me que todas as três eram úteros de terra. Da primeira caverna em Belém, Cristo nascera para o mundo mortal; na segunda, no Monte das Oliveiras, passara por um nascimento da sabedoria; e da terceira, perto do Gólgota, ele havia nascido para a imortalidade. Seus seguidores renegavam a Deusa, mas Ela estava ali, na figura de Maria, Virgem, Mãe e Anciã que sofre, e nos recessos femininos da própria Terra, que recebe os mortos em seu abraço para que a nova vida possa surgir com a primavera.

Isso era o que Eusébio, cuja religião era a da mente, não entendia: se havia apenas uma Divindade a ser adorada, ela deveria ser endereçada de várias maneiras, como Homem, Deus e Mãe, como Espírito puro e por meio dos ícones físicos que testemunham a Presença Divina manifesta no mundo. Até mesmo a superstição podia estimular a fé. Nesse aspecto, Constantino falava pelo povo – seu coração ainda era pagão o suficiente para saber que sinais externos e visíveis eram necessários para guiar os homens terrenos em direção à graça interior e invisível.

Quando a escuridão caiu, mergulhei em um sono inquieto e repleto de sonhos. No primeiro, pensei estar acordada, pois ainda me encontrava em meus aposentos, mas a luz do sol brilhava em minha planta no vaso, e eu sabia que era dia. A planta tinha crescido, dividindo-se em vários galhos retorcidos dos quais brotavam tanto folhas verdes quanto espinhos. Enquanto eu observava, ela começou a produzir flores brancas estreladas. Então a reconheci como o espinheiro que os monges de Inis Witrin diziam ter crescido do cajado que José de Arimateia cravara no chão.

Desse reconhecimento, passei, ao modo dos sonhos, para o Gólgota, como ele havia sido durante o reinado de Tibério. Eu estava com uma multidão de pessoas diante do afloramento de pedra. Três cruzes tinham sido colocadas ali, mas, conforme eu olhava, da cruz no centro começaram a brotar folhas e galhos e flores brancas estreladas. Não era madeira morta, mas uma árvore viva que honrávamos – renovação em vez de sacrifício.

E novamente o cenário mudou. Era o fim da tarde, e a cidade tremia sob um céu que baixava. Dois homens traziam uma maca grosseira do Gólgota, enquanto mulheres chorando seguiam atrás. Carregavam o corpo alquebrado de um homem. Quando se aproximaram da encosta com os túmulos, um soldado fez um sinal para que se apressassem, e eles colocaram o corpo dentro de uma das grandes aberturas, sobre uma placa de argila. Uma grande pedra estava encostada no morro ao lado da tumba, as beiradas ainda brancas onde tinha sido cortada. Grunhindo, os dois homens conseguiram rolá-la até a entrada.

Então o homem mais jovem voltou para junto das mulheres, tentando confortá-la. Mas o mais velho parou por um momento e, vendo que os romanos estavam ocupados observando o grupo, desenhou com o dedo sobre a pedra um sigilo de um iniciado nos mais elevados Mistérios. Ele estava mais bem vestido que o resto deles – um homem de meia-idade com fios prateados na barba. Quando ele se virou, o resto de luz do sol iluminou seus traços, e com a certeza de um sonho eu o reconheci não apenas como o anacoreta que tinha encontrado no Mar Morto, mas como o velho monge com quem conversara tanto tempo antes em Inis Witrin.

***

— Olhem! É a imperatriz-mãe. — Um sussurro de reconhecimento seguia minha liteira conforme abríamos caminho pela multidão.

Era a Festa da Ressurreição, mas pela manhã eu estava cansada demais para caminhar. Ainda assim, o dia havia amanhecido belo e limpo, e acima do murmúrio do povo que se reunia no local do Sacrifício de Cristo vinham os triunfantes coros de pássaros.

A missa já tinha começado. Os tons sonoros da liturgia grega arrepiavam meus pelos do pescoço e dos braços. Ao meu lado, um dos sacerdotes que vieram de Roma cantava baixo as palavras em latim:

"*Agnus Dei, qui tollis peccatum mundi, respice in nos et miserere nobis, factus ipse hostia, qui sacerdos; ipse praemium, qui Redemptor: a malis omnibus quos redemisti, custodi, Salvator mundi...*"

Por que, eu me perguntava, quando todo o mundo se rejubilava, eles ainda celebravam o Sacrifício? A hora para isso fora na Sexta-Feira Santa, mas, se meu sonho continha alguma verdade, o sigilo que José desenhara sobre a porta do túmulo prometia a imortalidade do espírito.

Ainda assim, eles não tinham montado o altar em frente à saliência do Gólgota, mas diante dos três túmulos vazios. O ouro e as joias nas túnicas dos sacerdotes faiscavam sob o sol conforme eles se moviam para a frente e para trás entre os anteparos do altar, fazendo o milagre que transformava pão e vinho, e a fumaça de incenso pairava em espirais azuis no ar parado.

O bispo Macário levantou a mão sobre as pessoas, abençoando-as com uma abundância de óleo e vinho e pedindo que se rejubilassem com seus filhos, suas famílias e seus amigos.

"*In omni abundantia sanitatis repleat vos; omnibus bonis terrarum vestrarum, copia, frumento, vino repleat, et oleo sanctitatis. Laetificet vos in filiis, exhilaret in familiis, at abundare faciat in amicis...*"

Os rostos em torno de mim brilhavam de alegria. As pessoas tinham testemunhado o sacrifício simbólico, e uma vez mais ele as redimira. Até eu sentia a vida retornando aos meus membros. *Há poder aqui*, pensei, enquanto o drama da missa chegava a uma conclusão. *Pode não ser a única verdade no mundo, mas de alguma maneira a história que contam é verdadeira.*

No entanto, o sacrifício da missa não era o fim da história, e naquela manhã, naquele lugar, as pessoas sabiam que deveria haver algo mais. Do outro lado das cabeças curvadas do povo que ajoelhara para receber a bênção, vi bispo Macário me olhando, e em resposta a seu apelo sem palavras, levantei-me de minha cadeira.

No sol da manhã, as aberturas dos túmulos apareciam claramente além do altar. Rochas de vários tamanhos jaziam em torno delas, mas havia uma, extraída de uma pedra maior, que parecia brilhar de poder.

Tive a impressão de que, se o Cristo tinha realmente reanimado sua carne como os evangelhos contavam, aquele ato teria deixado uma impressão de poder dentro da sepultura, um poder tão grande que eu temia até mesmo tocá-lo. Mas poderia buscar a marca que José colocara sobre a pedra, visto que era uma iniciada nos mesmos Mistérios.

Assim eu fiz, e nem percebi que o povo tinha ficado em silêncio, observando-me, pois estava concentrada na abertura escura além da rocha.

Havia pétalas brancas do espinheiro sagrado espalhadas pelo o chão rochoso.

***

Fiquei em Hierosolyma durante aquela primavera até o verão, discutindo com os arquitetos que Constantino enviara para construir igrejas sobre os locais sagrados que eu tinha identificado. De minha janela, via as fundações da Igreja do Santo Sepulcro, com a longa nave se estendendo para o leste, como era comum nas igrejas de Constantino, de modo que, quando as portas se abrissem, o altar ardesse na luz do sol nascente. A Pedra do Gólgota fora aparada para caber no pátio do lado sul, e a encosta atrás do túmulo fora retirada para que ele pudesse ser coberto por uma rotunda.

Eu tinha sido criada para acreditar que os poderes eternos não podiam ser contidos em templos feitos por mãos humanas, e que espaços sagrados deveriam ser honrados, não possuídos. Mas se aquela construção, com detalhes dourados e adornada por mosaicos do chão ao teto, era mais propensa a impressionar peregrinos com a glória da Igreja do que com a maravilha da Ressurreição, então assim era a tradição do mundo mediterrâneo. Já previa um tempo em que os santuários pagãos que santificavam a paisagem e escandalizavam os cristãos seriam substituídos por ícones do cristianismo. Eu me perguntava se quando isso acontecesse ainda haveria algum pagão para se aborrecer com a mudança.

Uma noite, Eusébio chegou para jantar radiante. Segundo me contou, o imperador tinha decidido refundar a cidade de Drepanum como Helenópolis em minha honra, e construir ali uma igreja em homenagem ao mártir Luciano.

— É uma vitória para o modo de pensar ariano — ele me disse enquanto comíamos o cordeiro e a cevada. — Pois Luciano não era apenas o melhor estudante do teólogo Orígenes, mas ele próprio ensinou Ário.

— Pensei que ele era um sacerdote da igreja em Antióquia que publicou uma nova edição das escrituras...

— É verdade, mas ele foi executado em Drepanum por Maximino. Precisa visitar o local no caminho de volta para casa e dar sua bênção.

Sem dúvidas aquilo agradaria a Constantino, pensei, infeliz. Meu filho tinha começado a chamar a si mesmo de décimo terceiro apóstolo, um status que na prática parecia exigir a adulação antes reservada aos deuses. Os imperadores romanos tinham sido deificados por séculos, mas normalmente esperavam até a morte para assumir a total divindade.

Constantino parecia adotar a moda oriental de olhar para governadores como avatares vivos de um deus. Obviamente, ninguém ousava lembrá-lo de que o reino de Jesus não fora deste mundo.

— Está na hora de fazer planos para minha partida — falei. As palavras do anacoreta ecoavam em minha memória, e imagens de Avalon assombravam meus sonhos. Mas aquela vida de privilégio também era uma prisão. Constantino jamais me deixaria partir. No momento, seria suficiente voltar a Roma. Talvez de lá eu pudesse ver meu caminho.

***

Quando deixei a Palestina, um ano inteiro havia se passado. Resolvi não fazer um desvio para visitar Drepanum, preferindo lembrar-me da cidade como ela fora quando morei ali com Constâncio. Martha, com seu fervor inalterado, ficou para servir na casa do bispo Macário, mas minha fiel Cunoarda ainda estava comigo, além de minha cachorra cananeia e do pequeno espinheiro. Conosco vieram vários baús cheios de suvenires, tanto presentes como coisas que eu tinha comprado – túnicas e cerâmicas palestinas, têxteis de Tiro e vidro de Askalon. Era Roma que agora parecia estranha, um vasto labirinto de esplendores decadentes que incluíam o Domus Sessorianum, meu lar.

Constantino ainda estava no Oriente, supervisionando a demolição da antiga cidade de Byzantium para que ele pudesse criar a nova Roma que levaria seu nome. O garotinho que construía fortes em nosso quintal agora tinha uma cidade inteira para brincar. Nem mesmo os projetos de construção do imperador Adriano haviam chegado a tamanha ambição. Quando Constantino finalmente terminasse Constantinopla, será que forçaria Deus, eu me perguntava, a permitir que ele recriasse o mundo?

Pouco depois de meu retorno, fui à igreja dos santos Marcelino e Pedro assistir à missa e doar uma vasilha de ouro que me fora dada pelo procurador na Palestina. Em um dos pátios, ficava um sarcófago de mármore branco coberto por relevos de cavaleiros. Segundo o sacerdote, Constantino o encomendara, mas agora o imperador planejava um grande mausoléu em Constantinopla, e ninguém havia dito o que deveria ser feito com a coisa.

Disfarcei que estava achando graça e assegurei a ele que, sem dúvidas, encontrariam uso para aquilo, depois o encorajei a voltar aos seus relatórios das caridades da igreja. Tinha pensado em ocupar meus dias ajudando ali, mas estava claro que Helena Augusta era uma figura importante demais para ter permissão de sujar as mãos daquela maneira. Ou pelo menos presumi que a reverência com a qual eu era tratada devia-se à minha posição. Mas desde que voltara da Terra Santa, oferendas de flores tinham começado a aparecer em minha porta novamente, e às vezes as pessoas me faziam reverências que nem o imperador exigiria. Era perturbador, e percebi que teria de me tornar uma reclusa ou andar pela cidade disfarçada.

Cunoarda estava escandalizada, mas na Palestina eu tinha me acostumado a uma vida mais simples. Estava com quase oitenta anos, e certamente, como disse a ela, tinha ganhado o direito de fazer o que desejava, ou ao menos o que meu corpo envelhecido permitisse. Com frequência os velhos eram jogados em um canto, enviados para algum bangalô no campo onde não ficariam no caminho de seus descendentes, ou mesmo colocados na rua, se não tivessem filhos que, por maior que fosse a má vontade, os sustentassem. Ser convertida em um ícone dourado, colocada em segurança em um nicho na parede e tirada em festejos era apenas uma maneira mais confortável de ser deixada de lado.

Mas eu já havia sido deixada de lado antes, quando Constâncio me abandonara para se casar com Teodora, e não tinha intenção de permitir que isso acontecesse novamente. Eu podia ser velha, mas não era impotente.

Recordando-me de como tinha cuidado dos doentes durante a peste, eu disse a Cunoarda para ir a uma loja que vendia roupas usadas e comprar vestes adequadas a uma viúva pobre. Ela voltou com dois vestidos de mangas compridas, um deles marrom empoeirado, outro azul desbotado, ambos cuidadosamente remendados, com sandálias fortes e vários véus de linho alvejado. Os sacerdotes da Igreja de Marcelino e Pedro só tinham me visto coberta de joias e perfumada, meus traços meio escondidos pelo fino véu púrpura. Duvidava que me reconhecessem com linho branco preso na testa e usando um vestido sem forma.

E foi o que aconteceu. Eu era apenas mais uma em um bando de velhas que ajudavam a distribuir comida aos famintos e remédios e roupas aos pobres. A atividade aliviou minha frustração, mas, depois de um ano na Palestina, o inverno romano parecia duro e frio. Fiquei doente em dezembro e, por alguns meses, não fui a lugar algum.

Deitada em meus aposentos, ora tremendo de frio, ora queimando de febre, ocorreu-me que minha vida estava chegando ao fim. Aquela era a última parábola da Idade, ancestral, impotente, inútil. Gritei por força e pela ajuda de Deus, e, como um iniciado sondando as profundezas do Mistério, terminei descansando por fim em um santuário vazio. E ali o segredo me foi confidenciado: não há Deus e não há Deusa, apenas o poder da Mãe interior, dando qualquer pouco de força que se tem.

Então percebi que, assim como no parto eu tinha criado meu próprio algoz, que se alimentaria de mim e me destruiria, no fim da vida eu deveria aguentar o processo doloroso de dar à luz o Eu, sozinha. Tive de desistir do poder sobre meu filho para me tornar distante e alheia e permitir que ele construísse seu mundo. Por que aquilo era uma surpresa? Não soubera sempre que o que fizera havia sido pela minha própria vontade – deixar Avalon com Constâncio, aceitar a responsabilidade de dar à luz um filho? Ao fazer aquilo, eu me tornara a Deusa, com o mesmo poder brutal.

Agora estava pronta para renunciar ao meu filho, e o neto que amara fora tirado de mim. Cabia às mulheres mais jovens parir e cuidar de crianças agora. Poderia conceder sabedoria e aconselhamento, mas não era mais meu papel me intrometer nos assuntos do mundo, a não ser que fosse para ensinar aos jovens o que tinha aprendido.

Não havia nada mais para mim além da velhice e da força em declínio, e no fim, a morte. Mas eu começava a ver que isso também poderia ser uma oportunidade. Como mãe, tivera de me abster para dar prioridade a outros. Agora, podia ser livre de novo, ser unicamente eu mesma, vivendo por mim mesma, a procriação dando lugar à criatividade.

***

Quando tive forças para me levantar, a primavera tinha chegado novamente. O pequeno espinheiro, que plantara na terra perto da capela em meu palácio, tinha sobrevivido ao transplante e agora estendia brotos verdes e fortes, estrelados de flores brancas. Quando olhava para ele, não via meus jardins bem cuidados, mas a névoa na água e a encosta verde e suave do Tor sagrado.

Convoquei um magistrado e, com a ajuda dele e de Cunoarda, comecei a trabalhar em meu testamento. Cada detalhe precisava ser incluído, da liberdade dos membros de minha criadagem que ainda eram escravos à disposição dos itens que trouxera da Palestina. Uma túnica masculina, que um mercador me assegurara ser a mesma veste usada por Jesus, seria enviada ao bispo em Treveri, e um conjunto de diademas digno dos Reis Magos, para a igreja em Colonia. Ao bispo Silvestre, eu deixava o Domus Sessorianum, com instruções para usar seus recursos conforme necessário e para cuidar do pequeno espinheiro.

Cunoarda fez uma cara emburrada, mas descobri que simplesmente planejar me desfazer de tanta coisa fez com que eu me sentisse mais leve. Quão mais livre eu não seria se simplesmente saísse andando? Embora tivesse assegurado Cunoarda de que me sentia melhor, era provável que a morte logo me libertasse. Mas, se isso não acontecesse, talvez um dia abandonasse tudo que me prendia em Roma.

***

Ligada à Igreja de Marcelino e Pedro, havia uma cozinha e uma área coberta para onde os pobres vinham para uma refeição. Havia também uma pequena construção, a única sobrevivente do quartel que anteriormente ocupava o espaço, onde os doentes podiam receber cuidados. Fazia muito tempo desde que eu fora treinada no uso de ervas e remédios medicinais, mas sabia mais de tais coisas do que os sacerdotes ou a maioria das outras mulheres, e eles ficaram felizes com minha ajuda.

Tinha dito a eles que servira uma família com propriedades em muitos lugares, e precisava viajar com eles com frequência, o que me dispensava de me tornar muito próxima da comunidade. Ainda assim, era bom estar entre pessoas comuns novamente. Na primavera que se seguiu ao meu retorno da Palestina, eu passava três tardes por semana na igreja, enquanto Cunoarda dizia a quem perguntasse que eu estava descansando.

Foi em uma daquelas tardes que a velha mulher da Gália desmaiou sobre a sopa e foi levada para o albergue de doentes. Ela tinha vindo por várias semanas. Chamava-se Drusa e tinha se mudado para a cidade com o filho, mas ele morrera e a deixara sozinha. Eu a havia notado particularmente porque os outros ajudantes achavam que ela se parecia comigo. Talvez fosse a estrutura óssea celta que compartilhávamos. Ela não sabia sua idade, mas estimei que ela fosse alguns anos mais nova que eu.

Drusa morreu pouco antes da Festa de Pentecostes, no dia em que um mensageiro viera até mim dizer que o imperador estava a caminho de Roma. Desde então, meu estômago estava ácido por causa da ansiedade, pois sabia que haveria um confronto entre nós. Mas a morte da velha mulher colocou meus próprios temores em perspectiva, e, naquele momento de clareza, um plano emergiu das profundezas de minha alma.

— Drusa é minha irmã em Cristo — falei a um sacerdote —, e vou fazer o papel de parente e cuidar de seu enterro. Uma carroça virá buscar seu corpo esta tarde.

***

Constantino fez uma entrada triunfal na cidade. Não compareci, embora mesmo de meu palácio pudesse ouvir os vivas. Ele estava programado para comparecer a missas na catedral de Latrão e, no dia seguinte, falar ao Senado, quando então, sem dúvidas, haveria um banquete. Só no terceiro dia após sua chegada, um mensageiro veio me dizer que o séquito imperial estava a caminho.

Àquela altura, cada superfície do Domus estava polida e brilhante para receber a Presença Imperial. Constantino não teria razões para desdenhar do ambiente de sua mãe agora. Eu o recebi em um dos aposentos privados, que era mais íntimo que o salão de audiência, embora não menos esplêndido, uma vez que eu a tinha decorado com cortinas púrpura de Tiro e tapetes palestinos de cores ricas.

Convinha-lhe bem, pensei enquanto me levantava para cumprimentá-lo. Ele vinha de alguma recepção formal e ainda vestia a toga púrpura com brocado de flores. Eu vestira as túnicas de uma imperatriz-mãe, o cabelo preso pelo diadema de pérolas.

Três figuras menores, usando vestes similares, o seguiam. Por um momento, pensei que fossem anões, com o propósito de fazerem o imperador parecer ainda maior. Então olhei novamente e percebi que eram meninos, todos os três de cabelo escuro e pele que não apanhava sol o suficiente. Lançaram um olhar arrogante para as belezas do cômodo e então se jogaram em duas das almofadas grandes perto da mesa onde eu tinha colocado uma travessa de doces de figo embebidos em mel, que Constantino costumava amar.

— Mãe, você parece bem...

Pareço velha..., pensei, enquanto o imperador tomava minhas mãos e pressionava o rosto no meu. Mesmo se eu desejasse, as túnicas da corte não permitiam uma saudação mais afetuosa.

— Trouxe meus meninos para vê-la. Constantino, Constâncio, Constante, cumprimentem sua avó.

Os nomes proclamavam aquele que os havia gerado, mas nos traços eram filhos de Fausta, e eu não os via desde que eram muito pequenos. O mais velho devia estar com onze anos, e os outros eram um e três anos mais jovens. Quando eles relutantemente largaram seus doces e se levantaram para uma reverência, perguntei-me o que teriam dito a eles sobre a morte da mãe.

— Você tem cavalos? — perguntou o pequeno Constantino. — Tenho um pônei branco que cavalguei no desfile.

Reprimi a memória do garanhão branco que Crispo cavalgara em nossa entrada triunfal em Roma. Ao menos aquela criança tentava ser educada. Seus irmãos já zanzavam pelo cômodo, puxando as cortinas e pegando vasos de alabastro e estátuas delicadas de bronze.

— Sou velha demais para cavalgar, mas tenho cães. Se quiser sair para os jardins, pode brincar com eles.

Leviyah evitaria aquelas crianças com a precaução de um animal selvagem, mas meus outros cachorros eram amigáveis. Com outra pontada, afastei a memória de Crispo brincando com meus cães.

— Sim. Talvez vocês meninos fossem gostar de caminhar no jardim. É um belo dia!

Era evidente que os meninos reconheciam a diferença entre indulgência paternal e um comando imperial, de modo que não protestaram quando o servo que chamei chegou para levá-los, especialmente porque peguei a travessa de prata com doces e a coloquei na mão do pequeno Constantino.

— São bons rapazes — disse Constantino afetuosamente, olhando-os sair.

São moleques sem educação, pensei, mas eles eram problema dele, não meu, e ele os merecia.

— Gosto de mantê-los comigo — ele continuou. — Há aqueles que os usariam contra mim, você sabe, por mais jovens que sejam.

Assenti e me sentei em uma das cadeiras entalhadas de marfim, cujo encosto tinha sido esculpido com cenas de Penélope e Ulisses. Seu par, que rangeu ao receber o peso de Constantino, retratava Dido e Eneias.

Como cheguei a ter um filho tão velho?, eu me perguntei. Desde que o vira, a carne começara a ficar um pouco flácida nos grandes ossos, e a pele de seu rosto estava profundamente marcada por linhas de raiva e suspeita, assim como pelo poder. Ele parecia ter se recuperado da tragédia com Crispo e Fausta, mas não sem cicatrizes.

— Sua viagem à Palestina foi um grande sucesso. — Constantino encheu uma taça de vinho do garrafão que fora deixado com os doces sobre a mesa. — Mesmo que não concordem em mais nada, tanto Eusébio quanto Macário são unânimes ao louvar suas virtudes.

Ele riu ao se recordar da batalha para forçar os bispos a um consenso. Tinha ouvido que os acordos de Nicaea já estava em frangalhos. Nos dias antigos, os homens serviam aos deuses conforme a inclinação de seus temperamentos, e ninguém veria nenhuma razão para fazê-los exergar as coisas da mesma maneira.

— Como eu esperava, a imagem da família imperial começa a brilhar novamente. Agora gostaria que fizesse uma viagem às igrejas fundadas por São Paulo.

— Não...

Embora eu encontrasse grande beleza nas palavras de Jesus, estava me tornando cada vez mais consciente de uma diferença entre as verdades que ele ensinara e a igreja que Paulo estabelecera em seu nome.

Constantino ainda falava. Pigarreei.

— Não, não farei mais viagens para você.

— Mas por quê? Está doente? — Os olhos do imperador se arregalavam conforme ele percebia que tinha negado seu pedido.

— Estou bem o suficiente por ora, mas sou velha. Servi a você e ao império. No tempo que me resta, preciso cuidar de minha alma.

— Deseja se retirar do mundo? Talvez para uma comunidade de mulheres santas, rezando pelo império...

Via os cálculos em seus olhos. Na verdade, não podia culpá-lo; essa habilidade de extrair benefício político de tudo era, imagino, um dos traços que faziam dele um imperador eficiente. Mas, em um mundo cheio de histórias de jovens rebelando-se contra os pais, jamais teria considerado como poderia ser difícil para uma velha conseguir liberdade do filho.

— Não vou liderar sua congregação de vestais cristãs, Constantino — respondi acidamente. — Mas eu *vou* me retirar...

— Não posso permitir isso. — Constantino balançou a cabeça. — Você é muito útil para mim aqui.

— Útil! — finalmente comecei a ficar brava. — Quão útil eu seria se começasse a chamar a morte de Crispo de assassinato ou se me proclamasse desiludida com o cristianismo e fosse fazer oferendas ao Templo de Juno Regina no Capitólio?

— Não fará! Posso aprisioná-la aqui. — Constantino estava com metade do corpo para fora da cadeira, o rosto se avermelhando perigosamente.

— Acha que não tomei precauções? — retruquei. — Sou sua mãe! Distribuí cartas para serem enviadas em uma semana a não ser que uma palavra minha as traga de volta.

— Você dirá essa palavra...

— Ou vai me assassinar, como fez com Fausta? Sou *velha*, Constantino, e a morte não me traz nenhum terror. Nem ameaças nem dor dobrarão minha vontade!

— Você ainda é cristã? — De algum modo, senti que a pergunta não era por interesse próprio, mas por um medo mais profundo e supersticioso.

Suspirei. Como poderia fazê-lo entender?

— Sempre me perguntei por que um homem que pode ver apenas uma cor é considerado deficiente e, no entanto, é louvado quando aceita apenas uma deidade. Acredito que Cristo tinha o poder de Deus, e honro seus ensinamentos, mas sei que a Deusa em suas muitas aparências também ama seus filhos. Não tente me definir como cristã ou pagã, Constantino. — Respirei fundo, lembrando-me do sigilo que vira José de Arimateia inscrever sobre o túmulo. — Sou uma serva da Luz. Que isso seja suficiente para você.

Houve um longo silêncio, e por fim foi o olhar de Constantino que baixou.

— Não entendo, mãe. O que você quer?

Mesmo naquele momento, havia uma parte de mim que ansiava por tomá-lo nos braços e confortá-lo como eu fazia tantos anos antes, mas não podia permitir que aquilo me governasse.

Respirei profundamente e respondi com gentileza:

— Quero minha liberdade, Constantino...

Por fim entendi o erro que cometera havia tanto tempo. Damos à luz nossos filhos, mas não os criamos. Em meu orgulho, acreditei que Constantino era a justificativa para minha existência e reivindiquei seus pecados, assim como suas conquistas, como minhas. Podia rezar por ele, mas Constantino era um espírito imortal, e, embora tivesse vindo ao mundo por meio de mim, eu não deveria tomar para mim o destino que os feitos dele conquistaram, nem culpá-lo pelos meus.

— Mas como? O que o povo dirá?

— Pode dizer a eles que estou morta, pois de fato estarei para você e para este mundo.

— O que quer dizer? O que vai fazer?

— Vou deixar o mundo que você conhece e voltar para um lugar onde jamais me encontrará. Na capela do meu palácio, há o corpo de uma mulher pobre da cidade. Pode enterrá-la no túmulo na Igreja de Marcelino e Pedro. Uma velha se parece com outra, e as pessoas verão o que esperam ver. Conte a história que quiser, Constantino, lamente o ícone de Helena que criou para alimentar sua glória. Mas deixe-me ir!

— Você é minha mãe — ele protestou, a cabeça pesada virando cegamente. — Não pode me abandonar...

— Sua mãe está morta — falei levantando-me. — Está falando com uma memória.

Ele esticou um braço, mas eu tinha traçado um véu de sombras em torno de mim, como aprendera havia muito tempo em Avalon, e os dedos dele se fecharam no ar.

— Mãe! — ele gritou, e então: — Minha mãe está morta, e estou sozinho!

Apesar da resolução, senti meus olhos se encherem de lágrimas. Virei, sombra para a sombra, e saí apressada do cômodo. Mas, enquanto mancava pelo corredor, ainda ouvia o mestre do império chorando pela mãe que jamais conhecera de verdade.

***

Naquela noite, Flávia Helena Augusta morreu.

Com a ajuda de Cunoarda e de dois outros servos que sabiam a verdade sobre o que acontecera com Crispo e Fausta, e que desejavam ajudar, o corpo de Drusa foi colocado em minha cama e levado dali imediatamente para os embalsamadores, enquanto a notícia da morte da mãe do imperador se espalhava por Roma.

Era muito estranho assistir à missa de meu próprio falecimento, embora fosse um pré-requisito para minha ressurreição. Fiquei assombrada com o tumulto de lamento que varreu a cidade, mesmo sabendo que o povo lamentava não por *mim*, mas por um ícone de Santa Helena que era em maior parte criação dos propagandistas de Constantino. Talvez tivesse feito algum bem à cidade, mas eu não reconhecia a fazedora que milagres que todos louvavam.

O ar em torno do palácio ficou pesado com o perfume das flores que as pessoas empilhavam diante das portas, das quais já pendiam galhos de cipreste como sinal de luto. De fato, dizia-se que não sobrara uma flor em Roma, com tantas que foram oferecidas ali e em outros santuários improvisados por toda a cidade.

Em tudo isso, Constantino era o principal enlutado, trocando o púrpura pelo branco de funeral, os traços abatidos de angústia. Ninguém teria duvidado de sua tristeza, e, realmente, acredito que ele convenceu a si mesmo de que o corpo amortalhado na capela era de fato o de sua mãe. Mesmo se eu mudasse de ideia, não havia como voltar atrás de minha decisão. Tinha machucado Constantino demais, e ele me mataria de verdade se eu tentasse uma ressurreição pública.

O bispo Silvestre seria meu testamenteiro, auxiliado por Cunoarda na distribuição de meus bens. Eu a dotara generosamente, e planejamos que eu esperaria em Óstia até que ela pudesse se juntar a mim. Mas fui tomada por um desejo mórbido de observar meu próprio funeral, e então, disfarçada com minhas roupas de camponesa, me refugiei em um dos cômodos modestos perto da Igreja de Marcelino e Pedro, que alugara como parte de meu disfarce.

***

No oitavo dia após minha morte, o bispo Silvestre celebrou minha missa funerária. A grande catedral de Latrão estava apinhada, pois todos os notáveis da cidade tinham comparecido, fossem ou não cristãos. O povo mais pobre, eu entre eles, se aglomerava em torno da entrada. As portas altas tinham sido abertas, e de dentro era possível escutar o eco dos cantos e aspirar o odor ocasional de incenso. Mas no geral eu estava aliviada por não precisar escutar os discursos fúnebres.

Quando finalmente acabou, a procissão funerária saiu para levar o caixão de madeira de cedro pela curta distância até o sarcófago que esperava na Igreja de Marcelino e Pedro. Constantino andava diante do carro fúnebre, descalço, com os filhos ao lado. Eu via Cunoarda entre as mulheres veladas que seguiam. A multidão avançou em seguida, chorando, e fui levada com o resto.

Nunca entendi bem a atitude dos cristãos em relação aos ossos. Os romanos pagãos tinham horror de poluição e exigiam que seus mortos fossem enterrados fora da cidade. As estradas que saíam de cada cidade romana eram marcadas por fileiras de túmulos. As tumbas dos heróis e imperadores eram mausoléus separados, onde as oferendas dos peregrinos os conduziam em direção à divindade. Mesmo na Palestina, as pessoas honravam os túmulos dos patriarcas. As covas dos grandes ligavam as pessoas à terra.

Mas os mortos cristãos eram enterrados em igrejas, no meio das cidades. Toda igreja cristã com qualquer pretensão de grandeza já tinha seu *martyrium*, onde o corpo de algum santo que alcançara a santidade instantânea ao ser assassinado era reverenciado. Mas o fim das perseguições cortara o suprimento de mártires. Eu me perguntava se seriam forçados a desmontar os corpos para fazê-los chegar mais longe – o osso de um dedo em um lugar e o pé em alguma outra igreja a milhas de distância? O bispo Macário estava certo. As pessoas ansiavam por alguma evidência física de que sua fé existia neste mundo tanto quanto no céu. Mas em algum momento teriam de aprender a se virar sem tais conexões tangíveis. Reprimi um riso histérico com a imagem de Deus tentando reunir todos aqueles pedaços espalhados para restaurar os corpos dos santos no Dia do Julgamento.

Claro que a tumba mais famosa de todas estava vazia, e eu tinha minhas dúvidas sobre os túmulos de alguns dos apóstolos, depois de tantos anos. Então talvez não devesse me perturbar com o fato de que os ossos naquele sarcófago não seriam os meus. O que importava era que as pessoas acreditavam que meu corpo estava ali. E se suas rezas elevassem a pobre alma cujo corpo se tornara substituto do meu mais rapidamente em direção ao céu, aquilo certamente não era mais do que eu devia a ela, cuja morte me libertara.

VINTE E UM

329 d.C.

— Estar morta não é tão terrível. De fato, sinto-me mais viva a cada dia. — Dei um sorriso tranquilizador para Cunoarda.

Tínhamos cogitado fingir que eu era mãe dela, mas a escrava liberta da imperatriz era bem conhecida, e pareceu mais sensato dizer que eu era uma velha escrava britânica chamada Eilan. Teria sido curioso vê-la tentando contornar as situações para não ter que me dar uma ordem, se não soubesse o quanto aquilo a perturbava. Ela estava com trinta anos, e embora não fosse mais uma menina, seria bonita com seu cabelo ruivo e sua silhueta curvilínea, não fosse pelo cenho franzido de ansiedade. Meu testamento a deixara com dinheiro suficiente para comprar uma bela propriedade em qualquer lugar do império, e um marido também, se desejasse. A cada dia que ela ficava comigo, eu me sentia emocionada por sua lealdade.

Quase dois meses tinham se passado desde que pegáramos o navio em Óstia no amanhecer cinzento de um dia de verão. Em Massília, compramos uma carruagem modesta e começamos a longa jornada para o norte até a Britânia.

— Está mesmo se sentindo mais forte? — perguntou Cunoarda.

Assenti. Não tinha percebido como as túnicas duras e a cerimônia de minha antiga identidade pesavam sobre mim. Sem elas, sentia-me mais leve em corpo e espírito, e a falta de ar que me atormentara em Roma tinha quase desaparecido. Aspirei fundo o ar cheirando a feno, como se pudesse beber a luz do sol. *Logo*, pensei, *ficarei tão leve que sairei flutuando*.

Com certeza flutuar seria uma maneira de transporte mais confortável. A rota que escolhemos passava pelo vale do Rhodanus, de Arelate a Lugdunum, e dali seguia pelos campos e colinas da Gália. A condição da estrada em determinado trecho dependia da dedicação dos magistrados responsáveis por ele. Um ano antes, eu teria me recusado a me mover sem uma liteira bem acolchoada e um time de núbios de pés leves para carregá-la, mas estava aguentando os trancos da carruagem surpreendentemente bem.

Se soubesse o quanto teria apreciado minha liberdade, pensei, *teria feito minha escapada anos antes*. Mas anos antes, recordei a mim mesma, soturnamente, eu ainda esperava salvar o império por meio de meu filho.

Agora começava a reconhecer as colinas em torno de Treveri. Parar ali era um risco, mas eu duvidava de que alguém fosse olhar duas vezes para uma velha com o rosto queimado de sol sob o chapéu largo, envolta em um xale remendado.

Quando cruzamos a velha ponte sobre o Mosella, já comecei a ver as mudanças. O palácio que eu dera a Crispo tinha sido parcialmente demolido e estava sendo reconstruído como uma catedral dupla. Àquela altura, os afrescos das mulheres imperiais que decoravam o quarto nupcial dele provavelmente jaziam em fragmentos sob o novo chão.

A mulher que mantinha a estalagem na qual nos hospedamos era uma fonte de fofocas. Dela soubemos que os banhos onde Fausta morrera agora eram propriedade do bispo. O Salão de Exercícios estava sendo convertido em outra igreja, e o resto das construções seria demolido.

Ninguém disse isso, mas claramente pensavam que Constantino tentava comprar preces o suficiente para purgar a memória de seus crimes. Mas era a memória de Crispo que estava sendo purgada. O povo de Treveri tinha amado seu jovem governador, e se ressentia do fato de que as estátuas e inscrições que um dia o honraram não tinham sido restauradas.

E fazia muitos meses desde a última vez que eu tivera notícias da mulher dele, Helena.

***

— Lembre, até que entendamos a situação, deixe que eu falo.

Cunoarda olhou nervosamente de volta para a rua. A não ser por um escravo que varria estrume de cavalo em frente à porta de seu mestre, ela estava vazia. Era sempre possível que alguém a serviço do imperador tivesse mandado seguir Cunoarda, mas não víramos sinais disso durante nossos longos dias na estrada.

Puxei o véu para baixo para esconder o rosto.

— Entendo.

A casa dos pais de Lena ficava em uma rua tranquila nos subúrbios de Treveri, ladeada por casas bem-cuidadas, embora a área em que estivéssemos não tivesse sido varrida recentemente, e o gesso do muro perto da porta estivesse lascado. Tive a impressão de que um grande tempo se passou até que respondessem à nossa batida na porta, e uma moça com o cabeço preso em um trapo, como se estivesse fazendo limpeza, a abriu.

Cunoarda e eu trocamos olhares. Quando estivéramos ali antes, tínhamos sido recebidas por um porteiro. Mas de algum lugar mais profundo da casa eu ouvia o riso alegre de uma criança.

— Seu senhor ou senhora estão em casa?

— Caecilia Justa está deitada. Ela está doente.

— Ou a senhora Helena, ela está aqui?

A moça nos olhou com uma súbita suspeita, e então, evidentemente decidindo que Cunoarda tinha um rosto honesto, assentiu.

— Está no átrio com a criança.

Ao passarmos pelo corredor, vislumbrei o altar aos *lares* ancestrais com uma lamparina a óleo acesa diante dele e percebi que, como muitos na velha aristocracia, a família tinha seguido na religião romana tradicional. Embora claramente estivessem passando por tempos difíceis, a casa tentava manter seu padrão. As pedras gastas que pavimentavam o átrio estavam limpas, as flores nos vasos de cerâmica tinham sido aguadas e podadas.

Do outro lado da fonte, uma menininha brincava, o cabelo claro brilhando em tons de ouro e cinza conforme ela entrava e saía da luz do sol. Àquela altura, ela devia ter quase quatro anos. *Aquela*, pensei, *era uma verdadeira criança da linhagem de Constâncio. Qual seria seu futuro quando os filhos de Fausta, com sobrancelhas negras, chegassem ao poder?*

Queria tomá-la nos braços, mas permaneci escondida atrás do véu. *Estou morta*, disse a mim mesma, *não tenho direito a ela agora.*

Quando entramos, a mulher que observava a criança se virou para nos cumprimentar. A esposa de Crispo estava ainda mais magra do que quando eu a vira antes, mas ainda era bela. Seu olhar ensombrecido pousou em Cunoarda.

— Eu me lembro de você. Esteve aqui com a imperatriz.

Cunoarda assentiu desconfortavelmente.

— Minha senhora me incumbiu de certas comissões que não desejava registrar publicamente em seu testamento. Trago uma ordem de pagamento para um banqueiro aqui em Treveri, para o sustento da menininha.

Os olhos de Lena se encheram de lágrimas.

— Abençoada seja sua memória! Agora estou triste por não ter respondido à última carta dela, mas tinha medo. Crispo foi vingado, mas aquela mulher venceu. Todos sabem que estamos em desgraça e fomos ostracizados. Meu pai morreu no outono passado, e tivemos de economizar para viver.

— Então fico feliz por lhe trazer o legado da imperatriz — respondeu Cunoarda.

Nós nos sentamos no outro banco, e a criada trouxe uma bandeja de frutas em conserva e um jarro de água de cevada, muito bem-vinda em um dia quente como aquele. Embora Lena fosse magra, ela não parecia mais frágil, como se a adversidade tivesse trazido uma força da qual ela jamais precisara antes.

— Gostaria que dinheiro fosse minha única preocupação — disse Lena. — Desde a morte de meu pai, minha mãe está sob a custódia de meu tio. Ele está disposto a abrigá-la, mas Crispa e eu somos um fardo que nem mesmo uma herança poderia compensar. Creio que o dinheiro apenas me tornará mais atraente para um dos fazendeiros a quem ele me ofereceu... Já não me importo mais com o que acontecerá comigo — ela completou, amargamente —, mas e quanto à minha menininha? Suas únicas escolhas são a segurança de ser escrava de um fazendeiro ou a morte se tentar reivindicar seu legado em Roma.

Eu não conseguia aguentar mais. Cunoarda arquejou quando me curvei para a frente, jogando o véu para trás.

— Ela tem outro legado...

Os olhos de Lena se arregalaram, e por um instante pensei que ela fosse desmaiar.

— Mas você morreu em Roma...

— Morri *para* Roma — corrigi. — Ao me revelar agora, coloco minha vida em suas mãos. Ouça-me, Lena. Você e Crispa são tudo que me resta do meu neto, que era o querido do meu coração. Estou indo para onde nem mesmo o imperador me seguirá. Tem coragem de vir comigo?

Senti Cunoarda radiando sua desaprovação ao meu lado. Ela jamais acreditara realmente que pudéssemos escapar juntas, e sem dúvidas achava que nossas chances seriam ainda menores com o fardo daquela mulher frágil e de uma criança.

Um fluxo de cor se espalhou pelo rosto de Lena e então sumiu, deixando-a ainda mais pálida que antes.

— Eu sempre me perguntei — ela sussurrou — por que Crispo quis se casar comigo. Ele era tão glorioso e corajoso, e eu sempre tive medo. Mas agora vejo que chegou a hora de me provar digna. Iremos com você, minha senhora, seja para as Hespérides ou para o Hades!

— É para as Hespérides que vamos viajar, minha querida — eu disse em voz baixa —, para a ilha das maçãs de Avalon...

Sentindo a emoção da mãe, Crispa veio saltitando para sentar-se no joelho de Lena, o olhar desviando de nossos rostos para os doces de figo na mesa e depois de volta para nós.

— Crispa — eu disse baixo. — Lembra-se de mim?

Ela franziu um pouco a testa, e então por um momento vi uma alma ancestral olhando por aqueles olhos azuis.

— Você é minha mãe — ela disse com a língua presa. Lena e Cunoarda trocaram olhares preocupados, mas estiquei o braço para pegar a mãozinha quente.

— Sim, talvez tenha sido, mas nesta vida sou sua outra *avia*, pequena — falei baixo. — Gostaria de fazer uma viagem comigo?

***

Quando chegamos a Ganuenta, havia novos fios prateados no cabelo ruivo de Cunoarda. Mas, se os agentes do imperador estivessem nos observando, estavam cumprindo ordens de não interferir. Ao alcançarmos o Rhenus em Mogontiacum, vendemos o cavalo e a carruagem e tomamos uma barca que transportava madeira. Era um jeito prazeroso de viajar, e a paisagem dramática do desfiladeiro ao norte da cidade deslumbrou até mesmo Cunoarda. O grande perigo era que Crispa, que escalava tudo na barca com a agilidade de um macaco, caísse na água.

O Rhenus nos levou rapidamente pelos postos fronteiriços de Roma. Conforme passávamos por Colonia, avistei a muralha onde Constâncio me dissera que precisávamos nos separar, e percebi que a velha ferida em meu coração havia finalmente cicatrizado. Naqueles tempos, tinha apenas de fechar meus olhos para conjurar a imagem dele e reviver os dias de nossa felicidade.

Às vezes, quando ficava sentada assim, ouvia Lena sussurrando para que a filha ficasse quieta, pois as pessoas velhas dormiam com frequência e não deviam ser perturbadas. Mas naqueles dias não era o sono que me tomava, mas o sonho acordado chamado memória. Crispo se aninhava, quente e dourado, em meus braços, tão real quanto sua filhinha, que eu via ao abrir os olhos. Quando me deitava em meu catre na barca, Constâncio se esticava ao meu lado, contando o que tinha feito durante os anos em que estivéramos separados. Mesmo Constantino me vinha às vezes, na forma do menino que ele fora antes de se infectar com a doença chamada império. E, conforme nossa viagem continuava, eu era visitada mais e mais frequentemente pelo povo de Avalon.

Logo aprendi a não mencionar esses encontros fantasmagóricos. Na pior das hipóteses, minhas companhias pensariam que minha mente estava indo embora, e na melhor, isso as deixaria incomodadas. Felizmente, a saúde e a força de Lena melhoravam a cada milha que se afastava de Treveri, e ela e Cunoarda formaram uma aliança. Qualquer um que resistisse à competência direta de Cunoarda em geral poderia ser impressionado pelos modos aristocráticos de Lena, e descobri que podia deixar os arranjos de nossa viagem nas mãos delas.

Por que ninguém jamais me dissera que a velhice tinha dádivas, assim como dores? Quando era criança, eu me perguntava por que as sacerdotisas velhas pareciam tão contentes ao cochilarem no sol. *Elas sabiam*, pensei sorrindo. E às vezes, enquanto eu pairava no limite entre o sono e o sonho, vislumbrava cenas e pessoas que reconhecia de alguma outra vida. A pequena Crispa era a única com quem eu podia falar quando essas memórias distantes pesavam sobre mim, pois os muito jovens são aqueles que acabaram de vir pelo limiar que os velhos estão prestes a atravessar; às vezes, Crispa se lembrava da encarnação que havíamos compartilhado antes.

Então aquele momento passava, e ela corria, com Leviyah ofegando atrás dela, para se pendurar na amurada e observar as águas verdes passarem.

Em Ganuenta, eu esperava ver o santuário de Nealênia que visitara quando de minha chegada à Britânia, mas fui informada de que uma enchente alguns anos antes o havia danificado, e o terreno não era seguro agora que o curso do rio tinha mudado. Meu primeiro pensamento foi doar um novo templo para ela. Depois de contribuir com tantas igrejas cristãs, sem dúvidas aquilo era o mínimo que poderia fazer pela Deusa que me guiara por tanto tempo. Mas um ato assim poderia levantar suspeitas indesejadas, e o dinheiro que permanecia comigo era necessário para sustentar as duas mulheres das quais eu agora falava como se fossem minhas filhas, além da criança.

Se Nealênia estava sendo esquecida, eu não poderia sozinha restaurar seu culto. Lembrei a mim mesma que a Deusa é sempre constante e está sempre mudando. Quando, no lento ciclo de anos, os homens voltassem a sentir necessidade dela, certamente Nealênia retornaria. Mas naquela noite chorei no escuro, sofrendo por algo e precioso que eu amara e que saíra do mundo.

Chegamos à Britânia na estação da colheita, quando o ar era perfumado pelo feno curando ao sol e as músicas dos ceifadores soavam pelos campos de cereais. A travessia fora difícil, e até o balanço da carruagem pareceu um alívio depois de passar três dias sendo jogada de um lado para o outro no mar.

— A Britânia parece pequena... — disse Cunoarda, olhando para a alternância gentil de florestas e campos além das colinas arredondadas.

— Imagino que seja, considerando de quão longe viemos. Sem dúvidas Londinium parecerá pequena comparada a Roma. Mas eu conheço o cheiro daquele feno, e o modo como o poder flui pela terra.

— Ainda é um país muito diferente de meu lar — ela disse com um suspiro. — Fui levada em um ataque de um clã rival quando não era muito mais velha que a pequena Crispa. Tenho memórias de encostas púrpura com urze e do balido das ovelhas enquanto elas descem das colinas. Mas não consigo ver o rosto de minha mãe. Acho que talvez ela tenha morrido quando eu era pequena.

— Então serei sua mãe, Cunoarda...

— Ah, mas isso é apenas parte de nosso disfarce, enquanto estamos na estrada. — Ela corou até a raiz dos cabelos. — Você é...

Coloquei um dedo sobre os lábios dela.

— Agora sou apenas Eilan, e tenho razões para acreditar que um filho do corpo nem sempre é um filho do coração.

Olhando para aquele rosto familiar e de ossos fortes, fiquei espantada ao perceber que, durante todos aqueles anos em que pensara estar destituída de amor, não tivesse notado o tesouro que tinha sob as mãos. Mas como dissera antes: eu não era mais a imperatriz, sua senhora. Podíamos ser duas mulheres juntas agora.

— Jamais imaginei... jamais ousei... — Ela balançou a cabeça, fungando e enxugando os olhos na manga. — Ah, minha senhora. Minha mãe! Você me deu liberdade, mas eu ainda estava vazia. Agora me deu uma alma!

Então abri os braços e a abracei até que seus soluços tivessem cessado.

Em meu testamento, deixara a casa em Londinium para Cunoarda, e ela escrevera de Treveri para dizer ao inquilino que estava indo morar nela. Quando chegamos, o local estava vazio; na verdade, estava praticamente sem mobília, e Cunoarda e Lena passaram um dia agitado no mercado comprando roupa de cama e utensílios de cozinha.

Estava ansiosa para ver o que mais de vinte anos tinham feito com a cidade, mas naquela manhã tive problemas de respiração, e achei melhor ficar em casa acompanhada por Crispa.

— *Avia*, quem são as moças bonitas? — Crispa apontou para o relevo das quatro *Matronae* que eu mandara fazer havia tanto tempo. Era uma das poucas decorações que tinham sobrevivido à minha ausência, talvez porque estivesse presa na parede.

Respirei cuidadosamente e então me virei.

— Elas são as Mães.

— Olha! Uma delas tem um cão!

Leviyah ficou de pé, balançando a cauda, ao ouvir a palavra.

— Não é você, boba! — exclamou Crispa, esticando-se para acariciar o flanco esculpido do galgo no colo da terceira figura no friso. — E uma delas tem um bebê, e as outras duas têm frutas e pão. São deusas?

— Elas são a Deusa, mas Ela tem muitas faces, tantas faces quanto há mães no mundo, e quando ficam velhas e deixam os corpos para passar para o Além-Mundo, continuam a zelar por seus filhos...

Tentei manter minha voz calma, mas Crispa era uma criança sensível, e subiu no meu colo e passou os braços em torno do meu pescoço.

— *Avia*, você vai sempre zelar por mim?

Enquanto a abraçava, senti uma dor na garganta e sabia que não era falta de fôlego, mas lágrimas não derramadas.

Naquela noite, minha doença chegou a uma crise. Ofegando por ar, vi o terror nos rostos de Cunoarda e Lena e não pude confortá-las.

— Devo mandar buscar um sacerdote? — perguntou Cunoarda, ansiosamente.

Consegui soltar um rosnado de risos.

— Para quê? Já fui enterrada! Você ouviu a oração funerária que o bispo Silvestre fez! — Então comecei a tossir de novo.

No auge da crise, eu teria recebido a morte feliz e continuei a lutar apenas porque as duas mulheres me imploravam para não deixá-las sozinhas.

Pouco depois da meia-noite, o vapor com cheiro de menta com que Cunoarda enchera o quarto começou a me aliviar, e consegui beber um pouco de chá de confrei. Por fim caí em um estado entre o sono e a vigília, aninhada no peito de Lena.

Durante o pior da doença, havia esbravejado contra minha fraqueza, despreparada para entrar na noite. Mas agora percebia que, na velhice, o que perdemos na infância é milagrosamente devolvido. Em vez de chorar no escuro pela mãe que nos abandonou antes que pudéssemos ficar em pé sozinhos, agora, com filhos e parentes tendo vindo e ido embora, somos livres. Em nossos momentos mais escuros, nos sentimos totalmente sozinhos, fracos, velhos. Mas no fim a Mãe nos é dada de volta, e renascemos, voltando à infância, deitando com confiança no peito das filhas...

Tudo é tirado de nós, até Deus; nos desgastamos até a morte. E então a Deusa volta para nós. Ao nos *transformarmos* na Deusa, a mãe, nós *criamos* a Deusa em nossas filhas, nossas irmãs, conforme nos voltamos para Ela, sabendo que, mesmo que devamos morrer ainda sem saber mais nada, morreremos nos braços Dela e no peito Dela.

***

Mas eu não morri. Ao acordar na luz clara da manhã nos braços de Lena, respirei profundamente e me rejubilei com o ar que dava vida enchendo meus pulmões. Contudo, estava desesperadamente fraca, e sentia meu coração pulando no peito. Pela primeira vez enfrentei a possibilidade de que aquele corpo pudesse me deixar na mão antes que alcançasse meu objetivo.

Eu me lembrei de vezes, durante minha doença, em que a morte seria uma libertação bem-vinda. Em outras ocasiões, havia invocado os conhecimentos de Avalon para conter meu pânico. Tinha razões para acreditar que a morte era só uma passagem de um tipo de existência a outro, mas ainda temia o momento de transição. Naquele momento, no entanto, percebia que meus medos eram não por mim, mas por aqueles que deixaria para trás.

— Você está acordada! — Lena exclamou ao sentir que eu me mexia.
— E está melhor, graças aos deuses!
— Por ora, mas, se não me recuperar, preciso dizer-lhe como chegar a Avalon.

O rosto de Lena ficou rosado de vergonha.
— Quer dizer que é um lugar real? Pensei que falasse como os poetas, para descrever a segurança que encontraríamos na Britânia.

Abri a boca para corrigi-la, e então a fechei, percebendo como era profundamente arraigada a proibição de contar a forasteiros sobre a Ilha Sagrada.

— É real, embora seja... difícil... de encontrar. Fica na terra chamada País do Verão. Há um vale entre duas fileiras de colinas, tão baixo que, quando os rios transbordam ou as tempestades de inverno aumentam as marés, a água o cobre, e qualquer pedaço de chão mais alto se torna uma ilha. E há uma ilha assim, coroada por um Tor pontudo, que é chamada de Inis Witrin.

Conforme me esforçava para lembrar os pontos de referência para aquela viagem, me peguei imaginando se Teleri tinha chegado a Avalon quando saíra de Londinium, tanto tempo antes. Ela não era uma sacerdotisa iniciada que sabia como abrir as brumas quando deixou Avalon, mas tinha ido por ordens da Senhora. Certamente Dierna a teria recebido de volta.

— Quando chegar lá, não procure os monges que têm uma igrejinha na base do Tor, mas pare na vila de pescadores que vivem nos charcos, e diga a eles que é neta de Eilan e que deseja ser levada de volta a Avalon.

Ela parecia na dúvida, e suspirei, pois na verdade não podia garantir nem mesmo que *eu* seria admitida depois de tantos anos. E havia justificativa para levar Lena até lá? Essa jovem vivaz, cujo rosto resplandescia apesar das sombras que uma noite difícil pintara sob seus olhos, era uma criatura muito diferente da menina frágil e assustada que eu tinha ajudado a escapar de Treveri dois meses antes.

— A Ilha Sagrada é um refúgio aonde nenhum rei ou imperador pode chegar. Mas você não é obrigada a ir para lá. Se você e Crispa adotarem novos nomes, acho provável que consigam viver em perfeita segurança aqui em Londinium.

As sobrancelhas em forma de asas baixaram.

— Não quer que sigamos com você?

— Lena, não entende que acabei por amá-la? É por isso que a escolha precisa ser sua. Sei apenas que *eu* preciso ir para lá.

Fiz uma pausa, recordando-me de como Ganeda tinha me expulsado. Por tanto tempo acreditara que minha ligação com a ilha fora quebrada para sempre. Mas era mesmo assim? Em meus sonhos, via Avalon brilhando como um farol. Talvez o poder de encontrá-la estivesse apenas escondido no meu interior.

— Ao menos — então eu disse — preciso tentar...

***

Estávamos em outubro quando fiquei forte o suficiente para tentar a viagem de volta para casa. A carruagem na qual viajávamos de Dubris tinha sido carregada de provisões e estofada com um colchão macio. Mas antes de partir de Londinium, eu tinha uma tarefa.

Havia notado o quão rapidamente, com o favorecimento de Constantino, o cristianismo se tornava a religião do império. Antevia um tempo em que seus templos e símbolos iriam substituir totalmente os da velha religião, reinventando a Britânia como uma terra cristã. No tempo que se aproximava, poucos entenderiam que era possível honrar tanto a Deusa quanto o Deus.

Pensar que minha escultura das Mães pudesse um dia ser motivo de zombaria de pessoas que não as viam mais como sagradas me doía. Por isso, trabalhadores foram chamados para removê-la da parede e colocá-la em um carrinho, e à noite, depois que os homens tinham ido embora, Lena e Cunoarda o empurraram até um riacho que corria pelos campos atrás de minha casa e jogaram a escultura lá dentro. Escondidas nas profundezas, as Mães abençoariam a cidade pela qual corriam aquelas águas.

***

— Conte-me sobre quando você era uma criança em Avalon... — Crispa escolhera ir dentro da carruagem comigo e Cunoarda por um tempo, embora soubesse que, logo mais, ela iria querer sentar-se com Lena, que guiava.

— Eu tinha uma cachorra branca chamada Eldri...

— Como Leviyah? — Crispa afastou a cortina e apontou para a cadela que trotava ao nosso lado, a cabeça levantada para capturar todos os odores daquela nova terra.

— Menor, com o pelo encaracolado. Um menino na vila do lago a deu para mim e disse que era uma cachorra das fadas, e acho que era verdade, porque uma vez ela me guiou para uma terra ainda mais longe deste mundo que Avalon e me trouxe de volta em segurança.

Os lábios de Cunoarda se torceram, e eu vi que ela pensava tratar-se de uma história de fadas para a criança. Achei estranho que ela, nascida em Alba, achasse mais difícil acreditar em Avalon que Lena, filha de uma aristocracia gaulesa totalmente romanizada. Mas talvez Cunoarda ainda precisasse dos muros que teve de erguer para se proteger da dor de sua perda, e não ousasse acreditar. Sabia que ela encontrara um grande conforto no cristianismo, e enquanto ficamos em Londinium, ela participou dos rituais na Igreja de São Pancrácio, que eu financiara havia muito tempo.

— Você tinha outras meninas com quem brincar?

— Eu morava na Casa das Donzelas — respondi, sendo tomada pelo murmúrio das vozes de meninas na escuridão com uma súbita claridade. — Eu tinha uma priminha chamada Dierna, com cabelos tão ruivos quanto os de Cunoarda. Acho que Dierna é a Senhora de Avalon agora.

Percebi, com uma palpitação de ansiedade, que não sabia. Quando éramos crianças, ela parecia tão mais jovem que eu, mas a essa altura éramos ambas velhas. Eu me recordei do sonho com o funeral de Ganeda. Será que não saberia se Dierna, a quem amara, também tivesse morrido?

Se ela tivesse partido, e se Teleri jamais tivesse chegado à ilha, bem poderia ser que não restasse ninguém em Avalon que se lembrasse de mim.

***

Depois que deixamos Lindinis, viramos para o norte na estrada de Aquae Sulis. Era o fim de outubro, a estação de Samhain, quando os espíritos dos mortos voltam. *Uma época adequada*, pensei, *para meu próprio retorno para casa.* A paisagem estava ficando bastante familiar. Era eu que parecia irreal, como se tivesse morrido de verdade e estivesse sendo convocada com os outros fantasmas que caminhavam naquela época do ano.

Fazia dois dias que chovia, e uma camada prateada de água cobria as terras baixas, mas insisti para que seguíssemos adiante, pois me lembrava daqueles pântanos como um local com poucas provisões para viajantes. Ficamos surpresos, no entanto, ao encontrar uma pequena estalagem onde a trilha que levava a Inis Witrin saía da estrada de Sulis.

— Ah, sim, estamos aqui há quase vinte anos — disse a mulher de rosto redondo que nos trouxe comida. — Desde que o bom imperador deu proteção aos cristãos. Meu pai construiu este lugar para servir os viajantes que vêm em peregrinação aos monges do Tor.

Pisquei ao ouvir aquilo, pois em meus dias os monges de Inis Witrin eram uma pequena comunidade cuja segurança dependia de serem esquecidos pelas autoridades. Mas os cristãos *eram* a autoridade agora, e ainda faltava ver se usariam o poder dado a eles de maneira mais sábia do que tinham feito aqueles que o detinham antes.

Pela manhã, saímos novamente, apoiando-nos enquanto a carruagem balançava sobre as passagens elevadas de madeira. E, à medida que o sol descia, vimos o cone pontudo do Tor erguendo-se contra o céu dourado, com um halo de luz.

— É real *mesmo* — sussurrou Lena. Sorri, pois naquele momento até a ilha no mundo mortal estava tocada pela glória. No entanto, nosso destino era um lugar ainda mais maravilhoso.

Avistei a fumaça dos fogos de cozinha do mosteiro conforme contornávamos a ilha. Dali tínhamos que seguir a pé, pois a vila do lago não podia ser alcançada de outro jeito. Era quase o pôr do sol, e Cunoarda e Lena estavam ficando nervosas, mas, agora que estávamos ali, a antecipação dera uma nova força aos meus membros. O caminho, ao menos, parecia o mesmo – duvido que tenha mudado por mil anos. Apoiando-me no braço de Cunoarda e fingindo uma certeza que não sentia totalmente, comecei a descê-lo.

***

— Não, honradas, voltem para as casas dos cabeças raspadas. — O líder da vila tocou a testa para indicar uma tonsura. — Sem lugar para vocês aqui...

O povo pequeno e moreno da vila sussurrava atrás dele, olhando-nos nervosamente. Naquela noite, o monte em que as cabanas redondas se amontoavam estava iluminado por tochas, cujas chamas vermelhas pareciam acesas pelo sol poente. Se tivéssemos chegado um pouco depois, teriam pensado que éramos espíritos e se recusado a nos deixar entrar.

Aquela era uma dificuldade que eu não previra. Olhei para o homem, franzindo o cenho. *Deveria ter renovado o crescente na minha testa com ísatis*, pensei então, como as sacerdotisas mais velhas costumavam fazer em dias de festejos. *Como eu poderia convencê-los a avisar Avalon de minha chegada?*

— Seu povo se recorda da filha do povo do sol que foi trazida aqui há muito tempo para ser treinada como sacerdotisa? Um menino chamado Lontra deu a ela um cão das fadas. Esse menino ainda vive?

Houve um murmúrio na multidão, e uma mulher que parecia tão velha quanto eu veio para a frente.

— Lontra meu pai. Ele gosta de contar a história. Uma princesa do povo alto, ele diz. — Ela me olhou com espanto.

— Eu era aquela menina e me tornei uma sacerdotisa na Ilha Sagrada. Mas isso foi há muitos anos. Podem enviar um recado à Senhora de Avalon e dizer a ela que Eilan voltou?

— Se você é sacerdotisa, pode chamar brumas e ir. — O chefe ainda parecia ter dúvidas.

— Passei muito tempo longe e não posso voltar sem a permissão da Senhora — respondi a ele. Tinha desobedecido a Senhora uma vez e, mesmo que ainda tivesse o poder, não o faria de novo. — Você será bem recompensado, por favor...

Ele deu uma bufada de riso.

— Não é pelo ouro que servimos a Avalon. Chamo a Senhora, mas esta noite eles têm cerimônias. Ela não pode vir antes da manhã.

***

Em meus sonhos, foi Ganeda que veio até mim, com Cigfolla, Wren e as outras sacerdotisas, e Aelia, a quem eu amava. Sabia que devia ser um sonho, pois Ganeda sorria, o braço em torno da cintura de outra mulher com cabelos escuros que reconheci, sem saber de que forma, como minha própria mãe, Rian. Estavam vestidas com o azul das sacerdotisas, com guirlandas como se fossem a um festejo, e estenderam os braços em boas-vindas. Soube então que fora minha própria crença, e não a palavra de Ganeda, que me exilara de Avalon.

Rindo, comecei a ir na direção delas. Mas, quando estava para tocar a mão de Aelia, alguém chamou meu nome. Irritada, busquei a imagem do sonho, mas o chamado se repetiu, em um tom de voz que não podia ignorar.

Abri os olhos para a luz que passava através da porta aberta da casa redonda em que dormimos, brilhando no cabelo luminoso de Crispa e na pelagem dourada de Leviyah, delineando Lena e Cunoarda, que me ajudavam a me sentar, e incidindo diretamente sobre a túnica azul da mulher que estava de pé diante de mim.

Não sei por que havia esperado que Dierna ainda fosse uma criança. O corpo da mulher que me chamara tinha engrossado com o tempo, e seu cabelo flamejante agora era da cor do poente na neve. Mas eu, que conhecera tantos imperadores, nunca encontrara ninguém com tal aura de autoridade. Eu me perguntei então se Dierna se lembraria de como eu a amara e a protegera, ou se teria, como meu filho, sido desvirtuada pelas tentações do poder.

— Eilan... — A voz dela estremeceu, e de repente vi em seus olhos a priminha que eu conhecia.

Fiz um gesto para que Cunoarda me ajudasse, retraindo-me ao sentir meus músculos endurecidos sendo forçados.

Dierna me abraçou, de uma sacerdotisa para outra, e então seu olhar ficou severo.

— Usarei aquele nome, mas sei quem você era, naquele outro mundo. Você se acostumou à posição e ao poder, e é herdeira da antiga linhagem de Avalon. Veio reinvidicar o governo aqui?

Olhei para ela com assombro. Então me lembrei de que ela fora treinada por Ganeda. A velha mulher a teria ensinado a temer que um dia eu voltasse para desafiá-la?

— É verdade que tive poder, e toda a glória que o mundo pode conceder — respondi rigidamente —, e por essa razão não preciso mais deles. Agora me bastará ficar em paz e encontrar segurança para aqueles que amo.

— Venha — Dierna fez um gesto para a porta aberta. — Caminhe comigo.

Eu a segui para fora, com Lena e Cunoarda atrás de mim. Uma manhã enevoada de outono velava os pântanos como se já estivéssemos entre os mundos.

— Perdoe-me, mas é minha obrigação perguntar — disse Dierna, quando começamos a andar no caminho em torno do monte que mantinha a vila sobre as águas.

Eu ainda não estava bem firme, e Lena tomou meu braço.

— Conheci o cumprimento da profecia e suas decepções. Por meio do filho que dei à luz, o mundo de fato foi mudado, e, se eu não gosto do resultado, posso culpar apenas meu próprio orgulho.

— Não se julgue com tanta dureza — respondeu Dierna. — Eu mesma tentei moldar o destino da Britânia e lhe digo que, embora as escolhas possam determinar a maneira como tudo acontece, é a Deusa quem decide nosso destino final.

Não são apenas os cristãos que às vezes precisam de absolvição, pensei, piscando para conter as lágrimas.

Caminhamos um pouco em silêncio. O sol da manhã fazia a névoa desaparecer. Ondas prateadas brilhavam enquanto uma garça caçava entre os juncos. Além deles vi a encosta verde do Tor e as cabanas dos monges amontoadas em torno da igreja redonda de José.

Com um gesto, Dierna chamou os acompanhantes.

— Lembra-se de Haggaia? — O druida de cabelos prateados me deu um sorriso, e reconheci em seu rosto um eco do menino risonho que amava brincar de bola com Eldri tanto tempo antes. — E esta é Teleri, a quem venho treinando.

— Eilan e eu nos encontramos antes — disse Teleri, sorrindo.

— Você voltou! — Pisquei para conter lágrimas de alívio. — Estou tão feliz...

Mal a teria reconhecido. O cabelo escuro de Teleri estava riscado de cinza, e ela trazia o crescente azul de uma sacerdotisa na testa. A amargura e o medo que um dia curvaram seus ombros magros tinham sido substituídos por serenidade – ela tinha quase a altura de Dierna agora. Olhando as duas sacerdotisas juntas, percebi outra coisa – a Senhora de Avalon queria que Teleri fosse sua sucessora um dia.

— Quem são as mulheres que trouxe com você? — perguntou Dierna.

— Duas que se tornaram minhas filhas e minha própria bisneta — respondi.

— E elas também desejam cruzar até Avalon?

Os olhos de Lena brilhavam.

— Isso é como um sonho que se torna realidade! Se nos aceitar, eu e minha filha iremos de bom grado.

O olhar de Dierna se tornou melancólico ao pousar em Crispa.

— Meus próprios filhos morreram — ela então disse. — Será bom treinar outra filha de nosso sangue para Avalon...

Mas eu tinha me virado para Cunoarda, e meu coração afundou ao ver as marcas prateadas de lágrimas em seu rosto.

— O que é, minha querida?

— Sentirei sua falta até o fim de minha vida, senhora, mas não posso ir — ela sussurrou. — Preciso aprender a usar a liberdade que me deu. E é o Cristo, não sua Deusa, quem meu coração segue, e não posso fazer isso em sua ilha.

— Então fique, com a minha bênção. — Eu a beijei na testa. Não adiantaria dizer a ela que havia um lugar além de tais divisões, em que a Verdade era Uma. Ela ainda pertencia àquele mundo.

— Então está decidido — disse Dierna abruptamente. — A barca está esperando. Vamos tomar o desjejum na Ilha Sagrada.

— Ainda não. — Apontei para as águas. — Você me aceitar significa muito, mas Ganeda me expulsou. Preciso provar, para mim mesma, se não para você, que ainda sou uma sacerdotisa. Deixe-me chamar as brumas e conquistar meu próprio caminho de volta a Avalon.

***

A barca balança com o empurrão das varas conforme os barqueiros nos afastam da margem. Vejo as águas prateadas se partirem diante da proa. Dierna está sentada ao meu lado, tentando esconder suas suspeitas, e Cunoarda observa da vila, esperando que eu falhe e volte com ela para Londinium. Talvez estejam certas em duvidar, e esse meu comprimisso não seja mais que um ato final de orgulho.

Mas desde que cheguei a essa decisão, vim ensaiando secretamente as palavras de poder. Se as errar, todos sentirão pena da velha tola que pensou ainda ser uma sacerdotisa. Mas se eu conseguir...

É uma dádiva da idade lembrar-se de acontecimentos de cinquenta anos atrás com mais clareza do que o que aconteceu ontem. Subitamente, o tempo e as distâncias desta viagem estão claros. Meu coração palpita, e quando o fluxo de energia mudando em torno de nós atinge seu pico, é difícil respirar. Crispa me apoia quando fico de pé, as juntas dos ombros protestando enquanto levanto meus braços para o alto.

Luto por ar, e então, de uma vez, o poder se avoluma através de mim. Palavras saem de minha boca, e agora é tão fácil, tão fácil baixar as brumas e deslizar pela passagem escura e fria entre os mundos. Consigo ouvir os outros chamando alarmados, mas não posso permitir que me distraiam agora, pois os véus prateados em torno de nós estão afinando, afastando-se em fulgores multicoloridos...

A luz está em todos os lugares, luz em torno de mim, luz que cresce além de todos os mundos que ocupam minha visão até que vejo, brilhando como se acesas por dentro, as margens de Avalon...

SOBRE AS AUTORAS

MARION ZIMMER BRADLEY (1930–1999) foi a autora best-seller de *As brumas de Avalon*, *A casa da floresta*, *Senhora de Avalon* e *The Firebrand*, assim como da popularíssima série *Darkover* e inúmeras outras obras de ficção científica e fantasia.

DIANA L. PAXSON é a autora best-seller de muitos romances de fantasia, incluindo *The White Raven*, *The Serpent's Tooth* e sua própria fantasia arturiana, *The Hallowed Isle*.

Leia também os três primeiros títulos do Ciclo de Avalon

Leia também

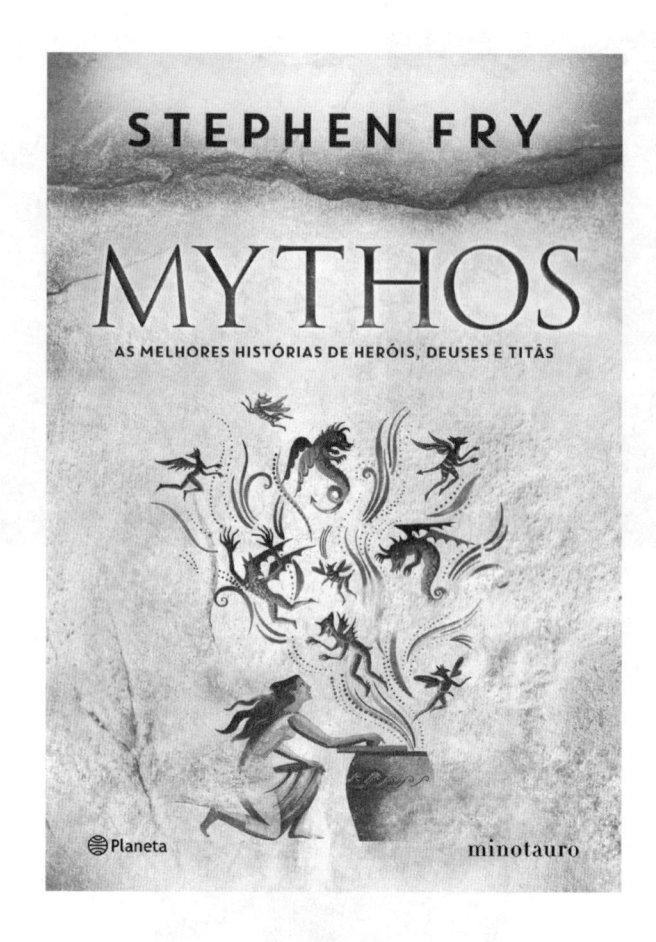

STEPHEN FRY

MYTHOS

AS MELHORES HISTÓRIAS DE HERÓIS, DEUSES E TITÃS

Planeta

minotauro

#1 DO *THE NEW YORK TIMES*, ELEITA A MELHOR FANTASIA NO
GOODREADS AWARDS DE 2018, DA AUTORA DE *A CANÇÃO DE AQUILES*

FEITICEIRA. BRUXA. ENTRE O CASTIGO
DOS DEUSES E O AMOR DOS HOMENS.

CIRCE

UM ROMANCE

MADELINE MILLER

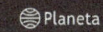

Planeta

minotauro

**Acreditamos
nos livros**

Este livro foi composto em Adobe Garamond
Pro e impresso pela Gráfica Santa Marta para
a Editora Planeta do Brasil em maio de 2021.